D1672603

HOİTAGE

HOİTAGE

Eine Liebe
unterwegs zwischen
Himmel und Erde

Béatrice Thal

Zu diesem Buch

Der Roman beruht auf wahren Begebenheiten.
Alexander und Béatrice Thal waren in den Jahren 1969 - 2001
für die Fluglinie Swissair tätig, Alexander 32 Jahre als Pilot und
Béatrice acht Jahre als »Flying Nurse.«
Ihr Leben über den Wolken wurde durch alle Ereignisse hindurch
schicksalhaft geschützt und getragen. Rückblickend betrachte ich
diese Tatsache noch immer mit Staunen und Dankbarkeit.
Die Namen aller Personen habe ich geändert, mit Ausnahme von
Otto und Elfriede (genannt »Fritzi«) Frank, deren Freundschaft
und Vermächtnis ich mit Hochachtung und in dankbarer Erinnerung
verbunden bin.

Béatrice Thal

Inhalt

Warten

Sie hatte nicht mehr geglaubt, ihn je wiederzusehen.

Dann aber, an jenem Vormittag, der sich so endlos in den Tag zog, war er unvermutet aufgetaucht, hatte sie einmal umkreist und war einfach wieder da. Das liebe, lange vermisste, vertraute, fremde Vogeltier!

Beinahe lautlos hat er sich vor ihren Füßen niedergelassen, den Kopf schief gelegt und sie herausfordernd gemustert. Dann schlug er klatschend die Flügel und ließ etwas wie ein Glucksen hören. Sie lachte ungläubig, strich sich mit der flachen Hand über die Knie, und er hüpfte mit einem kräftigen Flügelschlag auf ihren Schoß. Sie umfing ihn mit beiden Armen und er legte den Kopf an ihren Hals. Wieder überraschte sie seine luftige Leichtigkeit, die so gar nicht zu seiner respektablen Größe passen wollte. Wieder empfand sie diese seltsam prickelnde Schwerelosigkeit, die sich augenblicklich und unerklärlich vom Rücken bis in die Zehenspitzen in ihr ausbreitete.

»Hoi, mein Schöner, wo warst du denn bloß?«

Sie sprach lautlos mit ihm, kraulte ihn sanft am Rücken. Er liebte das und legte sich umständlich hin. Sie lachte wieder und küsste ihn auf den schmalen Kopf. Lange hatte er sich nicht mehr blicken lassen, viele bange Wochen waren dabei vergangen.

Aber wie wunderbar, jetzt lag er ruhig auf ihrem Schoß und sie glaubte, auf ihren Beinen die Wärme zu spüren und sein Herz, das schnell und regelmäßig klopfte. Er hatte sich scheinbar nicht verändert. Sie sah deutlich sein Gefieder. Es hatte dasselbe helle Sandbraun, und ungetrübt schimmerte die fächerförmige Zeichnung an der Kehle in Grün und Blau, diesem tiefen Smaragdton, der auch in den großen Schwungfedern erschien, wenn er die Flügel ausbreitete und ihr der Atem stockte.

Die Kraft seiner Schwingen schien ungebrochen und alles war so, wie in jenem Frühling damals, als er urplötzlich aus fernem Dunst erschienen war, sich flügelrauschend bei ihr niedergelassen und sie mit seinem Glucksen entzückt hatte. Zu allen Zeiten war er dann herbeigeflogen, unerwartet und kurz wie ein warmer Schauer, bei Tag und Nacht, so oft und so lang er es gewollt hatte. Er schien keine Zeit gekannt zu haben und nur sich selbst gefolgt zu sein.

So war es geblieben.

Bis zum vergangenen Sommer, der heißer und schwerer über die Felder kam, als all die vorangehenden Sommer, und über Wochen die kurzen Nächte voll quälender Träume waren, solche die klebrig im Gemüt hängen blieben und die müden Tage verdüsterten. Da hatte sich zum Ende mitten im Herbst jene Wolke gebildet, die unaufhaltsam und ungeheuerlich am westlichen Horizont empor wuchs und all das weiche Blau rundum auffraß, sich mit Schwarzgrau, Violett und grellgelber Mächtigkeit über alle Himmel ausbreitete, wütende Blitze spuckte und dumpf abgründig grollend jedes Leben erstarren ließ, um sich schließlich gnadenlos der Sturzfluten von Hagel und Wasser unter Heulen und Donnern zu entledigen.

Viele angstvolle Stunden waren verflossen, alle Lichtungen waren lang in die folgenden Tage dunkel geblieben, die Vögel duckten sich reglos und stumm und Hoi war verschwunden.

Wochen und Monate blieb er verschwunden.

Nun war er doch zurückgekehrt und sah sie aus durchscheinend grünen Augen beseelt und unverwandt an.

Wieder wollte sie sich vorbeugen ihn nochmals zu umfangen, da drang ein kurzer, schriller Schrei durch ihr Ohr, sie schreckte auf und blickte sich um.

Ja, sie war am Flughafen. Sie saß in der Abflughalle unter einem kleinen Baum, am Ende einer Reihe von Bänken und wartete auf Gregor.

Das Schreien kam vom anderen Ende der Bank, dort hatte sich eine Familie niedergelassen. Die Frau trug ein langes, schwarzes Gewand und ein geblümtes Kopftuch eng um Stirn und Wangen gebunden. Sie hielt ein kleines Mädchen zwischen den Beinen eingeklemmt und kämmte ihm die Haare. Das Kind versuchte den Händen auszuweichen und protestierte laut schreiend, aber die Frau blieb ungerührt, zog es an den Haaren näher zu sich und drehte die Büschel weiter zu winzigen, abstehenden Schwänzchen, die sie mit Gummiband umwickelte. Ein Mann stand daneben, blickte unbeteiligt aus dem Fenster und auf der Bank lag ein Baby in eine Decke gehüllt und schlief.

Marlis schloss kurz die Augen, Hoi war nicht mehr da.

Sie seufzte und rutschte auf ihrem Sitz zurück, streckte den Rücken und sah auf die Uhr. Ihr linkes Bein war eingeschlafen und kribbelte unangenehm. Das laute, tränenlose Schreien des Kindes fand sie zermürbend. Was sollte das überhaupt, dachte sie aufgebracht, mit diesen lächerlichen Schwänzchen das Kind so zu quälen, damit es am Ende aussieht wie ein krankes Hühnchen!

Ihre eigene Mutter fiel ihr ein. Sie hörte deren gereizte Stimme »Halt endlich still« rufen und hatte den scheußlichen Geruch von verbranntem Horn in der Nase, wenn Mama mit der heißen Brennschere gefährlich nahe dem Ohr versucht hatte, ihr die widerspenstigen, dünnen Strähnen zu Locken zu drehen, weil kleine Mädchen Locken haben sollten, auch wenn dabei die Ohren angebrannt wurden und das wurden sie mehrmals.

Marlis schluckte. Mehr als fünfzig Jahre später spürte sie den Zorn noch immer. Sie blickte weg, in eine andere Richtung.

Sie wollte sich heute nicht ärgern, möglichst über nichts und niemanden. Es würde ohnedies ein heftiger Tag werden, das spürte sie deutlich. Sie hatte zu wenig geschlafen, ihre Schmerzgrenze war nicht besonders hoch und sie musste mit ihren drei Taschen hier geduldig auf Gregor warten und frohgemut bleiben. Frohgemut, dachte sie, genau, obenauf und zuversichtlich musste sie bleiben, das war heute sehr wichtig, aber bei ihr durchaus nicht gesichert. Es konnte jederzeit anders kommen und die Gespenster der vergangenen Wochen könnten sie wieder einholen, das wusste sie genau. Aber daran wollte sie jetzt nicht denken, denn sie hatte längst von Gregor gelernt, je weniger sie diese so deutlich beim Namen nannte, desto seltener fühlten sie sich gerufen.

Endlich war das Geschrei verstummt.

Das Kind lutschte an einer rosa Zuckerstange, die Frau packte ihre Sachen ein, warf Marlis einen gelassenen Blick zu und stand auf. Der Mann nahm wortlos das Gepäck und ging in Richtung Passkontrolle, die Frau hob das schlafende Baby auf, nahm das Mädchen an der Hand und ging langsam und mit schweren Schritten hinter ihm her. Das Kind drehte sich nochmals um, sah aus dunklen Augen herüber und lächelte ein wenig.

Marlis winkte ihm kurz zu und atmete auf. Sie war wieder allein auf der Bank, niemand störte sie mehr und sie konnte ihre Taschen loslassen und sich ausbreiten so weit sie wollte. Rundherum waren nur sehr wenige Menschen zu sehen und es war still geworden.

Doch die Stille war nicht angenehm, eher beunruhigend. Die Halle lag weit und leer und von oben, von den Stahlstreben des Daches, wehte ein kühler Zug herunter und bewegte leicht die Flaggen, die dort hingen. Sie schauderte. Es war ihr, als hätte sich vor das vertraute Bild ein Grauglas geschoben, alles schien grau, steingrau, schwarzgrau, berggrau, metallgrau, regengrau, novemberhimmelgrau, grau eben, stummes kaltes Grau, das alle Farben absorbiert und alles Lebendige verschluckt hatte. Für einen kurzen Moment wollte sie die Angst überkommen, ein Gefühl hilfloser Verlorenheit, das sie überwunden geglaubt hatte. Sie stand auf und ging ein paar Schritte, als ginge sie in Zeitlupe durch eine Nebelwand, wie in einem Film.

Was war das? War die Welt heute zu Hause geblieben oder hing die strenge Kälte der vergangenen Ereignisse noch immer in der Luft? Marlis drehte sich um.

Die Ladenzeilen auf beiden Seiten der Halle schienen menschenleer, selbst vor den Bankschaltern spielte sich nichts ab. Sie blickte hinüber zu den Halsketten, Haarspangen und Puderdosen, die dort im

Schaufenster des Friseurladens hell beleuchtet waren und verführerisch funkelten. Den Laden gab es, ebenso wie die Bäckerei daneben, schon jahrelang, sie schienen unverrückbar jegliche Stürme und Fluten auszuhalten und ihr duftender Atem, der eine nach Parfüm und Haarlack, der andere köstlich nach frisch gebackenen Brötchen und Schokolade, drang zu ihr herüber und beruhigte sie.

Alles klar, dachte Marlis selbstkritisch, wie war sie heute nervös. Die Morgenflieger waren alle in der Luft und später gab es immer eine Pause, das konnte sich schnell ändern, da bitte! Wie zur Bestätigung schoben sich die Glastüren auf und zu, Busse waren vorgefahren, Menschengruppen setzten sich in Bewegung, die Halle belebte sich wieder. Sie war erleichtert. Sie würde noch eine Weile auf Gregor warten müssen. Eine halbe Stunde vielleicht, oder zwei Stunden? Was spielte das für eine Rolle, sie war mit einem Flieger verheiratet, ihr halbes Leben hatte sie irgendwo auf ihn gewartet. Sie war es gewohnt zu warten, hatte gelernt sich darin einzurichten, alles um sie herum zu beobachten, oder weit in sich abzutauchen.

Sie war gerne am Flughafen, mochte überhaupt Flughäfen und liebte besonders diese, ihre Abflughalle.

Ein transparenter Hüllenraum, eine helle Fruchtblase, durch zeitlose Räume schwebend und vibrierend im Stimmengewirr der Kulturen, die in endlosen Ketten auftauchten, mit fernen Augen vorbeizogen und durch Ausgänge verschwanden, als würden sie aufgesogen, unsichtbar gemacht, ins Leere gehaucht und irgendwo wieder materialisiert. Es war ihre Illusion vom freundlichen Kosmos, der seine Magie nie verloren hatte.

Monate hatte sie hier verbracht, könnte man die Stunden aneinander hängen, monatelang hatte sie Menschen beobachtet, ihr Kommen und Gehen, ihre Gesten, Bewegungen, hatte Gesichter studiert, Sprachen gelauscht, ihre Herkunft und Ziele erraten und oft dabei sich selbst vergessen. Nie war ihr das Warten langweilig geworden, auch heute nicht.

Weitere schwere Frauen in langen schwarzen Gewändern und bunten Kopftüchern schlurften laut schwatzend hinter weiteren stummen Männern her zum Zoll.

Ein Arbeiter in grauem Overall sammelte die wenigen herumstehenden Gepäckwagen ein, schob sie krachend ineinander zu einer langen Zeile und bugsierte sie mit gelangweilter Miene in eine Ecke.

Ein Mann fiel ihr auf, der unruhig hin und her lief. Er trug abgetragene, enge Jeans und ein lose hängendes Hemd, in dessen Brusttasche ein Kabel endete, das vom dem einen Ohr seinem kahlen Kopf entlang herunter baumelte. Er telefonierte angespannt und so gedämpft, dass Marlis nichts verstehen konnte. Aber er murmelte lächelnd vor sich hin, lauschte wieder verzückt, lachte dann verhalten, die Augen flackernd und weit weg. Sieh da, ein Tiger, nein, eher ein Panther, dachte Marlis, ein hungriges Raubtier jedenfalls, eines das sichtlich große Pläne schmiedet! Schade, konnte sie das Opfer nicht sehen. Gewiss war es jung, schön und unruhig und wollte ihm jedes Wort glauben. Sie betrachtete seinen geschmeidigen Gang und die langen Hände, die den Rollwagen steuerten, dann wieder über die unrasierten Wangen strichen oder verlegen über den Kopf fuhren, bis er ihren forschenden Blick einfing, sich abwandte und weg ging.

Marlis blickte erneut zur Rolltreppe, die Stufe um Stufe leere, gerillte Platten über die Kuppe schob, um sie sogleich wieder ins Bodenlose verschwinden zu lassen. Dort müsste er erscheinen, Gregor, der Mann mit dem sie schon so lange, wie schon immer, zusammen war und den sie liebte, wie schon immer.

Zuerst wird eine schwarze Lederkappe sichtbar werden, den Schirm tief in die Stirn gezogen, die Augen fast verdeckt, darunter die markante Nase, hohe schräge Wangenknochen unter weißgrauen Bartstoppeln und schließlich das schmale Kinn. Der leicht spitze Mund wird breit lachen und dabei tiefe Falten in den Wangen aufwerfen und er wird einen Arm heben und ihr zuwinken, damit sie sicher sei, dass er sie gesehen hat. Er wird die dunkelgrüne, wildlederne Jacke tragen und den hellen, gestrickten Seidenschal, den sie ihm vor Jahren geschenkt hatte, dazu leicht ausgebeulte, schwarze Cordhosen und völlig unpassende braune Schuhe. Er wird mit langen Schritten zu ihr eilen, sie fest an sich drücken und erst dann wird sie erkennen

14

können, welcher Kosmos in seinen Augen kreisen würde. Verdunkelt und unergründlich könnten sie heute sein diese Augen, die sonst in hellem Grüngold blinkten, wie an die Küste gespülte Kieselsteine, die feucht von Sand und tausend Meeren schimmerten.

Und nach Flugzeug wird er riechen, nach dieser undefinierbaren Mischung aus zahllosen Ausdünstungen von Triebwerken, Systemen und Menschen, dazu nach Kaffee, Zigaretten, Kaugummi und einem letzten Hauch Rasierseife, die sich auf seinem Hals zu einem Duft vereinten, der sie noch immer leicht aus der Fassung brachte. Sie griff nach ihrer Handtasche. Das Display am Handy war leer. Seit vorgestern hatte er sich nicht mehr gemeldet. Spät abends hatte er angerufen, sich mit ihr verabredet, hastig und knapp bei einer Zwischenlandung, mehr war nicht möglich und auch nicht nötig. Also bis übermorgen, Liebes!

Sie beschloss, ihn nicht anzurufen, sie würde nur stören. Sie wusste ja wie ihm zumute war.

Er war in aller Frühe aufgestanden und würde mit dem Morgenflug aus Oslo kommen. Das Wetter war seit drei Tagen miserabel. Stürmischer Wind und Regen vermischt mit Schnee bedeuteten immer auch Verspätung. Nasse Pisten forderten höchste Konzentration, manche Maschinen mussten durchstarten, die Seitenwindlimiten waren tief und einschränkend, oft war nur eine Piste verfügbar, es gab Warteschlangen in der Luft und am Boden und die Flugzeiten konnte man überhaupt vergessen.

Marlis stand auf und blickte aus den riesigen Fenstern über den Platz. Auf den Pisten tat sich gerade sehr wenig. Unten auf dem Vorfeld warteten mehrere Flugzeuge, aber lediglich ein einziges wurde entladen und außer einer langen Reihe von Gepäckwagen, die Richtung Gebäude ruckelten, gab es wenig zu sehen.

Aber Wolken stapelten sich dort am Pistenende über der Ebene vor dem gleißenden Licht, Wolken, grandios und dunkel!

Rasend schnell wuchsen sie, wurden stürmisch näher getrieben und schon warfen sie wieder erstarrten Regen und taumelndes Weiß hinunter, die Reihen der silbernen Flügel erzitterten, schwarze Deckplanen flatterten hilflos über Kisten und Koffern und scharfe Böen peitschten durch blitzende Pfützen und zerrten den Märzmorgen ins Ungewisse.

Sie seufzte. Inzwischen war es schon beinahe zehn Uhr. Erfahrung und Gefühl sagten ihr, dass es noch länger dauern könnte, bis Gregor kam. Sie brauchte erstmal einen Kaffee. Die Mittagsmaschine nach Wien würden sie ohnehin nicht mehr schaffen, gut, dass sie noch nicht eingecheckt hatte, besser war es abzuwarten, die Dinge auf sich zukommen zu lassen. Die nächste Maschine flog erst um halb drei Uhr nachmittags und war meist halbleer, also kein Problem, sie hatten ja Zeit.

Sie schlenderte hinüber zur Cafeteria, stellte ihren Rollwagen zu einem der Stehtische, ging zur Theke und bestellte sich einen Cappuccino. An ihrem Arm baumelte gewichtig die Tasche mit Gregors Computer und es fiel ihr schwer, die Tasse ohne zu verschütten an den Tisch zu bringen. Doch sie wollte die Tasche nicht aus den Augen lassen, auch wenn wenig Leute um sie herum waren. Sie schob sie zwischen die Füße.

In einer Glastüre seitlich erblickte sie ihr Spiegelbild und sie rutschte etwas weiter nach rechts, um das, was sie dort sah, nicht so genau betrachten zu müssen. Sie sah sich längst nicht mehr mit dem selben zufriedenen Wohlgefallen, welches sie viele Jahre genossen hatte. Inzwischen gab es da einiges, was nicht mehr den früheren Idealen entsprach. Auf die stetig schwellenden Hügel ihrer Silhouette war sie noch nicht eingestellt, obschon Gregor diese Entwicklung durchaus begrüßte. Aber ihre Haltung verriet eine leicht resignierte Müdigkeit und ihr kinnlanges, früher honigblondes Haar war sehr hell geworden, bösartig könnte man behaupten, es sei weiß geworden, was aber nun auch nicht den Tatsachen entsprach, nein, mit ihrem Haar, das die letzten Jahre die Farbe überreifen Weizens angenommen hatte, war sie noch sehr zufrieden. Das Bild vom reifen Weizen gefiel ihr, es hatte so etwas Versöhnliches und in Zeiten wie diesen, hatte sie entschieden, war es besonders wichtig, wenigstens mit sich selbst versöhnlich zu sein.

Genüsslich leerte sie den Zucker auf den weißflaumigen Schaum rund um die Schokoladenwolke in seiner Mitte, tauchte den Löffel ein und drehte alles zu einem luftigen Wirbel. Dann trank sie leise schlürfend den ersten Schluck und stöhnte zufrieden. Es war angenehm warm, sie hatte hier die Bänke unter den Bäumchen im Blickfeld und konnte Gregor sehen, sobald er kommen würde.

Sie fühlte sich ganz gut, dachte sie, aufgewühlt wohl noch, aber schon besser, friedlicher jedenfalls.

Vor einigen Monaten, als ihr Leben gnadenlos auf den Kopf gestellt wurde, war eine Wut in sie hinein gefallen, wie eine reife Kastanie, direkt in ihre Mitte, war zu einer braunrot geflammten Kugel gewachsen, die unentwegt herumzog in ihrem Bauch, hinauf durch den Magen bis in die Kehle drängte und hinuntergeschluckt den Weg in die Lungen nehmen wollte und sie tief Luft holen musste, bis die Kugel zerplatzte, in lauter Gluttröpfchen, die aufgesaugt von ihrem heißen Blut im Rhythmus des Herzens immer neue ruhelose Energien bildeten, die drohten sie zu vernichten. Aber irgendwann hatte sich das Gehirn dazu geschaltet und sanfte Ströme und Balsame ausgeschickt, die Feuerkugeln soweit zu dämpfen, dass sie nun kaum mehr spürbar, nur noch herumliegen konnten, wie in einer abgelegenen Munitionskammer vielleicht!

Marlis schmunzelte bei diesem Gedanken. Sie liebte solche Bilder, die Dinge ließen sich besser erklären, Gregor, der Welt und sich selbst.

Diese heiße Phase, wie sie es nannte, hatte sie überstanden und es wurde Zeit, sich umzustellen. Dennoch merkwürdig, dachte sie kritisch, alles schien unverändert, erschreckend gleich, als gäbe es noch immer die alte Ordnung, als wäre nichts geschehen und nichts deutete darauf hin, dass alles anders werden würde, wahrscheinlich ganz anders. Sie würden sich beide wohl gewöhnen müssen an neue Gegebenheiten und an Ordnungen, von denen sie noch gar nichts wussten, außer dass sie diese selber schaffen mussten, irgendwie!

Marlis gab sich einen Ruck und griff nach einem Barstuhl vom Nebentisch. Besser nicht grübeln, die Tränen waren zu nah.

Erstmal wollten sie nach Wien fliegen, aufs Land fahren und zur Ruhe kommen, viel bereden, schweigen und sich umarmen, immer wieder.

Von langen Spaziergängen hatten sie gesprochen, in den dunklen, duftenden Wäldern die sich rund um Gregors Heimatort erstreckten und von der Stille, die dort bis zu den Sternen reichte. Es werden noch Reste von Schnee liegen auf dem schwarzen Nadelboden zwischen den Stämmen, aber auch draußen an den Wegen und weit auf den Feldern wo die Krähen sich balgen. Es war der richtige Ort für müde Tage. Dort würden all die Begebenheiten der letzten Monate nach und nach in kleine, trockene Krümmel zerfallen, die sie beim Gehen einfach fallen lassen könnten, dass sie von den Tieren des Waldes gefressen und für immer verschwinden würden, lautlos und spurlos.

Gregor hatte gelacht bei dieser Schilderung. Gregor konnte fast immer lachen.

Noch war er nirgends zu sehen.

Afrika

Inzwischen zirkulierten wieder einige Leute in der Halle. Gregor war auch unter ihnen nicht zu entdecken.

Oh, aber zwei Afrikanerinnen, die lebhaft miteinander plaudernd gemächlich den Läden entlang schlenderten, das Café erblickten und nach kurzem Zögern darauf zusteuerten. Zu Marlis Entzücken nahmen sie an einem Tisch in ihrer Nähe Platz. Sie trugen weite Gewänder, die mit großen Mustern bedruckt und an den Säumen bestickt waren und von den Armen bis zum Boden fielen. Auf dem Kopf war ein Tuch in passendem Stoff zu einem üppigen Gebilde gebunden. Sie waren hochgewachsen, jung und schön und Marlis musste sich zwingen, sie nicht anzustarren. Die geschmeidigen Bewegungen, die lebhaften Augen, ihre bedeckten Stimmen und das heisere, kehlige Lachen, ihre Art mit den aufgestützten Armen beim Sprechen alles zu unterstreichen, das eigenwillige Französisch von dem sie gelegentlich einige Brocken aufschnappte, alles war ihr vertraut und tauchte nun in Gestalt dieser Frauen auf, von weit her, wie aus dem Bilderbuch eines früheren Lebens.

Senegal oder Elfenbeinküste, dachte Marlis und verspürte plötzlich einen stechenden, sehnsüchtigen Schmerz aufsteigen, der ihr kurz die Kehle zuschnürte.

Afrika!

Accra, Lagos, Abidjan, Douala, Monrovia...diese Namen hatten genügt, sie ins Fieber zu versetzen.

Monrovia!

Ihr allererster Flug im Dienste der Airline hatte sie nach Monrovia geführt, vor über dreißig Jahren.

Drei Stunden zu früh war sie an jenem eisigen Januartag am Flughafen in der Kantine gesessen und hatte versucht, ihre Aufregung zu verbergen. Die Personalkantine war mit einer breiten Fensterfront versehen dem Flugplatz zugewandt. Von ihrem Sitz aus hatte sie weit über die Landebahn und das Vorfeld blicken können, wo die parkierten Flugzeuge stramm in einer Reihe standen und in der schwachen Januarsonne glänzten. Eines davon würde sie in ein paar Stunden besteigen und nach Afrika fliegen, das war unglaublich und vollkommen unwirklich!

Man stelle sich vor, sie, Marlis Degen, dreiundzwanzig Jahre jung und ungebunden, war von einer Fluggesellschaft als fliegende Krankenschwester eingestellt worden und sollte ihren ersten Dienst tun.

Als Mitglied der Besatzung sollte sie sich hauptsächlich um Babies und Kinder sowie alte, kranke oder verletzte Menschen kümmern, sie notfalls auch pflegen, um ihnen lange Flugreisen angenehmer und erträglicher zu machen. Vor allem auf Flügen nach Afrika war diese Art der Unterstützung erwünscht, dort reisten besonders viele Kinder mit und aufgrund schlechter Straßenverhältnisse öfter auch Unfallopfer oder erkrankte Menschen, die zur Behandlung in ihre Heimat wollten. Marlis hatte seit Wochen diesem Tag entgegen gefiebert. Es war ein Traumjob, über den sogar Frauenzeitschriften berichtet hatten und es schien ihr noch immer wie ein Wunder, dass man ausgerechnet sie dafür gewählt hatte. Während der Jahre ihrer Ausbildung an diversen Kliniken, war sie eher unglücklich gewesen, hatte sich eingesperrt gefühlt, missverstanden und lebendig begraben.

Sehnsüchtig hatte sie das Leben außerhalb der dicken Mauern verfolgt und nichts hatte daran etwas ändern können, dass sie überzeugt gewesen war, völlig den falschen Beruf gewählt zu haben. Allerdings hatte sie auch nicht gewusst, welcher der Richtige für sie gewesen wäre, also hatte sie die drei Jahre durchgehalten, ihr Diplom gemacht und sich danach da und dort noch etwas mehr Erfahrung geholt. Nun war es soweit, nun gehörte sie zum fliegenden Personal der Airline und fühlte sich glücklich wie nie zuvor. Endlich war sie frei, konnte über Meere und Kontinente fliegen, sich selbst und die Welt von oben und unten kennen lernen, alles weitere würde sich schon ergeben!

Sie trank eine Cola und spürte die Aufregung in Wellen durch den Bauch schwappen.

Sie fand sich ungemein elegant in der neuen Uniform, einem dunkelblauen Kleid mit passendem Jäckchen, weißem Oberteil und einem Rocksaum, der knapp und modebewusst einige Zentimeter über dem Knie endete. Ihre Haare trug sie leicht toupiert und über den Schultern zu einer Außenrolle gedreht, was sich mittels Dauerwelle und Haarspray ganz gut bewältigen ließ. Ein dunkler Lidstrich umrahmte die blauen Augen und die Lippen schimmerten in rosa Perlmutt passend zum Nagellack. In einem Schönheitskurs für Stewardessen hatte sie alles über Gesichtspflege, Make-up und Frisuren lernen müssen, damit sie auch als »Flying Nurse«, wie sie genannt wurde, gut in den eleganten Rahmen an Bord der Airline passte. Schließlich hatte man ihr eigens einen Trainer zur Seite gestellt, der sie während zwei Tagen intensiv für Notfälle im Flugzeug geschult und geprüft hatte. Sie sprach fließend Deutsch, Französisch und Englisch, verstand dazu ein paar Brocken Italienisch und jetzt mochte kommen was wollte, sie fühlte sich bereit! Sie spielte nervös mit einer Haarsträhne und betrachtete die Flugzeuge.

Einmal war sie erst in einem Flugzeug gesessen, damals mit siebzehn, als sie, vom großen Bruder begleitet, als »Au Pair« nach London fliegen durfte. Sie hatte sich gefürchtet und während des unruhigen Fluges war ihr übel geworden, aber damals war sie noch ein Kind gewesen, nun würde es mit der Angst vorbei sein.

Vom Fliegen hatte sie zwar kaum eine Ahnung und außer den obligaten Sicherheitsbestimmungen und der Notausrüstung, wie Sauerstoffflaschen, Megaphonen, Rutschen und aufblasbaren Booten, kannte sie wenig, aber das würde sich bald ändern, sie war immer schon neugierig gewesen.

So hätte sie gerade gerne gewusst, warum die Flugzeuge dort draußen alle von einem Tankfahrzeug mit einer schmierig aussehenden Lösung abgewaschen wurden, bevor sie zum Start rollten, das bisschen Schnee auf den Flügeln konnte ja nicht so schwer sein. Prächtig sahen sie aus, so frisch geputzt. Welches der Flugzeuge könnte wohl das ihre sein? Sie musterte den tiefgrauen Himmel über dem Platz. Hoffentlich würde nicht ausgerechnet heute ein Sturm aufkommen, ihr würde sonst garantiert schlecht werden und das wäre fatal! Aber wenn es denn doch passierte, dürfe sie sich nichts anmerken lassen, sie solle immer lächeln, hatten sie ihr gesagt.

Sie trank den letzten Schluck Cola.

Vielleicht sollte sie doch noch etwas essen?

Nein, lieber nicht, oh Gott, ihr war jetzt schon schlecht, sie könnte keinen Bissen hinunterbringen!

Cola. Cola sagte man, sei gut bei Übelkeit.

Sie sah sich nach der Kellnerin um und bestellte noch eine Cola.

Ringsum saßen Hostessen und Piloten plaudernd und schäkernd beisammen, sie waren entspannt und fröhlich. Ab und zu blickte jemand zu ihr herüber und schien sich über ihre außergewöhnliche Uniform zu wundern, aber niemand hatte sie angesprochen. Die Kellnerin brachte die frische Cola, sie trank in kleinen Schlucken und ließ sich die Bläschen um die Nase prickeln. Ein Flugzeug sauste donnernd über die Piste und hob dröhnend ab. Sie hielt einen Moment den Atem an. Wie wunderbar sah das aus, wie schwerelos!

Eine Männerstimme hatte sie gestört und sie war zusammengezuckt. Tschuldigung, ist hier frei? Danke!

Drei junge Männer setzten sich ohne weitere Umstände an ihren Tisch. Sie trugen keine Uniform, nur Jeans und Pullis und der eine, der sie angesprochen hatte, schaute gleich herausfordernd zu ihr herüber.

»So, sie müssen fliegen gehen?« fragte er unverblümt und grinste sie an.

»Ja«, sagte Marlis knapp und blickte abweisend aus dem Fenster.

»Wohin, wenn man fragen darf?« Er ließ sich nicht beeindrucken und strahlte sie unentwegt an.

»Monrovia«, sagte sie noch etwas kühler und fand ihn unverschämt. Er hatte Augen schwarz wie reife Kirschen und ein sorgfältig gekämmter Seitenscheitel teilte das dunkle, glattgeölte Haar. Seine beiden Begleiter schmunzelten verhalten und blickten aus dem Fenster.

»Toll«, sagte der Wortführer und schien ehrlich überrascht, »Westafrika!«

Marlis überlegte sich kurz, ob sie aufstehen und gehen sollte, blieb aber dann sitzen. Sie wollte sich nicht vertreiben lassen. Im Übrigen hatte sie hier noch keine Menschenseele kennengelernt, irgendwie musste sie damit anfangen. Außerdem hatte ihn seine letze Reaktion etwas sympathischer gemacht. Immerhin wusste er, dass Monrovia in Westafrika lag.

Nun schien er aus dem Konzept und suchte nach Worten. Die anderen beiden sagten gar nichts. Marlis drehte sich vom Fenster weg, sah direkt zu ihm herüber und fragte so beiläufig wie möglich: »Und Sie?«

»Ich?«

Er war verdutzt und sagte dann verlegen:

»Ich fliege gar nirgends hin. Ich bin hier in der Flugschule. Wir sind in der Ausbildung, in der Schule für Berufspiloten, wir sind nur Flugschüler!«

Sein breites Lächeln war zurück und ließ das Gesicht noch runder werden. Er streckte die Hand über den Tisch und sagte:

»Ich bin Erich und das sind Gregor und Fritz!«

Seine Hand war weich und feucht. Er blickte seine Freunde triumphierend an. Die beiden drückten ihr die Hand, murmelten etwas Unverständliches und schwiegen dann wieder. Fritz hatte Sommersprossen, einen rötlichbraunen Bürstenschnitt und grinste abwartend. Gregor war schmal und hager, hatte braunes Haar, das sich über der hohen Stirne zu leichten Locken drehte und schaute eher ratlos ins Leere.

Erich war ihnen sichtlich peinlich. Marlis begann sich zu amüsieren. Sie zog eine Zigarette aus der Schachtel und Erich war sofort mit dem Feuerzeug zur Stelle.

»Marlis«, sagte sie munter, »ich heiße Marlis und bin auch eine Art Flugschüler, das wird nämlich mein erster Flug sein.«

»Ahh, ist das aufregend!«

Erichs Stimme gewann wieder deutlich an Festigkeit und er fand, dass er nun unbedingt erfahren müsse, warum sie eine andere Uniform trage als die Airhostessen, warum sie hier so alleine sitze, ob sie sich denn freue und warum sie so blass sei?

Marlis begann ihr Entgegenkommen bereits wieder zu bereuen und überlegte was sie Vernichtendes sagen könnte, aber er fuhr plätschernd fort, aha, das sei also ihr erster Flug und das gleich nach Afrika, Teufel noch mal, da sei sie aber mutig, immerhin ein verdammt langer Flug. Nein, er sei noch nie so weit geflogen und schon gar nicht in einem Flugzeug wie der Convair Coronado, ein Wahnsinnsflieger! Ja, er wäre auch nervös, würde eine solche Reise vor ihm liegen, immerhin sei doch die ganze Sahara dazwischen und da wisse man nie so genau...

Hier hatte Erich von Fritz einen warnenden Stoß mit dem Knie verpasst bekommen und so schwieg dieser grinsend. Für einen Moment herrschte gespannte Stille am Tisch. Fritz und Gregor blickten sie vorsichtig, fast entschuldigend an. Marlis hatte aber zu kichern begonnen, erst leise, dann immer lauter und schließlich waren sie alle in Gelächter ausgebrochen, befreiend und vertraut, als kannten sie sich seit Jahren.

Marlis hatte dann aber auf die Uhr gesehen und alarmiert bemerkt, sie hätte gerne weiter mit ihnen geplauscht, aber sie müsse sich verabschieden. Erich hatte theatralisch gemeint, das sei jammerschade und sie sollten sich doch wieder treffen und Fritz hatte vorgeschlagen, sie könnten Marlis doch nach ihrem Rückflug abholen, sie könnte ihnen bei einem Bier von Afrika erzählen. Sie hatte spontan zugesagt und war aufgestanden. Sie war unruhig geworden und wollte nicht am Ende zu spät zu ihrem Erstflug kommen, das wäre katastrophal gewesen.

Erich sprang auf und half ihr in die Jacke. Sie hob dabei ihre Haare, ließ sie dann weich auf die Schultern fallen, lächelte und sagte:

»Danke Erich. Bis morgen also, ich freu' mich!«

Sie ging mit leichtem Wiegen der Hüfte und spürte im Rücken die Blicke, die sie bis zum Ausgang verfolgten. Sie freute sich wirklich. Marlis schaute versunken in ihre leere Kaffeetasse. Wie froh war sie damals gewesen, auch wie naiv, sorglos und neugierig.

Irgendwie war es ihr gelungen, in der Menge unbekannter Gesichter und Uniformen, die sich vor dem Check-in Schalter versammelt hatten, die Besatzung ausfindig zu machen, mit der sie nach Afrika fliegen sollte, oder die Crew hatte sie aufgespürt, blass und unsicher wie sie ausgesehen haben musste.

In einem anderen Raum wurde das Briefing, die Flugbesprechung abgehalten, bei der die Arbeiten an Bord verteilt und den Hostessen und Stewards die Zuständigkeiten bei Notfällen zugewiesen wurde. Marlis hatte man versichert, sie werde in alle Abläufe integriert und sie müsse sich nicht die geringsten Sorgen machen. Später war der Captain, ein liebenswürdiger Mann in den Fünfzigern, dann der Copilot erschienen und hatten alle begrüßt und Marlis fand die dunkelblauen Anzüge mit den breiten goldenen Streifen an den Ärmeln doch sehr edel und imposant. Der Captain hatte seine Crew über die Wetterverhältnisse und Besonderheiten auf der Strecke informiert und noch beigefügt, dass man sich für Cockpitbesuche gerne anmelden dürfe und er sich über die Anwesenheit einer Krankenschwester überhaupt sehr freue, da seine Augen auf langen Flügen über der Sahara zu besonderer Trockenheit neigten und er einer Behandlung mit Augentropfen sehr zugetan wäre.

Ein ganz anderer Ton als im Spital, hatte sich Marlis gefreut, ein »sehr gerne« gestammelt und gespürt, dass sie errötet war. Er machte sich lustig, das merkte sie, aber er tat es charmant und wohlwollend. Alle hatten sie hier freundlich behandelt und aufgenommen, es war unglaublich!

Irgendwie war sie dann in einem Bus mit ihnen zum Flugzeuge gefahren und hatte innerlich bebend die breite Treppe erklommen und das Flugzeug betreten. Drinnen herrschte ein ziemliches Chaos. Die Maschine wurde beladen, alle Türen standen weit offen und es wehte eiskalt durch die engen Bordküchen, wo eben krachend und scheppernd die Container gewechselt wurden. In der Kabine war eine hektische Putzmannschaft dabei, die letzten vollen Säcke mit den Abfällen wegzuräumen. Marlis hatte sich von Catherine, der Kabinenchefin, die Flugvorbereitungen zeigen lassen, die penible Kontrolle aller geladenen Notwendigkeiten, von Zeitungen über die Anzahl der Essen, Getränke, Weine und Spirituosen, bis hin zu Babywindeln, Toilettensachen und Medikamenten, jeder Zentimeter Raum war kostbar, genau geplant und genutzt. Schließlich war es warm geworden in der Kabine, sanfte Musik hatte gespielt und die Fluggäste waren eingetroffen, manche von ihnen feierlich und würdevoll wie Könige. Marlis hatte neben Catherine stehend über einhundertfünfzig Passagiere begrüßt, hatte aus schweren Mänteln und Pelzen geholfen, Taschen in Regale gehievt, Babies gehalten, Platz für eine Gitarre gesucht und gefunden und immer noch war alles wie ein Traum.

Und irgendwie war dieses Flugzeug schließlich gerollt, rumpelnd endlos weit gerollt, war dann plötzlich mit gewaltigem Donnern und unbändiger Kraft losgeschoben worden um schneller und schneller zu rasen und sich, beim nächsten Herzschlag und so leicht wie ein befreiter Seufzer, von der Erde zu lösen und in kaltes, majestätisches Wolkengrau zu tauchen, das ganz ruhig am Fenster vorbei floss und nur hin und wieder ein feines Zittern über die Flügel schicken ließ, wie eine Botschaft der dort herrschenden Mächte.

Sie waren in der Luft, eine neue Zeit hatte begonnen!

Marlis war vorsichtig aufgestanden, das Gefühl in den Beinen war schwer und noch sehr fremd, sie hielt sich einen Augenblick an den Sitzlehnen fest und holte tief Luft. Von dem Moment an hatte sie kaum mehr Zeit gehabt, auf ihre Beine zu achten. Jemand hatte bereits ungeduldig nach ihr gefragt. Das Flugzeug war bis auf den letzten Platz besetzt und Marlis hatte an die vierzig Kinder zu betreuen, die mit ihren Familien nach den Weihnachtsfeiertagen zurück in den afrikanischen Alltag flogen. Die Kinder und ihre Eltern hatten sie voll beansprucht. Bald war sie im Flugzeug hin und her gelaufen wie auf festem Boden, hatte mit ihnen gespielt, Tränen getrocknet und Streit geschlichtet, Babies gewickelt und gefüttert und sich dazwischen um eine alte, gehbehinderte Dame gekümmert. Während des

Essens hatte sie wie die Hostessen vollbeladene Tabletts in die Kabine getragen, Fleisch und Gemüse kleingeschnitten, ein Kind gewaschen und angezogen, das eine Flasche Orangensaft über sich gekippt hatte und dessen aufgebrachte Mutter beruhigt.

Auch in der ersten Klasse waren zwei Kinder zu betreuen, die mit ihrem Vater reisten. Marlis hatte ihnen zwischendurch Teller mit Essen hergerichtet und dabei gestaunt, was aus den Containern der Galleys im Laufe des Fluges so alles hervor geholt wurde und wieder darin verschwand. Abgesehen von unzähligen Flaschen Champagner, Wein, Bier, Wasser und Fruchtsäften, gab es winzige belegte Brötchen, Kaviar auf Eis und ganze Hummer mit fleischigen Scheren, umgeben von gefüllten Eiern und Salaten serviert auf silbernen Platten und in ebensolchen Schüsseln und Saucieren duftenden Reis oder Nudeln und dazu diverse Fleischgerichte, bunte Gemüseteller, viele Käsesorten und süße, warme Puddings und Torten und das Essen schien gar kein Ende nehmen zu wollen.

Als es vorbei war hatte sie der Captain ins Cockpit rufen lassen.

Das Cockpit!

Sie hatte den Atem angehalten, als sie den engen Raum betreten durfte und war überwältigt und sprachlos über den Anblick, der sich ihr bot. Unzählige Schalter, Anzeigen und Instrumente bedeckten jede Fläche vor, neben und über ihr und darauf drängten sich tausende von Skalen, Zeigern und Zahlen, Markierungen und kleine farbige Lampen. Dann gab es ein seltsam verkrümmtes Steuerrad, das auf einer breiten Säule saß, ein Eigenleben führte und sich ab und zu wie von Geisterhand bewegte, was aber die Piloten nicht im geringsten zu beunruhigen schien, denn sie saßen entspannt, die Hände beängstigend locker auf den Knien und überließen das Steuer sich selbst. Das Dröhnen der Triebwerke wurde begleitet von einem steten Rauschen der Luft und knisternd brüchigen Stimmen die von irgendwo über den Flugfunk zu ihnen gelangten. Marlis fand dies alles äußerst beeindruckend und respekteinflößend.

Rundum floss das hellste Licht durch weite Fensterscheiben und dahinter war nichts. Ein Nichts, das allumfassend war und sie erkannte entsetzt, dass sie nur etwas Glas davon trennte und sie in elftausend

Metern Höhe und bei minus fünfzig Grad von diesem Nichts nur einen Schritt, einen lächerlich kleinen Menschenschritt entfernt stand und war zurück geschreckt, doch dann war die Faszination stärker und sie hing an dem Fenster und schaute schweigend. Sie dachte, das Gefühl grenzenlosen Schwebens und der Blick, der sich dort so ungehindert ausbreiten und all das unglaublich helle Blau und leuchtende Saharagold auf einmal aufnehmen konnte, das würde sie nicht wieder loslassen, denn sie hatte nie zuvor etwas Fantastischeres gesehen!

Der Captain hatte sie beobachtet und ihr Zeit gelassen, alles zu betrachten. Dann hatte er sich in seinem Sitz weit zurückgelehnt und sie hatte ihm wie versprochen Tropfen in die Augen geträufelt, die tatsächlich von der trockenen Luft gerötet waren. Er war väterlich, wohlwollend freundlich und dankbar und bat sie, in zwei Stunden die Behandlung zu wiederholen. Der Flugingenieur, der als dritter Mann ebenfalls im Cockpit saß und für alle technischen Systeme zuständig war, sagte ihr zur Begrüßung, er bitte dringend auch um eine Augentropfenbehandlung, sonst könne er die Treibstoffanzeigen nicht mehr korrekt ablesen, was sie bestimmt nicht wolle. Sie lachte befreit.

Der Copilot hatte dann vorgeschlagen, die Augenpflege doch gleich zwingend in ihr Repertoire aufzunehmen, sie sei ja sicher sonst nicht allzu beschäftigt. Das war wahrscheinlich als Scherz gedacht, dachte Marlis überrascht, aber sein Ton wirkte überlegen und ziemlich arrogant und war ihr nicht sonderlich sympathisch. Der Mann war kantig, hatte ein spöttisches Grinsen in den Mundwinkeln und seine buschigen schwarzen Augenbrauen lagen über unruhigen Augen, die kühl taxierend blickten und er roch streng nach Zigarren, ein Geruch, den sie abstoßend fand und von dem ihr schnell übel wurde. Ein unangenehmer Typ, dachte sie, als sie noch wie benommen zurück in die Kabine ging, dennoch, der Besuch im Cockpit war einmalig gewesen! Sie legte die Augentropfen in die Bordapotheke zurück. Dann schlüpfte sie in die Toilette, zog ihre Lippen nach und puderte die Nase, denn sie glänzte wie immer bei Aufregungen und dieser Tag bestand nur aus Aufregungen, ja selbst das Waschbecken und das Klo, die das Wasser mit einem röhrenden Ächzen verschlangen, fand sie aufregend. Sie schaute sich prüfend an. Die Frisur war noch ganz in

Ordnung, sie konnte sich wieder in der Kabine sehen lassen. Das Aussehen, hatte sie gelernt, war wichtig und sollte zwischendurch kontrolliert werden.

Sie lächelte sich an und war zufrieden. Sie würde allem standhalten, denn das Fliegen, das war wunderbar.

Der Duft Afrikas!

Wie oft schon hatte sie ihn seither aufzuspüren versucht, hatte geschnuppert an den Taschen, Muschelketten und Stoffen, in all den Sachen, die sie damals mitgebracht hatte, aber er war längst verweht, doch sie erinnerte sich gut an diesen Duft, der ihr so unergründlich tief und geheimnisvoll erschienen war, wie kein anderer zuvor. Nie würde sie ihn vergessen.

Niemals auch den Augenblick, als sie nach diesem allerersten Flug von der Flugzeugtüre auf die wackelige Treppe getreten war und ihr die Luft die satten Gerüche dieses Flughafens mitten im Dschungel zugetragen hatte. Es hatte nach Kerosin gerochen und feuchter Erde, nach schweißnassen Menschen und einem nahen Fluss und nach etwas Undefinierbarem, schwerem Süßen, was sicherlich nur das Parfum tausender Pflanzen sein konnte. Eine neuerliche Welle der Aufregung hatte sie gepackt.

Sie befand sich in Afrika!

Mitten in Afrika, also das, was in der Dunkelheit unter der Treppe so rotbraun leuchtete, war afrikanische Erde!

In Monrovia waren sie gelandet, die Luft war warm wie nach einem heißen Sommertag und der Traum war noch nicht vorbei, jetzt nur ja nicht aufwachen. Marlis blickte sich um.

Das Flugzeug stand als einziges, weiß und glänzend im grellen Licht mehrerer Scheinwerfer, die von einem länglichen, zweistöckigen Gebäude herüber gleißten. Neben dem Gebäude war, von einer einzigen Laterne beleuchtet, nur eine Straße die sich im Dunkel der Nacht verlor und dahinter schien nichts als Schwärze zu sein, keine Lichter, keine Stadt, nichts war zu sehen. Nichts, als afrikanische, undurchdringlich tiefe Nacht!

Sie spürte ein leichtes Unbehagen und zog sich zurück ins Flugzeug. War das wirklich alles, eine Straße, noch dazu spärlich beleuchtet?

Sie fühlte sich plötzlich wie ein kleines Kind. Gut bin ich hier nicht alleine, dachte sie erschrocken, ich würde mich wirklich fürchten. Aber Catherine, die sie den ganzen Flug über nicht aus den Augen gelassen hatte und die anderen Hostessen, die sich hoffentlich auskannten, würden ihr schon zur Seite stehen und sonst war da noch der Captain, und Flugkapitäne, hatte man sie belehrt, wüssten alles und seien für alles zuständig und verantwortlich und außerdem, die drei Männer im Cockpit hatten auf unerklärliche Weise hierher gefunden und das Flugzeug nach zweifachem Hüpfen sicher auf dem Lichterstreifen zwischen den Palmen abgesetzt, also konnte man ruhig darauf vertrauen, dass sie sich auch in der grenzenlosen Dunkelheit draußen zurecht finden würden.

Schließlich hatte Thomas, der freundliche Chef de Cabine gesagt, er kenne den Weg zum Hotel, sie würden dort alle miteinander hingehen, damit waren ihre letzten Ängste beseitigt.

Endlich hatte Marlis mit ihrem kleinen roten Koffer die Treppe hinunter steigen können, um sich zum Hotel zu begeben. Es gab tatsächlich nur die eine Straße, die zur Stadt führte und neben dem Flughafengebäude eine weitere schmale, die eigentlich keine Straße war, sondern nur eine in den Dschungel gerodete Schneise, die völlig unbeleuchtet geradeaus führte und weiter vorne dort endete, wo das Licht eines Bungalows schimmerte.

Marlis ging dicht neben Catherine schweigend in der Gruppe mit und gab nur Antwort, wenn sie jemand ansprach. Die neuen Uniformschuhe drückten nach zehn Stunden des Tragens und die Strümpfe klebten an den Beinen, aber das war alles egal.

Sie ging auf afrikanischem Boden, der wie rotbrauner Puder um ihre Füße wirbelte und über ihr hing tiefdunkelblau und atemberaubend der Himmel im Licht weißgoldener Sternennebel und die feuchtwarme Luft war erfüllt vom Sirren der Zikaden und der Stille der Nacht.

Sie war einfach sprachlos glücklich.

Es war nur ein kurzer Weg zum Bungalow, der sich als kleines hübsches Hotel entpuppte. Marlis bekam ein Zimmer mit einem riesigen Bett, Möbeln aus schwarzem Holz und dicken Vorhängen mit eingewobenen roten Blumen und Blätterranken, die sich mittels einer

Kordel geräuschlos hin und her schieben ließen. Der Afrikaner, der sie zum Zimmer begleitete, hatte sie als »Madame« angesprochen und ihr das Vorhangsystem vorgeführt, nachdem er sie darauf aufmerksam gemacht hatte, dass das Licht auch im Bad funktioniere. Dann blieb er solange strahlend stehen, bis Marlis begriffen hatte und ihm ein Trinkgeld gab. Er verbeugte sich artig und ließ sie allein.

Sie sank auf das Bett und seufzte tief. Dann warf sie die Arme in die Höhe und stieß einen unterdrückten Schrei aus. Es war einfach unglaublich und unwirklich und sie hatte sich gefragt, ob es vielleicht doch möglich war, dass sie sich dies alles nur vorgaukelte, weil sie es sich so sehr gewünscht hatte und sie wusste, dass es ihr sehr gut gelingen konnte, sich etwas derart intensiv vorzustellen, dass sie Traum und Wirklichkeit nicht mehr unterscheiden konnte, oder beides gar ein und dasselbe war und für sie als solches nur im Zustand aufgelösten Glücks erkennbar wurde?

Sie streifte die Schuhe ab, stand auf, ging zum Fenster und zog die Vorhänge auf und zu. Sie blickte in den Schrank und die Schubladen, fand Hotelprospekte, Menükarten und eine Bibel. Das war alles echt und wirklich und sie konnte es in der Hand halten. Im Bad schnupperte sie an kleinen Seifen und Shampoofläschchen, dann zog sie ihre Uniform aus und stellte sich unter die lauwarme Dusche. Das Wasser roch nach Desinfektionsmittel und ein dicker Käfer kroch der Duschwand entlang, er sah nicht gefährlich aus, aber Marlis behielt ihn im Auge. Er spazierte auf und ab und schien sie zu beobachten. Er war schwarz und erinnerte sie an den Copiloten, dem sie auch nicht traute. Sie grinste bei dem Gedanken, scheinbar hatte er sie mehr beeindruckt, als ihr lieb war. Sie stieg aus der Dusche und hüllte sich in ein dickes Tuch.

Sie war noch nicht müde. Der Tag war lang gewesen, aber sie hätte jetzt unmöglich schlafen können. Sie schlüpfte in ein leichtes blaues Kleid, bürstete kräftig ihr Haar, toupierte es neu zu bauschigen Wellen, die sie großzügig mit Haarlack übersprühte. Sie legte nochmals Rouge und Lippenstift auf und zwängte ihre Füße in Sommersandalen. Dieser erste Abend war schließlich noch nicht zu Ende und wollte genossen werden.

In der Bar hatte sie die ganze Besatzung vorgefunden. Sie hatten auf sie angestoßen und ihr versichert, dass sie ihren Erstflug prima geschafft habe und sie als volles Mitglied der Crew jetzt ein riesiges Bier verdient habe. Marlis hatte Bier nie sonderlich gerne gemocht, aber es war dünn und lief leicht durch die Kehle und sie trank in tiefen, durstigen Zügen. Auch der Copilot hatte ihr selbstbewusst grinsend zugeprostet und sich dicht neben sie gesetzt, hatte eine dicke Zigarre geraucht, den Rauch genüsslich in die Runde geblasen und zu allem seine spitzen Kommentare abgegeben. Was für ein selbstherrlicher Mensch, dachte Marlis und spürte die Ablehnung unangenehm in sich aufsteigen, er war wirklich wie der schwarze Käfer, er hatte sie regelrecht in Beschlag genommen und sie sollte nun seine Selbstgefälligkeit bewundern und die Zigarren ertragen! Konnte es sein, dass ihr davon übel war?

»Bitte, lass mich raus!«

Sie hatte plötzlich seine überkreuzten Beine weggeschoben hinter denen sie sich festgehalten fühlte und war aufgesprungen. Er sah sie grinsend an und sagte spöttisch:

»Jaja, geh nur Mäuschen, ich halte niemanden fest!«

Mäuschen!

Sie ignorierte ihn und wandte sich ab.

»Sorry«, sagte sie zu den Gesichtern die alle auf ihr hefteten, »es tut mir leid, mir ist ein bisschen schlecht, ich glaube, ich vertrage das Nachtleben noch nicht.«

Sie versuchte zu lächeln, aber das ungewohnte Bier und der Zigarrenrauch hatten ihr wider Erwarten zugesetzt, sie hatte gemerkt, dass ihr übel und überhaupt alles zu viel wurde und hatte sich fluchtartig verabschiedet. Catherine war sofort mit ihr gegangen und hatte ihr tröstend versichert, sie vertrage Zigarrenrauch ebenso wenig und habe sich auch im Flugzeug nie daran gewöhnen können. Marlis war schließlich erschöpft auf das Bett gefallen und hatte erleichtert die kühle Zimmerluft geatmet, ihr Unbehagen und der Anflug von Übelkeit waren bald wieder verflogen. Sie lief ins Bad und sah nach dem schwarzen Käfer, aber er war nirgends mehr zu finden. Den ärgerlichen Copiloten würde sie am besten auch schnellstens vergessen, dieser Tag war viel zu schön. Voller Wunder und das Wunderbarste daran, war das Fliegen gewesen!

Über gleißende Gletscher und Winterberge im hellsten Mittagslicht waren sie geflogen und weiter entlang der glitzernden Spur im kobaltblauen Mittelmeer bis an die Küsten, deren breite Säume sich allmählich verdichteten, verkrusteten und zu einem schroffen, trockenen Gebirge dem Atlas wuchsen, dann rückwärts wieder abfielen und sich verloren in einem goldenen Meer aus Sand, wo da und dort aus einsamen Raffinerien Flammen züngelten und das sich über alle Zeiten und Grenzen auszubreiten schien, bis es endlich zur Steppe wurde die dann wieder Bäume wachsen ließ, welche sich bald dicht zusammenschlossen zu einem dschungelartigen Wald, von dem auch kein Ende zu erblicken war und über dessen Blätterdach, sie die Reise mit einem atemberaubendem Tiefflug beendet hatten.

Und all dies würde sich morgen wiederholen und nach ein paar Tagen wieder und wieder...

Sie hatte lange nicht einschlafen können und dem lauten Konzert der Frösche gelauscht, das hin und wieder vom klagenden Schrei eines unbekannten Tieres unterbrochen wurde, und ihr Schlaf war kurz und unruhig gewesen.

»Good morning! It's sisaclock, madam«, hatte die heisere Stimme am Telefon gemeint und Marlis war schlagartig wach geworden und zum Fenster geeilt. Ganz langsam hatte sie die Schnur gezogen und die Vorhänge feierlich wie auf einer Bühne vorbei gleiten lassen.

Afrika!

Es war noch da und breitete sich vor ihrem Fenster aus, wie sie es am Abend geahnt hatte, üppig, feucht und grün. Blühende Hibiskusbüsche, dann gerodetes, struppig überwuchertes Land bis zum nahen Ufer eines trägen, braungrünen Flusses, dasselbe am gegenüberliegenden Ufer, bis zum Rand eines dichten Dschungels aus Palmen und anderen hohen Bäumen. Darüber hingen hellgraue, tiefe Wolkenschwaden, aus denen leichter Regen fiel. Durch die schwere Wärme drang vom Fluss her ein vielstimmiges Quaken und Schreien. Marlis war lange am Fenster gestanden, all das Exotische aufzusaugen, dass jede Pore einen Tropfen Afrika mitbekäme.

Aber es galt dann sich zu beeilen, sich fein zu machen für den Rückflug, mit Make-Up und erstklassiger Frisur, wie das auch von ihr erwartet wurde, was unter diesen feuchtwarmen Bedingungen nicht einfach war. Sie kämmte ihr störrisches Haar und hoffte inständig, dass es auf dem Weg zum Flugzeug nicht wieder zu einem unansehnlichen Gewirr zusammenfiel. Die Strümpfe vom Vortag waren ruiniert, sie musste zur Reserve greifen und auch da hoffen, das sie bis zur Landung durchhalten würden, nein, länger noch, sie wurde ja zu Hause erwartet, vielleicht. Sie hatte mit Catherine gefrühstückt. Der Copilot hatte ihr von einem anderen Tisch aus zugeblinzelt, sie hatte nur höflich gelächelt und war seinem Blick ausgewichen.

Catherine hatte es bemerkt und gemeint:

»Er hält sich für unwiderstehlich nicht wahr, aber sonst ist er ganz in Ordnung. Du wirst sowieso nicht viel mit ihm fliegen, man ist nicht oft mit den selben Leuten auf der Strecke, manchmal sieht man sich monatelang nicht mehr, das ist gut oder schlecht je nachdem. Wenn du einen Freund in der Fliegerei hast ist es schwierig, aber man gewöhnt sich daran.«

Sie legte eine Pause ein und schwieg nachdenklich. Marlis spürte, dass es einen Grund gab für diese Pause und dass Catherine überlegte, ob sie noch etwas beifügen wollte, aber sie fragte dann nur:

»Sonst gefällt es dir gut bei uns?«

»Oh, es ist glaube ich absolut großartig schön, ich freue mich schon so auf den Rückflug, es ist nur, hast du noch nie Angst gehabt beim Fliegen?«

»Ja, machmal schon, wenn das Wetter sehr stürmisch war, besonders bei Gewittern, aber es ist selten! Du gewöhnst dich dran, bestimmt!«

Die Luft war ruhig und klar auf dem Rückflug.

Es gab nur wenige Kinder an Bord und Marlis hatte viel Zeit, sich mit dem Flugzeug und den Arbeitsabläufen näher vertraut zu machen und zwischendurch immer wieder an ein Fenster zu eilen, um die Welt, die zehntausend Meter unter ihr vorbeizog, zu bewundern. Das Cockpit hatte sie nur einmal aufgesucht und dem Captain Augentropfen eingeträufelt, dann war sie gleich wieder gegangen. Sie würde ja alles nun oft sehen können, dachte sie froh.

Als sie am Morgen das Flugzeug wieder betreten hatte, war ihr mit einem Mal bewusst geworden, sie gehörte dazu, es war kein Traum mehr, es war wache, gute Realität geworden. Über den Alpen und im Anflug hatte es leichte Turbulenzen gegeben und Marlis hatte sich erschrocken hingesetzt und angeschnallt. Du gewöhnst dich dran, hatte Catherine gesagt, hoffentlich würde das auch bei ihr so sein!

Sie versuchte gelassen aus dem Fenster zu blicken und spürte den Schweiß auf ihrer Stirn. Das Flugzeug sank tiefer durch das Winterdunkel, erhielt ab und zu einen heftigen Schlag, bäumte sich kurz auf, setzte krachend auf der Piste auf, hob wieder ab, setzte erneut etwas schief auf und donnerte endlich bremsend dahin, um allmählich in jenes gleichmäßige Rollen überzugehen, in dem alle Insassen tief durchatmen konnten.

Marlis war erleichtert und ihre Anspannung flaute ab. Sie ließ die Armlehnen los und trocknete die feuchten Hände an ihrem Rock. Alles klar, dachte sie, so ist es eben auch das Fliegen, ich werde mich daran gewöhnen, ich muss!

Sie griff nach ihrer Tasche, legte schnell noch etwas Rouge auf die Wangen, fand sich zur Verabschiedung wieder neben Catherine auf dem Platz an der vorderen Türe ein und murmelte wie diese über einhundertmal:

Good bye Sir, thank you Madam, have a nice flight to London, you are welcome Sir...

Es kam ganz leicht von ihren Lippen, als hätte sie jahrelang Übung, dachte sie froh, alles war an diesem Tag leichter, einfacher gegangen als sie erwartet hatte.

»Du machst das prima«, hatte Catherine zum Abschied gesagt und ihr dabei die Hand auf den Arm gelegt, »es ist gut, sehr gut, dich mit an Bord zu haben, ich wünsche dir alles Gute und du kannst mich immer um Rat fragen, wenn du welchen brauchst!«

Catherine war Klasse, dachte Marlis bewundernd, elegant, klug und liebenswürdig und zudem besaß sie eine wohltuende Wärme, die sie großzügig verteilte, so, als würde sie einem einen dicken Schal gegen die Kälte draußen um den Hals legen. Danke, dachte Marlis bewegt, danke Catherine, ich werde oft an dich denken. Alle hatten sich mit ein paar netten Worten von ihr verabschiedet, nur den Copiloten hatte sie nicht mehr gesehen und sie war froh darüber.

Aber dann hatte sie noch etwas vor.

Eine Liebe

Erich, Fritz und Gregor.
Vielleicht waren sie tatsächlich dabei auf sie zu warten, unwahrscheinlich wohl, aber nachsehen wollte sie schon.
Ein letztes Mal an diesem Tag hatte sie die Nase gepudert, um dann beschwingt die Treppe hinauf Richtung Kantine zu laufen. Vor dem Eingang war sie stehen geblieben. Durch die weiten Glasscheiben hatte sie einen guten Überblick, Erich und seine Freunde waren nirgends zu sehen. Sie ging ein paar Mal auf und ab und wunderte sich über ihre Enttäuschung.
Wie war sie überhaupt dazu gekommen einen Moment zu glauben, dass die drei auf sie warten würden, wildfremde Männer, von denen sie keine Ahnung hatte, immer wieder ließ sie sich zu solchen Aktionen hinreißen, weil sie neugierig war, zu neugierig.
Marlis wandte sich um und blickte nochmals hinein in das Gewirr der Tische. Die Kantine war gut besetzt, die Leute aßen zu Abend. Kurz entschlossen trat sie ein und ging forschen Schrittes durch die Reihen der Tische, als wüsste sie genau, wo sie hinwollte und tatsächlich im verborgensten Winkel des Restaurants saßen Erich, Fritz und Gregor, alle drei! Erich war aufgesprungen, als er sie von weitem erblickte und lief strahlend auf sie zu.
»Ich freue mich«, sagte er und es klang ehrlich, »wir hatten nicht erwartet, dass du wirklich kommen wirst, wir dachten, du seist sicher erledigt!«

Marlis hatte erwidert, sie sei auch nicht sicher gewesen, sie vorzufinden und sie freue sich, ihre Müdigkeit sei wie weggewischt.

»Wie war dein Flug?«

Sie setzte sich ans Fenster. Draußen fielen Schneeflocken vom Nachthimmel durch die hellen Scheinwerfer und wirbelten um all die Flugzeuge.

»Großartig war es«, sagte sie leise, »aber dieses Wort ist zu banal, fantastisch und phänomenal!«

Sie lachten und Erich sagte, sie seien Flieger und verstünden gut was sie meine.

Sie wollten alles haargenau wissen und Marlis fand sich schon wieder vor einem Glas Bier und erzählte, von ihrem Staunen, den Ängsten, von Catherine, vom Captain und den Augentropfen, von Palmen, Starts und Landungen, schwarzen Käfern und einem merkwürdigen Steuerrad. Hier brachen sie in schallendes Gelächter aus und erklärten ihr, dass dieses Ding Steuerhorn hieße oder Steuersäule und in den Anfängen der Fliegerei tatsächlich aus Horn bestanden habe und schon war Erich am Erzählen, lebhaft und mit Händen und Füßen. Der Abend hatte sich mit Gelächter und Geschichten gefüllt, bis Marlis vor Müdigkeit die Augen zufallen wollten. Erich hatte sie nach Hause gebracht und als er ihre Hand nicht mehr loslassen wollte, hatte sie gemerkt, dass sie ihn etwas auf Distanz halten musste.

In den folgenden Wochen waren mehrere gemütliche Abende zu viert gefolgt.

Sie erzählten ihr die tollsten Fliegergeschichten, von wilden Flugmanövern und einem strengen Fluglehrer, den sie verehrten und dem Flugzeug, das sie auch bei den böigsten Bedingungen landen konnten. Marlis berichtete stolz von den großen Jets und würzte ihre Geschichten gelegentlich mit technischen Fachausdrücken, die sie bei abendlichen Pilotengesprächen aufgeschnappt hatte und die bei ihren Zuhörern auf sichere Bewunderung stießen. Sie erzählte von den Militärmaschinen, die sie in Lagos gesehen hatte, dann sprachen sie vom Krieg in Biafra und dem Hunger der dort herrschte, von den Kindern mit den aufgeblähten Bäuchen, vom anderen Afrika, von dem Marlis nie etwas zu sehen bekam, dessen Bilder sie aber oft verfolgten. Sie erzählten sich ihre Erfolge und Niederlagen, tourten durch die Lokale der Innenstadt und verstanden sich prächtig.

Erich hatte einige vorsichtige Annäherungsversuche unternommen und Marlis hatte belustigt bemerkt, dass er von Gregor und Fritz, den ruhigen, zurückhaltenden Akteuren im Hintergrund in Schach gehalten wurde. Sie hatte das ignoriert, so lange wie möglich.

Erich war sicher ein anständiger Kerl, gutmütig und etwas tollpatschig, aber meist bestens gelaunt und versöhnlich, nur hatte er immer öfters heftig mit ihr zu flirten begonnen, hatte sich übermäßig aufgespielt und Marlis hatte mit Sorge bemerkt, wie das luftig leichte Freundschaftsgebilde ins Wanken geriet und seltsam schlingerte, bis zu dem Abend, den sie in einer Disco verbrachten und alles ganz anders wurde. Marlis hatte zwei freie Tage genossen. Die Fliegerei war inzwischen zur geliebten Wirklichkeit geworden und sie wachte nun nicht mehr morgens auf, mit der Angst, es könnte alles nicht wahr sein. Sie war glücklich und gelöst, hatte sich auf den Abend im Tanzlokal gefreut und sich fein gemacht.

Trotz der strengen Februarkälte trug sie ein Minikleid aus golddurchwirktem Stoff, der wie sie fand gut zu ihrem Haar passte, dazu sanft golden schimmernde Strümpfe und passende Schuhe, die sie in einer Tasche verstaute, in der nebst Ersatzstrümpfen, einer Dose Haarlack und einer zusätzlichen Wolljacke für den Heimweg auch die schneenassen Stiefel vorübergehend Platz finden mussten. Sie hatten sich spät in einer angesagten Diskothek verabredet, die Männer hatten bereits einen passenden Tisch gefunden und auf sie gewartet.

Gregor und Fritz begrüßten sie wie immer mit »Hallo schöne Frau«, aber es fiel ihr schnell auf, dass die Stimmung spannungsgeladen war, denn Fritz war einsilbig und blickte eher düster, und Gregor übte sich in Zurückhaltung. Erich überbot sich mit schmeichelnden Komplimenten selbst und verglich Marlis mit einem, wie er sagte, hinreißenden Golden-Bond-Girl und forderte sie zum Tanzen auf. Sie wollte ihn nicht gleich abweisen und willigte ein. Gregor und Fritz sahen aufmerksam zu. Sie tanzten Rock'n Roll, den Marlis liebte und Erich tanzte nicht schlecht, hatte sie verblüfft erkannt, doch dann kam Erich näher, wurde plötzlich mutiger und drückte sie fest an sich und begann mit einer Hand leidenschaftlich in ihrem Haar zu wühlen.

»Hör auf«, sagte Marlis energisch.

»Wieso?« fragte er lächelnd und versuchte sie zu küssen, »hast du das etwa nicht gern?«

Marlis befreite sich mit einem energischen Schwung, gab keine Antwort, wich seinen Händen aus und tanzte einfach weiter. Sie war eher überrascht als verärgert. Er gab nicht auf, packte sie unangenehm fest an den Armen, wollte sie energisch wieder an sich ziehen und sagte lächelnd und mit sanfter Stimme:

»Was hast du Baby? Bist du jetzt böse auf mich?«

Da hatte Marlis genug. Sie drehte sich weg und kehrte wortlos zu Fritz und Gregor zurück, die scheinbar gelassen in die Runde blickten und sich nichts anmerken liessen. Hatten sie sich etwa zusammen abgesprochen, einen Test mit ihr durchzuführen?

Marlis war amüsiert, verwirrt und verärgert zugleich. Nun, jetzt wussten sie Bescheid! Aber was sollte das, war dies jetzt das Ende ihrer unbeschwerten Freundschaft? Sie wollte nichts anderes von ihnen, von keinem, dachte sie hitzig, schon gar nicht von Erich, dem Unreifsten von allen, nein, keine Liebschaften, keine Verbindlichkeiten, nichts! Sie war niemandem etwas schuldig, sie hatte nichts gefordert, nichts versprochen und immer alles selbst bezahlt, sie wollte frei sein und unabhängig ihre Zukunft planen. Hatte sie die Jungs falsch eingeschätzt und mit dem Feuer gespielt?

Sie suchte Abstand, verschwand im Toilettenraum und nahm sich viel Zeit ihr Make-up aufzufrischen und nachzudenken. Sie wollte kein Drama daraus machen, das wäre übertrieben. Konnten sie nicht einfach Freunde sein? Sollte sie am bestem überhaupt gleich nach Hause gehen?

Fritz und Gregor hatten ihre Abwesenheit genutzt und mit Erich inzwischen eine intensive Lagebesprechung abgehalten. Als Marlis zurück kam, war Erich gegangen und Fritz hatte mit irgendeinem Mädchen getanzt.

»Erich hatte Kopfschmerzen, er lässt dich grüßen«, sagte Gregor und rieb sich die Nase. Marlis hatte nur erleichtert genickt und sich einen

Gin Tonic bestellt. Sie wollte auf der Hut sein. Sie hatten den Tänzern zugeschaut und über banale Dinge gesprochen und Fritz hatte das fremde Mädchen an den Tisch mitgebracht.

»Gehen wir noch woanders hin?« fragte er unruhig und war Marlis Augen geschickt ausgewichen. Das Mädchen kicherte und meinte, ja, sie komme schon mit, hier sei es sowieso langweilig.

In der Disco war tatsächlich wenig los an diesem Abend und die Stimmung hielt sich trotz der rot und grün kreisenden Lichter in Grenzen. Ein paar Häuser weiter, meinte Fritz, fände ein Maskenball statt und nach Mitternacht werde man auch ohne Kostüm und Maske eingelassen. Das war ein guter Vorschlag und sie brachen auf.

Fritz legte dem kichernden Mädchen den Arm um die Schultern, Gregor ging schweigend neben ihnen her. Der Nachtwind hatte ihnen eisigen Schneeregen auf die Wangen gelegt.

Marlis' Ärger war verflogen und sie kämpfte heftig mit Tränen, die unerwartet in ihr aufstiegen, die sich aber dank des Regens unbemerkt wegwischen ließen. Sie fühlte sich plötzlich verloren und unglücklich und überlegte sich, nach Hause zu fahren, irgendwie hatte sich alles verändert. Sie schluckte einige Male und beschloss dann doch, mit auf das Fest zu gehen. Sie mussten keinen Eintritt mehr bezahlen und tauchten problemlos in die Masse zuckender und schwitzender Körper ein, die sich in einem weiten Saal ekstatisch vergnügten. Marlis wechselte in der Eingangshalle schnell wieder die Schuhe und versuchte, ihr Gleichgewicht wiederzufinden. Irgendwie würde sich alles wieder einrenken.

Gregor hatte auf Marlis gewartet. Als sie endlich kam, sah er sie prüfend an und sagte dann sachlich, sie sehe noch immer gut aus, trotz Wind und Regen. Fritz hatte sein Mädchen gleich in die tanzende Menge geschoben, sie ohne Umstände mit beiden Armen umschlungen, und sie hatte ihren Kopf auf seine Schulter gelegt und gekichert. Marlis und Gregor fanden einen kleinen Platz an der Bar und sahen schweigend zu, wie die Leute sich vergnügten. Richtige Kostüme waren kaum zu sehen, ein paar Perücken und aufgesetzte Nasen, einige Jenische, Clowns und Matrosen und einen Charlie Chaplin, mehr konnten sie nicht ausmachen.

Marlis fragte sich laut, ob sie in diesem Kleid hier nicht komisch wirke, aber Gregor meinte, es passe gut in diese Umgebung und sei hübscher als irgendein Kostüm und er fände es schön, wenn sie mit ihm tanzen würde. Er führte sie vorsichtig und sie tanzten einen Foxtrott. Marlis hatte ihr Lächeln wiedergefunden und ungebremst zu reden begonnen.

Über die Band, die spielte und die kreischende Frau, die Gregor mit ihrem spitzem Absatz am Knöchel getroffen hatte, über Erich, der halt leider ein Taxi nehmen musste und nein, es war nicht ihre Schuld, dass Erich sich so unmöglich benommen hatte und damit das klar war, sie hatte ihn nicht provoziert und er war ja auch nicht wirklich in sie verliebt, nein unmöglich, das hätte sie gemerkt und sicher niemals so gewollt.

»Du«, unterbrach Gregor ihren Redefluss und zog sie näher zu sich, »du, es ist alles in Ordnung, er wird sich schon beruhigen, es ist alles in Ordnung so.«

Letzteres sprach er schon ganz nah an ihrem Ohr und seine Nase berührte ihre Wange und der heiße Schauder, der sie dabei durchfuhr, verwirrte sie vollends.

»Glaubst du?« antwortete sie und zog sich leicht zurück, um ihn anzusehen.

»Ich will nicht schuld daran sein, dass es zwischen euch Probleme gibt«, hatte sie dramatisch und überflüssig noch beigefügt.

»Nein, nein, ganz ruhig.«

Gregor hatte den Finger erst auf seinen, dann auf ihren Mund gelegt und sie wieder an sich gezogen, sanft aber bestimmt und sie hatte ihn einfach gewähren lassen, und wieder war der heiße Schauder zurück und jagte wild durch ihren Körper bis in die Knie, die davon weich wurden und in die Füße, die kaum noch tanzen wollten und sie hatte sich verloren unter den Fingerspitzen, die über Lippen, Wangen, Hals und Ohr tasteten und der dunklen Stimme, die leise irgendwelche Worte flüsterte und dabei einen fremden, wunderbaren Duft verströmte. Sie hatten endlos getanzt in der lauten Menge und nichts von ihr wahrgenommen, kaum etwas gehört von der Musik und sich nur hin und her gewiegt, auf einer nie gekannten, unbegreiflichen Welle, die sie weiter und weiter hinaus getrieben hatte, auf einen See ohne Ufer und ohne Horizonte.

Gregor war als erster zurückgekehrt und gesagt, komm, ich bring dich nach Hause, und Gregor, der fremd war in der Stadt, hatte genau gewusst, wo sie wohnte, und dass es dort einen windgeschützten Hauseingang gab, wo er sie zum Abschied ausgiebig küssen konnte. Marlis war schließlich, betäubt von der Müdigkeit und den wilden Stürmen, die in ihr tobten, ins Bett gefallen und in einen erschöpften, unruhigen Schlaf gesunken.

Zu Hause war für einige Zeit die Wohnung ihrer Tante, so lange, bis sie eine eigene finden konnte.

Am nächsten Tag war Gregor dort mit einem prächtigen Blumenstrauß erschienen und er setzte dies über viele Tage fort, bis ihr Zimmer allmählich einem Blumenladen glich und die Tante die letzte verfügbare Vase geholt und entnervt erklärt hatte, das sei nun wirklich des Guten zu viel und sowas könne nur einem Franzosen oder eben einem Wiener in den Sinn kommen und sie solle lieber mal vorsichtig sein.

Marlis hatte nicht gefragt, was mit dem »sowas« gemeint war, ob Verliebtheit, Verrücktheit, Hartnäckigkeit oder nur Albernheit, oder alles zusammen. Es war nicht wichtig. Wichtig war nur, was ihr selbst klar geworden war, was sie einfach plötzlich sicher wusste. Dass sie sich verliebt hatte, völlig unerwartet, unerklärlich, unerwünscht und absolut gegen ihren Willen, und dies so mächtig, wie sie nie zuvor geliebt hatte, bedenkenlos und mit jeder vibrierenden Zelle ihres Seins.

Verrückt war das, tatsächlich.

Gregor! Sie hatte nicht erkannt, dass er sie von Anfang an umkreiste, immer in der Nähe war und im Hintergrund ruhig abwartete, wie sich die Dinge entwickeln würden, um im richtigen Moment zur Stelle zu sein. Sie hatte nichts, oder nur sehr wenig von ihm gewusst, weniger als er über sie, die sie ständig ahnungslos und naiv geplappert hatte, von ihren früheren Liebschaften und Nöten und all dem Krimskrams der vergangenen Jahre, der ihr so bedeutsam erschienen war und für den sie sich plötzlich nur noch genierte.

Wer war er überhaupt, dieser Gregor, der sich in den Wochen zuvor mit überlegenen Wortmeldungen und heftigen Diskussionen immer zurückhielt und nur hin und wieder gezielt humorvolle oder kühle ironische Kommentare aufsteigen ließ, wie kleine, bunte Ballone, denen man lächelnd nachblickte, bis sie verschwanden? Er war kein Selbstdarsteller wie Erich, erzählte nur in Bruchstücken von sich und seinen Plänen und nur, wenn man ihn genau danach fragte. Er hörte lieber versunken anderen zu und machte sich seine Gedanken. Also wusste sie kaum etwas von ihm, aber alles was sie wusste, war ihr wichtig und unendlich kostbar!

Dass er grüne Augen hatte, drei Jahre jünger als sie war, von irgendwo aus dem Land der Teiche und Wälder kam, dass er nie etwas anderes als Flieger werden wollte und schon Loopings und Vrillen und auf dem Rücken geflogen war, dass er Wienerlieder singen konnte und eine Großmutter hatte, die stolz auf ihn war und dass er der großzügigste und liebevollste Mann war, den Marlis je gekannt hatte. Und dass er sie liebte!

Von nun an hatte er sie am Flugzeug erwartet, wenn sie müde von langen Flügen heimkehrte, hatte den alten VW Käfer vorgewärmt, damit sie nach den Tagen in den Tropen nicht frieren musste und er hatte ihr einen Flugfunkempfänger mitgebracht. An diesem Gerät war sie dann stundenlang gesessen und hatte versucht, in dem Stimmengewirr zwischen Knistern und Pfeifen seine Stimme zu entdecken, wenn er mit dem Fluglehrer Starts und Landungen übte und sie über dem Flugplatz ihre Kreise zogen. Wörter wie Tower, ILS Approach, Touch and Go, begannen durch ihre Träume zu geistern und das Alphabet bekam mit Bravo, Charly, Delta, einen neuen, weit spannenderen Klang.

Sie lebten schwebend zwischen Himmel und Erde und es waren ihnen Flügel gewachsen, die sie einer dem anderen entgegentrugen, wenn Entfernung und Sehnsucht zu groß wurden. Es war eine Zeit gespannten Zuhörens, endloser Kindheitsgeschichten und wundersamer Erkenntnisse, der Nächte atemloser Küsse und sachter, sanft forschender Liebe.

Wochen waren vergangen.

Erich und Fritz hatten sich immer seltener blicken lassen. Nur einmal noch waren sie gemeinsam ausgegangen. Erich hatte sich höflich darüber gefreut, dass Gregor und Marlis nun ein Paar waren und scherzhaft gemeint, das sei natürlich alleine sein Verdienst. Marlis hatte ihm etwas spöttisch Recht gegeben und gemeint, sie seien ihm auch ewig dankbar und er sei ein wahrer Liebesbote! Dennoch wollte die lockere Stimmung von früher nicht mehr aufkommen und sie hatten krampfhaft nach Gesprächsstoff gesucht. Marlis hatte allmählich bemerkt, dass das Vergangene kein Thema mehr war und die Gedanken der Männer jetzt um die Zukunft kreisten. Erich meinte bedeutungsvoll, er überlege, wo und für wen er fliegen wolle, es gäbe da mehrere sehr interessante Möglichkeiten. Marlis war aufgefallen, dass niemand Genaueres hatte wissen wollen und so hatte sie nicht weiter nachgefragt.

Fritz, der schon immer äußerst wortkarg gewesen war, wollte mit seinen Plänen zwar nicht herausrücken, erzählte ihnen aber nach längerem Zögern dann doch, dass er bereits ein Jobangebot habe. In Libyen werde er für eine Ölgesellschaft auf einer Pilatus Porter fliegen und er freue sich darauf. Erich hatte ihn angestarrt und schließlich mit trockener Stimme »Toll« gesagt.

Der Abend verlor sich dann zunehmend in belanglosem Geplauder und war von einer scheuen, sich steigernden Wortlosigkeit, die sich nach und nach wie Raureif über die Freunde legte und sie zum Verstummen brachte. Marlis meinte schließlich, sie hätte am nächsten Tag einen langen Flug vor sich und möchte jetzt nach Hause fahren. Gregor hatte schweigend an seiner Nasenspitze gezupft, nach der Rechnung verlangt und sie hatten sich verabschiedet.

»Das ist das Ende einer lustigen Zeit«, hatte Marlis düster gesagt, »schade, ich habe die beiden immer gemocht.«

«Ach, das glaub ich gar nicht«, hatte Gregor erwidert und sie geküsst, als müsse er das Einmalige, das aus all dem entstanden war besiegeln. »Irgendwann werden die beiden wiederkommen, wirst sehen!« Marlis hatte eine eigene Wohnung bekommen und Gregor war zu ihr gezogen. Hoch im vierten Stock unter der Dachschräge eines Wohnblocks, hatten sie ein Zimmer, eine Küche und ein Bad, einen Estrich

für die Koffer und Gregors Gitarrenverstärker, ganz für sich allein.
Sie besaßen ein Bücherregal und einen Tisch mit Stühlen aus dem Brockenhaus, ein schmales Bett und den Schaukelstuhl aus Marlis' Jugendzimmer. Sie hatten Geschirr gekauft, dunkelblau wie der Nachthimmel, besaßen Gabeln und Löffel von der einen Großmutter, zwei Töpfe von der anderen Großmutter und drei leinene Tücher sie abzutrocknen.

Der Flughafen war nahe, die Maschinen donnerten nach dem Start dicht über ihre Köpfe hinweg und sie rannten jedes Mal zum Fenster und waren hingerissen.

Die Vermieterin hatte Marlis nach einigen Wochen zwischen Tür und Angel erklärt, dass dieses wüste Leben im Konkubinat eigentlich verboten sei, dass sie aber ein Auge zudrücken wolle, wenn sie und ihr Freund sich weiterhin anständig und ruhig verhalten würden!

»Selbstverständlich, Frau Camina«, hatte Marlis erschrocken geantwortet.

Frau Camina schien zufrieden und hatte sich im Treppenhaus schon zum Gehen gewendet, da stockte sie plötzlich, blies den Rauch ihrer Zigarette energisch nach oben, drehte sich um und fragte misstrauisch:

»Ist das auch so ein Ausländer, ihr Freund?«

»Ja, Frau Camina.«

»Was macht er da? « »Er will hier Pilot werden.«

»Pilot, soso, ja nun, sie wissen ja jetzt, was sie zu tun haben.«

Frau Camina wollte wieder gehen, warf ihr aber doch noch ein schiefes Lächeln zu und sagte heiser:

»Aufpassen, Fräulein!«

»Machen sie sich keine Sorgen, Frau Camina.«

Marlis hatte sich schnell wieder gefangen. Es hatte wenig Sinn, Frau Camina zu widersprechen. Die Witwe Camina war bissig, mager und weit über sechzig, hing stundenlang rauchend und hustend am Fenster, putzte täglich besessen die Wege und Eingänge und machte jedem sofort klar, wer hier das Sagen hatte. In ihrer Jugend war sie selbst aus Italien eingewandert und hatte das offenbar längst vergessen.

Zu Marlis war sie freundlich, sprach manchmal italienisch mit ihr und meinte es vermutlich gut. Marlis hatte gelacht, als sie die Tür schloss und die Frau zu Gregors Vergnügen nachäffte:

»Ein Ausländer, so ein zwielichtiger, spricht zwar deutsch, aber eben anders als hier bei uns, und die Piloten, von denen hört man weiß Gott genug im Quartier, nichts als Weibergeschichten haben die im Kopf!«

Marlis kannte die landläufige Meinung, sie hatte sie oft genug gehört, deutlich oder durch die Blume gesprochen. Frau Camina würde Gregor ohnehin nicht mehr oft zu Gesicht bekommen, er würde bald gehen müssen, viel zu bald.

Seine Ausbildung war beendet, er hatte den Final Check mit Bravour bestanden und kämmte auf der Suche nach einem Job sämtliche Zeitungen und Fachzeitschriften durch, die er in die Finger bekommen konnte.

Marlis hatte mit Schrecken vernommen, dass er notfalls nach Ouagadougou gehen würde, auch zu Fuß wenn es sein müsste, um ein Flugzeug, irgendeines... nein, nicht irgendein Flugzeug, sondern eines das mindestens zwei Motoren hat, fliegen zu können, verstehst du mein Liebstes? Bis es soweit war hatte Paul, ein Flugschülerkollege und Geschäftsmann, dem ein kleines, einmotoriges Flugzeug gehörte und der zwischen seinen vielen Terminen verzweifelt versuchte, selbst die Lizenz zu erwerben, ihn gebeten, die Maschine bis auf weiteres für ihn zu fliegen. Gregor hatte mit Freude eingewilligt. Paul wohnte nicht in Ouagadougou, aber doch ganze achtzig Kilometer weit weg und Marlis war klar geworden, dass ihr Leben als Fliegerbraut bereits begonnen hatte. »Der Job ist gut, auf alle Fälle besser wie gar nichts«, hatte Gregor argumentiert und seine Stimme hatte sehr energisch geklungen und Marlis hatte das gefallen. »Also sei nicht traurig, ich komme so oft ich kann und wir werden leben wie die Fürsten!«

Marlis lachte leise bei dieser Erinnerung, da spielte ihr Handy den Donauwalzer und holte sie zurück in die Abflughalle. Sie fuhr zusammen und geriet in Aufregung, wie immer, wenn ihr Telefon läutete. Sie kramte suchend in ihrer Handtasche und lächelte verlegen hinüber zu den Afrikanerinnen, die sie amüsiert beobachteten.

Gregors Stimme tönte gepresst:

»Schatz! Tut mir leid, ich bin noch immer in Oslo am Boden. Wir haben Eisregen hier, der Flughafen ist vorläufig zu, keine Starts, keine Landungen. Keine Ahnung, wann wir starten können! Wie geht es dir?

Ja, ich wäre auch froh, heute noch nach Wien zu kommen, aber ich sag es dir gleich, ich habe schon nachgeschaut, dort ist das Wetter genau so mies, ein irrer Wind, bis 50 Knoten!

Was kannst du machen, wir müssen warten...

Was sagst du?

Eine Stunde? Nein, so schnell wird es nicht gehen, rechne eher mit drei bis vier Stunden! Nein, bleib am Flughafen, wir müssen abwarten. Geh' was Feines essen, ich ruf dich an, sobald wir eine Startzeit bekommen.

Ich dich auch! Also, bis später.«

Marlis legte das Handy hin, fuhr sich durch die Haare und sah auf die Uhr. Drei bis vier Stunden, daraus konnten leicht fünf bis sechs werden, das hatte sie oft genug erlebt. Also nicht mal die Nachmittagsmaschine nach Wien würden sie schaffen, sie konnten wahrscheinlich von Glück reden, wenn die Abendmaschine möglich würde. Mist, elendiger!

Die Afrikanerinnen erhoben sich und drängten an ihr vorbei. Sie lächelten ihr noch einmal zu wie liebe, ferne Freundinnen, dann gingen sie langsam durch die Zollkontrolle und waren weg. Marlis starrte ein Weile ins Leere und streckte dann den Rücken. So war sie eben, die Fliegerei. Drei bis vier Stunden, nun gut, wenn es denn sein sollte, wartete sie eben drei bis vier Stunden.

Eine Frau war dabei die Tische rundum sauber zu wischen und blickte sie herausfordernd an. Marlis nahm ihre Sachen und ging wieder zur Bank unter dem Baum zurück. Dort saß sie am liebsten. Es war angenehm bequem und man konnte hinauf in die Blätter blicken und sich vorstellen, sie würden ihr zufächeln oder etwas flüstern oder Hoi, der Vogel, würde auf einem Ast sitzen und zu ihr herunter äugen und leise zärtlich glucksen.

Draußen tobte erneut ein wildes, alle Sphären aufwühlendes Flockenstürmen und Marlis erschauderte. Was für dramatische Himmelsbilder prägten diesen Tag, niederstürzendes Chaos in ständig wechselndem Licht und eisigem Wind, der gleich von allen Seiten kam und alles mitriss. Trotzdem, dachte sie, ist es wunderschön.

Sie streifte die Schuhe von den Füßen, zog die Beine neben sich auf die Bank und deckte sie mit ihrem breiten Seidenschal zu. Die schwarze Jacke legte sie als Kissen auf die Reisetasche mit Gregors Computer und lehnte sich wohlig dagegen. Halb sitzend, halb liegend hatte sie die Schneeflocken draußen und das grüne Blättergewirr über sich im Blick und war zufrieden.

Wie oft war sie mit klappernden Stöckelschuhen an diesen Bänken vorbei zum Dienst geeilt. Die schwere Hostessentasche über die Schulter gehängt, den kleinen roten Koffer tragend war sie unterwegs gewesen, mit aufgestecktem Haar und dem sicheren Bewusstsein, dass es für sie viel zu entdecken gab.

Die Arbeit an Bord war ihr vertraut geworden und jeder Flug brachte neue Menschen und Herausforderungen und sie hatte bald erkannt, dass es an ihr lag, die langen Flugstunden für sich und die Passagiere spannend zu gestalten, damit nichts zu langweiliger Routine wurde. Eine ganze Reihe von Spielen und Basteleien hatte sie erfunden und so die europäischen, asiatischen und afrikanischen, die verwöhnten, bescheidenen und schüchternen Kinder gleichermaßen beschäftigt und fand es wunderbar, wie schnell und mühelos sich Kinder aller Kulturen und Sprachen zusammenfinden und verständigen konnten. Sie hatte gelernt, dass Mütter aller Kontinente ähnliche Sorgen hatten, alte Menschen überall hilfloser wurden, Verletzte und Kranke aller Nationen von den selben Schmerzen gequält waren, und dass sich alle an Bord eines Flugzeugs für lange Stunden in einer ganz besonderen Situation befanden, die man auch als Schicksalsgemeinschaft betrachten konnte.

Afrika!

Immer wieder sollte es Afrika sein, wohin sie am häufigsten geflogen war. Der westlichen Küste entlang, nach Dakar, Abidjan, Monrovia, Douala, Libreville, Lagos und schließlich Accra, wo sie manchmal vier Tage auf den Rückflug warten mussten und sie schnell heimisch geworden war.

Accra war eine lebendige Stadt mit ein paar repräsentativen Bauten im Zentrum und weitläufigen Märkten, wo man alles für den täglichen Hausgebrauch kaufen konnte und die »Mammies«, die Marktfrauen das Sagen hatten. In bunten Bussen oder hölzernen offenen Lastwagen, die mit aufgemalten Augen und allerlei frommen Sprüchen geschmückt waren, kamen sie jeden Morgen von überall her in die Stadt gefahren und brachten Fisch, Früchte und Gemüse und batikbedruckte Stoffe mit. Im Nu breiteten sie ihre Waren unter den Bäumen aus, banden ihre Tücher vom Rücken los und holten die Kleinkinder heraus, wuschen und stillten sie und banden sie wieder fest, stellten kleine mitgebrachte Öfen auf und kochten Eintöpfe oder schliefen eine Weile.

Überall tönte ein lautes Palaver und Gelächter und hin und wieder brach unter wildem, zänkischem Geschrei ein Streit aus, der dann von allen Seiten mit großem Interesse verfolgt wurde. Männer waren dort eher selten zu finden, sie schliefen im Schatten oder hockten irgendwo am Rande des Marktes und versuchten hölzerne Masken und Schnitzereien oder Taschen und Gürtel aus Schlangenleder zu verkaufen.

Marlis hatte sie geliebt, diese lauten bunten Märkte, wo die einfachen Frauen stark und selbstbewusst wie Königinnen herrschten und das Familiengeld verwalteten, das ganz klein zusammengefaltet, nach jedem Geschäft in ein Tuch gewickelt um die Taille geschnürt wurde oder zwischen den schweren Brüsten verschwand, weshalb es oft bis zur Unkenntlichkeit zerknittert war und sich stets warm und feucht anfühlte. Die Mammies verbrachten ganze Tage auf dem Markt, schwatzen unaufhörlich, halfen einander wenn es nötig wurde und waren nie allein. Manche sprachen etwas Englisch und Marlis konnte sich mit ihnen unterhalten und war vormittags stundenlang dort herumgestreift, ohne jemals ein Gefühl von Unsicherheit oder Angst zu empfinden, denn niemals war sie von jemandem bedroht oder belästigt worden. Sie wusste, dass sie beobachtet wurde und es wichtig war, mal hier mal dort einzukaufen und niemanden zu bevorzugen. Am Mittag schleppte sie dann die frischesten Ananas, Papayas, Mangos und Okkras ins Hotel, die bis zur Abreise ihr Zimmer mit köstlichen Düften füllten.

Langsam hatte sie sich daran gewöhnt, dass Gregor nur noch selten wartete, wenn sie mit ihren Schätzen schwer beladen nach Hause kam. Er war viel beschäftigt in seinem neuen Job bei Paul, dem Unternehmer, der ein Werbe- und Grafikatelier mit eigener Druckerei betrieb und unentwegt mit dem Auto, Boot oder Flugzeug seine Kunden und Freunde bei Laune halten musste. Paul erwies sich als fairer, anständiger Arbeitgeber, war aber auch sprunghaft und ein Mann schneller Entscheidungen. Gregor hatte im Eiltempo Wetterprognosen, Flugpläne und Bewilligungen zu besorgen, wenn Paul unerwartet in Fluglaune geriet. Gregor flog ihn durch halb Europa, organisierte Parties auf dem Boot oder war mit einem chromblitzenden Ford Thunderbird für den Chef unterwegs.

Marlis hatte sich für Gregors Tätigkeit in Pauls Diensten nie begeistern können und war richtig nervös geworden, wenn ihr Liebster bei jedem Wetter mit dem »Spuckerchen« irgendwo in der Luft war und sie nie genau wusste, wo er sich gerade befand.

Gregor hatte öfters versucht, sie zu besänftigen.

»Ich sag dir doch, es ist ein schnelles, sicheres Flugzeug Schatz, glaube mir«, hatte er aus einer verkehrsumspülten Telefonzelle in Barcelona in den Hörer geschrien und nachgelegt, »es ist leicht zu fliegen und es gibt keinerlei Probleme damit!«

Gregor war zufrieden. Es sei wohl nicht sein Traumjob, meinte er, aber besser wie gar nichts, Hauptsache, er könne ab und zu fliegen. Er hatte sich gefreut über jede Flugstunde. Jeder Start und jede Landung bedeuteten mehr Erfahrung und brachten ihn seinem Ziel, einer richtigen Airline, ein Stück näher.

Marlis hatte dann, im Flugzeug direkt hinter Gregor und Paul sitzend, einmal mitfliegen dürfen nach Luxemburg und Hamburg. Sie war aber dabei nicht glücklicher geworden, keine Minute, wie sie Gregor abends im Hotel eindringlich erklärte. Paul hatte Austern auffahren lassen und Marlis konnte sie unmöglich hinunter schlucken. Die mondäne schicke Welt, in der Paul lebte, erschien ihr abgründig und dekadent, und ihr Gregor zu gut dafür. Abgesehen davon, hielt sie Paul für einen Macho, der sie nur gnädig duldete, weil er befürchtete, Gregor zu verlieren. Nichts an dem Ausflug, auch nicht das Fliegen im »Spuckerchen«, hatte sie wirklich beruhigen können, was eigentlich der Sinn dieser Einladung gewesen war.

Ja, sie hatte sich tatsächlich heimlich überlegt, von Hamburg aus mit der Linienmaschine zurück zu fliegen, um diesem Playboy klar zu machen, dass seine Welt nicht die ihre war! Doch das hätte Gregor gewaltig geärgert und kam deshalb nicht in Frage.

Also hatte sie wieder gute Miene gemacht und dies am Ende auch nicht bereut, denn auf dem Rückweg von Hamburg bildete sich auf den Flügeln des kleinen Flugzeugs plötzlich eine feine, aber deutlich sichtbare Eisschicht und Paul war wortkarg und unruhig geworden. Gregor war ruhig geblieben, war gelassen und konzentriert weitergeflogen, hatte sich per Funk freundlich und hartnäckig um geringere Flughöhen bemüht, hatte die Außentemperatur, den Benzinverbrauch und die Stimmung an Bord fest unter Kontrolle und war sicher zu Hause gelandet.

Paul hatte ihn bewundert, das hatte Marlis deutlich gesehen. Auch hatte er jede Anordnung Gregors widerspruchslos ausgeführt und ihm schließlich herzlich gedankt und gesagt, er sei ein Spitzenpilot. Marlis war sofort versöhnlicher gestimmt und dachte sich kleinlaut, dass sie Paul wohl falsch eingeschätzt hatte und dass sie kindisch, um nicht zu sagen undankbar gewesen war, allerdings nur kurz und nur gedanklich und schließlich, dass sie wahnsinnig stolz auf Gregor war, dass er stark und klug war und dass es nun Zeit wurde, alle diese überwältigenden Tatsachen auch ihren Eltern mitzuteilen.

Sie wussten noch nichts von ihm.

Eine Woche später war Gregor wieder bei ihr und sie hatten einen langen Abend zusammen sein können, bevor er wieder gehen musste.

Er berichtete ihr von den vielen Bewerbungen, die er an alle möglichen Firmen und Fluggesellschaften geschickt hatte und von all den Absagen und Versprechungen, die zurückkamen.

»Keine Airline hat derzeit Bedarf an Piloten, mein Liebes, und wenn eine Firma jemanden sucht, dann verlangen sie tausend Flugstunden. Aus versicherungstechnischen Gründen, wie sie alle sagen. Ich bin eben noch ein Greenhorn und habe zu wenig Flugerfahrung. Eintausend Stunden! Wie soll ich jemals zu eintausend Flugstunden kommen, ich habe noch nicht mal dreihundert!«

Marlis hatte daraufhin das Greenhorn in die Arme genommen und feierlich geschworen, Geduld zu haben und ganz bestimmt nie wieder gegen Paul und seinen Schickimicki-Anhang zu rebellieren.

Sie war an jenem Abend eben aus Ghana zurückgekehrt, mit müden Füßen und überquellenden Taschen. Wieder hatte sie Ananas mitgebracht. Große, reife Früchte waren es gewesen, mit goldenen Schuppen und kräftigen grünen Strunkblättern, die noch nichts von ihrer Frische eingebüßt hatten. Sie hatte sie in Keile geschnitten, wie es die Afrikaner taten. Liebesfrüchte seien das, hatte sie gelacht, getränkt von Sonnenströmen, umschmeichelt von weichen Tropenwinden, gefestigt durch die magnetische Kraft des nahen Äquators, verführerisch und süß wie die Liebe. Sie hatten sich die klebrigen Stücke gegenseitig in den Mund geschoben und den Saft von Lippen, Brust und Bauch geküsst und ihr Duft hatte sich mit dem ihrer Leidenschaft zu einer wunderbaren Wolke vermischt, die eine Weile vibrierend über ihnen geschwebt und dann wie ein weicher Sommerregen auf sie herabgefallen war. Dann war dieser Anruf gekommen. Spät und brutal hatte Gregor die Nachricht erreicht, dass Erich mit seinem Arbeitgeber in Spanien auf einem Flug von Barcelona nach Oviedo aus unbekannter Ursache abgestürzt und ums Leben gekommen war. Gregors Fluglehrer war am Telefon, bestürzt und tief betroffen, dass einer seiner ehemaligen Flugschüler, so kurz erst im Beruf tätig, verunglückt und zu Tode gekommen war.

Sie waren fassungslos.

Marlis war heiß und übel geworden, sie hatte das Fenster aufgerissen und gierig die kühle Nachtluft eingesogen. Der Himmel war verhangen und sternlos, die Straße hell und leer. Es roch noch nach Regen, doch war er vorbei und schon weiter nach Osten gezogen. Gregor hatte nach einer Erklärung gesucht.

»Es war über den Bergen, über den Pyrenäen irgendwo. Hatten sie vielleicht massive Vereisung oder zu wenig Treibstoff? Die Spritanzeigen sind oft nicht so genau, vielleicht hätte er mehr Treibstoff mitnehmen sollen, ich weiß ja nicht, wie sein Chef darüber dachte, vielleicht war das nicht so einfach... verdammt, er war so ein netter Kerl!«

Er nahm Marlis in den Arm und sie waren beide wortlos.

Marlis dachte, dass sie sich lieber nicht vorstellen wollte, wie sich alles abgespielt haben könnte und dass sie dieses »vielleicht war das nicht so einfach« nicht vergessen wollte, weil nichts so einfach war, wie es auf den ersten Blick aussah.

Ein paar Tage später hatten sie sich verlobt, kurz und entschlossen. So, hatte Marlis dazu gesagt, waren sie sicher, dass dieser Pakt, im Himmel und auf Erden anerkannt, sie vor allem Schrecken würde bewahren können, wie ein gewobenes Band aus Engelshaar vielleicht, das sie lose aber unendlich dehnbar aneinander binden und festhalten würde, sollten irgendwelche Abstürze drohen. Sie hatten beim Juwelier Ringe gekauft, ein geliebtes Restaurant aufgesucht und guten Wein getrunken. Marlis hatte sich gewundert darüber, dass sie so ruhig sein konnte. Sie hatte nicht einen Moment gezweifelt, das Richtige zu tun. Es war genau das Gegenteil von dem, was sie sich vor kurzem erst vorgenommen und all ihren Freunden und Verwandten verkündet hatte, aber nun schien es ihr absolut logisch, naturgegeben, wahrhaftig und richtig. Ja, genau so würde sie es erklären, jedem, der es wissen wollte!

Noch im Restaurant hatte sie die Eltern angerufen und Mutter hatte wie immer gemeint, es sei schön, dass sie sich wieder einmal melde, aber sie wisse, Marlis habe ja jetzt immer weit Wichtigeres zu tun.

»Ja, tatsächlich«, hatte Marlis spröde geantwortet, »ich habe mich gerade verlobt.«

Entgegen ihrer sonstigen Gewohnheit hatte Mutter dann gar nichts gesagt und Marlis hatte sich auch nicht mehr getraut weiter zu sprechen, bis sich ein bleischweres »So, aha« in die Stille gesenkt und Mama ihre Sprache wiedergefunden hatte, wie immer wohlwollend, aber vorwurfsvoll und mit lauter Stimme, sodass Marlis gezwungen war, den Hörer von sich wegzuhalten, was sie jedes Mal ärgerte und veranlasste »Mama, schrei nicht so« zu sagen, was sie eigentlich nicht sagen wollte, an diesem Abend schon gar nicht.

Gregor war zu ihr in die enge Telefonzelle gekommen und hatte sie zärtlich am anderen freien Ohrläppchen gezupft und es zwischen den Fingern gerieben, als würde er eine Uhr aufziehen. Marlis hatte die Augen geschlossen und tief Luft geholt.

Doch, sie hatte schon gewusst, dass früher die Eltern gefragt wurden, bevor man einen solchen Schritt gewagt hatte,

nein, sie hatte niemanden vor den Kopf stoßen wollen, sie sei halt nur so furchtbar glücklich, sie finde, es mache nichts, dass er etwas jünger sei als sie, das merke man gar nicht,

ja, sie wisse schon, dass Piloten oft »du weißt schon was ich meine« sind, aber alle seien bestimmt nicht so und seine Eltern seien schließlich beide angesehene Ärzte, nein, noch fliege er nur kleine Flugzeuge, aber in diesem Alter sei das gar nicht anders möglich, aber er sei sehr verantwortungsbewusst und sie würden erst heiraten, wenn er eine gute, solide Stelle gefunden hätte und

ja, sie wisse schon, was sie bis dahin zu tun hätte und sie werde bald nach Hause kommen und ihn mitbringen, wenn sie das dürfe!

»Natürlich kannst du ihn mitbringen, mein Schätzchen, was für eine Frage!«

Mutters Stimme war zu diesem Zeitpunkt vor Rührung ins Wanken geraten, was sich augenblicklich auf Marlis übertragen und gleich einige Tränen hervorgetrieben hatte, die Gregor einen guten Grund gaben, sie während sie noch telefonierte leidenschaftlich zu küssen. Sie hatte erleichtert aufgelegt. Es war besser gegangen, als sie erwartet hatte. Natürlich war Mama überrascht von dieser Nachricht, aber sie würde sich schnell an diesen jungen Schwiegersohn aus der Fremde gewöhnen, da war sich Marlis sicher.

Mit Papa gab es sowieso keine Probleme. Er hatte ihr noch nie Vorwürfe gemacht und sie nur immer wie aus der Ferne mit stolzer Liebe betrachtet oder höchstens vorsichtig leise einige schlichtende Worte gesagt, wenn er es für nötig gehalten hatte oder wenn die Situation es nicht zugelassen hatte, dass er einfach wortlos aus dem Zimmer oder dem Haus gehen konnte, wie er es am liebsten tat.

Es war schließlich ein Elternvorstellungstag geworden, wie er seit seiner Erstinszenierung wohl gedacht und durchgeführt sein wollte und Marlis hatte das seltene Gefühl genießen können, eine wirklich gute Tochter zu sein.

Mama hatte feinsten Damast und blitzendes Silber ausgebreitet und eine weiße Schürze über dem Kleid getragen und Papa hatte nicht die abgewetzten goldenen, sondern Perlmuttmanschettenknöpfe getragen und kühlen Weißwein in die Kristallgläser gegossen, die auf einem Tablett vorbereitet waren und sie hatten den jungen Gregor wohlwollend gemustert, der Mama die Hand geküsst hatte und so humorvoll erzählen konnte, von sich und seinen Plänen, von seiner Familie mit der stolzen Großmutter und vom Haus im Land der Teiche und Wälder und erst dann, sehr spät, waren Mamas Augenbrauen plötzlich kurz emporgeschnellt und sie war mit einem auffordernden Blick zu Marlis, in die Küche geeilt.

»Sag mal«, hatte Mama dann beim Kaffeeaufgießen wie beiläufig gefragt, »ist er am Ende ein Katholik, dort sind ja alle katholisch, willst du jetzt einen Katholiken heiraten?«

Sie war sichtlich konsterniert, bemühte sich aber sehr, die richtigen Worte zu finden.

»Wie stellst du dir das vor? Ein Katholik! Wenn das dein Großvater wüsste, dass du mit einem Katholiken nach Hause kommst! Aber von dir bin ich ja schon immer allerhand gewöhnt!« Pause kurz. »Stimmt doch, oder?«

Pause lang.

»Ja, nun, da kann man halt nichts machen.«

Sie war schließlich verstummt, Marlis hatte auch geschwiegen, denn sie wollte in jenem Moment der Ruhe, all das von Mama Unausgesprochene, das gefährlich konfus in der Küche herum gewabert war und drohte, sich zu einem explosiven Gemisch zu entwickeln, schnell aufsaugen und in einem imaginären Spülbecken entsorgen, wie eben

Milchflaschen, deren restlicher Inhalt längst sauer geworden war.

Im Nachhinein war sie sehr stolz dass es ihr gelungen war, für einmal nicht zu antworten, den Mund zu halten und sich auf keine Grundsatzdiskussionen einzulassen, einfach nur zu warten, bis sich Mama an die aufregenden Tatsachen gewöhnt hatte.

Dann waren Papa und Gregor mit leeren Gläsern in die Küche gekommen und nach einem Blick auf die beiden Frauen hatte Gregor ein weiteres Mal erklärt, wie wunderbar das Essen gewesen sei und dass er jetzt wisse, bei wem Marlis so gut kochen gelernt hatte und ob er den Kaffee ins Zimmer tragen solle, was Mama wieder gerührt lächelnd verneint hatte, das könne sie schon selbst tun und sonst sei ja Marlis da. Sie hatte sich wieder gefangen.

An dieser Stelle war Marlis nochmals kurz aufgebrodelt, hatte sich aber ein weiteres Mal zur Ruhe gezwungen. An diesem einmaligen Tag wollte sie entschieden nicht mit Mama streiten, es sollte ein unvergesslicher, glückhafter Tag sein, dafür fühlte sie sich verantwortlich. Sie brachte Gregor in die Familie ein und wusste, dass er für alle ein heller Stern sein würde.

Sie hatte liebevolle, gute Eltern, sie waren immer für sie da gewesen und hätten ihr letztes Hemd für sie gegeben. Mama hatte eben ihre Abneigungen, gegen jede Religion, Kirchgänger und Pfarrer, aber auch gegen Politikerinnen, Ausländer und überhaupt die halbe Menschheit, viele tiefsitzende Abneigungen, die sie nicht wirklich erklären konnte, aber stolz und eigensinnig verteidigte. Marlis hatte geahnt, dass es irgendwie Protest geben würde.

Zugegeben, sie hatte Mama auch etwas strapaziert in den vorangegangenen Jahren, war mit Franzosen, Italienern, Engländern und Schweden ausgegangen, hatte ihr von einem sibirischen Kosaken erzählt, der sie verehre, ja, sein Bild herausfordernd auf dem Nachtkästchen platziert und hatte schließlich sogar die Heimat verlassen, um wegen eines schreibgewandten Journalisten in den Norden Deutschlands zu reisen, nur um eine Woche später reuevoll wieder heimzukehren.

Aber Gregor, sagte sie sich am Ende des Tages, den wird Mama lieben und all ihre aufgesparte Zuneigung über ihn ausschütten und er wird in ihren Augen vermutlich schnell unfehlbar werden und aus diesem Grund könnte besser sein, ihn nicht zu oft mit nach Hause zu bringen. Gregor war entspannt an jenem Abend und schien glücklich. Er hatte viel gelacht und gesagt, sie sei doch ihrer Mutter auch ähnlich, aber klar auch dem Vater und er fände beide liebenswürdig und freue sich über alles.

Dann hatten sie sich wie immer trennen müssen, für zwei lange Wochen. Sie war dabei gewesen die nassen Haare zu trocknen, als die Türglocke zweimal anschlug. Draußen stand ein Taxifahrer in abgewetzter Lederjacke, der sie freundlich anlachte.

»Bischt du Frau Degen, eh? Sollscht du mitkomme zu die Flughafe at mir gesagt der Chefin, muscht du mitnehme Koffer und so, muscht du fliege drei Tag, glaub ich Canada oder so, brauchsch du kein Uniform, sollscht du bitte ganz schnell sein!«

Marlis hatte an diesem freien Tag nämlich einen Stadtbummel geplant und war zuerst völlig überrumpelt. Aber sie war nach einigen Monaten der Fliegerei routinierter geworden und hatte schnell reagiert.

»Okay, ich bin in zehn Minuten fertig und wir sind in zwanzig Minuten am Flughafen. Rufen Sie bitte an und sagen Sie, dass ich komme, aber schneller geht's nicht.«

Verrückt, dachte sie, die holen mich aus meinem freien Tag und schicken mich nach Kanada und das ruck zuck ohne Vorbereitung! Oh ist das heiß!

Sie hatte versucht, die Aufregung zu verdrängen, sich zu konzentrieren, hatte den roten Koffer aufgeklappt.

Ach jeh, was soll ich mitnehmen, extra Hose, Pulli, nein zwei Pullis, Strümpfe, Rock für den Abend, Schuhe dazu, Kanada ist sicher kalt, eiskalt, Stiefel, nein kein Platz, Blödsinn es ist Juni, also kurzärmlige Bluse, Mist, die Tagescreme ist leer dann halt Nivea, Nachtcreme, Deo, blauer Lidschatten, Zahnbürste, Pille, oh und ein Pyjama unbedingt, Haarbürste, vielleicht den Regenmantel, Juni in Kanada könnte...

Es läutete wieder. »Bischt du fertig, komm!«

Er schnappte den Koffer und ging voraus.

Nein Moment!

Handtasche her, Pille, Pass, Geld, Gottohgott nein! Ich habe kein Geld mehr, nein, so kann ich nicht fliegen, ich wollte nachher auf die Bank, nein nein, oh Gott, ohne Geld geh' ich nicht nach Kanada, nein, beim besten Willen nicht!

Ihre Hände zitterten. Der Taxifahrer kam wieder zurück.

»Kommscht du jetzt?« fragte er mit gebieterischem Unterton.

»Nein!« sagte Marlis verzweifelt aber energisch, »bitte bleiben Sie unten und warten Sie, bis ich komme!«

Der Fahrer hob abwehrend die Arme und trottete brummelnd davon. Marlis sank auf ihr Bett. Was sollte sie tun? Es war keine Zeit, noch auf die Bank zu gehen. Gregor hatte ihr mehrmals gesagt, sie solle ihr Konto zur Bank am Flughafen wechseln, sie hatte es versäumt, jetzt hatte sie die Bescherung. Sie holte ihre Geldbörse heraus und zählte nach. Umgerechnet höchstens elf Dollar, das reichte nirgends hin, nein, so fliege ich nicht nach Kanada. Aber was, wenn sie sich weigerte nach nur sechs Monaten Anstellung in der Airline?

Man könnte sie entlassen, fristlos womöglich, nein, das durfte sie nicht riskieren, sie würde es ewig bereuen. Krank melden ging auch nicht und wäre außerdem feige, nein, sie musste gehen und ach, sie wollte ja auch!

Der Taxifahrer stand schon wieder in der Tür.

»Frau! Was kann ich helfen?«

»Nichts, ich komme!«

Türe abschließen, ganz ruhig, Türe ist zugeschlossen.

Er fuhr wie der Teufel und grinste sie verwegen an.

»Ascht du no nasse Are, eh?«

Ach, dachte sie, die Haare würden schon trocknen, wenn sie nur Geld bei sich hätte oder wenigstens eine Kreditkarte. Eine grüne vielleicht, wie Gregor sie seit neustem besaß und von der er behauptete, man könne damit nicht nur bezahlen, sondern auch überall auf der Welt Geld abheben. Kreditkarten waren der letzte Schrei, vielleicht sollte sie sich auch eine besorgen?

Die Disponentin hatte sie ungeduldig erwartet, ihr Ticket und Boardingpass ausgehändigt und gesagt, sie hätte in drei Tagen ein kleines

Kind von Toronto nach Athen zu bringen und sie werde dort vom Stationsmanager erwartet und ja, er würde ihr auch genügend Geld geben, sie schicke ihm ein Fax und sie solle jetzt sofort zum Ausgang gehen, das Flugzeug warte auf sie!

Ein Crewbus brachte sie zum Flugzeug, zwei der vier Triebwerke liefen bereits, die Türen gingen zu und sie rollten Richtung Kanada. Noch immer zitterten ihr die Hände. Sie versuchte Ordnung in ihr Chaos zu bringen.

Also, hatte sie laut Ticket festgestellt, bin ich erst mal drei Tage in Toronto, alleine, denn dort fliegen wir linienmäßig gar nicht hin, also gibt es auch keinen Stationsmanager, Himmel, Geld hab ich so gut wie keines mit, reicht gerade noch für eine Nacht in der Jugendherberge und ein Sandwich. Naja, notfalls gibt es in Toronto sicher ein Konsulat, wo gestrandete Existenzen auf Hilfe hoffen können. Mädchen, das wird spannend!

Dann war der Maître de Cabine zu ihr gekommen und hatte sie beruhigt, in Toronto gebe es ein firmeneigenes Stadtbüro, das sie mit allem Nötigen versorgen würde, wer sie denn so schlecht informiert habe? Ach so, die Schlimmen hätten sie aus dem freien Tag geholt und sie habe eingewilligt! Verrückt sei das und bewundernswert, aber man werde sie dort sicher nicht alleine lassen und sie solle jetzt mal den Flug genießen und tüchtig essen.

Marlis war erleichtert. Der Maître war hilfreich, auffallend nett und wahrscheinlich ein Homosexueller, wie sie schon einige im Service kennen und schätzen gelernt hatte. Meistens waren sie ausnehmend tüchtig, humorvoll und liebenswürdig zu Passagieren und Kollegen und selten war ihnen ein Aufwand zu viel wenn es darum ging, jemandem helfend beizustehen. Eben hatte sie wieder das Glück, einem solchen zu begegnen.

Dennoch, um Geld bitten wollte sie ihn keinesfalls!

Auch Gregor spukte ihr im Kopf herum. Ihn hatte sie nicht anrufen können, er würde keine Ahnung haben, wo sie zu suchen war, und die Einsatzleitstelle würde ihm keine Auskunft geben, soviel war sicher. Aber er würde sich nicht mit Angst oder Eifersucht herumquälen, das war nicht seine Art, er vertraute seiner Fliegerbraut und der Airline, für die sie arbeitete und musste sich daran gewöhnen, dass sie plötzlich für einige Tage verschwunden war.

Einmal mehr erlebte sie die Zusammengehörigkeit unter den Fliegenden, ein Gefühl, das sie früher nie gekannt hatte. Sie wurde wie ein normaler Passagier aufmerksam betreut, bekam feinstes Essen und durfte sogar einnicken, ohne dass ihr jemand Vorwürfe machte. Sie saß in einer imposanten DC-8, flog stundenlang über dem Atlantik auf elftausend Metern Höhe, der Sonne, berühmten Städten und gewaltigen Wäldern entgegen und fühlte sich bald vollkommen frei und vibrierend vor Aufregung und Vorfreude.

Sie hatte das Cockpit aufgesucht und die Piloten hatten ihr den Navigator vorgestellt, der für Langstreckenflüge über den Atlantik mit an Bord sein musste. Es war ein hochgewachsener Engländer namens Trevor, der als vierter Mann hinter dem Kapitän an einem eigenen schmalen Pult saß und auf einem langen Papierbogen die geflogene Route und die jeweilige Position des Flugzeugs einzeichnete. Um diese bestimmen zu können, war direkt über seinem Kopf an der Decke ein kleiner Ausguck vorgesehen, den sie den »Dome« nannten, dort konnte er den Sextanten anbringen und stündlich Sonne, Mond und Sterne anpeilen. Mit dieser Positionsbestimmung war er dann in der Lage, den Kurs zu berechnen und den neuen Wert an die Piloten weiter zu geben.

Trevor hatte ihr all dies geduldig erklärt und sie durch den »Dome« schauen lassen, wo sie allerdings nichts als blauen Himmel erblicken konnte, was sie trotzdem toll fand und Trevor treuherzig versicherte, sie sei von der ganzen Navigation nach den Sternen, wie sie schon die alten Seefahrer betrieben hatten, tief beeindruckt! In Montreal hatte sie das Flugzeug verlassen müssen und war mit einer anderen Airline nach Toronto weitergereist.

Sie hatte staunend am Fenster gesessen und abwechselnd die enorme Größe der Landschaft dann wieder die stark geschminkten und mit starren Frisuren versehenen Hostessen beobachtet, die so selbstbewusst lächeln und sich bewegen konnten, wie sie es noch nie gesehen hatte. Als sie gelandet waren, war noch immer heller Nachmittag und Marlis hatte trotz des hellen Lichts niemand ausfindig machen können, der sie erwartet hätte. Sie hatte tapfer ihre Enttäuschung und Angst hinuntergeschluckt und sich von einem Taxi in das zugewiesene Hotel, einem düsteren Kasten mitten in der Stadt, chauffieren lassen. Dort hatte man sehr wohl von ihr gewusst und ihr ein Zimmer zugewiesen welches die Airline bestellt hatte, aber nein, Briefumschlag war keiner für sie abgegeben worden!

Sie war auf das Bett gesunken und hatte nicht gewusst, ob sie froh oder wütend sein sollte und eine Weile düstere Gedanken gewälzt. Ungewöhnlich war das Ganze schon, man hatte sie Hals über Kopf hergebracht und sie hatte kaum Informationen, wer, wo, wofür zuständig war. Sie wusste nur, dass sie am Montag ein Kind nach Athen zu begleiten hatte, das war alles und es war Freitag, Freitagabend in Toronto, jenseits des Atlantiks und sie besaß elf Dollar. Höchstens. Immerhin, könnte man auch sagen und sie hatte ein Zimmer mit Frühstück!

Sie duschte, spazierte einmal um den Häuserblock und hatte Hunger. Das Mittagessen im Flugzeug war schon lange her und im kanadischen Flugzeug war überhaupt nichts serviert worden. Sie stand vor Restaurants, schaute durch Glasfenster, die von schweren Vorhängen eingerahmt waren auf volle Teller, aber die ausgehängten Menükarten mit den stolzen Preisen hielten sie ab, hinein zu gehen. Sie konnte sich so ein Essen schlicht nicht leisten und selbst wenn sie sich an der Stehbude über der Straße nur Würstchen und Cola kaufte, wäre sie drei Dollar los und außerdem strich dort ein heruntergekommener Kerl umher, besser sie kehrte zurück ins Hotel.

Sie war müde, hatte gefroren und sich im Bett in die dünne Decke gewickelt, den Regenmantel darüber gebreitet und den Air Conditioner verwünscht, den sie nicht ausschalten konnte. Dann hatte sie einige Tränen zurück gedrängt und war eingeschlafen.

Das Frühstück hatte sie sich hineingeschoben wie ein Fuhrmann, nein, wie Gregor, der konnte immer solche Unmengen von Eiern, Speck und Pfannkuchen mit Sirup essen wenn er Gelegenheit dazu bekam. In der Lobby hatte man sie freundlich begrüßt, aber dann hieß es wieder »no Madam, sorry, no message for you!« Es war Samstagvormittag und vollkommen sinnlos, im Stadtbüro jemanden erreichen zu wollen, sie würde sich eben mit ihren wenigen Dollars bescheiden müssen. Kein Ausflug mit Besichtigung der Niagara Fälle und keine kanadische Fischplatte! Draußen regnete es in Strömen und sie hatte in ihrem Buch gelesen, Zeitschriften durchstöbert, den Fernseher aktiviert und geschlafen. Abends war der Regen vorbei und der Hunger zurück und sie beschloss, ein paar ihrer elf Dollar zu opfern.

An der Würstchenbude blinkten einladend rote Lämpchen und dumpfe Schwaden von Frittieröl hingen in der Luft, und auf der schmalen Theke gab es außer Brezel und unansehnlichem Krautsalat, der in einem Plastikbecken dümpelte, nichts Essbares zu entdecken. Der Mann dahinter, ein Hüne mit imposanten Muskeln, trug ein offenes Hemd, aus dem dunkle Brusthaare hervorsprossen und darüber baumelte eine dicke eiserne Kette mit einem Kreuz. Er grinste sie einladend an. Sie verlangte Würstchen mit einer Brezel und beschloss, auf die Pommes zu verzichten, da allein der Geruch sättigend genug war.

Sie hatte sich an einen der Stehtische gestellt und eben die Coladose geöffnet, als der Mann, der tags zuvor dort umhergeschlichen war, wie aus dem Nichts neben ihr aufgetaucht und sagte:

»Hi! Ich habe seit Tagen nichts gegessen, spendierst du mir auch sowas?«

Er zeigte auf ihren Pappteller, schluckte und sagte noch »please.«

Marlis sah ein fahles mageres Gesicht und schütteres Haar, das zu einem Mann in den mittleren Jahren gehörte. Sie fühlte sich überrumpelt. Der arme Teufel hatte sichtlich noch größeren Hunger als sie, also holte sie nochmals Würstchen, Brezel und Pommes.

Der Mann blieb am Tisch stehen und wartete. Der Budenmann sah sie erstaunt an und fragte grinsend:

»So hungrig?«

Sie schüttelte den Kopf, bezahlte weitere vier Dollar und brachte die Sachen an den Tisch. Da stand plötzlich der Mann aus der Bude hinter ihr und herrschte den Fremden an: »Okay, Mann! Du hast was du wolltest, jetzt hau ab, geh!«

Der packte alles zusammen in seine schmutzige Jacke, sagte kein Wort und verschwand in die nächste Seitengasse.

»Sorry Mam«, sagte der Budenbesitzer und pflanzte sich vor ihr auf, so dass sie seinen Schweiß riechen konnte, »das sollten sie besser nicht tun, diese Leute können gefährlich sein.«

Er wischte mit der behaarten Hand über den Tisch und fragte weiter: »Sie sind nicht von hier, nicht wahr? Die Leute hier wissen das. Dachte, ich muss sie warnen.«

»Aha«, antwortete Marlis verteidigend, »er hat aber nicht gefährlich ausgesehen, eher extrem hungrig. Aber danke trotzdem.«

Sie war so selbstsicher wie möglich über die Straße zurück ins Hotel gegangen und hatte sich gefühlt wie ein kleines Mädchen, das man ertappt und zurecht gewiesen hatte. Dieses ganze Toronto-Abenteuer war ein Reinfall, von A bis Z nichts als Ärger. Mensch, und jetzt besass sie gerade noch knappe drei Dollar!

Marlis, noch immer auf der Bank liegend und die Decke der Abflughalle betrachtend, räkelte sich unbehaglich bei diesen Erinnerungen. Sie war schon ein äußerst naives Küken gewesen! Sie lächelte, schloss langsam die Augen und ihre Lider flatterten. Sie kämpfte gegen die Müdigkeit und dachte noch daran wie sie gerufen wurde, als sie die Hotellobby betrat und man ihr dann doch einen Zettel übergeben hatte, auf dem stand, dass eine gewisse Rita L., beauftragt vom Leiter des Stadtbüros, am nächsten Morgen auf Marlis warte, um sie zu den Niagarafällen zu begleiten, wenn sie das wolle. . .

. . . und Rita erschien, als Marlis verwundert an einem Tisch saß auf dem ein Teller mit Fischen stand als sie auf ein Frühstück wartete und Rita hatte das Gesicht von Frau Camino und die fragte sie zornig warum sie die Fische nicht essen wolle sie seien von den Niagarafällen und Marlis sagte sie esse nicht Fische mit schleimiger Laichsauce zum Frühstück doch die Frau meinte dann müssten sie die Fische im Auto mitnehmen und Marlis setzte sich hinten ganz oben auf die Hutablage und die Fische lagen mit weißen Augen neben ihr und schnappten nach Luft . . . und die Frau sprach mit dem Taxifahrer der sagte sie müsste jetzt unter den Wasserfällen durchgehen um ans andere Ufer zu gelangen und Marlis dachte gut dann

kann ich die Fische ins Wasser schmeißen . . . aber dann fiel ihr ein
dass dort am anderen Ufer das Kind in einem Wagen lag und sie
gar keine Windeln und keine Milchflasche sondern nur Fische bei
sich hatte und das Kind schon drei Tage wartete und sicher schon
verhungert und tot ganz tot war. . .

Marlis erwachte voller Entsetzen und blickte auf Füße und Beine
von Menschen, die ungerührt an ihr vorbei liefen. Sie stöhnte leise
und setzte sich mühsam auf. Der Nacken schmerzte sie von der harten Tasche und sie fühlte sich wie gerädert. Sie massierte sich den
Hals und schüttelte mit den Händen ihr Haar, als säße dort noch
der Traum, den sie loswerden wollte. Wie konnte sie so schauerlich
träumen?

Rita war ein nettes Mädchen und es war ein herrlicher Ausflug zu den
Niagarafällen geworden, sie hatte doch noch etwas von Kanada gesehen und die Übergabe des Kindes hatte auch geklappt.

Ein kleiner Junge von zwei Jahren war es, ein Scheidungskind, wie
viele, die sie von einem Elternteil zum anderen begleitet hatte. Ein
Drama, wie es sich ähnlich immer wieder abspielte. In Toronto hatte
er fürchterlich geschrien, als sie ihn auf den Arm nahm, Papa hatte
hilflos zu trösten versucht und eine Tante bitterlich geweint. Irgendwann war er erschöpft vom Weinen auf ihrem Schoß eingeschlafen. In
Athen hatten die Mutter, die Großmutter und der Großvater ebenfalls geweint und Marlis dann mit Dank überschüttet und ihr Sü-
ßigkeiten zugesteckt. Marlis war froh gewesen, zurück zu sein. Am
Abend hatte Gregor angerufen und sie hatte ihm ausführlich berichten können.

Es dauerte jedoch nicht lange, bis sie bemerkte, dass etwas nicht
stimmte, dass er einsilbig und verhalten antwortete, wenig erzählen
wollte und mit seinen Gedanken woanders war.

Sie war unruhig geworden und von plötzlicher Angst erfüllt.

Was hatte er in der Woche ihrer Abreise getan? Wo und mit wem war
er gewesen? Liebte er sie etwa nicht mehr?

Wilde Spekulationen waren ihr durch den Kopf gejagt während sie
zuhörte, wie er sachlich und distanziert von Paul und seinen Geschäf-

ten sprach und eine kalte Klammer hatte sich bedrohlich um ihren Hals gelegt, als er eine Pause einlegte und dann sagte:
»Du, da ist noch etwas, das ich dir sagen muss.
Nichts erfreuliches, leider etwas sehr trauriges.
Es ist so, dass der Fritz, du weißt, dass er in Libyen für eine Ölfirma zu den Plattformen geflogen ist, also er ist verunfallt, abgestürzt nach dem Start, weil jemand vergessen hatte, die Arretierung von einem Querruder zu entfernen und er gleich nach dem Abheben das Flugzeug nicht mehr steuern konnte.«
Gregor schwieg und wartete.
»Nein! Das kann nicht sein, der Fritz auch, abgestürzt, tot, das ist ja furchtbar!
Ist das ein böser Fluch?« hatte Marlis ungläubig gestammelt und dann heftig zu weinen begonnen.
Gregor hatte geduldig erklärend auf sie einreden müssen, von Flugzeugen, von gefährlicher Routine und allerhand Sicherheitssystemen und schließlich von seiner Liebe und Sehnsucht, die tausende Male um den Globus und bis zur entferntesten Galaxis reichen würde und Marlis hatte darauf mit noch lauterem Schluchzen geantwortet, bis er erschrocken gemeint hatte, sie sei total erschöpft von der Zeitverschiebung und der langen Reise und solle jetzt ausgiebig schlafen und übermorgen, da komme er zu ihr.
Marlis hatte lange geweint an jenem Abend, voller Scham über all ihre Zweifel und Ängste und über das Grauen, das wieder da war und von dem sie erst seit Erichs Absturz wusste, dass es allgegenwärtig sein konnte, wenn sie es zuließ und dann, irgendwann nach den Tränen, hatte sie dem Nachthimmel feierlich geschworen, dass weder Angst oder Eifersucht, noch das Grauen ihr gemeinsames Leben beeinflussen durften, niemals.

Marlis sprang von der Bank entschlossen auf die Beine. Gregor hatte recht, sie sollte etwas essen und sie hatte Hunger. Im Vorübergehen warf sie einen Blick in den Spiegel und erschrak. Sie sah farblos und müde aus und musste sich zurecht machen, denn sie wollte in der Personalkantine essen und auch wenn sie dort niemand mehr kannte, sie ging nie zerzaust und ohne Farbe auf den Lippen unter die Leute, das sollte auch so bleiben.

Außer einigen Leuten von Bodenpersonal und Sicherheitsdienst waren keine Gäste in dem weiten, schmucklosen Raum und selbst die reizvollsten Plätze vorne an den Fenstern, die über Vorfeld und Landebahn blickten, waren noch zu haben. Marlis freute sich darüber und ließ sich an jenem Tisch nieder, an dem sie Gregor zum ersten Mal begegnet war.

Es ist mein Glückstag, dachte sie plötzlich beschwingt, denn nun steuerte Grace, die stattliche Kellnerin aus Uganda auf sie zu und begrüßte sie mit einem breiten Lächeln: »Hallo, wie geht es ihnen, ihr Mann ist heute nicht da? Oh schade, sie wollen essen, was kann ich bringen?«

Sie überlegte nicht lange, bestellte sich eine gegrillte Bratwurst mit Pommes, einen schönen gemischten Salat und dazu ein Glas Rotwein, einen Pinot Noir, bitte! Sie wollte diese Abschiedsstunden genießen, auf ihre Art eben, also kein stilvolles Menü, sondern ihr Lieblingsessen. Grace schaukelte Richtung Küche und Marlis bewunderte einmal mehr das aufreizende Zucken ihres breiten Hinterteils. Herrlich war sie, Grace, voll mütterlicher Kraft und Wärme und schnell zum Lachen bereit.

Wirklich, dachte Marlis, sie hatte Glück, es war doch eigentlich ein guter Tag! Sie konnte ungehindert nachdenken, ihre Gedanken flossen durch lichtdurchflutete Kanäle und sie konnte staunend zusehen, wie sie dort wuchsen und blühten, aufblitzten in allen Farben und gleich wieder zerfielen in dem engen Kaleidoskop, in das sie angestrengt zu blicken versuchte.

Wo war sie vorhin gewesen?

Höhenflüge

Gregor. Er war zu ihr ins Flugzeug gekommen, um sie nach einem Westafrikaflug abzuholen und in seinen Augen blinkten die Neuigkeiten wie Leuchtsignale als er ihr zuraunte:
»Beeil dich, ich muss dir etwas zeigen!«
Er war voller Spannung und Ungeduld, nahm ihr den roten Koffer aus der Hand, wartete bis sie sich von allen verabschiedet hatte und führte sie dann ohne weiteren Kommentar quer über das Vorfeld zu einem in der Nähe parkierten Flugzeug. Es war ein Verkehrsflugzeug, die Fokker F-27, eine zweimotorige Propellermaschine, die vierundvierzig Passagieren Platz bot und einer Chartergesellschaft gehörte.
»Schau«, sagte er und blickte sie gespannt an, »auf diesem Flugzeug muss ich, nein, kann ich übermorgen einen Flight Check machen!«
»Wieso?« Marlis begriff gar nichts.
»Weil die Airline jetzt Piloten sucht und ich mich dort früher mal beworben hatte, damals ohne Erfolg. Aber jetzt bekomme ich diesen Brief, heute weißt du, und da steht, ich hätte mich zwecks Flight Check am Donnerstag beim Chefpiloten zu melden. Am Donnerstag schon, was sagst du, ist das nicht grandios! Ich habe keine Ahnung was sie verlangen werden, denke, ich werde ein paar Runden drehen müssen, Steepturns, ILS Anflug, QDM intercepten und so, weiß nicht, bin ja auch nicht allein, es gibt noch drei andere Anwärter hab ich gehört und ich bin der einzige Ausländer. Na ja, es ist eine Chance und ich muss es versuchen!« Er sah sie herausfordernd an und lachte.
»Klar musst du das!« Marlis hatte zwar wenig vom dem verstanden, was von ihrem Liebsten an diesem Flight Check verlangt wer-

den könnte, nur dass es sich um eine Art Aufnahmeprüfung in eine Fluggesellschaft handelte und sie wusste, dass es nichts gab was er sich mehr wünschte, aber es tönte unsicher und schwierig und daher sagte sie ihm, er werde das toll machen da sei sie sicher und wenn sie ihn nicht nehmen würden, dann nur weil sie nicht fähig wären zu erkennen, was sie an ihm hätten. Er lachte wieder, aber sein Blick blieb ernst und entschlossen und das war es wohl, was sie an ihm besonders liebte.

Der Chefpilot, bei dem Gregor antreten musste, hieß Fischer. Er hatte eine heiser knarrende Stimme, rauchte täglich drei Schachteln Camel und trank unzählige Tassen schwarzen Kaffees und war ein rundum gefürchteter Mann, an dem niemand unbeschadet vorbei kam, denn seine Kommentare waren ätzend und an seinem Urteil wagte niemand zu rütteln. Er pflegte den Flugschülern Fallen zu legen, freute sich diebisch wenn sie darauf reinfielen und hatte in der Ausbildung während des Fluges keinerlei Skrupel, Triebwerksausfälle nicht nur zu simulieren, sondern das Triebwerk tatsächlich abzustellen. Einzig Flugschüler, die eine Matura mitbrachten, durften auf etwas Milde hoffen und so war Gregor noch optimistisch, als Fischer ihm beim Einsteigen zuraunzte:

»Jetzt wollen wir mal sehen was Sie können, Sie mit ihrem Intelligenzgrad!«

Gregor hatte sich so gut wie möglich vorbereitet und es gelang ihm seine Aufregung zu beherrschen, Fischers knurrenden Anweisungen ruhig zu folgen und die ungewohnt große Maschine sauber zu fliegen und er wurde schließlich mit dem Auftrag, bei der Baracke zu warten, kommentarlos entlassen. Nach zwei Stunden tauchte Fischer auf, klopfte Gregor im Vorübergehen auf die Schulter, blies ihm den Rauch ins Gesicht, entblößte grinsend sein schauerliches Gebiss und sagte schnarrend:

»Der Triebwerkskurs bei Rolls Royce drüben in England beginnt am Montag und dann gehst du drei Wochen nach Amsterdam zu Fokker und jetzt holst du dir drinnen den Vertrag und einen Vorschuss.«

Gregor stand wortlos und überwältigt da und konnte erst mal nur eine weitere Zigarette anzünden. Das Büro der Airline befand sich in einer Holzbaracke und auf Gregor wartete dort ein zur Unterschrift vorbereiteter Vertrag für Jungpiloten, ein Flugticket nach London, eine Hotelreservation in Derby und einen Vorschuss von ungeheuerlichen vierhundert Dollar. Gregor brachte noch immer außer einem gestammelten »danke« kein Wort heraus und wusste kaum wohin mit seiner Freude. Er suchte dringend ein Telefon und irrte eine Weile auf der Baustelle des neuen Flughafens umher, bis er fündig wurde und Marlis anrufen konnte. Er hatte nur gesagt:

»Ich habe einen Vertrag mein Schatz und wenn du willst, können wir nach der Ausbildung heiraten!«

Erst danach hatte seine Anspannung allmählich nachgelassen und er konnte berichten, vom Flugzeug und den fliegerischen Manövern die er ausführen musste, von Fischer, seinem neuen Chef, dass er ihn gar nicht so schlimm fand, von der Fluggesellschaft, zu der er jetzt auch gehöre und dass er das alles noch gar nicht fassen könne, aber ganz sicher sei, dass er sie heiß liebe und ihr von England jeden Tag als erstes die Sonne herüber schicke!

Marlis war begeistert gewesen. Gregor war einundzwanzig Jahre alt, saß im Flugzeug nach England mit einem druckfrischen Vertrag in der Tasche und hatte eine interessante Umschulung vor sich. Er würde aus dem Fenster auf die Welt unter ihm schauen und sein Glück würde ihm aus der Brust springen und sich ausbreiten über die glänzenden Flügel bis zu den Spitzen, wie so ein Elmsfeuer, von dem er ihr schon erzählt hatte. Nun würde er endlich fliegen können, große Propellermaschinen, vielleicht später sogar Jets, jeden Tag und immer wieder, und er wusste bestimmt, dass selbst die Astronauten, welche vor kurzem auf dem Mond gelandet waren, nicht glücklicher sein konnten.

Ihre gemeinsame Zukunft hatte ein Gesicht bekommen.

Marlis roch die Bratwurst mit Pommes noch bevor Grace sie ihr hingestellt hatte und merkte, wie hungrig sie war. Sie schnitt sich ein breites Stück von der Wurst ab und schob sich genüsslich die heißen Pommes in den Mund. Mochte die Welt darüber denken was sie wollte, sie liebte nun mal Bratwurst mit Pommes, ungesund hin oder her, man konnte einfach nicht immer nur vernünftig sein, schon gar nicht an Tagen wie diesen. Gregor hätte jedenfalls damals in Derby viel für eine köstliche Bratwurst gegeben. Sie schmunzelte und nahm einen kräftigen Schluck vom Rotwein. Ja, der Wein hatte zwar nicht viel Tiefe, aber er war fruchtig und richtig in der Temperatur, nicht so wie im Flugzeug, dort war der Rotwein oft zu kalt. In Derby hatte Gregor keinen Wein bekommen und das Essen musste seinem Bericht nach fürchterlich gewesen sein, alles fad und nur aus dem Wasser gezogen, aber wen hatte das schon wirklich gestört, wenn es galt sich mit Propellertriebwerken und ihrem komplexen Innenleben auseinanderzusetzen.

In Amsterdam hatte sie ihn besucht, in dem winzigen Hotel das aussah wie ein Puppenhaus, wo er über dicken Manuals von Fokker brütete und sich die verworren scheinenden Systeme des Flugzeugs einprägen musste. Er hatte sich gefreut, dass Marlis gekommen war und sich auch die Zeit genommen, sie den Grachten entlang zu führen und mit ihr indonesisch essen zu gehen, aber sie hatte bemerkt, wie er nicht wirklich bei ihr war und seine Gedanken immer wieder zum Flugzeug zurückkehrten, dass er ständig das Gelernte durchdachte und erforschte und ihr war bewusst geworden, wie knapp die Zeit für die Schulung bemessen war und wie sehr sie ihn eigentlich störte.

Also war sie am nächsten Tag schleunigst wieder abgereist, schuldbewusst und heftig darüber grübelnd, ob sie diese neuste Erkenntnis, die unumstößliche Tatsache nämlich, dass ihm seine Arbeit mindestens ebenso wichtig war wie seine Verlobte, ob sie das so einfach und ungefragt akzeptieren konnte.

Natürlich nicht, dachte sie im Bus zum Flughafen, welche Frau möchte nicht im Leben ihres Zukünftigen die erste und wichtigste Rolle spielen, in jedem Roman oder Film war das so.

Konnte sie nicht froh sein, fragte sie sich, als sie nach dem Start auf die Dächer der holländischen Metropole hinunter blickte, dass nach all den vergangenen Liebesdramen ein Mann da war, der nicht nur sie, sondern auch seinen Beruf und seine Zukunft ernst nahm und dann, war er nicht vielleicht gerade deswegen ausgewählt worden, ja war es nicht auch diese Professionalität, die sie an ihm bewunderte? Keine Frage, sagte sie sich als sie vor der Landung zuhause die vertrauten Hügel erblickte, nein, sie hätte sicher nicht einen Mann heiraten wollen, für den sie die einzige Leidenschaft bedeutete, ein solcher würde ihr die Freiheit nehmen wollen, sie einengen und ständig um sich haben müssen. Sie schauderte bei dem Gedanken, das wäre ihr unerträglich! Auch er brauchte diese Freiheit und dazu das Wissen, dass sie auch ohne ihn gut funktionierte und zufrieden war, auch wenn sie ihn, wie eben, erst in drei Wochen wieder in die Arme schließen konnte. Mit lautem Quietschen waren sie gelandet, langsam zum Vorfeld gerollt und Marlis hatte verstohlen ein paar Tränen weggewischt. Dennoch war das doch alles gut, wie es gedacht und bestimmt war und sinnlos, es ständig in Frage zu stellen. Warum musste sie bloss ständig alles in Frage stellen?

Gregor hatte eine Uniform bekommen und kam zur Streckenausbildung. Er genoss dabei die legendären Methoden des Fluglehrers Fischer, der ihm unter anderem regelmäßig seinen Lieblingsspruch »Du musst das Flugzeug im Hintern spüren« zubrüllte, um dann in bellendes Gelächter und Gehuste auszubrechen, was ihn mit seiner permanent im Mundwinkel hängenden Zigarette in Schwierigkeiten brachte und Gregor versuchte bestmöglichst sein eigenes Grinsen zu verbergen.

Sie flogen drei oder vier Strecken pro Tag in die großen Metropolen Europas und flogen kleine, oft abenteuerliche Plätze an, wo vielleicht am Pistenrand die Kühe weideten oder weiter südlich der Alpen die Ziegen.

Dann war es soweit!

Er war fertig ausgebildet und jüngster Copilot der Fluglinie und im März, ein Jahr nachdem sie sich gefunden hatten, wollten sie heiraten. Es gehöre sich so, hatte die Mutter gemeint und Marlis ahnte wie stolz sie war, der Verwandtschaft den neuen Schwiegersohn präsentieren zu können, der es geschafft hatte ihre abenteuerlustige Tochter einzufangen. Marlis gelang es mit Blick auf den drohenden finanziellen Ruin, die vielen Onkel und Tanten von der Einladungsliste zu streichen und sich auf wenige Vetter und Cousinen zu beschränken. Außerdem gab es nun Gregors Familie, die man nicht enttäuschen durfte.

Seine Familie! Gregor hatte sie im Sommer nach einer zwölfstündigen zermürbenden Fahrt im Käfer, ins Land der Teiche und Wälder gebracht, wo sie in dem imposanten, alten Haus erwartet wurden. Ihre zukünftige Schwiegermutter hatte am Tisch im großen Salon gesessen, von wo aus sie die Familie dirigierte und hatte erklärt, dass sie sich sehr freue, dass Marlis aber wie ein Gespenst aussehe und sie sofort ins Bett zu bringen sei. Am nächsten Tag war Marlis nach einer unruhigen Nacht und vor Aufregung noch immer blass erschienen und hatte die warme Zuneigung aller genießen dürfen und die alte Großmutter hatte sie in den Arm genommen und ihr gesagt, sie sei schon froh, dass ihr Enkel ein so nettes »Menscherl« nach Hause bringe. Sie hatten sie liebevoll umsorgt wie ein echtes Familienmitglied und Marlis hatte sogar die andere, die russische Oma kennengelernt, eine durchscheinend zerbrechliche Gestalt aus einer fernen, glanzvollen, längst vergangenen Zeit, die in einem der Räume völlig zurückgezogen nur ihren Erinnerungen lebte. Zuletzt war sie noch Gregors Vater vorgestellt worden, der erst zum Mittagessen im weißen Arztmantel aus seinen Praxisräumen im Erdgeschoß schwungvoll herein gefegt war und Marlis mit einem galantem Handkuss willkommen geheißen hatte.

Sie hatte die neue Familie in ihr Herz geschlossen und es schien ihr alles märchenhaft und wunderbar zu sein. Das Haus, das am Ende einer Allee von hohen Bäumen winkte, mochte wohl ein Landhaus adeliger Herrschaften gewesen sein, nun jedoch dämmerte es still verfallend vor sich hin. Der parkähnliche Garten mit dichten Bäumen und einem runden Rosenbeet, in dem vielleicht einst ein Springbrunnen geplätschert hatte und sich jetzt hohe Gräser im heißen Sommerwind wiegten und zarte lila Wildblüten unbekümmert zwischen den Rosen wuchsen.

Sie mochte die kleine Stadt, die geduckten, bescheidenen Häuser und Manufakturen, in denen emsige Webstühle Stoffe und Teppiche woben, die alten Geschäfte, in denen sich die Waren bis zur Decke gestapelt hatten und die Leute, den Zahnarzt, die alte Greißlerin, den Tankwart und Postboten, all die Bekannten, die Gregor wie einen verlorenen Sohn begrüßt hatten. Und endlich das weite Land rundum, die goldenen, ernteschweren Felder und dunklen Wälder, wo verborgen in sumpfigen Teichen tausend Geschichten schliefen und die, so sagte man, nur in weißen Sommernächten den Liebenden ihre Geheimnisse zuflüsterten.

All diese Bilder wollte sie hüten und nie wieder hergeben, denn sie würden nun auch ihr gehören.

Marlis knabberte versunken am letzten Pommes, trank gemütlich ihren Wein aus. Sie hatte Zeit und es war ausgesprochen schön, da zu sitzen, das Schneetreiben zu betrachten und an ihre Hochzeit zu denken.

Vor dem Fest wollte sie Gregor dem Ehepaar Frank vorstellen. Das war ein großer Moment und sie hatte festgestellt, dass auch Gregor neugierig war.

Otto und Elfriede waren ihre Freunde und die Nachbarn ihrer Eltern. Sie wohnten unten im Erdgeschoß und waren die Besitzer des älteren Hauses. Otto war der Vater von Anne Frank, dem jüdischen Mädchen, das sich mit seiner Familie vor den Nazis in einem Hinterhaus verstecken musste und während dieser Zeit ein Tagebuch geschrieben hatte, welches nach dem Krieg in der ganzen Welt mit Erschütterung gelesen wurde. Anne und ihre Familie wurden entdeckt und kamen im Konzentrationslager ums Leben und nur der Vater hatte überlebt. Fritzi, seine Frau, hatte dort sowohl ihren Mann als auch Sohn verloren, nur eine Tochter war ihr geblieben.

Marlis war zwölf Jahre alt gewesen, als ihre Eltern ins obere Stockwerk eingezogen waren und sie hatte dort ihre stürmischsten Jugendjahre verbracht. Otto und Fritzi hatten sie schelmisch ihre Ersatztochter genannt. Sie hatten teilnehmend, beratend und beruhigend gewirkt, wenn Marlis sich in irgendeiner aufregenden Geschichte verstrickt hatte, und sie wurde von ihnen geliebt und geachtet, was in

Marlis' Familie zwiespältige Gefühle ausgelöst hatte. Mama war oft hin und hergerissen zwischen Eifersucht und Stolz, obschon sie Vater Frank sehr gerne mochte »weil er so ein reizender Mensch ist« und Fritzi Frank »eine richtig gütige Dame« war.

Marlis hatte wunderbare Stunden in seinem Haus verbringen dürfen. Die alten Möbel aus dunklem Holz oder schwarzem Lack, die Vitrinen mit Fotos, Dosen und kleinen Büchern in Leder gebunden oder mit Silber beschlagen, waren ihr fremdartig und faszinierend erschienen. Otto hatte ihr stets die neuesten Ausgaben des Tagebuchs gezeigt, welches, worauf er besonders stolz war, in beinahe so viele Sprachen übersetzt worden war wie die Bibel. Er hatte mit ganzer Kraft das Vermächtnis seiner Tochter betreut, überall in der Welt Vorträge gehalten und für Toleranz, Mitmenschlichkeit und Aussöhnung geworben. Nur ein einziges Mal, auf Marlis eindringliches Bitten, hatte er ihr mehr über die schreckliche Zeit erzählt, die damals erst fünfzehn Jahre zurück lag und seine Augen hatten sich mit Tränen gefüllt und er hatte nicht weiter sprechen können. Marlis war darüber zutiefst erschrocken, hatte lange in den Schlaf geweint und ihn nie wieder mit Fragen gequält.

»Oh, das Mädchen«, hatte er freudestrahlend gerufen als Marlis mit Gregor vor der Türe stand, »ahh, und das ist der berühmte Flieger und Bräutigam! Die Mama, musst du wissen, schwärmt täglich von ihm! Willkommen lieber Gregor, ich habe schon so viel von Ihnen gehört, ich glaube sie schon gut zu kennen.«

Fritzi hatte Tee gebracht und kleine dreieckige Sandwiches, die verrieten, dass sie oft in England bei ihrer Tochter zu Besuch war und sie hatten lange geplaudert über das Fliegen, über Wien wo Fritzi aufgewachsen war und dann kurz über Amsterdam und das geheime Versteck der Franks im Haus an der Prinsengracht, ein Name, der tief in Marlis eingegraben lauerte und wie all die Namen der Konzentrationslager immer wieder unfassbar abgründige Botschaften nach oben schickte.

»Ach, wisst ihr«, sagte Vater Frank mit leisem Lächeln, «ich habe Ihnen vergeben. Mit Hass kann man nicht leben, das zerstört einen selbst, leben heißt auch wieder lieben und lachen. Aber man darf

76

nichts vergessen, man muss darüber reden, damit die Menschen einander besser verstehen können, immer wieder miteinander reden. Mit allen, auch mit den Palästinensern, sie müssen uns verstehen und wir müssen sie verstehen und dazu müssen wir mit ihnen reden und das mit Respekt, es geht nur so.«

Er machte eine lange Pause, als denke er über seine Worte nach und Marlis hatte plötzlich die tiefen Linien in seinem Gesicht bemerkt und wie dunkel seine Augen waren und sie wollte darauf etwas Aufmunterndes sagen, hatte sich aber nur jung und hilflos gefühlt und gar nichts sagen können, weil diese Geschichten ohnehin zu kompliziert waren, denn nun musste sie an den Flugzeugabsturz einen Monat zuvor denken, an das Feuer an Bord einer Coronado ihrer eigenen Airline und an den Terror, der unbeteiligte Kollegen und Passagiere kaltblütig in den Tod geschickt hatte, weil dort, in den biblischen Ländern, der Hass auf beiden Seiten brannte und selbst Ottos Stimme und die des Kindes Anne, irgendwo über dem Mittelmeer ungehört verhallten und alle Beteiligten darüber schwer oder nur in abgedroschenen Phrasen reden konnten.

Was sollte sie da sagen?

Sie hatten alle geschwiegen. Schließlich sagte Otto Frank doch noch: »Man muss sich versöhnen, aber ihr Jungen müsst aufpassen, es kann sich alles wiederholen, wenn ihr nicht ständig auf der Hut seid!«

»Ja«, hatte Fritzi liebevoll lächelnd beigefügt, »das werden sie schon tun, da bin ich mir sicher, aber jetzt erzählt von euren Plänen.«

Otto Frank hatte sich aber erhoben, seinen Gürtel zurechtgerückt und Marlis dann wie früher kurz die Hand auf den Kopf gelegt und das war, wie immer schon, die Botschaft sich zu verabschieden und den Weg die Treppe hinauf anzutreten, ins obere Stockwerk, in die Wohnung ihrer Eltern, zu ihren Wurzeln, in eine andere Welt.

Dann hatten sie geheiratet.

Im schwachen Wintersonnenlicht wehte feucht ein weißkalter Nebelhauch, der sich im Schleier der Braut verfing und sich ihr auf die Schulter setzte, um dann Eiskristalle über die Blumen auf ihrem Kleid zu streuen, so dass sie zitterte und taub wurde und die Tränen einfroren, bevor sie über die Wangen gleiten konnten und am

Ende nur der Kuss vermocht hatte, den eisigen Bann zu lösen. Auf dem Kirchplatz hatten sie Pelzjacken über sie gelegt und für die Erinnerungsbilder wieder weggenommen, ihr das Haar zurecht gezupft und sie aufgefordert, doch um Himmels Willen zu lächeln und hoch über ihnen waren weiße Streifen ins weite Blau gezogen und der Fliegerbräutigam hatte wirklich gelächelt und ihr warm in die Hände gehaucht, bis die Starre vertrieben war und sie ihm über die Wangen streichen konnte. Im Schlossrestaurant wurde ihr Rouge auf das Gesicht gelegt, damit man sie wieder herzeigen konnte und das Kleid genäht, das sie mit klammen Fingern zerrissen hatte und man sagte ihr, mein Gott, schaut dein Mann jung aus und du liebe Zeit, schaust du blass aus und herzte sie von allen Seiten. Später, viel später, als sie den Kopf ermattet auf seine Schulter gelegt hatte und ihr nirgends zwischen Kinn und kleiner Zeh auch nur eine Spur mehr kalt war, schwebte Gregors Großmutter vorüber, die ihr bestickte Leintücher mitgebracht und gemeint hatte, das könne man immer brauchen und Otto Frank, der ihr ins Ohr gesagt hatte, dass er Gregor erstklassig finde und sie alles goldrichtig gemacht habe und Mamas Worte, die sagten, man hätte doch auf sie hören und warten sollen mit dem Heiraten bis im Sommer und die sonore Stimme des Pfarrers im langen schwarzen Gewand, die von weit her murmelte, sie beide sollten sich von nun an füreinander verbrauchen und Marlis hatte sich gefragt, ob Gregor da bei soviel evangelischer Nüchternheit nicht erschrocken war, hatte ihn aber danach nicht fragen wollen, wo er doch gerade wieder mit heißen Händen auf der Suche war, nach seinem ihm nun anvertrauten Weibe.

Ihre Wohnung lag draußen vor der Stadt, hatte einen amerikanischen Geschirrspüler, grüne Efeuranken auf den Tapeten und hinter dem Schlafzimmer war der Waldrand und ab und zu blickten in der Frühe die Rehe herüber. Die Möbel stammten zum Teil aus dem Brockenhaus, das weiße Schlafzimmer mussten sie abstottern und Gregor träumte von einem Chevrolet Camaro. Gekauft hatten sie dann einen Renault 4 und Marlis war mit ihrem eben erworbenen Führerschein voller Stolz darin gesessen, hatte sich begeistert in die Kurven gelegt, mit dem ellenlangen Schalthebel gekämpft und war beinahe täglich die schmale Landstraße vom Haus am Waldrand zum Flughafen und wieder zum Waldrand gefahren und es konnte des Fahrens nie genug geben.

Wieder war es Sommer geworden und Marlis hatte auf einmal nichts mehr leicht und selbstverständlich gefunden und fand eines Morgens, sie sei schon seit Tagen beim Aufstehen matt und unsäglich müde und legte sich wieder hin, doch die Erschöpfung wollte nicht mehr weichen und schien sich zentnerschwer wie flüssiges Blei in ihr auszubreiten. Gregor befand sich irgendwo, das konnte Paris oder Mallorca oder London sein und sie musste alleine zurechtkommen, musste sich dann plötzlich sterbensübel ins Bad schleppen und all ihr Inneres hergeben, bis sie leer und kraftlos neben der Badewanne einknickte und nur darauf warten konnte, dass die Beine sie wieder ins Bett bringen wollten. Ein Blick in den Spiegel hatte sein übriges getan sie zu erschrecken, tiefste gläserne Blässe, überzogen von einer dünnen Schicht aus hellem Gelb und die Augen rund um das Blau, wahrhaftig dunkeldottergelb und wenn jetzt der Urin auch noch braun war, tatsächlich er war es, Himmel, dann war das eine Gelbsucht.

»Jaja«, sagte der Arzt, der zwei Tage später doch den Weg zum Haus am Waldrand gefunden hatte, »das schaut mir sehr nach Hepatitis aus, war ihre Frau vor zwei, drei Wochen im Ausland?«

Gregor sagte: »Ja natürlich, wie immer, eine Nacht Douala, drei Tage Lagos, zwei Tage Bombay.«

Der Arzt hatte »aha, aha« gesagt und dass er den Fall melden müsse beim Gesundheitsamt, dass man jetzt mal zusehen wolle, aber dass sie vielleicht doch ins Spital gebracht werden müsse, sollte sich ihr Zustand noch verschlimmern, was sie dann schon merken würden, dass er aber ausnahmsweise noch einmal vorbei schauen wolle, da er ja sonst keine Hausbesuche mache, aber wie gesagt, er jetzt halt eine Ausnahme mache und sie solle ruhig liegen bleiben und was essen, damit sie nicht noch schwabbeliger werde.

Gregor, der sich in Sachen Arzt und Hausbesuche an seinem Vater orientierte, dem es nicht zu viel Mühe war, seine Patienten notfalls bei Nacht und im Winter zu Pferd aufzusuchen, hatte bei diesen Worten einen roten Kopf bekommen und geantwortet, da könnten sie ja von Glück reden und den Doktor zur Tür geleitet. Dann hatte er für Marlis einen Grießbrei gekocht und dabei in der Küche allerlei Dunkles vor sich hin gebrummelt, von wegen lausiger Betreuung und gnädigen Ausnahmen und so, und hatte versucht Marlis mit munteren Witzchen aufzuheitern und zum essen zu bringen, was ihm nur ein klein wenig gelungen war. Aber dann lag sie fieberheiß und teilnahmslos da, gelbgefärbt vom Haaransatz bis zu den Zehenspitzen und zu schwach, allein ins Bad zu gehen und er begann sich Sorgen zu machen. Er rief seinen Vater um Rat an, der meinte, das Mädchen gehöre zweifellos sofort ins Krankenhaus. Da Marlis aber leise jammerte, dort gehe sie auf keinen Fall hin, war Gregor wieder gleich weit und verbrachte eine unruhige Nacht damit, Tee zu kochen und zu kühlen, Marlis ins Bad und wieder ins Bett zu bringen und ihr kalte nasse Tücher aufzulegen.

Am übernächsten Tag hatte sich der Doktor schon am Vormittag zu ihnen bemüht und war längere Zeit am Fenster gestanden, um den Wald zu bewundern und Marlis war nicht noch gelber geworden, das Fieber etwas gesunken und sie hatte sich bemüht zu lächeln und gemurmelt, sie würde gerne ein klein bisschen Eierspeise essen und es gehe wirklich ohne Krankenhaus. Nun, hatte der Doktor gemeint, man könne mit der Entscheidung noch etwas zuwarten, bei guter Pflege gehe es auch ohne. Gregor holte daraufhin die Schwiegermutter, die gleich alles liegen und stehen ließ, um sich um ihr krankes Kind zu kümmern und er konnte beruhigt drei Tage wegfliegen und Marlis ihrer Mutter überlassen. Mama hatte sie fürsorglich und liebevoll gepflegt und Gregor damit sehr beeindruckt. Das sagte er ihr auch, wie dankbar er sei und wie froh, dass sie einfach gekommen sei und geholfen habe und Mama hatte später zu Marlis gemeint, sie könne sich »von« schreiben, einen solchen Mann bekommen zu haben.

Drei lange Wochen lag Marlis kraftlos im Bett und konnte alles was um sie herum geschah, nur geschehen lassen und ihre Schwäche schien ihr erst peinlich und dann, ganz allmählich, unausweichlich und schicksalhaft. Sie schlief, wachte auf, lag einfach da und blickte aus dem Fenster, auf die Bäume die sie liebte wie gute Freunde, die morgens von sonnenfunkelndem Grün umspielt wurden, mittags schliefen und abends in blaue Schatten gehüllt, wie sie, die Nacht erwarteten. Auch sie ließen alles geschehen, die Hitze die auf den Blättern brannte, der nächtliche Wind der sie streichelte und die wütenden Gewitterregen die auf sie niederprasselten. Marlis war auch Baum geworden und hoch hinauf gewachsen und hatte sich dieses Seidenblau zwischen die Äste gelegt und die Vögel an den Federn gezupft und gestöhnt und geächzt im Sturm und sich gewünscht, die heftigen kurzen Schauer würden in ein langes sanftes Rauschen übergehen, das kühl zwischen den Furchen den Stamm hinunter rieselte und die Mooskissen tränkte, die zu ihren Füßen wuchsen. Es war wunderbar angenehm gewesen Baum zu sein, die Wurzeln in die feuchte Erde zu senken und die Tage träumend und heilend zu verbringen. Erst nach sechs Wochen waren ihre Lebensgeister zurück gekehrt, hatten sie für gesund erklärt und zur Arbeit gedrängt.

Längst schon war ihr klar geworden, wo sie sich die Krankheit geholt hatte und ein Anruf bei der Einsatzzentrale hatte ihre Vermutung bestätigt. Sie hatte zwei Wochen vor Ausbruch der Infektion drei Tage in Lagos verbracht. Eine tolle Besatzung waren sie gewesen, lauter lebenslustige Leute. Gemeinsam hatten sie beschlossen, eine Dschungelfahrt durchzuführen. Nichts was gefährlich oder verrückt gewesen wäre, einfach eine Fahrt auf dem Fluss bis zu einem Dorf, von dort einem Trampelpfad entlang zu einem anderen Dorf und wieder zurück. Das ganze klang nach problemlosem Spaziergang mit Dschungelstimmung und viel mehr war es auch nicht geworden, aber sie hatten den Tag voll genossen. In schmalen Booten waren sie durch immer dichter werdenden Urwald flussaufwärts gefahren, hatten sich durch Dickicht und Lianen gekämpft, Käfer, Insekten und unbekannte Vögel beobachtet und waren bald in ein kleines Dorf gelangt, dessen Bewohner aufgeregt palavernd zusammen strömten und sich offensichtlich mächtig über die Besucher freuten. Die Leute hatten Trommeln geholt und zu tanzen begonnen und in einem Topf mit siedendem Öl Fleischstücke und Yamwurzeln gebraten und ihnen angeboten. Alle hatten sie aus Höflichkeit ein kleines Stück gekostet, Bier dazu getrunken, gesungen und getanzt und die Welt hatte sich einmal mehr in wonniger Völkerverbundenheit aufgelöst. Abends im Hotel hatten sich zwei Hostessen übergeben, was der Hitze zugeschrieben wurde und am nächsten Tag waren bis auf zwei Frauen, alle am Ausflug Beteiligten mehr oder weniger heftig erkrankt und der Kapitän, der sich einen ruhigen Tag am Pool gegönnt hatte, musste für den Rückflug eine neue Mannschaft anfordern. Marlis hatte zu den zwei Gesunden gehört und war heilfroh darüber und nichts ahnend, was noch auf sie warten könnte, heimgekehrt. Nachträglich erst hatte sie erfahren, dass die andere gesunde Kollegin ebenfalls an Hepatitis erkrankt war.

Marlis hielt in ihrem Gedankenfluss inne und fragte sich verwundert, warum ihnen deswegen nie jemand Vorwürfe gemacht hatte. Ihre Airline war schon unglaublich tolerant gewesen. Sie hatte ihren Leuten vertraut, jeder hatte gewusst, dass außerhalb des Hotels oder anerkannter Restaurants, nichts gegessen werden sollte, weil es einfach gefährlich war, sie hatten die Regeln nicht eingehalten und waren nicht einmal gerügt worden. Man hatte sie geschätzt und ihnen schweigend verziehen, sie waren ja gestraft genug. Ob das heute noch möglich wäre? Natürlich nicht, dachte Marlis seufzend und rappelte sich im Stuhl hoch.

Sie blickte aus dem Fenster. Der Schneesturm hatte sich etwas beruhigt. Eine ihr unbekannte Chartermaschine rollte Richtung Piste und verschwand hinter einem Gebäude. Da kroch ihr unvermittelt die Wehmut in den Bauch, drängte sich irgendwie die Brust hoch bis in die Augen und wollte sich in dünnen Bächlein über die Wangen ergießen, das durfte nicht sein. Sie sah auf und erblickte Grace, die hinter der Theke stand, mit einer Kollegin plauderte und sie vergessen hatte. Marlis tupfte sich verstohlen das Gesicht ab, stand auf, ging zu den Kellnerinnen und bestellte einen Kaffee. Grace sah sie erschrocken an und wollte sich entschuldigen, aber Marlis winkte ab und sagte es sei alles in Ordnung, sie gehe gerne ein paar Schritte und ging wieder an ihren Platz. Der Nachmittag hatte erst begonnen. Eine größere Gruppe Leute, Sicherheits- und Wachpersonal, alles junge Männer und Frauen in den selben leuchtend blauen Hemden und dunklen Uniformen, setzten sich in ihre Nähe. Als wollten sie mich beschützen, dachte Marlis und fand den Gedanken gleich kindisch, aber absolut wohltuend.

Sie hielt Ausschau nach Grace und dem Kaffee und meinte dann, wieder etwas wahrzunehmen, eine Bewegung in den Pflanzen, die in großen, den Raum teilenden Gefäßen untergebracht waren. Sie blickte angestrengt hinüber in die breiten Blätter und überlegte sich, ob sie aufstehen und nachsehen sollte,

da tauchte ein hellbrauner schmaler Vogelkopf auf, mit einem blauen Schnabel und einem grünen Fleck am Hals, der hin und her ruckte und sie aus grünen Augen anblinzelte, sich wieder zurückzog und woanders erschien, ein Versteckspiel, das Hoi schon immer gespielt hatte, wenn er sie zum Lachen bringen wollte.

Sie blickte zu den Beamten und bemerkte, dass eine der Frauen sie nachdenklich musterte und sie sah schnell wieder hinüber zu den Pflanzen, aber Hoi war nicht mehr da und alles blieb ruhig. Marlis stellte fest, dass die Beamtin sie noch immer beobachtete und so blickte sie wieder abweisend aus dem Fenster. Leute wie diese Beamtin gehörten zu den Bodenständigen, den Vernünftigen, wie hätten die je eine Hoi-Geschichte verstehen können?

Egal, sie war niemandem eine Erklärung schuldig. Aber, das alte Spiel ihres verrückten Vogels, es wirkte noch immer! Er war wieder da, wenn sie ihn brauchte, ihr schräges verwunschenes Federtier, so unwirklich wirklich, dass ein Wimpernschlag ihn wegwischen konnte und immer dann zur Stelle, wenn sie ihn am wenigsten erwartete. Er war ihre Magie und er hatte sie nicht für immer verlassen, jetzt war sie sich sicher.

Also war alles gut. Zumindest so gut die Dinge eben sein konnten, am heutigen Tag, an dem alle diese Kantinen, Küchen und Klos, die langen Seitengänge und Büros hinter den großen Kulissen des Flughafens noch immer wie leergespült schienen, nicht total leergespült allerdings, denn es gab noch einzelne Spuren aus dem vergangenen Sommer, der Zeit vor dem großen Wolkenbruch. Ein paar herumliegende Zündholzbriefchen vielleicht, oder ein Kalender der in einem ausgeräumten Büro hing. Dinge, die noch das Logo der vergangenen

Epoche ihrer Airline trugen, der breite weiße Pfeil, der auf tausend Gegenständen, abertausende Kilometer um den Erdball geflogen war und auf den sie alle so unglaublich stolz gewesen waren, dass es fast schon peinlich hätte sein können.

Und natürlich gab es noch Menschen, die der Sturm nicht weggefegt hatte, die wie Marlis an ihrem staunenden, suchenden Blick zu erkennen waren, die eben lange brauchten, bis sie alles begriffen und alles immer wieder befragen mussten oder solche wie Grace aus Uganda vielleicht, welche die wunderbare Gabe besaß, den Lauf der Dinge, fatal oder nicht, einfach als gegeben hinzunehmen und die jetzt lächelnd mit dem Kaffee auf sie zusteuerte und sagte:

»Ähä, es geht dir gut, ja?«

»Ja, danke Grace, es geht mir gut. Übrigens ich heiße Marlis.«

»Ähä, Marlis«, sagte Grace bestätigend und lachte verlegen, drehte sich dann um und murmelte im Gehen, »Marlis, ähä... «

Dieses langgezogene Ähä war so typisch afrikanisch, dass Marlis sich gleich wieder mitreißen ließ.

»Ähä, Marlis«, kicherte sie in sich hinein, »du musst noch einige Zeit warten, also halte durch.«

Sie versuchte an vorherige Gedanken anzuknüpfen und fand sich endlich auf Rhodos wieder, in den Flitterwochen, die sie um Monate verschoben hatten. Unsäglich heiß war es gewesen, die Sonne hatte ihnen die Haut gerötet und die dunklen Kiesel am Strand zum Glühen gebracht, im Hotelzimmer war die Klimaanlage ausgefallen und sie hatten sich geliebt, geneckt und viel gelacht und an Schlaf war nicht zu denken gewesen.

Auf einer Insel hatten sie sich geglaubt, fernab und himmelblau. Sie wollten ihre Liebe feiern und die verspielten Tage wie Blütenblätter ins Meer streuen. Am zweiten Morgen jedoch hatte ein scharfer Wind aus Süden dem unbeschwerten Tändeln ein jähes Ende bereitet und bittere Töne aus der Wüste, fordernd und drohend, hatten ihnen die Freude genommen und sie mit Spannung und Sorge von morgens bis abends in Atem gehalten.

84

Drei Flugzeuge, darunter eines ihrer Airline, waren gleichzeitig von einem palästinensischen Terrorkommando entführt worden, alle nach Zerka, einem Wüstenflughafen in Jordanien. Kollegen und Passagiere befanden sich dicht an dicht, ohne Klimaanlage in sengender Gluthitze, tagelang hilflos in den Händen ihrer Peiniger, bis sie endlich freigelassen wurden. Damit die Welt erkenne, wie ernst ihr Freiheitskampf sei, hatten sie alle Flugzeuge anschließend in die Luft gesprengt!

Die Schockwelle war hoch gewesen. Gregor hatte versucht Zeitungen aufzutreiben und einmal konnten sie auch Fernsehbilder sehen, in einem kleinen griechischen Bistro, aber viel hatten sie dort nicht erfahren können. Sie konnten nichts anderes mehr denken und reden und die Sonne war nur noch gnadenlos, die Kiesel am Strand schmerzhaft und die Nächte schlaflos und mühsam gewesen und so reisten sie zurück, zum Haus am Waldrand.

Als Marlis wieder zum Dienst angetreten war um nach Abidjan zu fliegen, hatte sie gestaunt. Die brutalen Entführungen hatten in kürzester Zeit vieles verändert. Es gab Zugangssperren zum Flugfeld, Sicherheitskontrollen für Passagiere und Besatzungen und im Flugzeug saß ein bewaffneter Beamter in Zivil. Marlis erkannte, dass Gregor sie nie mehr beim Flugzeug würde abholen können, wie er es so oft getan hatte und hatte sich gedacht, dass sie dies sehr vermissen werde und mehr noch, dass die Fliegerei mit einem Mal ihre Unschuld verloren hatte.

Gregor aber hatte sie hinter der neuen Sicherheitsschleuse erwartet, ungeduldig und mit stürmischen Küssen und der famosen Neuigkeit, dass er zum Test für eine Jet - Ausbildung aufgeboten war und endlich auf eine große moderne Maschine, die zweistrahlige DC-9 umgeschult werden sollte!

Chaos und Ordnung

Gregor war untergetaucht.

Für Wochen versunken in einem Meer von Papier, mit tausenden von Beschreibungen, Grafiken, Tabellen, Zeichnungen, Listen, Anweisungen und Vorschriften, zwischendurch gefaltet und ordentlich in dicken Manuals verborgen, um sich dann regelmäßig wie die auf und absteigende Flut, von Gregors Schreibtisch weit über den Teppich bis hin zur Tür seines Zimmers zu ergießen. Tiefe Stille war eingekehrt im Haus und wurde nur alle zwei bis drei Stunden von typischen Begleitgeräuschen wie dem Schnarren, Schnappen und Klicken der Ordnerverschlüsse und gelegentlich undeutlichem Gemurmel unterbrochen. Die Zeit war knapp bemessen. In nur sechs Wochen musste die ganze Theorie bewältigt sein. Gregor entwickelte einen Leuchtturmblick und ließ den Lichtstrahl unablässig zwischen Flugzeug, Buch und Gehirn kreisen und die übrige Welt im allblauen Dunkel verschwinden. Wenn er in kurzen Sequenzen Marlis dennoch wahrnehmen konnte, erzählte er ihr von den unglaublichen Leistungen eines Düsentriebwerks, von Wetterphänomenen in höchsten Atmosphärenschichten oder wunderbarer Langstreckennavigation mit Sextanten. Er studierte Natur und Technik mit der selben Leidenschaft und machte in seinem Staunen keinen Unterschied. Marlis begann zu begreifen, mit welch existentieller Kraft sich Gregor in seine Arbeit stürzte. War die Zeit der Theorie vorbei, lagen vor ihm zwei Monate Streckenausbildung, erst unter Aufsicht, dann als selbständiger Copilot.

Die Jetfliegerei konnte beginnen.

Sie war noch fest in Schlaf gewickelt, als das Telefon klingelte und eine kühle Frauenstimme sie aufforderte, ihren Mann abzuholen, er sei ziemlich krank und müsse die Rotation abbrechen, nein, mehr wisse sie auch nicht.

Durch das offene Fenster war hell und zwitschernd der Frühling hereingeströmt und Marlis hatte den Hörer zurückgelegt, versucht ruhig zu bleiben und klar zu denken. Gregor ziemlich krank, was sollte das heißen, was war geschehen? Marlis eilte in die Küche, am Kühlschrank klebten die Einsatzpläne. Gregor war auf seiner ersten Rotation, sollte in Madrid übernachtet haben, an diesem Tag nach Mailand fliegen, am Abend in Budapest übernachten und nun war er krank und zwar so, dass er nicht mehr weiterfliegen konnte und das auf dem allerersten Streckenflug als DC-9 Copilot. Marlis huschte nervös in ihre Kleider, fuhr rasant zum Flugplatz und kam gerade rechtzeitig zu Gregors Ankunft, um mitansehen zu müssen, wie angestrengt er die Treppe hinunter wankte. Er hielt sich nur mühsam auf den Beinen, war leichenblass und seine Uniform war voller Flecken und roch schrecklich, aber er lächelte kurz verlegen und sagte:

»Entschuldige Schatz, Fischvergiftung! Fahr du bitte!«

Das musste vorerst genügen. Er schleppte sich zum Auto und setzte sich stöhnend hinein. Dann ging es weiter, in knappen Bruchstücken:

»Verdammte Forelle! War in einer Marinade, weißt du, so ein scharfes, spanisches Zeug. Hat ganz gut geschmeckt. Aber dann in der Nacht holt mich der Teufel, oben raus, unten raus, grauenhaft, aber ich glaub jetzt ist alles raus. Zum Glück war da noch der zweite Copilot. Hab nicht gedacht, überhaupt in ein Flugzeug steigen zu können. Die Hostess hat Tee gebracht und nasse Tücher. Sie hat gesagt, alle hätten das schon erlebt. Oh shit! Halt, halt an!«

Gregor stieß die Autotür auf und musste sich übergeben, aber sein Magen war längst schon leer und er lehnte sich erschöpft zurück und keuchte.

»Meinst du nicht, wir sollten zu Doktor Gnädig fahren?« fragte Marlis vorsichtig.

»Ach was, ich will jetzt nach Hause. Mach dir keine Sorgen.«

Er schloss die Augen und sagte kein Wort mehr. Zuhause half sie ihm aus seinen Kleidern und in die Dusche, wusch und trocknete ihn und er ließ alles ohne Widerspruch geschehen, sank ins Bett und schlief ein. Am nächsten Tag war ihm noch immer schlecht, aber er trank Wasser und Tee und behielt es bei sich und nach einem weiteren Tag kamen Knäckebrot und Zwieback dazu und er sah schon etwas besser aus. Er brummte ärgerlich über die verpassten Flüge, hockte wieder brütend über seinen Büchern, wies jede Hilfe von Doktor Gnädig oder der Schwiegermama weit von sich und bestand darauf, dass Marlis ihren nächsten Einsatz wahrnehme. Er wollte seine Ruhe haben. Er schwor ihr, während ihrer Abwesenheit genügend zu sich zu nehmen. Sie verbrachte zwei ruhelose Tage in Bombay, beäugte dort mißtrauisch jeden sonst so geliebten Krabbencocktail, quälte sich mit Zweifeln und dem Vorwurf ihn allein gelassen zu haben und fand sich nach vier Tagen erleichtert zurück in den Armen eines erstaunlich wiedererstarkten Mannes.

Bei Sonnenaufgang war er wieder auf der Strecke gewesen und konnte endlich ungehindert die Ausbildung fortsetzen. Er lebte auf dreissigtausend Fuß, dachte nur ans Fliegen, redete vom Fliegen, atmete das Fliegen und war bald mit dem Flugzeug eine Art Symbiose eingegangen und sprach darüber, als wäre die Maschine ein lebendes, fühlendes Wesen mit Launen und Eigenheiten, die er alle zu kennen hoffte und zu lieben schien.

Sie war beglückt von seiner Begeisterung und hatte ihm zugehört, wenn er überquellend von Eindrücken im Haus am Waldrand eingetroffen war und bis tief in die Nacht berichten konnte. Sie waren sich nah wie nie und der frühe Sommer war süß und voll von Luftgeschichten, Zärtlichkeiten und ihrer wilden Leidenschaft, in der verborgen stets auch der Abschied lebte, ein geheimer Schmerz, ein Schatten, der allgegenwärtig war und sie dazu brachte, diese Stunden bis zur Erschöpfung auszukosten und sie zu sammeln wie kostbare Juwelen und mitzunehmen in die Tage, da tausende Kilometer sie trennten. Marlis hatte gehofft, sie würde sich irgendwann daran gewöhnen, an das Abschied nehmen. Dass die Autotüren dann weniger hart zufallen würden und ihr Inneres einfach ganz ruhig bliebe, anstatt jedes Mal ein Beben auszulösen, das bis hinauf in die Kehle zitterte. Dabei, sagte sie sich, war es doch nur für wenige Tage, die waren schnell, manchmal zu schnell vorüber, nein, das war es nicht, damit konnte sie gut leben, es war der Abschied selbst, der allerletzte Moment der Loslösung, wenn nach dem Kuss der warme Hauch des Atems noch die Wange streifte und seine Hände sich von ihren Schultern lösten, bevor er dann »ich liebe dich« sagte oder irgendetwas Banales, wie »es schüttelt heute ein wenig.«

Er sagte immer noch etwas, ein paar Worte nur, eine kleine Wortkette, die er ihr umlegte wie ein Amulett, das seine magische Kraft entfalten und sie beschützen sollte. Sie hatte sich nie gewöhnt an die Abschiede, sie wollte sich auch nicht daran gewöhnen. Sie versuchte, ihn als Geschenk zu betrachten, diesen dichtesten Moment ihres unruhigen Lebens, den sie fürchtete und doch nicht missen wollte und der war wie ein Augenschlag der Ewigkeit.

Gregor war durch die Tür gefegt, hatte seine Tasche in die Ecke gewuchtet und verkündet:

»Ha! Check bestanden, Willmer war zufrieden, es war ein munteres Flügerl gestern, muss ich dir erzählen!«

Nach dieser Einführung im Telegrammstil war er unter der Dusche verschwunden, bis der Duft von gebratenem Fleisch zu ihm gedrungen war und ihn wieder in die Küche gelockt hatte. Er rieb sich die Hände, tupfte ihr neckisch auf die Brüste und griff wohlgelaunt nach einer Weinflasche:

»Ein Cabernet, passt nicht schlecht! Also, du kennst ja Ruis Willmer, du weißt schon, der weißhaarige Holländer, also eigentlich ist er gebürtiger Indonesier, hat früher mal in der holländischen Eishockey-Nationalmannschaft gespielt, sehr erfahren und ruhig, feiner Kerl.«

Gregor hielt inne, der Korkenzieher quietschte und Marlis bekam Gänsehaut. Der Korken ploppte ans Licht, Gregor schnupperte daran und sagte zufrieden:

»Gut. Ein bisschen jung noch.«

»Wer? Der Korken oder der Wein?«

Er lachte, zog sie an sich und küsste sie hungrig.

»Du hast Hunger«, sagte sie mit nassen Lippen, »essen wir.«

Sie holte die Steaks von den Rillen, legte ein Stück Butter darauf, goldene Kartoffeln, rote grillgestreifte Paprika und grüne Erbsen daneben und ließ drei Umdrehungen aus der Pfeffermühle darüber rieseln.

»Prost! Erzähl, wo warst du überhaupt?«

»Nizza. Mmh ja, gut das Steak.«

»Also Nizza. Weiter!«

Er zeichnete mit der Gabel auf den Tisch.

»Nizza. Die Piste liegt direkt am Meer, parallel dazu, also Meer, Lagune, Piste, Felsen, klar?«

»Klar.«

»Über Nizza schwere Gewitter, mehrere Gewitter, hier, hier und hier.«

Die Gabel fuhr empor und markierte die bedrohlichen Regionen.

»Ich denk grad, ich hätte mir für den Check einen besseren Tag aussuchen können, da macht's Krach und es erwischt uns ein ordentlicher Blitz, im Sinkflug, mitten über dem Nizza-Funkfeuer und aus war das Wetterradar und ebenso VOR und ADF, wichtige Navigationsinstrumente, aus, nichts mehr, keine Navigation. Dann meldet der Tower, das Instrumentenlandesystem und die Anflugbeleuchtung würden nur noch temporär zur Verfügung stehen, seien also unzuverlässig, auch wegen Blitzschlag! Ich denke mir, verdammter Mist, was tun wir jetzt? Alles was wir noch haben ist ein Radiohöhenmesser. Hast du noch ein paar Erbsen?«

»Nein, keine mehr da. Und dann?«

»Ruis, kühl und gelassen, schaut mich an und sagt, na, junger Mann, wie finden wir denn jetzt den Flugplatz? Eine echt gute Frage, denn es war inzwischen dunkel geworden und regnete stark. Wir wussten, wir waren schon über dem Meer, das war beruhigend. Ich wollte gerade vorschlagen, nach Marseille auszuweichen, da verlangt er vom Controller die Wolkenuntergrenze und die lag bei zweitausend Fuß, doch recht hoch. Jetzt sagt er «Also, Kurs weiter hinaus aufs Meer, dann gehen wir runter unter die Wolken, verlangen eine Rechtskurve und sollten eigentlich die Küste sehen. So haben wir das schon gemacht, da gab es kein Wetterradar und auch keinen Radiohöhenmesser»...

»Und, hat's geklappt?«

»Schon, aber naja«, er zögerte, »weißt du Schatz, das ist eigentlich ein wildes Verfahren für einen Linienflug mit Passagieren, mir war schon etwas mulmig, aber es ist einmalig aufgegangen. Wir sahen wirklich die Küste, bekamen dann das Cap d'Antibes und schließlich auch den Flughafen zu Gesicht und zur Belohnung funktionierte sogar die Pistenbefeuerung wieder und ich konnte eine anständige Landung hinlegen.«

»Was hat er da gesagt?«

»Ja, er hat etwas schief gegrinst und gesagt, «Hast du gut gemacht!» und hat in den Report geschrieben, ich hätte die gute Gabe, von der Erfahrung des Kapitäns zu profitieren.«

»Eine Gabe?«

»Eine gute Gabe!«

»Und?«

»Nichts mehr, das war's!«

Gregor hatte sein Glas mit einen Zug leer getrunken und war mit seinem Sessel näher gerückt, sehr viel näher und hatte seine Zeigefinger wieder sachte über ihre Brustspitzen gleiten lassen und leise gesagt :
»Aber ich habe noch mehr gute Gaben. Soll ich sie dir zeigen?«

Allmählich und beinahe unbemerkt, hatte sich um das Haus am Waldrand der Herbst eingefunden und mit ihm auch eine Art alltägliche Ruhe in ihrem Kommen und Gehen.

Marlis stand am Fenster und sah versonnen hinüber zu den Bäumen. Am Tag zuvor, als sie früh aufgestanden war und die hölzernen Fensterläden öffnete, hatte sie für Sekunden die dunklen Augen eines Rehs vor sich, bevor es mit einem Satz zurück in den Wald geflüchtet war. Nun aber war es absolut still am Waldrand und kein Rascheln war mehr zu hören. Im braunen Rot der Buchen flammte noch die Sonne und von den Birken rieselte leise das Gold ins Unterholz, fiel in letztes grünes Laub und seidenzart gesponnene Netze, die darob sachte erzitterten. Die Abendluft war kühl und würzig und Marlis zog sie tief ein und ließ die Anspannung des Fluges langsam entweichen.

Ihr Tag hatte früh in Libreville begonnen. Nach einer kurzen Nacht waren sie in dem kleinen Hotel beim Frühstück gesessen, allen Mitgliedern der Besatzung hing der Schlaf in den Augen und es wurde wenig gesprochen. Die sieben Stunden langen Flüge und ultrakurzen Nächte weckten niemandes Begeisterung und die Gedanken flogen schon weit voraus nach Hause. Sie saßen schweigsam in dem kleinen stickigen Bus, dessen Fahrer sämtliche Schlaglöcher ignorierte und sie in halsbrecherischer Fahrt zum Flughafen brachte. Marlis hielt sich krampfhaft am Vordersitz fest, schaute aus dem Fenster auf die ärmlichen Hütten im regengrauen Morgenlicht und kämpfte einmal mehr mit den aufdringlichen Parfums, in die sich manche Hostessen zu hüllen pflegten und die ihr auf solchen Busfahrten schwer zusetzten. Die Fahrt war gottlob kurz und der Anblick des wartenden Flugzeugs auf dem Rollfeld vermochte sie aufzumuntern. Sie war erleichtert aus dem Bus gehüpft und hatte sich, mit dem dringenden Bedürfnis nach freier Luft, auf einen kleinen Rundgang um die Maschine begeben. Der Morgen war feucht und aufsteigende Wärme dampfte schwer um den Platz, aber dennoch fühlte sie sich gleich viel besser.

Immer wieder war sie fasziniert von den mächtigen Schaufeln der Triebwerke, betrachtete das dicke Gestänge und die Hydraulik des Fahrwerks, blickte hinauf in den großen Schacht, in den es nach dem Start verschwand und unter Getöse wieder auftauchte und von dem ihr Gregor erzählt hatte, dass es sich notfalls auch ohne Hydraulik ausklinken ließ. Hinten im Heck lief schon das Hilfstriebwerk, das für Strom und Kühlung sorgte und so laut war, dass man sich nur durch Zurufen verständigen konnte. Auf der Rückseite des Flugzeugs wurden Kisten und Container geladen und dort war der Stationsmanager mit der Lademannschaft im Gespräch. Er hatte sie erspäht und sie zu sich gewunken. Marlis hatte eine Rüge erwartet, denn Morgenspaziergänge rund um das Flugzeug wurden als Sicherheitsrisiko eingestuft und waren nicht üblich und nicht erwünscht und eigentlich, dachte Marlis schuldbewusst, auch gar nicht erlaubt.

Aber er hatte sie freundlich begrüßt und gesagt:

»Gut dass sie kommen, ich habe da was für sie. Vielleicht können sie sich um die Beiden ein bisschen kümmern?«

Er hob den Deckel einer Kiste und Marlis erblickte zwei Gorillababies, die sie erschreckt anstarrten und sich fest umschlungen hielten. Sie trugen rosa und hellblaue Kinderjäckchen und ein dickes Windelpaket um den Po.

»Oh nein, das gibt's ja nicht!« rief Marlis und beugte sich hinunter.

»Sie können sie ruhig anfassen«, sagte der Stationschef.

Marlis strich zärtlich über die haarigen Köpfe und schon hatte eines der Tiere ihren Arm erfasst. Sie hob es vorsichtig heraus und es hatte sofort seine Arme um sie gelegt und sie festgehalten. Der Stationschef hob darauf das zweite Baby aus dem Stroh, reichte es Marlis herüber und sie saßen beide auf ihren Hüften, klammerten sich fest und schmiegten sich an sie, als hätten sie schon immer dort hingehört. Sie waren einige Monate alt und erstaunlich kräftig und blickten Marlis aus faltigen Gesichtern neugierig an. Marlis war entzückt und hingerissen und fand kaum Worte. Der Mann holte eine Kamera aus seinem Auto, knipste ein paar Bilder und sagte dann beiläufig: «Vielleicht könnten sie ihnen in Genf mal zu trinken geben, wir haben Babynahrung an Bord bringen lassen, sie sind Flaschen gewöhnt, wie kleine Kinder eben. Sie fliegen bis London, sie haben etwas zur Beruhigung bekommen, es sollte kein Problem sein. Wäre das möglich für sie oder soll ich lieber jemand anderen fragen?«

Marlis erwachte aus ihrer sprachlosen Überraschung und sagte kurz: »Natürlich werde ich mich um sie kümmern, natürlich, mit großem Vergnügen, kein Problem! Aber wieso kommen sie nach London und wohin?«

Marlis hatte während sie fragte schon böse Ahnungen und ihre Freude war plötzlich verflogen.

»Nun«, antwortete er verlegen, »es ist schon eine ungute Sache, aber man kann nichts tun, solange es legal ist, Gorillas zu jagen und es Leute gibt, die dafür eine Menge Geld bezahlen. Ich weiß nicht wo die Tiere herkommen, nicht von hier aus Gabun, von irgendwo weiter weg auf sieben Umwegen. Man hat uns gesagt, die Mütter seien getötet worden, angeblich aus Versehen, und die Babies kämen jetzt in eine Art Zoo nach England.« Es war ihm sichtlich unangenehm, ihr das zu sagen. Er blickte in ihr Gesicht und sah wie schnell Marlis ihr

Lächeln verlor und ihre Augen zornig aufflammten. »Die Mütter aus Versehen getötet! Das darf doch nicht wahr sein. Ein Zoo? Wer's glaubt«, schnaubte Marlis entrüstet, »jedes Restaurant das Tiere zur Schau stellt, kann sich Zoo nennen, das ist alles schändlich, absolut schändlich!«

»Ja«, sagte der Stationschef begütigend, »da haben sie vollkommen recht, aber ich kann es leider nicht ändern. Werden sie sich trotzdem kümmern?«

»Sicher werd' ich das«, sagte Marlis und setzte die Babies, die sie nicht mehr loslassen wollten, mit seiner Hilfe in die Kiste zurück, »sie können sich darauf verlassen, obschon ich denke, wir sollten solche Aufträge gar nicht annehmen, aus Protest nicht!«

Marlis war zutiefst empört und hilflos musste sie zusehen, wie der Deckel wieder aufgesetzt wurde und die Kiste im Bauch des Flugzeugs verschwand. Die Tiere waren im einem speziellen Abteil untergebracht, das klimatisiert und beheizt wurde. Dennoch dachte sie ständig kummervoll an die kleinen Gorillas. Der Flug war ihr endlos lang erschienen. Je näher sie nach Europa kamen und sich mit Turbulenzen die herbstlichen Schlechtwetterzonen ankündigten, desto besorgter hatte Marlis an ihre Schützlinge gedacht, die angstvoll im dunkeln, lauten Flugzeug einer ungewissen Zukunft entgegen flogen.

Wie war es möglich, dass ein derart elender Raub zugelassen wurde, fragte sie sich immer wieder und musste vom erfahrenen Kapitän vernehmen, dass solche Jagdpraktiken und lukrativen Geschäfte in manchen afrikanischen Ländern durchaus üblich waren. Er versprach ihr, wenigstens sein Möglichstes zu tun, eine butterweiche Landung hinzulegen und es war ihm trotz launischer Windverhältnisse auch gut gelungen. Dann waren Marlis und mit ihr fast die ganze Besatzung mit Decken, Windeln und Fläschchen vor dem Flugzeug gestanden und hatten ungeduldig gewartet, bis die Kiste ausgeladen und die zwei Babies verängstigt, aber wohlbehalten vorgefunden wurden.

Das Füttern und Wechseln der Windeln war zur allseits bewunderten und vielfach kommentierten Vorstellung geworden, die von den Passagieren am Flugzeugfenster mit Interesse verfolgt wurde und vom

Kapitän persönlich überwacht worden war. Marlis hatte sich gedacht, willkommen in der zivilisierten Welt, ihr bedauernswerten Geschöpfe, hatte das Ganze nur noch unwürdig und beschämend gefunden und kaum gewusst wohin mit all ihren widerstreitenden Gefühlen. Die Tiere waren dann einer anderen Airline übergeben worden und nach London weitergereist.

Marlis war aufgewühlt wie selten zu Hause eingetroffen, musste aber mit ihrem Kummer alleine zurecht kommen, denn Gregor war aus der Reserve gerufen worden, nach Athen zu fliegen. Er saß vermutlich mit seinen Leuten irgendwo gemütlich bei einem Bier oder einem Ouzo und sie konnte ihm nicht erzählen, wie elend ihr zumute war und wie gerne sie etwas auf seiner Schulter liegen und jammern würde und selbst wenn Gregor längst wusste, wie übel die Welt auch sein konnte, so hätte ihr das doch sehr gut getan.

Er war aber erst zwei Tage später gekommen und hatte sie mit der sensationellen Neuigkeit überrascht, dass sich ihre beiden Arbeitgeber zu einer Fluggesellschaft, Mutter- und Tochterfirma, zusammengeschlossen hätten und er nun in das angesehene Pilotencorps der Mutterfirma aufgenommen werde. Er hatte sich darüber im Zustand so vollkommenen Glücks befunden, dass Marlis ihre anklagenden Geschichten für später aufgehoben hatte, denn solche Nachrichten wollten erst mal ungetrübt gefeiert werden.

»Das ist einfach unglaublich großartig, ich kann es kaum glauben. Schatz, stell dir vor, eine der renommiertesten Airlines weltweit! Und ich gehöre von jetzt an dazu, kann eine geordnete Pilotenkarriere machen, weiß woran ich bin und womit ich planen kann, und überhaupt wird Schluss sein mit der chaotischen Charterfliegerei. Das ist schon etwas Anderes.«

Gregor sprach leise, wenn er begeistert und glücklich war wie an diesem Abend, und er war überglücklich! Nun war er dort, wo er immer hinwollte, in einer richtig guten Airline!

Erst Jahre später hatte er ihr erzählt, wie sehr er auch unter Druck gestanden hatte, dem hohen Niveau an Professionalität gerecht zu werden und ja keine groben Fehler zu machen, er wusste wie schnell sie geschehen konnten. Marlis war ebenfalls äußerst zufrieden über diese Entwicklung. Sie selbst war doch stolz auf ihre Airline und für Gregor war nur das Beste gut genug, es war die Fliegerwelt in die er gehörte, davon war sie überzeugt.

Nun war er einer der Ihren, war ihr stets etwas näher als vorher, wenngleich sie kaum zusammen würden fliegen können. Aber vor allem sah sie darin einen weiteren Gewinn an Zuverlässigkeit und Sicherheit, denn dies waren Werte, die jeder zumindest versuchte umzusetzen. Sie bestimmten die Einstellung der meisten Fliegenden, prägten wie selbstverständlich alles Handeln an Bord und hatten ihr stets ein Gefühl beinahe grenzenlosen Vertrauens in Menschen und Maschinen gegeben.

Die Zusammenlegung der Airlines aber bedingte auch für Gregor eine kurze Zeit der schwierigen Übergänge, der Anpassung vieler verschiedener Richtlinien und Abläufe. Bis bis alles wunschgemäß funktionierte, gab es allerhand Zwischenfälle und Aufregungen.

In diesen Tagen erhielt Marlis wieder einmal einen Anruf der Einsatzzentrale mit der seltsamen Frage, ob sich ihr Mann vielleicht bei ihr gemeldet habe? Die Stimme der Dame klang frostig. Marlis spülte mit einem kräftigen Schluck Kaffee ihren Frühstückstoast herunter und stand alarmiert auf.

»Nein, wieso? Er ist in Tel Aviv und kommt erst morgen früh zurück.«

Die Dame zögerte kurz und meinte dann zurückhaltend und eine Spur freundlicher:

»Wir sind dabei ihn und den Kapitän zu suchen. Sie hätten heute Nacht zurückfliegen sollen, sind aber nicht erschienen und nirgends auffindbar, in ganz Tel Aviv nicht! Nun, ich werde sie benachrichtigen.«

Sie musste gehört haben, dass Marlis der Atem stockte und sagte noch begütigend: »Es wird schon nichts passiert sein. Machen sie sich keine Sorgen. Ich ruf sie wieder an.«

Marlis legte den Hörer auf und sagte laut zu ihrem Kaffeekrug:

»Nein, ich mach mir keine Sorgen! Es gibt ja auch gar keinen Grund sich Sorgen zu machen, nicht wahr? Mein Mann ist verschwunden, unauffindbar im nahen Osten, verschwunden, einfach so!«

Marlis merkte, dass ihr die Knie zitterten und setzte sich hin. Keine Panik dachte sie dann, Panik ist das Schlimmste. Sie konnte nichts tun, rein gar nichts als warten. Sie rannte in der Wohnung auf und ab, spähte verloren in die Bäume vor dem Fenster als käme von dort irgendeine Erleuchtung.

Etwas in ihr begann beruhigend auf sie einzuwirken, wie eine ferner, monotoner Ruf: Ruhig, ruhig! Es wird einen einfachen Grund haben, Gregor ist ja nicht allein, der Captain ist auch dabei, es wird schon eine Erklärung geben, es geht ihm gut, gut, gut...

Marlis versuchte sich irgendwie an diesem zuversichtlichen Gefühl festzuhalten, obschon es im Laufe der nächsten Stunden mehrmals zu verschwinden drohte. Dann musste sie jeglichen Gedanken an einen Zusammenhang mit dem Konflikt zwischen Palästina und Israel verdrängen, denn das, lieber Gott und ihr lieben Bäume da draußen, das durfte nicht sein!

Nein, ruhig, keine absurden Ideen aufkommen lassen. Sollte sie ihre Eltern oder Otto Frank anrufen? Nein, es würde ihr nichts helfen wenn sich alle ängstigten und außerdem, sie wollte stark sein. In der Fliegerei ging eben manches oft eigene Wege und es konnte viel Unvorhergesehenes geschehen. Trotzdem kam ihr alles Mögliche in den Sinn, was sie erlebt oder wovon sie zumindest schon gehört hatte. Es gab Streiks, zusammengebrochene Telefonleitungen, überflutete Straßen, Fehden unter Taxifahrern, abmontierte Räder, kaputte Motoren oder überhaupt gestohlene Autos, verlorene Papiere, sturste Beamte, verschlossene Tore, bissige Hunde.., nein, weiter wollte sie nicht denken. Sie versuchte sich mit geschäftiger Arbeit abzulenken.

In Tel Aviv herrschte Alarmstimmung. Die Piloten waren nicht zur Flugzeugübernahme erschienen! Der Stationsleiter raufte sich verlegen die Haare. Die Passagiere waren alle an Bord, das Cockpit war leer. Die Besatzung, die den Hinflug durchgeführt hatte, musste wohl oder übel auch den Rückflug bewältigen.

Inzwischen hatte man vergeblich im Hotel nachgeforscht, war in die Zimmer eingedrungen und hatte äußerst besorgt dort lediglich am Bügel hängende Uniformen und herumliegende Socken vorgefunden.

Dann wurde Alarm ausgelöst. Die Polizei fragte in den Botschaften nach, durchkämmte Hotels, Bars und Nachtklubs. Die Geschichte wurde von Stunde zu Stunde mysteriöser. Nun zog man die damals anwesenden UNO- Kräfte zu Rate. Die Blauhelme waren zutiefst beunruhigt und setzten unverzüglich Sonderkommandos in Bewegung. Die Piloten waren seit Stunden abgängig, die ganze Nacht lang hatte man nach ihnen gesucht. Eine Entführung war nicht mehr auszuschließen!

Als die Geschichte in der Zentrale der UNO bekannt wurde, hatte jemand eine Idee. In Jerusalem waren doch Piloten der Charterline stationiert, die für die Vereinten Nationen Einsätze flogen. Könnte es sein, dass die Vermissten dort zu finden wären?

Captain Theo, Gregor und ihr freundlicher Gastgeber mit seiner Frau saßen bei einem entspannten Apéritiv hinten im Garten ihres Hauses in Jerusalem, als ein Jeep mit flatternder UNO Fahne auftauchte und den verblüfften Gastgeber mit der Botschaft überraschte, im ganzen Land suche Polizei und Militär fieberhaft nach zwei vermissten Piloten, die gestern nicht zum Dienst erschienen waren. Ob er nicht zufällig etwas darüber wüsste?

»Nun«, meinte der Angesprochene arglos, »bei ihm seien wohl zwei Piloten zu Gast, aber die müssten erst heute Nacht wieder fliegen, also könne es sich nicht um die Gesuchten handeln, ausgeschlossen!

»Es sei denn, sie hätten sich gewaltig geirrt, wäre ja auch nichts Neues, dass man sich gewaltig irren kann«, meinte der UNO Kommandant leicht sarkastisch und mit zunehmend lauter Stimme, »vielleicht lassen sie uns jetzt mit ihnen sprechen?«

Theo und Gregor, hinter den Büschen verborgen, hatten das Gespräch längst mitbekommen und waren erst mal versteinert gesessen und Theo hatte nur »Teufel nochmal, das kann doch nicht sein« gesagt und war dann verstummt. Beiden war schnell klar geworden, dass sie das Opfer einer Verwechslung von GMT und Lokalzeit geworden waren.

Jetzt galt für sie nur noch ein Prozedere: Inneres Radar einschalten, die drohenden Unwetter umsichtig anfliegen, im Gewitter Ruhe bewahren und tobenden Naturgewalten mit Respekt und Aufmerksamkeit begegnen!

Der erlösende Anruf für Marlis kam erst gegen Abend. Dann aber direkt aus Tel Aviv von Gregor persönlich und der tönte sehr wohlauf, als er ihr rundheraus erklärte, es gehe Ihnen prächtig und sie hätten sich beide ganz einfach um einen Tag geirrt und er komme in der Nacht nach Hause!

Marlis hatte nach einem schrillen Freudentanz sofort die Dame der Einsatzzentrale angerufen und die hatte eisig gemeint, danke, sie wisse schon alles.

Alles, war die fast schon banale Geschichte eines Irrtums, dem beinahe jeder irgendwann in seiner Fliegerzeit zum Opfer gefallen war und die nur durch die spannungsgeladene Region eine zusätzliche Dramatik bekommen hatte. Tatsächlich hatte sich der Captain mit dem Rückflug um einen ganzen Tag geirrt und niemand, auch Gregor nicht, hatte eine Sekunde daran gezweifelt, dass alles seine Richtigkeit hatte. Im Gegenteil! Sie hatten sich mächtig über die beiden freien Tage in Israel gefreut und Theo hatte erklärt, einen früheren Kollegen in Jerusalem besuchen zu wollen, der sie beide herzlich zu sich eingeladen hätte. Gregor hatte die Einladung gerne angenommen, Theo hatte einen Leihwagen organisiert und nach einigen Stunden Schlaf fuhren sie frohgemut Richtung Jerusalem, wurden dort wärmstens empfangen, mit einem Grillfest gefeiert und waren ahnungslos, was für einen Aufruhr sie verursacht hatten.

Die befürchteten Turbulenzen hatten sich dann als leicht stürmischer Gegenwind präsentiert, indem ihnen vom Chefpiloten erklärt wurde, man habe ein gewisses Verständnis für peinliche Irrtümer, erwarte aber doch, dass sich der Captain in Zukunft mit mehr Aufmerksamkeit dem Einsatzplan widmen möge und auch die Copiloten seien davon nicht ausgeschlossen!

Gregor fand das sehr beeindruckend. Natürlich war ihm die Geschichte gewaltig unangenehm und er hatte sich geschworen, künftig Entscheidungen des Kapitäns auch außerhalb des Flugzeugs zu überprüfen. Er hatte sich aber seine Verlegenheit kaum anmerken lassen und zu Marlis gesagt, er finde, diese Nachsicht und Toleranz zeuge von echter Größe.

Marlis lächelte und erinnerte sich, einmal mehr über sein Selbstvertrauen gestaunt zu haben. In manchem waren sie sehr verschieden. Er grübelte nicht tagelang über einen Fehler nach oder quälte sich mit Zweifeln und Selbstvorwürfen. Er war selbstsicher, zog aus Fehlern die nötigen Konsequenzen, lernte dazu und das Leben ging weiter. Sie bewunderte diese Einstellung, es schien so einfach zu sein und schaffte eine Klarheit, die war wie ein vom Dunst befreiter Frühsommerhimmel.

Ins Grübeln geraten konnte Gregor schon, dann aber über ganz andere Dinge. Solche, die man in Listen erfassen oder Zahlen zuordnen konnte oder über Arbeitsabläufe im Flugzeug und in der Ausbildung. Oder, dachte Marlis amüsiert, es konnte sein, dass er über seltsame Themen wie Schriftbilder in der Typographie oder disharmonische Akkorde im Jazz brütete.

Selten dachte er so wie sie länger über menschliche Launen und Eigenheiten nach, oder über die tausend Möglichkeiten zu leben oder überhaupt über all die unfassbaren Dinge, die zwischen den Zeilen oder weit im Kosmos schwebten und über die man ständig nachdenken musste, ob man wollte oder nicht.

Aber er liebte es, wenn sie mit lebhaften Gesten erzählte, von Geschehnissen und Bildern, die ihr unablässig glitzernd wie von den Bäumen zu tropfen schienen und er hörte ihr eine geraume Weile aufmerksam zu bis es ihm zu bunt wurde, dann versuchte er sie mit Necken oder Küssen abzulenken oder er lächelte einfach sanft und versank in sein eigenes Denken.

Wieder musste sie lachen. Sie sah sein Gesicht dicht vor sich und vermisste ihn heftig. Sie bemerkte, dass sie nun ganz allein in der Abflughalle saß, der Wind wieder unvermindert in zornigen Stößen über die Pisten wuchtete und der Flugplatz, so weit sie blicken konnte, sehr leer war.

So leer, wie sie ihn seit langem nicht gesehen hatte.

Nebel

Es war die Zeit der Nebel gewesen.

Feingewobene undurchdringliche Nebel, die im Herbst und Winter am frühen Abend aus dem nahen Moor herüber gekrochen kamen und sich ganz allmählich über Plätze und Pisten legten, um sie für viele Stunden in weiße Stille zu hüllen und um Menschen und Flugzeuge das Fürchten zu lehren. Marlis hatte sie immer schon gefürchtet, diese aufziehende, unaufhaltsam sich verdichtende Kühle, die alles rundum zu verschlucken schien und sich gnadenlos vor die Augen schob, so dass man sich plötzlich blind und verloren glaubte und ganz furchtbar allein. Ob die Nebelschwaden wie in ihrer Kindheit über den See daherkamen, wenn sie arglos im Boot auf Entdeckungsfahrt im Schilf war, oder im Auto verzweifelt das Haus am Waldrand gesucht hatte oder wenn sie, wie eben an jenem denkwürdigen Abend, hinten im Flugzeug aus dem kleinen Rundfenster in der Tür spähte und auf die dicker werdende Wolkenschicht weit unter sich blickte von der sie wusste, dass sie zuhause so tief auf der Erde lag, dass die Landung schwierig oder gar unmöglich werden würde.

Oh, das versprach mal wieder spannend zu werden.

Der Flughafen mache dicht, das sei jetzt schon absehbar, hatte der Captain verlauten lassen.

Das bedeutete, dass sie vielleicht einen oder zwei Anflüge versuchen würden. Bei derart geringer Sicht, ein sehr anspruchsvolles Manöver, bei dem der Copilot das Flugzeug steuern musste, während der Kapitän nach den Pistenlichtern Ausschau hielt, um im letzt möglichen Moment das Steuer zu übernehmen und zu landen, oder durchzustarten. Bis auf einhundert Fuß oder dreißig Meter konnten sie sich hinunter wagen, das war nach dem damaligen Stand der Technik die Entscheidungshöhe, und die schien atemberaubend tief, denn bis zur Bodenberührung blieben nur wenige Sekunden. Alles musste haargenau stimmen, denn so knapp vor dem Aufsetzen waren für den Kapitän kaum mehr Korrekturen möglich. Marlis war bei einem solchen Anflug im Cockpit mit dabei gewesen. Gespenstisch und furchteinflößend war es gewesen und Marlis hatte kaum gewagt zu atmen, bis zu dem erlösenden Moment, wo sie das dichte Weiß durchbrochen hatten und die Landepiste wie hingezaubert direkt vor ihnen lag, sodass dem Captain gerade noch Zeit blieb »my controls« zu rufen und das Flugzeug so ruhig und sicher hinzusetzen, als wäre da nichts gewesen. Würde heute wieder so verfahren, oder würden sich die Piloten entscheiden von vornherein einen anderen Flughafen anzufliegen?

»Bitte versucht einen Anflug« flüsterte Marlis flehentlich »bitte, nur einmal!«

Sie zog den Kopf vom Fenster zurück und blickte nervös auf die Uhr. Noch fünfzig Minuten Flugzeit. Sie waren auf dem Rückflug von Lagos und befanden sich bereits unmerklich im Sinkflug. Marlis überlegte sich, eben kurz ins Cockpit zu schauen, da meldete sich der Kapitän mit der Ansage, dass der Flugplatz wegen Nebel derzeit geschlossen sei, dass sie noch etwas zuwarten wollten in der Hoffnung, dass sich die Lage bessern könnte. Da wusste sie, dass es ein langer Abend werden konnte und der würde keineswegs so aussehen, wie sie und vermutlich auch die meisten Passagiere sich das vorgestellt hatten, denn es war ein besonderer Abend, es war Silvester.

Silvester, und sie hatte große Pläne, aufregend große Pläne!

Sie sollte gleich nach der Landung zuhause umsteigen in den Abendflieger nach Wien, dort würde Gregor auf sie warten und mit ihr auf einen Ball gehen. Es war ihr erster richtiger Ball und deshalb sollte es gleich der Kaiserball in der Wiener Hofburg sein, das hatte Gregor entschieden. Ach, dachte sie zum hundertsten Mal, sie wollte eigentlich noch an diesem Abend in einem langen Kleid auf einem Ball in der Hofburg tanzen!

Sie hatte versucht, dieses Ereignis so gelassen wie möglich zu sehen, aber es war ihr nicht gelungen, sie war zu aufgeregt gewesen. Seit

Wochen hatte sie sich gefreut und sich über Schuhe, Make-up und Ballfrisuren den Kopf zerbrochen und dann, war sie am Vortag aus der Reserve zur Arbeit gerufen worden!

Dennoch, es hätte funktionieren können. Sie hatte Gregor ihre Sachen bereitgelegt, wollte sich in Wien am Flughafen schnell umziehen und halt auf eine spezielle Ballfrisur verzichten und sich sogar eingeredet, das wäre sowieso nur was für ältere Damen. Sie hätte sich von Gregor zur Hofburg chauffieren lassen, um dann, schmerzende Füße hin oder her, wie eine Königin die Treppe zum Ballsaal hinauf zu schreiten, mit einem Hauch afrikanischem Duft und einer Hibiskusblüte im Haar und dem triumphierenden Gefühl im Bauch, den Widrigkeiten getrotzt zu haben! Nun hing sie zwei Stunden vor Ballbeginn hoch über dem unfassbar alles bedeckenden Nebelmeer und ihre schönen Pläne drohten wie müde Sterne hinter dem Horizont zu versinken.

Sie stand in der Bordküche, beobachtete einen Moment das Treiben in der Kabine und versuchte ihre Enttäuschung hinunter zu schlucken. Das »Fasten Seat Belts« Zeichen war schon eingeschaltet, die Hostessen waren dabei Plastikbecher, Gläser und Geschirr einzusammeln und aufgebrachte Passagiere zu beruhigen, die um ihre Anschlüsse bangten. Sie war sichtlich nicht die Einzige, die sich ärgerte, aber es gab wirklich Schlimmeres als einen Ball zu verpassen, dachte Marlis im Versuch vernünftig zu sein, eigentlich war es lächerlich, ach nein, es war doch mächtig ärgerlich, zumindest verdammt schade, aber so war eben die Fliegerei.

Sie gab sich einen Ruck und schlenderte langsam durch die Kabine. Sie setzte da ein Kind auf den Sitz zurück um es anzuschnallen, bewunderte dort die Zeichnungen, die ihr zwei kleine Buben entgegenstreckten, sah nach dem Mann, der schon dreimal Aspirin verlangt hatte und nun farblos und abweisend ausharrte und nahm schließlich ein Fläschchen Milch in Empfang, das eine hektische französische Mutter »immédiatement et en toute vitesse«, unverzüglich wie sie betonte und schnellstens aufgewärmt haben wollte.

»Oui madame, tout de suite«, bestätigte Marlis lächelnd und dachte sich amüsiert, dass die Gute wohl schon lange in Afrika lebte und in Europa sicherlich »en toute vitesse«, unsanft auf den Boden der Realität geholt werden würde! Ihr Kind hatte lange friedlich geschlafen, nun plagten es vermutlich Ohrenschmerzen und es schrie tatsächlich herzzerreißend und Madame hatte solche Mühe mit dem Kind, dem Trinktuch und Fläschchen und den vielen Muschelketten die sie um den Hals trug zurecht zu kommen, dass Marlis nicht mehr zusehen konnte und ihr »sans délai« zu Hilfe kam, das Kind kurzerhand aufnahm und ihm die Flasche reichte. Es war unruhig und lauter geworden in der Kabine. Sie hörte den Papagei des schwedischen Seemanns auf Reihe vierzehn, mit dem sie zwei Stunden zuvor ausführlich geplaudert hatte. Der alte Mann hatte sie wissen lassen, dass er zur Pensionierung zurück in die kühle Heimat fuhr. Mit im Handgepäck, hatte er den grün gefiederten Freund, der seine Einsamkeit teilen sollte und der nun in seinem Körbchen mißgelaunt flatterte und kreischte. Das wiederum hatte einen Dackel in Rage gebracht, der vier Reihen weiter hinten unter dem Sitz des Herrchens kläffend seinen Unmut äußerte.

»Toll«, hatte sich Marlis gedacht, »Mensch und Tier in Aufruhr, das konnte ja heiter werden, mon Dieu, hoffentlich würden sie landen können!«

An der Neigung des Flugzeugs und dem Druck in den Beinen war zu spüren, dass sie sich mittlerweile bereits in einer Warteschleife befanden und der Gedanke an eine durchtanzte Nacht war wieder in ihr aufgekommen und hatte ihr zusätzliche Energie verliehen. Zu Madames Erleichterung nahm Marlis das Baby zum Windelwechsel noch schnell mit nach hinten in die Toilette. Geübt zog sie das Kind aus, säuberte es unter dem Wasserhahn, trocknete es sorgfältig bis hinunter zu den rosa Zehen und sang dabei leise:

»Was meinst du, kleine Fee, wirst du auch einmal auf einem Ball in Wien tanzen? Mit diesen winzigen Füßchen aber geht das nicht!
Ah, non, non!
Mais toi Valerie, tu dansera si,
sur le Pont d'Avignon!
Eh, oui, oui, oui!«

Da ertönte ein Gong, Marlis verstummte und musste sich beeilen, denn nun war das »No Smoking« eingeschaltet und sie befanden sich wirklich im Anflug. Flink brachte sie das Baby zurück, vergewisserte sich, dass alle Kinder angeschnallt waren und setzte sich nieder. Das Flugzeug war nun tief in die Wolkenschichten eingetaucht, sie flossen dicht an den Fenstern vorbei, ließen keinen Blick nach unten zu und das Licht nahm mit unheimlicher Schnelligkeit ab und versackte in Nichts, in düsteres schmutziges Grau. Marlis hatte mit den Händen ihre Knie umfasst und dachte an die Wälder und Hügel rund um den Flugplatz. Sie blickte gebannt hinaus. Es war nicht das Geringste zu erkennen. Immer tiefer sanken sie und die Scheinwerfer an den Flügeln leuchteten auf und schickten gespenstisches Licht aus, das die dämmrigen Schwaden sogleich verschluckten und es war absolut still geworden in der Kabine. Die Zeit schien den Atem anzuhalten. Doch dann, wie ein erwarteter und dennoch erschreckender Donner, ging das gleichmäßige Dröhnen der Triebwerke plötzlich in ein dumpfes Röhren über, die Maschine zitterte und wurde in einen brüsken Steigflug hochgezogen, mit zwingender, ungeheurer Kraft. Manche Passagiere hatten sich an den Armlehnen gehalten und stumm zu ihr herüber geblickt. Marlis, die wusste was von ihr erwartet wurde, hatte gelächelt und sich einmal mehr über ihre Ruhe wundern müssen und woher sie die Gewissheit nahm, dass die Piloten genau das Richtige taten. Aber ihr war nun endgültig bewusst geworden, dass aus der Landung zuhause nichts werden würde, mochten sich das alle noch so sehr wünschen. Die Bestätigung kam umgehend aus dem Cockpit. Es tue ihm leid, hatte der Captain gesagt, sie müssten leider nach Stuttgart ausweichen, dort gebe es auch Nebel, aber die Sichtverhältnisse seien doch wesentlich besser. Selbstverständlich werde die Fluggesellschaft für den weiteren Transport per Bus oder Bahn sorgen, er bedaure die daraus entstehenden Unannehmlichkeiten. Daraufhin war ein vielstimmiges Seufzen und Raunen zu vernehmen, das Kabinenlicht war wieder eingeschaltet, man rief nach den Hostessen, hatte mehr Fragen als Antworten und lediglich einige vielfliegende Routiniers blickten gelassen und ergeben in die Runde. Marlis rieb sich den verspannten Nacken, holte tief Luft, stand auf und ging wieder durch die Sitzreihen. Sie bemühte sich freundlich und aufmerksam zu sein. Einige Leute waren gereizt gewesen, andere abweisend, teilnahmslos oder ängstlich und die Kinder hatten wieder Durst, hatten gequengelt oder waren schon eingeschlafen. Einhundertzweiundfünfzig Passagiere, davon neununddreißig Kinder, drei Kleinkinder, ein Hund, eine Katze und ein heimlich an Bord geschmuggelter Papagei würden auf einem kleineren Ausweichflughafen landen müssen, wo sie alle gar nicht hin wollten. Dort würden sie vermutlich auf hunderte weitere widerwillig gestrandete Passagiere treffen und alle würden sie von überfordertem Bodenpersonal auf mögliche Flüge, in Busse, Züge oder Hotels verteilt werden müssen. Auch die Besatzungen würden geduldig warten müssen, bis sie irgendwo zur Heimreise oder einem Hotel zugeteilt würden, irgendwann spät in der Nacht. Was soll's, hatte sich Marlis ein weiteres Mal gesagt, vielleicht werden sich alle gerade deshalb an diese Silvesternacht erinnern und den Enkeln davon erzählen können, von der Nacht, in der sie den Nebelgeistern in letzter Sekunde entkommen waren!

Bei der Ankunft in dem kleinen Flughafengebäude hatte sich aber sicher niemand solch romantischen Bildern hingegeben, denn die Gänge und Hallen waren mit Menschen und Gepäckstücken überflutet, eine Maschine nach der anderen war eingetroffen und das erwartete Chaos hatte sich vollumfänglich eingestellt. Als die Besatzung und Marlis eine Stunde nach der Landung ins Gebäude kamen, hatten die Passagiere noch immer auf ihre Weiterfahrt gewartet oder waren entnervt auf der Suche nach Taxis, Telefonen oder Toiletten herumgeirrt. Bus um Bus war vorgefahren und nur ganz langsam hatte sich das Menschengewirr aufgelöst und erst weitere zwei Stunden später hatte sich allmählich wieder so etwas wie Ordnung eingefunden.
Marlis war wie alle erschöpft am Fenster gesessen und hatte desillusioniert in die Nacht gestarrt. Wenigstens hatte sie einen Sitzplatz ergattern können, aber ihre abgeklärte Stimmung war einer verärgerten Traurigkeit gewichen. Eine geschlagene Stunde würden sie noch warten müssen, bis sie überhaupt nur zum Bahnhof fahren konnten, um dann drei Stunden in dem elend überfüllten Zug zu sitzen! Ach und Gregor, der stünde inzwischen am Flughafen Wien, in der Tasche das rosa Kleid, mit dem sie zum Ball schreiten wollte, ein Hosenkleid

aus zartem, mit großen Blumen bedrucktem Voile, ganz körpernah geschnitten und nach unten so weit auslaufend, dass der Stoff elegant die tanzenden Füße umspielte, ihr bestes Kleid eben! Wenn sie ihn doch nur anrufen könnte, allein seine Stimme zu hören hätte sie getröstet, wenn er gesagt hätte, es sei doch nicht so schlimm, es gäbe noch andere Bälle diesen Winter und er werde morgen früh sofort zu ihr zurück...

Aber was war das dort für ein Flugzeug, das als letztes eingetroffen war und eben auf einen freien Abstellplatz einbog?

Ein rot-weiß-rot gestreiftes Heck, ich werd verrückt, ein Flugzeug aus Wien, dachte Marlis und war plötzlich hellwach, wo kamen die gerade her? Sie sah genauer hin, bemerkte, dass nach dem Aussteigen der Passagiere die Besatzung an Bord blieb, sah, dass sich dem Flugzeug ein Tankfahrzeug näherte und als der dicke Schlauch am Flügel angehängt wurde, war sie wie elektrisiert aufgesprungen. Die wollten wieder in die Luft, aber wohin? Eine wilde Hoffnung hatte sie ergriffen und sie atemlos über Treppen und Gänge getrieben, bis sie den Mann gefunden hatte, der für die rot weiß rote Fluglinie zuständig war und gerade die letzten Anweisungen erteilte.

Ja, hatte er gemeint, die Maschine fliege gleich wieder nach Wien zurück, dort gebe es keinen Nebel, aber nein, Passagiere nähmen sie von hier aus keine mit. Doch dann musste er das flehentliche Flackern in Marlis Augen und ihre Uniform bemerkt haben, denn er hatte unvermittelt auf Wienerisch umgeschaltet und gutmütig erklärt er werde schauen was er für »des Madel« tun könne und es hatte nichts als ein kurzes Hin und Her per Funk gebraucht und Marlis war am Weg zum Flugzeug. Man hatte für sie nochmals die Vordertür geöffnet, die Treppe ausgefahren und die Kollegin freundlich eingeladen, als einzige Passagierin mit nach Wien zu fliegen!

Gregor hatte sämtliche Cafés am Flughafen besucht, Zigaretten geraucht, die er nicht mehr hatte zählen wollen und seine Interavia Zeitschrift beinahe auswendig gelernt, während er auf den Abendflug wartete von dem er längst wusste, dass er annulliert worden war. Aber irgendwie wollte er die Ankunftshalle noch nicht verlassen, wollte noch ausharren wider besseres Wissen. Es gab keinerlei Anzeichen, dass sich an der Situation etwas ändern würde, aber er war nun mal hartnäckig und bevor er den Silvesterabend in irgendeiner Bar verbrachte, konnte es genau so gut am Flughafen sein. Er hätte sich nirgends besser gefühlt, es war seine Welt.

Er war schon am Vormittag hergeflogen und hatte seine Tante besucht, die ledig und allein in der Stadt lebte. Sie war es gewesen, die ihm als Halbwüchsigen den Flughafen gezeigt hatte und ihn auch bedingungslos mit ihrem Rat und vor allem mit den nötigen Finanzen unterstützte, als er dann unbedingt Pilot werden wollte. Seine Tante war Leiterin einer technischen Prüfanstalt, hatte Verständnis für physikalische und technische Zusammenhänge, sie hörte ihm zu und war unermüdlich interessiert an seinem Leben.

Sie freute sich mächtig über seinen unerwarteten Besuch und die Blumen, die er mitbrachte und war glücklich, dass sich im Küchenschrank noch ein Stück Kuchen für ihn fand. Sie hatte Kaffee gekocht, die Plastiktischdecke glattgestrichen und ihm die alte Tasse mit dem goldverzierten Bild der Basilika »Maria Drei Eichen« hingestellt und den grünen Aschenbecher dazu, so wie damals als er wochenlang bei ihr gewohnt hatte. Sie zündete sich eine ihrer »Austria 3« Zigaretten an, wischte sich etwas klebenden Tabak von den Lippen und der Rauch füllte den Raum schnell mit dem vertraut würzigen Geruch.

Dann hatte sie die dunklen Augen auf ihn geheftet und ihm zugehört und rings auf dem Buffet und dem Sofa saßen noch immer ihre vielen Plüschtiere mit den Glasaugen und schienen auch zuzuhören. Den ganzen Nachmittag hatte er berichtet von seinen Flügen, den Ausbildungen und dem Alltag im Cockpit und am Ende auch von Marlis, die er nun abholen müsse und hatte sich verabschiedet. Er war froh gewesen, die enge Wohnung verlassen zu können, die Plüschtiere hatten ihn irritiert und erstmals hatte er richtig wahrgenommen, wie einsam seine Tante wirklich war und ihre ehrliche Freude über seinen Besuch hatte ihn berührt.

Nun konzentrierte er sein Denken wieder auf die Fachzeitschrift und einen Artikel über knifflige Anflugverfahren und er nahm in Gedanken versunken nur nebenbei wahr, dass die Anzeigetafel noch die Landung einer Maschine aus Stuttgart meldete und sah nun resigniert, dass auch von dort keine Passagiere mehr ankamen, außer vielleicht dort einer einzigen, in einem dunklen Mantel und einer Uniform, allerdings einer ihm sehr bekannten Uniform, unglaublich, da kam sie auf ihn zu und rannte ihn fast um!

Mitternacht war gerade vorüber, als Marlis andächtig die breiten Treppen der Hofburg emporgestiegen war und einen ersten Blick in die walzerselige Menge werfen konnte.

»Schön, wunderschön«, hatte sie gerufen und war Gregor wiederholt um den Hals gefallen, »es hat sich alles gelohnt! Jetzt bin ich auf einem richtigen Wiener Ball, nur Walzer tanzen kann ich nicht!«

»Macht nichts, Hauptsache du bist bei mir«, hatte er sie beruhigt und ihr die Fingerspitzen geküsst, »warte bitte hier, ich hole uns was zu trinken.«

Marlis war überwältigt vom Anblick der festlich geschmückten Menschen in prächtigen langen Kleidern, von ihren eleganten Bewegungen beim Tanzen und dem unvergleichlichen Duft vieler Körper und Parfüms, der von den Tänzern herüber wehte. Für einen Moment wurden ihr die Beine schwach und die Anstrengungen des Tages hatten sie eingeholt, aber Sessel war keiner zu sehen und so klammerte sie sich an eine Säule.

Lächerlich, dachte sie erschrocken, reiß dich zusammen!

Sie, die sie frühmorgens den tiefen Klängen der afrikanischen Nacht entflogen und aufgestiegen war mit den hellen Himmeln zu singen, durfte sich nicht abends von wiegenden Walzern verschlingen lassen und schon gar nicht vor aller Augen!

Sie ging einige Schritte hin und her und atmete tief durch. Die Füße waren vom langen Flug angeschwollen wie immer und die Ballschuhe schmerzten noch bevor sie getanzt hatte.

Sie lehnte sich an die Säule, sah dem Treiben auf dem Parkett zu und hatte plötzlich seltsam das Gefühl in einem fremden Traum zu sein, ein Traum der gar nicht ihr gehörte, fast so als hätte sie ihn gestohlen und wisse jetzt nicht, was sie damit anfangen sollte. Unwirklich waren glänzende Paare an ihr vorüber geglitten, gleichgültige, kühle

Blicke hatten sie gestreift und Wortfetzen kamen ihr zugeflogen, in einer merkwürdig künstlichen gezierten Sprache, die nicht die ihre war und ihre Fremdheit noch besiegelte. Eine kleine Welle der Verlorenheit hatte sie kurz überwältigt, wie eine Schiffbrüchige, dachte sie lakonisch, hingespült an den Rand eines wogenden Menschenmeers und der Gedanke hatte sie gleich wieder erheitert.

In ihrer Nähe hatte sie einen großen Spiegel entdeckt und sie war hingegangen und hatte sich so eingehend betrachtet, als müsse sie ihr verlorenes Ich wiederfinden. Sie sah die junge Frau im langen rosa Kleid, mit blauen Augen und hoch aufgebundenem Haar, in dem leuchtend die Hibiskusblüte steckte und war zufrieden. Langsam war die Beklemmung von ihr gewichen und sie hatte sich zugelächelt. Die Musik hielt inne, die Paare standen still und Marlis konnte sie genauer betrachten, sah schwarz und grün irisierende Augenlider und üppige Brüste, die aus den Untiefen glänzender Satindekolletés hervorquollen, zarte Gebilde feingedrehter goldener Löckchen über faltigen Hälsen schweben, Schweißperlen auf hohen Stirnen und Oberlippenbärtchen, schwere Hände mit behaarten Fingern auf schmalen nackten Schultern und dann endlich sah sie Gregor.

»Verzeih, es war so schwer was zu bekommen in dem Gewühl«, sagte er entschuldigend und blickte sie forschend an, »du bist ein bisschen blass, geht es dir gut, ja, komm lass uns anstoßen, du bist meine Ballkönigin!« Sie hatten Sekt getrunken und sich ein bisschen hin und her gewiegt im Walzerschritt und Marlis hatte gesagt:

»Oh, ja, mir geht es gut, alles ein bisschen überwältigend und unwirklich, doch schön, sehr komisch schön, aber nun ist mir schon ganz wunderbar!«

Die Stadt Wien hatte sie sich anders vorgestellt. Irgendwie hell, strahlend und prunkvoll wie in den Filmen und Liedern die, nach Haarpomade, nach verstaubten Seidenvorhängen, Veilchen und geheimen Billetts dufteten. Aber in den alten Gassen war davon nichts zu spüren. Die Häuser standen rauchgeschwärzt und abweisend gegen den trüben Himmel und hatten Narben und Schusslöcher an Toren und Fassaden, aus offenen Türen von Gasthäusern strömte der Geruch von Wein, Schnaps und üblem Fett und verbrauchte Autos quälten sich hustend durch den Verkehr und stießen stinkende, schwarze Wolken in die eisige Luft.

Gregors Familie hatte noch eine winzige Wohnung besessen in einem der alten Häuser, die ihnen damals zugewiesen worden war, nachdem ihr Zuhause, gleich nebenan, in den letzten Kriegsmonaten von amerikanischen Bomben zerstört wurde. Marlis hatte das Haus besuchen dürfen.

»Bis auf eine Mauer haben sie alles zerbombt«, hatte Gregors Großmutter mit brüchiger Stimme erzählt und dabei mit dem Finger heftig auf den Tisch geklopft, »bis auf die eine Mauer unseres Schlafzimmers und dort hing nur noch das Bild von der Madonna, das war alles, was wir vorgefunden hatten als wir aus dem Keller kamen! Alles war hin, alles, aber die Madonna hing heil und unversehrt an der Wand und dann, als unser Papa das Bild von der Wand nahm, bitte, da stürzte die Wand nieder, exakt dann!« Geblieben war der Großmutter, dass diese Madonna sie alle unten im Keller vor dem Schlimmsten beschützt hatte und das Bild hing weiterhin über ihrem Bett und nur sie durfte es abstauben.

Marlis hatte an solche und ähnliche Geschichten denken müssen, als sie die vielen ausgetretenen Steinstufen bis in den vierten Stock gestiegen war und in den trostlosen Innenhof blickte. Die hohen Bauten waren seitlich und rückseitig alle miteinander verbunden und enthielten unzählige kleine Wohnungen, oft nur ein einziger Raum der zum Kochen, Wohnen und Schlafen dienen musste. Klo gab es pro Stockwerk eines für alle im Stiegenhaus und daneben befand sich die Passena, ein emailliertes Waschbecken mit einem Anschluss, aus dem gutes, eiskaltes Wasser direkt aus den Bergen floss. Wer Besucher nicht einlassen und Hab und Gut nicht herzeigen wollte oder nur jemand zum Plaudern suchte, hatte sich bei der Passena getroffen. Die ausgebombten Bewohner waren wohl dankbar gewesen um diese Bleibe, die nun Jahre später Studenten, junge Familien und Rentner bewohnten, um die Geschichten unfassbarer Katastrophen, gnadenreicher Bilder und wundersamer Rettungen weiter zu erzählen. Marlis hatte dies alles tief beeindruckt. Niemals zuvor hatte sie Mauern mit

Schusslöchern gesehen, in denen Menschen lebten, deren Familien alle irgendwie mit diesen Schusslöchern verbunden waren. Diejenigen, denen sie begegnete, schienen ihr verschlossen, schmal und mißtrauisch zu sein und mit einem Mal hatte Marlis geglaubt, einen Schatten zu spüren, der sie durch die Gassen begleitete, ein ruheloser Geist, der sie mit dem Vorwurf verfolgt hatte, dumm und unwissend aus dem Land der Nichtwissenden gekommen zu sein um hier neugierig, ja geradezu unangemessen neugierig die Dinge zu begutachten. Marlis hatte mehrmals versucht, dem ihren Respekt und ihre Bewunderung für die vielerorts spürbare zufriedene Bescheidenheit entgegen zu setzen, aber der Geist hatte sich nicht abschütteln lassen und Gregor hatte obendrein dessen Existenz sogar bestritten und behauptet, Marlis sei übermüdet von den Strapazen der Ballnacht, also hatte sie den hartnäckigen Geist schließlich geduldet, schweigsam bis zur frühen Dämmerung, als sie in Großmutters Zufluchtszuhause auf dem Sofa der Ahnen restlos erschöpft eingeschlafen war.

Als sie am nächsten Tag in der Innenstadt die kaiserlichen Prachtbauten und historischen Stätten begangen hatten, waren sämtliche aufdringlichen Geister endgültig verschwunden. Gregor war neben ihr gelaufen, aufgekratzt und übermütig wie ein Wienerlied, hatte sie treppauf treppab durch zahllose Salons geführt, mangelnde Geschichtskenntnisse mit diplomatischer Eleganz und viel Schmäh überspielt, hatte sie in allen nur möglichen Nischen und Winkeln ziemlich hemmungslos geküsst und ihr zum Refrain eintausendmal gesagt, dass er sie liebe. Sie hatte in kleinen Schlucken heiße Schokolade im Café Mozart getrunken und Gregor seinen »Einspänner«, den Kaffee mit viel Obers im Glas, und Marlis hatte über exquisite Wörter wie Trafiken und Topfengolatschen, Rossknödel und Hundstrümmerln gelacht und sich nur einmal ganz kurz gefragt, ob dies alles eines Tages auch zu ihr und ihrem Wortschatz gehören würde, so locker und selbstverständlich, wie es zu Gregor gehörte.

Bei dem Gedanken an heiße Schokolade war Marlis abgeschweift und hatte nach Grace Ausschau gehalten. Eine schöne heiße Schokolade war genau das, was sie jetzt noch brauchte, dann würde sie aufstehen, die Kantine verlassen, herumgehen und ihre Kreise ziehen. Sie blickte auf die Uhr. Du liebe Zeit, eine halbe Stunde erst war vergangen, in einer halben Stunde ließ sich über so vieles nachdenken.

Wann würde Gregor wieder anrufen? Grace war nicht mehr zu sehen. Eine grellblonde Kellnerin kam an ihren Tisch und blickte sie argwöhnisch an.

»Ja?« fragte sie auffordernd.

»Eine heiße Schokolade bitte.«

»Kuchen?«

»Nein danke.«

»Sonst etwas?«

»Nein danke, nur heiße Schokolade. Und die Rechnung bitte!«

Die Kellnerin blickte düster und stöckelte zur Küche.

Mit Grace war die Sonne verschwunden. Marlis fröstelte, griff nach ihrer Jacke und hüllte sich ein. Sie dachte wieder an Wien. Wie hatte sich die Stadt inzwischen verändert, einfach unglaublich. Sie hatte die Verwandlung gar nicht richtig mitbekommen, war damals mit den ersten prägenden Eindrücken zurückgekehrt und hatte für einige Jahre nur diese Bilder vor Augen. Irgendwann hatten sie die Stadt wieder besucht und waren unentwegt über Steinhaufen und Absperrungen gestolpert und die Innenstadt hatte ausgesehen, als hätte man Heerscharen gigantischer Maulwürfe auf sie losgelassen, die tief unter dem arglosen Fußgänger wüteten und ihre Gänge bohrten und skrupellos an den schönsten Plätzen gewaltige Steinhaufen nach oben schaufelten. Wien baute die U-Bahn und bat alle um Verständnis!

Wieder einige Winter später war Marlis zurück in der Stadt, wie sie sich inzwischen wienerisch nonchalant ausdrückte und da war das Stadtwunder geschehen. Rundum schien alles licht und hell, neue Fassaden, elegante Hotels und Geschäftsgalerien waren entstanden, manche Straßen und Plätze, befreit von Bauschutt und Verkehrschaos, waren nun zum flanieren und genießen gedacht und mit neuen Belägen und Beleuchtungen versehen, ganze Häuserzeilen hatten neue Anstriche bekommen, mächtige restaurierte Tore und geschmiedete Gitter mit Blumen und Ranken zierten hohe Eingänge und Innenhöfe und alles schien in vorweihnachtlich geschmücktem Glanz verzaubert, wie in einem Märchenbuch. Die Menschen lächelten mit verhaltenem Stolz und die Stadt lächelte zurück. Sie freute sich auf Wien. Wenn es draußen in Gregors Wäldern zu still werden würde und sie alles was besprochen werden musste, gesagt und durchgedacht hatten, würde sie in die Stadt wollen, nachsehen, was sich wieder verändert hatte.

Die Kellnerin kam zurück, schob Marlis wortlos die heiße Schokolade und die Rechnung hin, nahm das Geld mit einem knappen »Danke« und ging wieder. Marlis trank in kleinen Schlucken und nahm sich vor, nicht mehr lange zu bleiben.

Am Nebentisch setzte sich eine Gruppe Männer hin. Büromenschen, dachte sie beiläufig, Hemden, Krawatten, saubere Hände, lauter gepflegte Männer mittleren Alters, nur einer war wesentlich jünger, sah verwegener aus, grinste etwas schief und erinnerte sie plötzlich stark an Theo, den Schicksalspiloten, wie Gregor ihn nach der Jerusalemgeschichte genannt hatte. Ja, er sah Theo schon sehr ähnlich! Gregor hatte einmal zu seinem Kreis gehört, aber nach und nach hatten sie sich aus den Augen verloren. Doch einmal noch, hatten sie zusammen einen denkwürdigen Flug durchgeführt.

Versonnen nippte Marlis an ihrer Schokolade. Sie versucht, sich genauer zu erinnern.

Theo und Gregor hatten sich auf dem Rückflug von Athen befunden. Gleich nach dem Start war im Cockpit der Geruch von verbranntem Gummi aufgekommen. Theo hatte Athen sofort um eine Inspektion der Startpiste gebeten und prompt hatte man größere Fragmente von Reifen vorgefunden, die nur von ihrem Flugzeug stammen konnten. Die Triebwerke liefen wie am Schnürchen und Theo hatte entschieden, den Flug nicht abzubrechen. Zuhause hatten sie einen »Low Pass« verlangt und waren mit ausgefahrenen Rädern in Baumwipfelhöhe über den Flugplatz gebraust, damit die Leute vom Kontrollturm den Zustand der Reifen begutachten und feststellen konnten, dass einer der vier Reifen zwar ziemlich lädiert aussehe, das Rad aber vermutlich noch mit Luft gefüllt sei. Theo hatte sich daraufhin entschlossen eine normale Landung, ohne Notfallvorbereitung, durchzuführen und hatte das Flugzeug so weich wie möglich aufgesetzt. Sie hatten aufgeatmet, alles war gut gegangen und niemand von den Passagieren hatte sich ängstigen müssen. Später hatte sich gezeigt, dass eines der beiden Triebwerke durch die Gummiteile stark beschädigt worden war, sieben der vorderen Schaufeln waren an den Spitzen verkrümmt. »Glück gehabt!« war Theos trockener Kommentar gewesen als er mit Gregor die Schäden inspiziert hatte und Gregor hatte nur »Ja« gesagt, denn dem gab es nichts hinzuzufügen! Theo, der Schicksalspilot! Mein Gott, seufzte Marlis, Gregor sollte Recht behalten!

Theo hatte das Unglück geradezu angezogen, es hatte ihn verfolgt, mit immer neuen Attacken und am Ende, da hatte er all dies wohl nicht mehr ausgehalten und hatte sich für immer verabschiedet und jetzt saß da dieser junge Mann der aussah wie sein Sohn und Theo hatte einen Sohn, das wusste Marlis. Aber nein, sie würde ihn nicht danach fragen, so weit würde sie nicht gehen, ihn anzusprechen vor seinen Kollegen, niemals! Was hätte sie ihm auch sagen sollen? Dass sein Vater ein anständiger Kerl gewesen war, gutmütig und fair, das musste er wissen, aber dass Gregor und Marlis öfter von ihm gesprochen, ihn nicht vergessen hatten, weil man Menschen wie Theo nicht einfach vergisst, das würde er vielleicht gerne hören, vielleicht? Aber viel wahrscheinlicher war, dass es ihm peinlich wäre wenn sie ihn ansprechen würde, sicher sogar, also würde sie das hübsch bleiben lassen.

Marlis stand auf. Es wurde Zeit für einen Ortswechsel.

Sie warf einen letzten Blick auf den jungen Mann und ging zum Ausgang. Grace war nirgends zu erblicken. Marlis spürte die Leere deutlich. Sie hätte sich gerne von ihr verabschiedet. Sie hätte ihr einfach gesagt, dass sie es schön gefunden hatte, daß sie, Grace aus Uganda, da gewesen war mit ihrem Lachen, obschon sie vielleicht gar nicht hier sein wollte und und dass sie, Marlis, nun länger nicht mehr kommen könne und das nun mal so sei!

Sie schluckte schwer, gab der Glastüre einen energischen Stoß und war draußen im Flur, der zur Abflughalle führte. Sie würde wohl wieder unter den Bäumchen Platz nehmen, andere Sitzgelegenheiten gab es nicht mehr, sie waren aus unerfindlichen Gründen alle entfernt worden, man hatte zu stehen oder zu gehen. Da vibrierte das Handy in ihrer Jackentasche und Marlis zuckte zusammen. Das Ding erschreckte sie noch immer. Sie lehnte sich gegen die Mauer, ließ ihre schweren Taschen sinken und nestelte mühsam in ihrer Jacke, bis sie das Gerät ergreifen konnte.

»Ja, hallo«, sagte sie leise als ob sie jemand stören würde.

»Liebes! Hallo, Ha...hörst du mich?«

»Ja, aber nicht gut. Hallo, ich versteh dich schlecht, warte!« Marlis packte ihre Taschen und lief den Gang entlang.

»Hallo? Der Empfang ist miserabel, ich bin auf dem Weg zur Abflughalle, ja, so jetzt bin ich da, ist es besser?«

»Ja, ich verstehe dich gut. Hier gibt es nicht viel Neues. Der Eisregen hat gerade erst aufgehört. Jetzt muss erst einmal die Piste enteist werden. Es wird noch dauern bis wir starten können, schätze mal zwei Stunden. Ich fürchte es wird Abend werden! Was willst du tun?«

»Gar nichts. Ich warte hier bis du kommst. Ich habe keine Lust, zurück in die Wohnung zu fahren. Habt ihr die Passagiere an Bord?«

»Nein, sie warten drinnen. Wir haben aber noch keine Abflugzeit. Schatz, es tut mir leid für dich.«

»Kein Problem, Hauptsache, du kommst heute noch, das Wetter ist elend schlecht.«

»Wie schaut es denn aus? Schneit es noch?«

»Im Moment nicht. Scheint sich ein kleines bisschen zu beruhigen.«

»Gut. Wir werden auch kommen, ich ruf wieder an. Was ich dir noch sagen wollte, Olav, mein Copilot, ist Vater geworden. Ein Mädchen, drei Kilo glaub ich. Ich hab dich lieb.«

»Ich dich auch. Gregor, soeben ist wieder eine Maschine gelandet!«

»Gut, mein Liebes, bis später!«

Schweißperlen

Nein.

Sie würde definitiv nicht diese unmöglich schweren Taschen wieder zum Parkhaus zurück schleppen, das Auto herausholen und in die Wohnung fahren, dort irgend etwas Belangloses tun, nur um die Wartezeit totzuschlagen und am Abend das Ganze wiederholen, wie ein Film, den man vor und zurück spult. Nein, sie wollte diesen Tag im stürmischen Märzlicht für sich haben, ungestört den Geschichten nachhängen und sich treiben lassen durch die Minuten und Stunden, die ihr so ungeplant zugefallen waren. Es sollte Abend werden? Gut so, warum nicht, sie hatte Zeit, sah endlos viele Bilder und Worte, die sich vor ihr auftaten und aneinander reihten wie Perlenketten, die man sich sinnend durch die Hände gleiten ließ.

Gregor würde vielleicht auch eine Pause gegönnt sein in Oslo, wo er sich aus seinem Sitz im Cockpit schälen und die ganze Zahlenwelt für eine kleine Weile sich selbst oder dem Copiloten überlassen könnte, um in der Kabine in Ruhe einen Mocca zu trinken.

Dabei würde er an den Rückflug denken, an das schwierige Wetter, an seine noch ungeklärten Pensionsansprüche und an das neugeborene Kind von Olav und ob er ihm sagen sollte, rechtzeitig etwas für dessen Studium auf die Seite zu legen, weil er selber dies unterschätzt hatte, gewaltig unterschätzt hatte und er daher irgendwann ins Schleudern geraten könnte und dass er deshalb lieber an Marlis denke und daran, dass er heute noch mit ihr schlafen würde, mochte kommen was wollte!

Hier wurde Marlis von einer Woge der Zärtlichkeit erfasst, die sie festhalten und für die Nacht aufheben wollte. Sie war sich sicher, dass der Abend so enden würde, vielleicht wieder zuhause oder in einem Hotel in Wien, aber bestimmt würden sie sich noch lieben. Sie fror ein wenig und kuschelte sich enger in ihre Jacke. Weiß Gott warum, aber irgendwie fiel ihr Dakar ein.

Dakar. Aus der Luft besehen eine helle Stadt an einer schroffen, rötlich goldenen Küste am Rande der Wüste. Die Stadt selbst hatte sie nie besuchen können, aber der Flughafen war eine wichtige Zwischenlandestation. Passagiere aus Conakry oder Banjul waren zugestiegen, Abenteurer und Jäger aus den Wäldern im Süden, Schatzsucher und Seefahrer aus Südamerika und Ölmänner von den Bohrinseln weit draußen im Atlantik. Außerdem spazierten auf dem Flugplatz die Geier den Rollwegen und Landebahnen entlang, so selbstverständlich wie andernorts die Spatzen oder die Möwen.

In Dakar waren es Geier, mächtige braune Vögel mit nackten Hälsen, die auf den Pisten herumhockten und sich nicht verscheuchen ließen und zur Gefahr werden konnten. Einmal waren sie besonders hartnäckig sitzengeblieben, sie hatten zwangsläufig welche erfasst bei einer Zwischenlandung und Marlis erinnerte sich mit Schaudern an den grausigen Anblick, den das Flugzeug danach geboten hatte. An Bugrad und Hauptfahrwerk zwischen Rädern und Stangen, im Schacht des Fahrwerks, an den Flügeln und Triebwerken, überall klebten Fleisch, Blut und Federn und stanken widerlich. An einen Weiterflug war so nicht zu denken gewesen. Sie hatten die Passagiere ins Gebäude gebracht und dort mit Snacks und Kartenspielen unterhalten, denn es dauerte gut zwei Stunden bis die Säuberungsaktion beendet war und sie weiterfliegen konnten.

Marlis hatte an diesem Tag, nebst einer munteren Schar von Kindern, einen bei einem Autounfall verletzten Mann an Bord zu betreuen, der hinten auf einer abgeschirmten Bahre lag und ab und zu leise stöhnte. Wohl war auch ein Arzt mit ihm gereist, der zwar freundlich, aber übermüdet und nicht sehr erfahren schien und dankbar ihre Unterstützung in Anspruch genommen hatte, um sich bei einem ausgiebigen Schlaf zu erholen. Sie hatte die Infusion des Patienten überwacht, sein gebrochenes Bein und die geschundenen Schultern und Arme besser gelagert, Kissen geschüttelt, ihm Essen und Getränke gereicht und er hatte ihr erzählt von den elend schlechten Straßen, dem Schlamm, in den sie geraten waren und den langen zwei Stunden, die er eingeklemmt auf Hilfe warten musste. Dazwischen hatte sie wie immer mit den Kindern gemalt und kleine Flugzeuge und Püppchen aus Samtdraht gebastelt und ihre Aufgabe einmal mehr als spannend und schön empfunden.

Nach einer guten Stunde Flugzeit, hatte sie sich zu einer kleinen Pause im Cockpit eingefunden und den wunderbaren Blick über die mauretanische Küste entlang des Atlantiks genießen wollen, als plötzlich ein durchdringend schrilles Läuten ertönte und grellrot die Feuerwarnung von Triebwerk 2 aufleuchtete. Marlis klopfte das Herz bis zum Hals, aber der Kapitän, einst ein australischer Buschpilot, blieb gelassen und ging ruhig mit dem Flugingenieur die Checkliste durch und das Triebwerk wurde abgestellt. Die Piloten waren vollauf mit Kontrollen und Berechnungen beschäftigt und Marlis war unauffällig in die Kabine zurück geschlüpft und hatte sich nichts anmerken lassen, obschon sie die Tatsache, dass sie nur noch mit drei Triebwerken flogen, keineswegs alltäglich fand. Aber sie war selbst zu beschäftigt um sich darüber den Kopf zu zerbrechen und hatte erst später wieder Zeit gefunden ins Cockpit zu schauen. Sie hatte sich, wie das üblich war, leise für ein paar Minuten auf den freien Sitz hinter den Captain gesetzt, sah aber bald die winzigen Schweißperlen, die in seinem Nacken zwischen den kurzen Haaren hingen und spürte die Anspannung, die von diesem Nacken ausging und ihr Herz hatte wieder wild geklopft, als sie mitbekam, wie sehr sich die Piloten nun auch um Triebwerk 3 sorgten, das zeitweise mit sehr hohen Temperaturen auf sich aufmerksam machte, die sich bedrohlich der roten Marke näherten, bei der man es ebenfalls abstellen musste. Schnell war sie erneut aus dem Cockpit geflüchtet, um niemand zu stören.

Aber sie wusste, zwei Triebwerksausfälle wären äußerst kritisch und würde sie zu einer sofortigen Landung zwingen! Eine sehr ungute Situation in der sie sich da befanden. Sie spürte, wie eine ihr unbekannte Angst in Wellen heran schwappte und sie zu überrollen drohte. Sie schloss sich in der Toilette ein, ließ sich kaltes Wasser über die Hände laufen und verspritze etwas von dem Duftwasser, das dort immer zu finden war. Ruhig, sagte sie zu ihrem Spiegelbild, du musst ganz ruhig bleiben, es wird nichts geschehen. Sie atmete in tiefen Zügen ein und aus und ließ das Klopfen in ihr langsam abklingen.

Der Captain hatte sich entschieden, nicht umzudrehen, die Lage weiterhin zu beobachten und Richtung Heimat zu fliegen. Die Kabinenbesatzung wurde über die Probleme mit den Triebwerken informiert und die Möglichkeit einer vorzubereitenden Notlandung hatte man als unwahrscheinlich, aber nicht ausgeschlossen eingestuft. Marlis war froh gewesen, wieder voll in Anspruch genommen zu sein und hatte gar nichts mehr wissen wollen von dem »was wäre wenn« das so eifrig in den Galleys erörtert wurde. Sie hatte sich auch um die junge Hostess Carole gekümmert, die sehr blass war und ihr leise gestand, dass sie Angst hätte, richtig Angst, wie sie betonte. Marlis hatte ihr geantwortet, dass ihr auch unbehaglich sei, sie aber dennoch überzeugt sei, dass alles gut gehen werde.

»Wo könnten wir denn im Notfall landen«, fragte Carole flüsternd, »hier gibt es doch gar nichts, keine Stadt, nichts?«

Sie hat vollkommen Recht, dachte Marlis nervös, links war der Atlantik und rechts die Wüste, beide reichten bis zum Horizont und boten so weit das Auge blicken konnte, keinerlei Landemöglichkeit.

»Es gibt immer einen Ausweichflughafen«, flüsterte Marlis zurück, »die Piloten planen das so, glaub mir, brauchst dich nicht zu sorgen.«

Sie hatte sich gefragt, woher sie die Zuversicht nahm, die sie so leichthin verteilt hatte, sie war einfach da, in ihr verborgen musste es einen soliden Fundus davon geben, nach und nach angelegt durch eigenes

Erleben und vielfach ergänzt durch Gregors ausführlich geschilderte Flugerfahrungen. Jedenfalls hatte sie beschlossen, dieses gute Gefühl festzuhalten und nicht mehr loszulassen, so wie sie dachte, dass Gregor dies tun würde und außerdem, war da noch immer das dichte Band aus Engelshaar, mit dem sie sicher mit ihm verbunden war. Aber das hätte sie Carole nicht erklären können und die wollte auch gar nichts weiter wissen und war nur stumm in ihrer Nähe geblieben und hatte auf Marlis Bitte hin mit drei kleinen Mädchen »Schwarzer Peter« gespielt.

Marlis war um den Patienten bemüht, der zunehmend unruhig wurde und unter heftigen Schmerzen litt, sodass sie gezwungen war, den Arzt aus dem Schlaf zu holen. Der Verletzte hatte dann schnell auf die starken Schmerzmittel reagiert und war daraufhin eingeschlafen. Marlis war noch eine Weile bei ihm geblieben, hatte seine Hand gehalten und durch das kleine Fensterrund hinaus gestarrt in den dünnen Dunst, der die nackte Wüste und das gleißende Meer von dem Blau darüber trennten, ein Blau, das ihr nun verloren, leer und gnadenlos schien, in dem sich alle Gesänge und Versprechen in kühles Nichts auflösen wollten und selbst Erinnerungen in namenlose Schatten zerfielen. Nur eine dünne Hülle aus Metall und etwas dämmende Watte war zwischen ihr und dem vernichtenden Blau, und dann war da diese feuchtkühle fremde Hand, die nun matt in ihrer lag und ihr vertraute, als könne sie irgendetwas ändern an diesem Blau draußen und da sich nichts, gar nichts ändern ließ, es besser war, die Augen zu schließen und in dem Dunkel dahinter das kleine Mädchen zu suchen, das an klaren Sommertagen einem lieben, wundersam strahlenden Blau die geheimsten ihrer Geschichten erzählt hatte.

Die Stunden waren nur zäh und langsam zerflossen an jenem Nachmittag, an dem sich Maschinen und Menschen gleichermassen quälten, das zweite überhitzte Triebwerk wie ein Fieberpatient überwacht und abgehorcht wurde und man jedes kleinste Zucken an den Kontrollinstrumenten auf eine Veränderung seiner Vitalität hin überprüfen und beurteilen musste. Es hatte durchgehalten. Sie waren mit drei Motoren angeflogen und um Stunden verspätet aber sicher gelandet, hatten mit großer Erleichterung die Passagiere verabschiedet, die Ambulanz war mit einem dankbaren Patienten und Doktor weggefahren und das Flugzeug wurde unverzüglich in die Werft gebracht. In drei Triebwerken waren dann Überreste der Geier gefunden worden, welche die komplizierten Systeme empfindlich gestört hatten und sich die Fachleute nur wundern konnten, dass sie dennoch zuverlässig ihren Dienst getan hatten.

Gregor hatte geduldig auf Marlis gewartet. Sie war im Auto noch einsilbig neben ihm gesessen, aber zu Hause hatte sich der Bann gelöst und sie hatte ihn bis in die Nacht hinein überschüttet mit einer Sturzflut von Schilderungen, Fragen und Beschreibungen, hatte kein Detail ausgelassen und selbst das seelenlose Blau nicht verschwiegen, hatte, wie sie später fand, dann dämlich herumgealbert und hysterisch gekichert, war ihm dazwischen immer heißer um den Hals gefallen und war schließlich glühend und vibrierend in seinem Körper versunken, um mit einem satten Urschrei ihre Mitte wiederzufinden.

Gregor hatte ihr beim Frühstück noch bestätigt, dass die Piloten bei der Planung immer einen Ausweichsflughafen mit einbeziehen würden und war davon ausgegangen, dass jenes kritische Triebwerk vielleicht doch nicht so extrem überhitzt war, dann in seiner Leistung wohl etwas reduziert wurde und daher noch anständig gelaufen war. Außerdem wäre auf Grund des stetig abnehmenden Gewichts durch den Treibstoffverbrauch, das Flugzeug vermutlich auch mit zwei Motoren noch geflogen, was sich alles berechnen ließe und er im Übrigen schon überzeugt sei, dass der im australischen Busch gestählte Pilot wohl vielleicht fragwürdig wagemutig, aber doch überzeugt gewesen sein musste, die Situation mit dem nötigen Ernst behandelt zu haben. Nichtsdestotrotz sei er aber schon sehr dankbar, dass ihm sein liebes Weib vom Schicksal wohlbehalten, um nicht zu sagen wohlbehalten lüstern, zurück gegeben worden sei und er deshalb den »Geierflug« nicht unbedingt in schlechter Erinnerung behalten werde!

Sie hätte das alles gerne noch weiter diskutiert, vor allem darüber, ob er sie wirklich ernst genommen hatte, aber dazu blieb keine Zeit mehr. Er hatte sie noch einmal heftig geküsst und war wieder weg.

Sie hatte ihm das Auto überlassen. Sie würde zu Fuß ins Dorf gehen, sollte sie etwas brauchen, sie wollte nur zu Hause sein. Sie hatte ihm nachgewinkt und zugeschaut, wie er weggefahren war und fühlte sich allein gelassen. Nicht verlassen, dachte sie und rückte das gleich korrigierend zurecht, verlassen wäre etwas anderes, viel schlimmeres, unwiderrufliches, nein, allein gelassen war schon der richtige Ausdruck. Sie ging ins Schlafzimmer, schüttelte die Decken auf, schnupperte an seinem Schlafanzug und spürte das Brennen in den Augen.

Sie kam und er ging und das war kein guter Zustand!

In letzter Zeit war es häufig so, dachte sie irritiert, es blieben gerade ein paar Stunden, die sie zusammen verbringen konnten. Ein Abend wie der Gestrige war wunderbar aber zu kurz, vielleicht lang genug, alles erzählen zu können, was sie beide zwischenzeitlich erlebt hatten, aber nicht ausreichend, wichtige Gedanken tiefer zu beleuchten. Nun war er wieder unterwegs, nach Paris, Warschau, Birmingham, Mailand und Kopenhagen und sie konnte ihm für drei Tage nichts mehr sagen, auch nichts Unbedeutendes, was man gerne so nebenbei sagt, wie, dass sie daran denke, sich die Haare abzuschneiden oder dass ihr der nahende Zahnarzttermin im Magen liege oder andere ganz banale Dinge, das würde sie ihm frühestens in drei Tagen erzählen können und es wäre dann uninteressant und neben all dem, was er Aufregendes berichten würde, fehl am Platz. Sie stand auf, ging zum Fenster und öffnete beide Flügel.

Gregor! Liebster, hast du wenigstens noch etwas von diesem zwitschernden Frühlingsmorgen mitbekommen?

Helles Licht flutete blendend die grünenden Säume am Rand des Waldes, blinkte im nassen Gras und zitterte in den weißen Sternen der Anemonen, durch die ein Wind fuhr, der leicht in dünnen Birkenzweigen tanzte und ihr die Haare in die Augen wehte und die Feuchte dort rundum trocknete, wie ein kühles Tuch. Sie fuhr mit den Händen über die glänzend nassen Dachziegel und blickte zur Lichtung zwischen den Bäumen. Sie liebte diesen Platz, er war nur von ihrem Fenster aus zu sehen. Ab und zu waren Rehe dort und ästen in der Frühe das junge Gras. Sie legte den Kopf auf ihre Arme, schloss unter der Wärme die Augen und spürte noch eine tiefe Müdigkeit, ein sanftes Dämmern sich ausbreiten, in das sie sich wohlig gleiten lassen konnte...

... da meinte sie ein leises Geräusch und Flattern zu hören. Sie spähte nach den Bäumen und der Lichtung und hörte weiter unten eine Amsel schreiend davonfliegen, konnte aber sonst nichts Ungewöhnliches erkennen. Wieder war da ein klatschendes Flattern, diesmal ganz in ihrer Nähe und sie zog den Kopf zurück und verharrte reglos, da rauschte und schlug es direkt über ihrem Kopf und vor ihr auf dem Dachvorsprung landete ein großer Vogel. Für einen Moment balancierte er auf der Dachrinne und hatte Mühe, sein Gleichgewicht zu halten, aber dann legte er seine Schwingen an den Körper, hob den Kopf, drehte ihn zu ihr hin und blickte sie aus durchscheinend hellgrünen Augen an. Marlis war vor Überraschung gebannt und wagte kaum zu atmen.

Noch nie hatte sie einen so wunderbaren Vogel gesehen!

Er war groß wie ein Raubvogel, hatte einen auffallend langen Hals und an den Füßen gelbe Krallen. Er erinnerte ein wenig an einen Fasan, den er aber an Größe noch übertraf. Über dem spitzen blauen Schnabel zog sich ein Halbkreis feinster orangefarbener Pünktchen um die Nasenlöcher, er hatte ein Gefieder aus kleinen, hell sandbraunen Federn, die zum Schwanz hin zunehmend blau und grüngolden glänzende Enden aufwiesen und dazu einen Fleck am Hals, der war, wie ein Fächer aus türkis und smaragdgrün changierender Seide. Diesem Hals entfuhr dann ein leises, beinahe zärtliches Glucksen, das am ehesten noch mit dem Gurren einer Taube zu vergleichen war und bei Marlis bewirkte, dass sie sich aus ihrer Erstarrung lösen konnte.

»Hallo«, sagte sie kaum vernehmbar, »wo kommst du denn her?«

Er rührte sich nicht und blickte sie unentwegt an. Sie blieb bewegungslos, aber es ging keinerlei Gefahr von ihm aus und er schien auch nicht die geringste Scheu zu haben. »Hallo«, sagte sie nochmals vorsichtig leise, »du schöner fremder Vogel. Hast du gar keine Angst? Komm, komm her! Ich habe auch keine Angst, weißt du.«

Sie bewegte langsam den Arm in seine Richtung, er blieb sitzen, legte den Kopf schief und beobachtete die sich nähernde Hand.

»Ja, ganz ruhig, ich tue dir nichts, du gefällst mir, du bist wunderschön. Bist du wo davongeflogen? Ich sag es niemandem, versprochen, das glaubt mir sowieso keiner!«

Sie stockte erschrocken. Er hatte sich erhoben, tapste auf der Rinne hin und her und gluckste.

»Bleib, sagte Marlis mit gedämpfter Stimme«, bleib hier. Was bist du bloß für einer, sag! Oh, ich weiß es, du bist ein Fabeltier, nicht wahr? Ein Fabeltier! Kommst du aus meinem Wald da drüben? Schade, dass du nicht sprechen kannst. Aber glucksen kannst du, das ist auch gut, das tönt so, wie wenn du hallo sagen möchtest. Hoi, hoi! Was schaust du so schief? Ich kann das nicht so gut wie du.

Hoi, ja so will ich dich nennen, Hoi, gefällt dir das?«

Marlis hatte inne gehalten und auf einmal ein feines Prickeln verspürt, das in ihr kreiste und eine eigentümlich sanfte Leichtigkeit, als hätte sie sich gleich lösen können aus diesem Dachfenster und abheben wie eine ruhig schwebende Luftblase...

...dann war der Teppich unter ihren Füßen etwas ins Rutschen geraten und sie hatte sich mit einer schnellen Bewegung festhalten müssen. In diesem Augenblick war der Vogel verschwunden, lautlos und spurlos, wie weggewischt. Verwundert hatte sich Marlis umgesehen. In der Dachrinne blinkte noch etwas Wasser vom nächtlichen Regen, die Äste am Waldrand schaukelten in der Brise und Amseln, Meisen und alle möglichen Vögel schwirrten um die Sträucher, nur von Hoi war nichts mehr zu sehen gewesen.

Das Schweben war geblieben. Es saß irgendwo in der Herzgegend und strahlte. Sie hob ihre Arme und stieß einen leisen Schrei aus. Dieser Vogel! Was für eine Begegnung, verrückt, ja, verrückt und irreal, aber betörend.

Sie schloss das Fenster, warf noch einen Blick durch die Scheiben und sah dann ihr Spiegelbild an der gegenüberliegenden Wand. Sie grinste hinüber. Doch, sie war ein wenig verrückt oder zumindest entrückt, stellte sie erleichtert fest, gut so, warum nicht, entrückt war besser als bedrückt, entrückt und verzaubert! Ein Geschenk war das, dachte sie zufrieden, nebst der oft düsteren Ruhelosigkeit und ihrem Hang zum Grübeln, hatte sie auch Verzauberung, Neugierde und Fantasie mitbekommen. Nur, diese heitere Gelassenheit, die Gregor eigentlich ständig zu begleiten schien, die kannte sie nicht, das war sein Göttergeschenk, von dem er selbst vielleicht nicht einmal wusste.

Einige Wochen nach dem »Geierflug« hatte Gregor unerwartet aus Rom angerufen.

»Der Teufel schläft nicht«, hatte er verkündet, »jetzt hab ich gerade einen Emergency Descent, einen Notsinkflug hinter mir«!

»Mach keine solchen Witze!«

»Im Ernst!«

»Nein! Wieso denn das«?

»Der Kabinendruckregler hat verrückt gespielt, dauernd gezuckt«.

»Gezuckt«?

»Ja, halt ständig hin und her gependelt und bevor er endgültig versagte, mussten wir runter, mitten über den Alpen, nicht irgendwo, was glaubst, nein, genau dort wo es am heikelsten ist. Sauerstoffmasken raus und von dreißigtausend Fuß hinunter auf achtzehntausend in vier Minuten«!

»Heiliger! Wie war das«?

»Aufregend und für die Passagiere unangenehm, nachher musste ich den Kabinendruck von Hand regeln, mühsam sag ich dir«!

»Kann ich mir denken. Und jetzt«?

»Ist schon repariert! Bin schon bald wieder da. Kochst du was Gutes«?

»Kaiserschmarren, dacht ich«.

»Spitze! Fliege mit Mach null komma acht zu dir«!

»Ist das Schallgeschwindigkeit?«

»Fast! Und Schatz, noch was, ich werd' wahrscheinlich auf die 747 umschulen«!

»Was? Oh, ich hab's geahnt, irgendwann kommt die Langstrecke! Wow! Möchtest du denn auf den Jumbo«?

»Naja, du weißt, ich bin nicht scharf auf die Langstreckenfliegerei, aber der Jumbo ist ein toller Flieger, also warum nicht. Aber jetzt muss ich gehen. Bis später«!

Marlis hatte langsam den Hörer aufgelegt und war konsterniert auf die Couch gesunken. Kabinendruck, Notsinkflüge, Sauerstoffmasken, Jumbos und die endlosen Wasser des Nordatlantiks taumelten ihr in wilden Bildfolgen durch den Kopf und wollten sich nicht so einfach verdrängen lassen.

Der Kaiserschmarren musste warten, sie wollte raus, zwischen Gärten, Wiesen und Feldern laufen, tief durchatmen und ruhig werden. Entschlossen hatte sie sich eine leichte Jacke geholt und war unterwegs, hinauf zum Wald.

Sommer war es lang gewesen und ernteheiß die Tage, doch fielen morgens feuchte braune Blätter und über kühlen Senken legten Nebel erste dünne Gespinste an, das lang vergessene Raunen des Herbstes einzufangen. Das Licht war warm und klar. Am Zaun blühten Rosen in dunklem Karmin, umschwärmt von violetten Astern und kleinen, weißgelben Schmetterlingen. Durch den mittags noch wässrig hellblauen Himmel wehte abends nun Goldstaub und hoch hinter dem Hügel türkisgrüne Sonnenseide.

Der Weg führte bergan und Marlis war zügig gelaufen und hatte zu keuchen begonnen. Sie war immer leicht ins Keuchen geraten, dachte sie entschuldigend, nein, sie war nie sportlich gewesen und hatte schon gar nie den Ehrgeiz besessen, irgendwen oder irgendetwas bezwingen zu wollen, so wie ihr jeglicher Wettbewerb zuwider war. Sie wollte laufen, wenn sie dazu Lust hatte, alleine und so schnell oder langsam sie es wollte. Sie konnte dabei schweigen, singen, murmeln, schimpfen oder heulen, einerlei, der Wald nahm sie geduldig auf und hörte zu. Außerdem, hatte sie Gregor mal erklärt, war Gehen und Laufen die einzige Art sich fortzubewegen, bei der sich die Welt so erfassen ließe, dass auch die Seele mitkommen konnte. Er hatte ungläubig gelacht, wenn sie behauptet hatte, dass ihre Seele immer erst einen Tag nach ihr aus Afrika oder Indien zurück käme, weil sie mit dem Flugzeug nicht mithalten konnte. Nun würde er dieses Phänomen am eigenen Leib erfahren!

Sie kicherte zufrieden. Gregor hatte absolut freudig geklungen, trotz des eben erlebten Zwischenfalls, der hatte ihn nicht erschüttert, eher fasziniert. Fünf Jahre war Gregor seine geschätzte Kurzstrecke geflogen, nun würde er einige Jahre Langstrecke fliegen müssen, das hatte sie gewusst und er hatte auch nie verschwiegen, dass er von dieser Aussicht wenig begeistert war. Er war immer schon lieber auf der Kurzstrecke unterwegs gewesen, wollte mehrmals am Tag starten, anfliegen, landen, planen, wieder starten, das war für ihn spannendes

Fliegen. Er wollte auf ein modernes, zukunftsorientiertes Flugzeug geschult werden.

Nun sollte es die Boeing 747 sein, das größte und spektakulärste Flugzeug der Airline!

Die Einführung einige Zeit zuvor, war eine Sensation gewesen und man hatte sie überschüttet mit Zahlen, Daten und Schilderungen seiner gewaltigen Größe, die alles bisherige in den Schatten stellte. Die Trägheitsnavigation, das neueste technische Wunderwerk, mit dem das Riesenflugzeug ohne Navigator wesentlich genauer den Atlantik überqueren und punktgenau sein Ziel erreichen konnte, war bahnbrechend und wollte dem verblüfften Kabinenpersonal erst einmal erklärt werden. An den Flügeln hingen Triebwerke, in denen ein Mensch aufrecht stehen konnte und in der Kabine, hatte Marlis vernommen, gebe es eine Wendeltreppe in einen ersten Stock, wo eine Bar und ein runder Salon auf die Passagiere warteten, ja, es wurde vorübergehend sogar über ein geplantes Klavier mit einem Barpianisten gemunkelt, was zum Bedauern aller nie verwirklicht wurde!

Es war ein Flugzeug, das Presse, Publikum und Fliegende in ehrfürchtiges Staunen versetzt hatte und es war der Stolz jeder Airline. Auf dieses unglaubliche Flugzeug sollte Gregor umgeschult werden!

Die ganze Breite des Atlantiks würde zwischen ihnen liegen und neue Papierfluten, Gerüchte, Aufregungen und Geschichten ins Haus spülen. Geschichten aus New York würden es sein, denn die 747 flog fast ausschließlich New York an.

New York, Amerika!

Das waren magische Worte ihrer Kindheit gewesen, wie etwa China, Mars oder Lichtjahre, unvorstellbar und unerreichbar. Und weil ihre Mama dem Wort »Amerika« immer noch einen »reichen Onkel« als Anhängsel mitgab, hatte die kleine Marlis dem Wort »New York« einmal ein Stückchen rosa Satin umgelegt, ein Fetzchen Hoffnung, diese Stadt aller Wunder einmal sehen zu können! Der gute Onkel, der es in Amerika zu etwas gebracht haben sollte, hatte ihr diesen Wunsch aber nie erfüllen können und es waren die Jahre vergangen. Bis sie eines Tages auf ihrem Einsatzplan ungewöhnlich lange Flugnummern bemerkt hatte, die auf Charterflüge außerhalb des Linienbetriebs hinwiesen und die sie sich nicht hatte erklären können.

»Baby Charter« seien das, hatte die noch immer frostige Dame der Einsatzleitstelle über ihre Brille hinwegblickend gemeint und Marlis darüber unterrichtet, dass sie an dem Tag nach Frankfurt und von dort nach New York zu fliegen habe, einen »Baby Charter« eben.

»Oh, ja, einen »Baby Charter«, okay, danke«.

»Baby Charter!« Marlis hatte keine Ahnung gehabt, was damit gemeint sein könnte und nochmals nachzufragen, war sie zu stolz gewesen. Fünf Jahre flog sie nun schon für die Airline und wusste nicht mal, was ein Baby Charter war! Das durfte sie niemandem verraten. Sie hatte darüber gegrübelt und die Spannung war gewachsen. Ein Spezialflug, ein Flugzeug voller Babys! Wer um Himmels Willen würde einen viermotorigen Jet für Babys chartern? Ein Kinderheim, das in den Urlaub fliegt, nein das konnte sich kein Kinderheim leisten, eine dramatische Flüchtlingsabschiebung, nein, das würde zu hohe Wellen schlagen oder vielleicht am ehesten, eine transatlantisch sizilianische Großfamilienzusammenführung? Nach New York? Alles unmöglich! Dennoch, es war immerhin kurz vor Weihnachten, also doch vielleicht möglich?

Sie hatte eine unruhige Nacht verbracht.

Eine endlose Kolonne zwergenhafter Menschlein war im Flug durch die offene hintere Flugzeugtüre hereinspaziert und durch die Vordertüre wieder verschwunden, grell geschminkte Mädchen und Jungen mit riesigen Köpfen waren in spitzenbesetzten Babykleidern auf kurzen Beinchen den ganzen Mittelgang schweigend an ihr vorbei gewackelt und über ihren Köpfen waren zahllose weiße russische Wickelkinder geflogen und ebenfalls durch den Vorderausgang im Nichts verschwunden und sie hatte schreien wollen, jemand solle die Türe schließen aber keinen Ton herausgebracht.

Den Traum hatte sie noch vor Augen, als in Frankfurt die großen Busse vor dem Flugzeug hielten, vorne und hinten unablässig junge Frauen mit kleinen Babys ins Flugzeug strömten und sich dort mit Unmengen von Taschen, Tüchern und allerhand Plastikgefäßen häuslich einrichteten. Es war die amerikanische Armee, die den Frauen der in Deutschland stationierten Soldaten zu Weihnachten den Flug in die Heimat ermöglichte und die Maschine gechartert hatte. Tatsächlich, ein Flugzeug für Babys und ihre Mütter! Nur in der letzten Reihe saßen allein und abseits zwei Männer. Die hatte man ihnen zur Unterstützung mitgegeben, aber die Beiden meinten, sie fühlten sich etwas überfordert und hofften, dass sie niemand beanspruche. Marlis war langsam durch die Reihen gegangen, hatte ihre Hilfe angeboten und dabei versucht, sich ein Bild zu machen.

Auf beinahe jedem Schoß war ein Baby zu finden, das älteste vierzehn Monate, das Jüngste gerade mal fünf Tage alt und ihre Mütter waren meist so jung, dass man sie für Schulmädchen hätte halten können und manche waren bereits wieder schwanger. Ungeschminkte, schmale Gesichter und müde Augen hatten sie abschätzend gemustert, blasse Lippen hatten vorsichtig höflich gelächelt und Zahnspangen entblößt und die Unsicherheit war nur langsam gewichen.

Sie würde diesen Flug anders als üblich organisieren, überlegte Marlis, als ihr gleich fünf Milchflaschen zum Aufwärmen in die Hand gedrückt wurden. Zum Glück hatte sie rechtzeitig bemerkt, dass viel zu wenig Windeln an Bord waren und noch vor dem Start eiligst welche nachbestellt. In der Bordküche hatte sie eine große Kiste mit Kinderschwimmwesten vorgefunden. Die hatte sie verteilen müssen, war mit allerlei Ängsten konfrontiert worden und hatte sich dabei gedacht, dass sie die Situation einer Notwasserung im Atlantik mit über hundert Babys und Müttern und etlichen schwangeren Frauen an Bord lieber nicht zu Ende denken wolle, nein, sie gar nicht auszudenken war, hatte nur gelächelt und gesagt, es brauche sich niemand Sorgen zu machen.

In der DC-8 gab es in der ersten Klasse eine Lounge, eine wohnliche Sitzgruppe mit mehreren Sitzen nebeneinander, die sie mit Kissen und Decken in eine Wickelecke umfunktionierten, wo sich schon bald nach dem Start, eine sich unaufhörlich erneuernde Warteschlange gebildet hatte. Marlis hatte sich vorgenommen, jedes Kind wenigstens einmal selbst zu versorgen und der Mutter für ein Weilchen abzunehmen, um ihr eine kleine Ruhezeit zu ermöglichen, war unablässig mit Babys und Flaschen umher gelaufen und immer dort aufgetaucht, wo es am dringendsten notwendig war, wenn sich die Kleinen partout nicht in den Schlaf wiegen lassen wollten. Bei jedem dieser schaukelnden, wiegenden Umgänge hatte sie kurz einen Blick aus dem Fenster geworfen und feststellen müssen, dass sie noch immer und noch immer über dem Atlantik dahinflogen und wie das Schreien und Weinen der Kinder, auch die weißen Wellen in der Tiefe kein Ende nehmen wollten. Die einzigen, die sich von nichts, auch nicht vom vielstimmigen Geräuschpegel hatten stören lassen und nach dem Essen sofort einschliefen, waren die beiden Helfer gewesen. Die jungen Frauen hatten ihre Kleinen beim Aussteigen fest an sich gedrückt gehalten, höflich im Vorübergehen »thanks for the wonderful flight« gemurmelt und dann beinahe feierlich amerikanischen Boden betreten. Sie bringen der Nation ihre Kinder mit, hatte jemand pathetisch gesagt, wie wonderful!

Endlich New York! Während der Fahrt in die Stadt hatte Marlis ihre schmerzenden Füße massiert, die hässlichen Vorstadtquartiere und den Tierfriedhof betrachtet, an dem sie im Stau langsam vorbei gefahren waren, hatte die sich nähernden Hochhäuser und Türme bestaunt, sprachlos beobachtet, wie sie allmählich wuchsen und sie einschlossen und überwältigt einer ängstlichen Erregung auslieferten, die sie bis anhin nicht gekannt hatte. So, dass sie am Ende des langen Tages, irgendwo im vierunddreißigsten Stockwerk, matt auf einem schaukelnden Bett saß und nur noch denken konnte, dass ihre Fantasie einmal mehr ausufernd naiv gewesen war und ihr nie die Hilflosigkeit bewusst gemacht hatte, die einen inmitten dieses steingewordenen Gigantismus befallen konnte.

Aber ebenso wenig hatte sie die kindische Ausgelassenheit begreifen können, die sie und ihre Kolleginnen am nächsten Tag beim Schlendern über die breiten Gehsteige erfasst und dazu gebracht hatte, im Schatten dieser Häuserschluchten albern herum zu hüpfen, auf dem Pflaster Himmel und Hölle zu spielen und dabei zu kreischen wie Teenager auf einem Dorffest! Entweder hatte es etwas mit ihrem beklemmenden Unbehagen in den Wolkenkratzern und messingblitzenden Liften zu tun, oder aber mit der Erleichterung, trotz schauderhafter Kälte wieder draußen zu sein, ein Stückchen blauen Himmels zu erspähen und zu wissen, dass gleich um die Ecke eine nächste, vielleicht beglückendere Entdeckung warten würde. New York hatte sie rätselhaft und widersprüchlich in Bann gezogen und das war auch so geblieben.

Gregor hatte ihre Einkäufe bewundert, Leintücher und Bettwäsche, aus glänzendem Satin oder mit Blumen bedruckt und Frotteetücher, so dick und weich, wie sie es zuhause noch nirgends gesehen hatte. In einem engen Geschäft unten am Hafen, einem Geheimtip unter den Fliegenden, waren die Sachen zu finden gewesen, in einer riesigen Auswahl, zu Spottpreisen. Wunderschön war sie schon, die amerikanische Bettwäsche, aber viel zu groß und sie passte daher auf keines ihrer Kissen, noch auf die Decken. Gregor fand, sie seien trotzdem prächtig, sie habe prima eingekauft und die Nächte in weichem Satin seien überzeugend aufregend!

Marlis, die sich mittlerweile ins Gras gelegt hatte, zupfte versonnen an den Halmen.

Der Boden fühlte sich feucht und schwer an und kalte Luft begann sie einzuhüllen. Sie rappelte sich hoch und ging langsam zurück in Richtung Dorf.

Gregor wird New York lieben, dachte sie, und ich werde ihn noch mehr vermissen!

Er wird die Läden am Hafen aufsuchen und Fotoapparate, Taschenrechner und Schallplatten begutachten, nachts über den Broadway schlendern, schönen Mädchen nachschauen, mit seinen Kollegen saftige Steaks essen und viel diskutieren und sich, nicht wie sie, von Aufzügen und Abgründen beeindrucken lassen.

Sicher nicht!

András

Noch hatte Gregor aber mit der bevorstehenden Umschulung ganz andere Dinge im Kopf.

Eine Menge fliegerische und technische Neuerungen drängten wieder schnellstens bewältigt zu werden, und er musste aussteigen aus ihrer Zweisamkeit, sich zurückziehen in eine Welt der Fakten und Daten, zu der sie keinen Zutritt hatte, eine Werft verborgen in seinem Kopf, in der das riesige Flugzeug wartete, das er Tag und Nacht umrundete und beleuchtete, in elektrische, pneumatische und mechanische Systeme zerlegte, überall hineinkroch, alles ertastete und erschnupperte, bis er eines Tages zufrieden war und sagte, er sei soweit, es könne losgehen!

Er schien alle ihre Gedanken zu kennen, hatte sie zum Abschied kurz und heftig umarmt und bevor er sie losließ mit festem Blick gesagt: »Die 747 fliegt schon seit sechs Jahren, Liebes, es ist ein wunderbares Flugzeug. Wir werden trainieren wie die Wilden, aber du brauchst dir keine Sorgen zu machen, es wird alles gut gehen, ich weiß es. Ich werde dich bald anrufen und dir Wüstenküsse schicken, dass die Leitungen glühen!«

Das Flugtraining führte ihn nach Tucson, in die Wüste von Arizona. Die Treibstoffpreise waren dort enorm günstig, Gebühren für Start und Landung wurden keine erhoben und die Airline konnte sich den Luxus leisten, eines der Flugzeuge für eine Woche aus dem Verkehr zu ziehen, um ihre Piloten zu trainieren. Rund dreißig Mann umfasste die Gruppe, bestehend aus hochrangigen Fluglehrern und Chefpiloten, die sich zu Gregors großem Erstaunen gegenseitig in allerlei Hierarchiekämpfe und Kompetenzgetümmel verstrickt hatten, den Kapitänen und Copiloten, die das Training bestehen mussten, den Flugingenieuren und den vielfach gefragten Mechanikern, die zwischen den Trainingsstunden das kostbare Flugzeug unter die Lupe nehmen und warten mussten.

Für eine Trainingseinheit war das Flugzeug meist vier bis fünf Stunden in der Luft und jeweils drei Crews, Kapitäne und Copiloten konnten abwechselnd die heikelsten Phasen des Fliegens, die Starts, Anflüge und Landungen bei Tag und Nacht üben. Alle zwei Tage mussten daher über Nacht die sechzehn Reifen des Hauptfahrwerks und die beiden Bugräder gewechselt werden. Im Laufe des Trainings wurden diesem Programm simulierte Triebwerksausfälle hinzugefügt. Die Kapitäne mussten dabei den Ausfall von zwei, die Copiloten von einem Triebwerk während der Startphase sicher bewältigen können. Gregor hatte ihr diese äußerst kritischen Manöver schon öfters geschildert und Marlis wusste, wie wichtig und notwendig dieses Training war, zählte aber trotzdem die Tage bis es zu Ende ging.

Am vierten Tag hatte Gregor angerufen und seine Stimme plätscherte auf kleinen Schönwetterwellen heiter über den Atlantik:

Wahnsinnig heiß hier...

Bin wirklich in der Wüste...

Überall Ohrwaschelkaktusse...

Flugzeug ist phänomenal...

Aerodynamische Sensation...

Schade, dass du nicht da bist...

Esse nur Steak und Salat...

Sehr gesund glaub mir...

Orangen frisch vom Baum...

Ja, bring ich dir mit...

Ich kauf dir einen ganzen Planet voll Orangen...

Welchen? Öh, Jupiter natürlich, den größten und teuersten...

Nein, nicht den treuesten, den teuersten meine ich...

Liebe dich. Freu mich.

Marlis hatte den Hörer noch etwas festgehalten, aber die Leitung war leer geblieben, die Schnur baumelte bedeutungslos herunter und die Worte trockneten schnell. Also hatte sie aufgelegt und war auf dem Bett gesessen, ein bisschen hilflos, hatte auf ihre Füße gestarrt, auf die rechte große Zeh, die vorne etwas schief hing und den leicht verkümmerten Nagel der kleinen Zeh mit dem Rest roten Lacks, diese sommerbraunen Füße, aus denen leider nicht die Flügel wuchsen, die sie gebraucht hätte, sonder nur einzelne blaue Adern, die nichts Gutes verhießen. Kein Wunder, was waren diese Füße durch Flugzeuge gelaufen, hin und her und hatten bestimmt schon die ganze Sahara durchquert, locker einmal die Sahara und zurück, ihr armen Füßchen! Sie streckte die Beine aus und ließ die Füße in der Luft kreisen...

da hörte sie das Flattern und dann das Rauschen und schwungvoll war der Vogel durch das offene Fenster herein geflogen und lautlos neben ihr gelandet. In der Dämmerung des Zimmers glaubte sie schemenhaft seine Umrisse zu erkennen und ließ langsam die Füße fallen, da gluckste er leise und sie flüsterte entzückt:

»Hoi, schöner lieber Hoi, komm her!«

Er spreizte seine Flügel und war mit einem Satz auf ihrem Schoß und sie spürte zum ersten Mal die samtenen Federn ihre Wangen streifen und den Flaum warm auf ihrer Haut. Sie strich ihm vorsichtig über die Flügel und den weichen Rücken und fuhr leise fort:

»Hoi, bist du wieder da, ist das gut!«

Mehr konnte sie nicht sagen und saß nur stumm da mit ihrem wunderbaren Zauber, der sie so unvermittelt überfiel, wie ein längst vergessener Kinderwunsch. Hoi das Fabeltier, von dem sie niemand erzählen würde, weil er scheu war wie alle geheimen Boten und das war er bestimmt, ein Bote, ein Abgesandter von irgendwem, ein Gedanke, ein Wille, unfassbar und namenlos aber sehr stark, geheimnisvoll, wie auch diese perlenden Bläschen, die er auslöste in ihrem Blut, die alles Bedrückende irgendwie mitnahmen und ihr vielleicht am Ende doch Flügel an den Füßen wachsen ließen...

Wieder hatte sie leicht die Füße gehoben, da war Hoi entflogen, ihre Arme waren leer und lagen matt auf den Beinen. Sie drehte sich um und sah zum Fenster in die tiefer sinkende Nacht, nach Westen.

Von dort war Gregor rotbraungebrannt zurückgekehrt. Seine Küsse schmeckten nach Rauch, Kaugummi und Begierde, die Augen waren noch weit weg, gerötet und müde und er lachte mit deutlichen Linien auf Stirn und Wangen. Er fasste sie spielerisch um die Mitte und wollte sie nicht mehr loslassen und sie taumelte vor Glück neben ihm her. Er hatte wirklich Orangen und Fleisch mitgebracht. Sie würzte und briet die mächtigen Steaks, sie aßen, tranken Wein und blickten sich an und das Haus am Waldrand füllte sich warm und köstlich mit den Lauten und Farben seiner Heimkehr. Marlis dachte sich, dass es für eine solche Rückkehr gar keine Worte gebe und dass sie mindestens so schwer wiege wie die Abschiede, ja, dies ohne Abschied gar nicht möglich wäre und wie großartig doch beides zusammengehörte. Sie sagte aber schlicht:

»Ich bin so froh, dass du wieder da bist, ich habe dich furchtbar vermisst!«

»Ja, es ist gut wieder hier zu sein, bei dir bin ich zuhause.«

Gregor schenkte Wein nach und lehnte sich entspannt im Sessel zurück.

»Hmm, die kalifornischen Weine sind auch nicht schlecht.«

Er seufzte wohlig und begann:

»Ach, die 747 ist ein Wahnsinn! Du machst dir keinen Begriff. Du schiebst die vier Gashebel vor, rollst butterweich dahin und ziehst sachte an, ganz locker und ahh, hebt sie ab wie eine Göttin, legt sich herrlich in die Kurven und du merkst, fliegen war noch nie so schön, so unglaublich leicht und schön. Dieses Flugzeug fliegen zu können, das ist ein Traum, nie hätte ich gewagt daran zu denken, niemals!«

Er schaute mit schweren Lidern verträumt zu ihr und sie fragte:

»Hast du jetzt auf dem Rückflug geschlafen?«

»Nja, ein Stündchen oder so, es war viel zu schön um zu schlafen, aber jetzt brauch ich ein wenig Schlaf, bitte weck mich in zwei Stunden, sonst kann ich nachts nicht mehr schlafen.«

Er schlüpfte ins Bett, gähnte herzhaft, blinzelte sie an und fuhr fort:

»Übrigens, hab ich dir schon erzählt, wie empfindlich diese Triebwerke sind und dass ein Schaufelblatt der ersten Stufe, weißt du, von dem großen Schaufelkranz den man von vorne sieht, dass ein solches Blatt ganze dreißigtausend Dollar kostet? Verrückt nicht wahr? Alles ein bisschen verrückt und teuer an diesem Flugzeug, aber große Klasse, wie du mein Schatz, wie du!«

»Ja, ja, das hast du mir schon erzählt, ein aerodynamisches Glanzstück eben!«

Er grinste erschöpft und hüllte sich ein.

Sie war aus dem Zimmer gegangen, hatte sich auf das Sofa gesetzt und eine Zigarette angezündet.

Marlis wurde plötzlich von einem heftigen Stich im Kreuz aus ihren Gedanken gerissen und stand auf. Die metallene Bank, wie sie im Flughafen zu finden war wenn man lange genug danach suchte, diese Bank war hart und ihr Rücken war verspannt und schmerzte, dennoch war sie zu träge, um sich mit ihren Taschen wo anders hin zu begeben. Sie blickte sich um, sah einen Herrn in ihrer Nähe sitzen und ein Buch lesen. Auf der gegenüberliegenden Seite saß ein älteres Paar und blickte schweigend ins Leere und außer ein paar wenigen eiligen Geschäftsleuten gab es nichts Aufregendes zu entdecken. Marlis bückte, streckte und dehnte sich einige Male, der Schmerz verflüchtigte sich allmählich und sie konnte sich wieder setzen. Später, dachte sie, später würde sie einen Gepäckwagen holen und einen Spaziergang unternehmen, jetzt war es hier ganz gemütlich.

Sie überlegte, sich wieder auf der Bank auszustrecken, kam aber davon ab, denn sie würde wahrscheinlich noch tiefer einschlafen als am Vormittag und dabei die Kontrolle über das Gepäck und Gregors Tasche verlieren, außerdem wäre sie mit offenen Mund daliegend kein schöner Anblick und deshalb wollte sie unbedingt wach bleiben. In ihrer Tasche fand sich eine Dose Pfefferminzperlen, kleine scharfe Dinger, die wenn man sie zerbiss, ihre Dämpfe durch sämtliche Kanäle in die Höhlen jagten, bis hinauf zum Schlafzentrum dachte sie zufrieden, genau das Richtige.

Damals, als sie wie jetzt über vieles nachdenken musste, da hatte sie sich noch eine Zigarette gegönnt, aber das war eben damals.

Sie war dort gesessen und hatte in tiefen Zügen geraucht und sich gedacht, merkwürdig ist das, alleine auf dem Sofa im Wohnzimmer zu sitzen, alles ist rundum aufgeräumt und ordentlich in dem spärlichen Novemberlicht und ich sitze da wie in einem Bild von Edward Hopper, dem amerikanischen Maler der Leere und des Wartens. Nachmittags auf einem Sofa eine Zigarette rauchend und wartend! Allerdings nackt war sie nicht, bei Hopper waren die Frauen oft nackt, schutzloser dann, ausgeliefert, oder aber dem leeren Licht ihre Reize entgegensetzend, je nachdem wie man es betrachtete. Vielleicht sollte sie sich ausziehen, hatte sie amüsiert gedacht, vielleicht würde sie nackt auf dem Sofa sitzend und eine Zigarette rauchend, besser wissen, worauf sie wartete und wie sie weiter tun sollte.

Irgendwann in den letzten Monaten hatte sie nämlich bemerkt, dass es tatsächlich eine Leere gab in ihrem Leben und war darauf gekommen dass diese beruflich war, trotz der vielen Menschen die sie unterwegs traf und trotz aller Erlebnisse, die das Fliegen mit sich brachte. Es hatte sie überrascht, denn sie hatte sich als zufrieden und ausgefüllt betrachtet und nun hatte sich da eine Lücke aufgetan, als sei ihr plötzlich Sinn und Inhalt entglitten und ließe sie zurück mit nichts, als einem fremden, unbestimmten Verlangen. Eigentlich, dachte sie grübelnd, verbrachte sie Jahre damit, in Flugzeugen um den halben Erdball zu laufen und hatte dennoch das Gefühl stillzustehen. Das war natürlich gewaltig übertrieben, aber im Kern stimmte es doch und es nutzte nichts, wenn man solche Erkenntnisse verdrängte, auch wenn sie einen undankbar erscheinen ließen und man sich dafür genieren müsste. Sie lachte leise in sich hinein und griff nach einer weiteren Zigarette. Natürlich hatten sich die Dinge verändert, das taten sie immer, es war auch keine Routine, die sich eingeschlichen hatte, es musste etwas anderes sein. Noch liebte sie es, das Flugzeug zu betreten, zu einer Besatzung zu gehören, zu sehen wie sich die Kabine langsam mit Menschen aller Art füllte und abzuheben, sich loszulösen und zu fliegen und auf Berge, Meere, Wüsten und Städte zu blicken war immer wieder aufregend. Aber die Flüge waren ihr lang und länger geworden, die Galleys enger, die Passagiere anspruchsvoller, die Kinder schwieriger und sie selbst war ungeduldiger geworden, ruhelos und ja, unzufriedener. Irgendetwas fehlte.

Aye, aye, Mädchen, das nennt man Sattheit, wenn nicht sogar Überdruss. Nein, Überdruss, das bestimmt nicht, das konnte nicht sein!

Vielleicht war sie einfach nur anspruchsvoller geworden?

Gab es dafür nicht auch andere Anzeichen?

Zum Beispiel?

Zum Beispiel etwa die Tatsache, dass sie Kollegen, die bei Übernachtungen fern von Zuhause hoffnungsvoll an ihre Türe klopften und sich etwas Zuwendung wünschten, dass sie solche Avancen nicht mehr schmeichelhaft, sondern nur noch lästig fand, wie so viele der männlichen Scherze, die jedes abendliche Bier an der Hotelbar begleiteten. Irgendwann war ihr der Humor abhanden gekommen, mit dem sie früher amouröse Anfragen abgewehrt hatte und sie konnte sich nur noch wundern über die vielen nächtlichen Eskapaden mancher Leute. Aber es war ja eine andere Zeit, angeblich eine der sexuellen Revolution und der freien Liebe, was immer das heißen mochte. Sie hielt das für schwachsinnig und sagte zu Gregor, wer so liebe wie sie beide sich liebten, lebe die Freiheit zu sein wie man sei, daran gebe es auch nichts zu revolutionieren und Gregor hatte ihr da umgehend leidenschaftlich und eindrücklich zugestimmt. Nein, das war es nicht, was sie wirklich störte.

Gab es nicht auch andere, weit beunruhigendere Entwicklungen in der Airline? Unter anderem Gerüchte, die Position der fliegenden Krankenschwester aus Kostengründen aufzulösen, als überflüssig zu erklären und zu streichen? Das mochten nur Gerüchte sein, aber nachdem nun auf einmal Büroklammern gespart werden sollten und interne Briefumschläge neuerdings zehn verschiedene Anschriften trugen, war alles möglich. Dann allerdings müsste sie sich wirklich neu orientieren, denn wieder im Krankenhaus zu arbeiten wäre ganz einfach unmöglich! Sie musste ernsthaft nachdenken, dachte sie kritisch, sie durfte sich nicht einfach überrollen lassen und musste selbst entscheiden!

Sie stand energisch auf, öffnete das Fenster und atmete tief durch. Die Kälte drang feucht durch das dünne Shirt und legte sich auf Wangen und Hals wie nasse kühlende Hände.

Morgen würde sie wieder nach Bombay fliegen, acht bis neun Stunden je nach Rückenwind, würde bei weit über dreißig Grad am Pool liegen, Currytoast essen, am Strand entlanggehen wo das Wasser die Füße umspülte, auf dem Markt Mangos und Seide einkaufen und den vielen Raben zusehen, die über dem riesigen Platz kreisten wo die Wäsche gewaschen und die Leichen der Armen verbrannt wurden und das Leben so ergeben selbstverständlich ablief, wie es das tut, wenn niemand die Möglichkeit oder die Kraft hat, etwas anderes zu fordern.

Um Mitternacht würde sie dann wieder am Flughafen sein, der zurzeit eine gewaltige Baustelle war. Sie würde zusehen müssen, wie im Scheinwerferlicht ein endloser Zug von Frauen, darunter viele hoch schwanger, mit einer Blechschüssel Erde aus einem gewaltigen Loch trugen, wie ein Zug Ameisen, unablässig und schweigend, eine hinter der anderen. Sie würde sich einmal mehr fragen, wie so viel Ungerechtigkeit und Ausbeutung ungehindert vor aller Augen möglich war und wie sie es nur verdient hatte gleich abheben zu können, in eine andere Welt zurück zu fliegen, zu Gregor, in seine Arme, zu seiner Liebe.

Gregor schlief noch immer. Sie stand an der Türe und horchte.

Wenn er wach wird, dachte sie ungeduldig, zeige ich ihm das Inserat von dem neuwertigen Flügel, der günstig zu verkaufen ist, ein Klavier suchte er schon lange.

»Wirklich ein wundervoller Klang und ein sehr gepflegter Zustand, ja Gregor, genau das Richtige für dich, du musst ihn unbedingt nehmen!«

Gregor saß verzückt über den Tasten und spielte Chopins Trauermarsch. Gregor liebte Trauermärsche, kannte sie alle und spielte sie immer wieder. Der Verkäufer rieb sich die Hände und übte sich in dezenter Zurückhaltung:

»Madame, sie haben es erkannt, ein außergewöhnliches Instrument in der Tat, ein seltener Fund, wenn ich so sagen darf, stand in einer Villa als reines Dekorationsobjekt, so gut wie unberührt, ein echter Glücksfall!«

Madame sagte nur aha und nein wirklich und lächelte müde. Sie war eben aus Bombay zurück gekehrt, hatte die Nacht hindurch gearbeitet und Gregor hatte sie vom Flugplatz direkt zum Klavierhändler gebracht, denn Liebes, das Klavier ist sensationell und das Angebot einmalig, du musst kommen und dir das anhorchen, bitte!

Marlis hatte ihre schweren Lider vergessen, aber dann in dem sonnendurchfluteten, einer Veranda ähnlichen Raum und Chopins gemessen schreitenden Tönen, die sie an die indischen Frauen in der Baugrube erinnerten, waren ihr doch die Augen zugefallen. Bis zu der Stelle mit

der unverhofften Wende zum Guten, wo sich Moll plötzlich in Dur wandelte und sie sich öfters schon gefragt hatte, ob die Trauernden sich nun lauter liebenswürdige Dinge über den Verstorbenen erzählten oder aus reiner Erleichterung über sein Ableben fröhlich würden, als das Spiel abrupt abbrach und Gregor verkündete:
»Ja! Ich nehme ihn, doch, er ist es! Ein paar Töne in der Mittellage sind etwas hart, aber das kann man sicher noch richten.«
Am nächsten Morgen schon war er im Haus am Waldrand eingezogen, der neue schwarze Flügel, hatte sich mit überlegener Würde breitgemacht im Wohnzimmer und das alte Klavier verdrängt , dessen dröhnende Bässe Marlis seit frühster Kindheit im Ohr hatte und in das Papa, ganz allein für sie, immer wieder sein Taschentuch zu den hüpfenden Hämmerchen in den Kasten gezaubert hatte. Das Klavier wurde vorerst in den Flur geschoben, von dort ins Schlafzimmer und als die Tasten endgültig festhingen ins Brockenhaus gebracht. Durch die Räume schwangen sich die Nocturnes und Preludes nun in perlender Klarheit, und Mondschein und Regentropfenklänge, sowie wilde Rachmaninov'sche Läufe betonten eindrücklich Gregors Anwesenheit. Er spielte mit Leidenschaft, übte verbissen schwierige Passagen und schien, von seinen Flügen nach New York geradezu ausgehungert danach, heimzukehren um dann, halb noch schräg über dem Atlantik hängend und schlaftrunken über die Tasten gleitend, wie eine müde Hummel mit den Tönen langsam in seine Schlafräume einzufliegen.

Jeweils im Laufe des folgenden Tages kam ganz allmählich das Licht zurück in seine Augen, und nach einem langen ersten Kaffee in völligem Schweigen waren endlich auch die neuen Geschichten angekommen. Sie spielten überwiegend im Cockpit – einer spannenden, außergewöhnlichen Bühne – und die Hauptdarsteller kamen meist aus der schrulligen Riege älterer Kapitäne, die dort die letzten Jahre ihrer Karriere verbrachten und mit einigem altväterlichen Flair sich selbst eindrucksvoll in Szene zu setzen wussten.
Gregor starrte dann gedankenverloren auf seinen Teller und wandte sich erst beim zweiten Marmeladebrötchen mit erwachender Aufmerksamkeit zu Marlis über den Tisch und sagte etwa:

»Also manchmal ist das ein Cabaret über dem Nordatlantik, Schatz, das kannst du dir nicht vorstellen!« Er hielt inne, nahm einen weiteren Schluck Kaffee und sah sie vorsichtig an.

»Erzähl, du brauchst mich nicht zu schonen!«

»Weißt du, zwischen der 747 und DC-10 herrscht immer ein Konkurrenzkampf unter den Piloten. Die 747 ist die Königin der Lüfte und schneller als alle anderen, fliegt aber halt nur New York an, während die Kollegen auf der DC-10 auch nach Tokio, Rio, Buenos Aires, San Francisco und natürlich Boston fliegen.«

»Ja weiß ich! Mit wem bist du gestern überhaupt geflogen?«

»Mit Peters. Hör jetzt zu!«

Er holte Luft und freute sich sichtlich ihr zu erzählen:

»Also, der Flug nach Boston geht eine knappe Stunde vor uns raus. Weil wir schneller sind, holen wir die DC-10 über dem Atlantik ein. Peters wollte den Kollegen deutlich demonstrieren, in welch lahmer Krücke sie da saßen! Der andere Captain war Matissen, du kennst ihn doch, oder? Wir fliegen also los, nach ungefähr vier Stunden, hören wir am Funk Matissens Positionsmeldung und stellen fest, wir kommen langsam näher! Peters wird leicht nervös und beginnt wie nebenbei mit dem Wetterradar zu spielen, man kann nämlich bei guten Bedingungen andere Flugzeuge als Punkt auf dem Radarschirm erkennen. Er schielt ständig nach draußen, ruft plötzlich »da ist ja der Bastard« und schiebt die Schubhebel noch weiter vor, denn sie sollten vor Neid erblassen. Wir überholen zügig die DC-10 und setzen ihr noch einen riesigen Kondensstreifen vor die Nase. Stolz greift Peters dann zum Funkgerät und haucht auf der Notfrequenz, die alle mithören, ein ironisches »Salut« in das Mikro. Zurück kommt ein frustriert klingendes «Salut«. Dann folgt Mattissens Rache, denn er fragt provokant: »Sag mal, wohin fliegt Ihr denn« und Peters knurrt erbost zurück: »Nach Honolulu, du Esel« und schmeißt das Mikro zur Seite!

»Ich hab mich natürlich köstlich amüsiert, aber Peters hat lediglich den Schub wieder zurück genommen und kein Wort mehr darüber verloren! Vielleicht war ihm sein lächerlicher Ausbruch dann doch etwas peinlich.«

»Ist ja auch ziemlich kindisch, findest du nicht?«

»Na ja, das ist halt ein beliebtes Spiel unter Fliegern. Wenn alles normal und ruhig verläuft, ist es ganz unterhaltsam etwas Spannung reinzubringen und die 747 ist nun mal schneller, haben wir ja vor zwei Wochen auch erlebt.«

»Wieso, was war da?«

»Hab ich dir doch erzählt!«

»Ja, nachdem ich gerade müde aus Libreville kam, ist ja auch nicht eben vor der Haustür!«

»Weiß ich doch! Also ich flog mit Wiederkehr, genannt WK Charly, ja, der heißt so Karl Wiederkehr«...

»Sehr beruhigend!«

»Okay, New York umzingelt von schweren Gewittern, wir müssen in die Warteschleife, haben aber nicht mehr viel Treibstoff an Bord. Es reicht gerade noch für eine halbe Stunde, um auf besseres Wetter zu warten. Die Gewitter verziehen sich aber nicht, wir müssen nach Boston ausweichen. Dort sind die Gewitter zwar längst vorbei, dafür kommt völlig unerwartet Küstennebel auf, schöner Küstennebel, der immer dichter wird! Wir bekommen die Anflugfreigabe, sehen im letzten Moment die Piste und landen. Mit einem Ohr hören wir am Funk mit, dass unsere DC-10 die wir zuvor elegant überholt haben, durchstarten und nach Montreal ausweichen musste.

»Wow und dann?«

»Nichts mehr Aufregendes, ich musste schließlich auch noch New York anfliegen, zwei Stunden über der maximalen Arbeitszeit, aber wir landeten trotzdem sicher.

» Trotzdem sicher«?«

»Nun, erstens zehrte es an den Nerven wenn dir allmählich der Sprit ausgeht und zweitens war ich nach alledem total erledigt.

»Und was sagte WK Charly dazu?«

»Was sollte er sagen? Wir haben alles zusammen abgestimmt, da ist er schwer in Ordnung. Klar hat er sich darüber gefreut, dass wir die DC-10 überholt hatten! «

»Also ist auch er ein bisschen hämisch?«

»Na ja, sie müssen sich halt ständig übertrumpfen, mich stört es jedenfalls nicht.«

Gregor störte selten etwas an seinen Kollegen. Im Gegenteil, er fand sie interessant, die älteren Kapitäne, liebte es, stundenlang ihren früheren Abenteuern zu lauschen und fand immer etwas Lustiges, Nettes über sie zu sagen, notfalls auch eine Rechtfertigung oder Erklärung für einen Spinner oder ausgeprägten Individualisten, wie sie sich selbst am liebsten nannten.

Am meisten schätzte er wohl deren enorme Erfahrung, die allerdings auch aus einer Zeit stammte, in der Flugkapitäne noch echte Könige sein konnten, und dass diese vorüber war, wussten sie wohl, aber »Grandseigneurs« waren sie dennoch geblieben! Der eine oder andere pflegte einen sehr patriarchalischen, autoritären Führungsstil und hatte schon seine liebe Mühe mit den modernen jungen Copiloten, die so unerschrocken daherkamen, selbstbewusst Entscheidungen treffen konnten, die noch dazu richtig waren und auf Rechte pochen durften, die man ihnen nach neuesten Richtlinien eingestehen musste. Stoff für kleine Scharmützel zur Unterhaltung auf langen Flügen gab es immer genug.

Ihr Liebster, fand Marlis stolz, hatte sich gut eingerichtet auf der 747. Er saß zufrieden heimlich sein Flugzeug tätschelnd, diplomatisch lächelnd, stundenlang auf dem Copilotensitz, hörte zu und seine Gedanken wanderten wie seine Augen unablässig über Anzeigen, Kontrollfelder und blaue Weiten und ließen nichts unbeachtet. Es konnte keinen begehrenswerteren Platz für ihn geben, Marlis konnte das verstehen, denn es gab einfach keinen vergleichbaren, nichts, das diesem atemberaubenden Platz gleich kam! Höchstens vielleicht, dachte sie schmunzelnd, sah er sich zeitweise auch platt auf dem Dach der Luftkönigin liegend, die Arme über die Flügel breitend und mit dem Wind singend über die Meere ziehen, wie Nils Holgerson etwa, den sie in der ersten Schulklasse schon um seine Freiheit beneidet hatte.

Sie saß auf einem Fensterplatz, frühmorgens auf dem Flug von Libreville nach Douala und hatte etwas Zeit.

Sie war noch nicht im Dienst, der würde erst in Douala beginnen. Ihre Aufgabe würde es sein, ein Kind von Douala nach Budapest zu begleiten, mehr wusste sie darüber nicht. Es reichte auch, alles Nähere würde sie vor Ort erfahren. Sie mochte Spezialeinsätze wie die Kinderbegleitungen und machte sie oft genug, auf längeren Strecken wie dieser aber eher selten. Die Maschine flog in einer weiten Kurve durch kleine, tief über den Baumwipfeln hängende Wolkenpakete, das Fahrgestell und die Klappen wurden ächzend ausgefahren und dann sank sie, vibrierend als wäre es die pure Lust, der schmalen Landebahn entgegen und setzte mit einem zufriedenem Rumpeln dort auf, um gleich nochmals laut aufheulend das Finale zu verkünden, bevor sie mit ruhigem, gleichmäßigem Dröhnen den Gebäuden entgegen rollte und die Motoren verstummten. Durch alle Düsen drängte würzige, modrig feuchte Hitze herein, die Morgensonne war schon weit über die Palmdächer gestiegen und verströmte sich mit tropischer Kraft, wie es die Nähe zum Äquator und die afrikanische Ordnung von ihr verlangten.

Marlis trat aus der vorderen Tür. Die Wärme draußen klatschte sich, heißen Tüchern gleich, auf die Haut und brannte in den Haaren. Der Tankwagen fuhr heran, der Fahrer sprang heraus, dockte den schweren Schlauch am Flügel an und grinste zu ihr hinauf:

»Bonjour, madame! Ça va bien, eh?«

Marlis sprang die Treppe hinunter, lachte, rief ihm im Vorbeigehen ein »Oui, merci et vous?« zu und eilte zum Eingang des niedrigen Gebäudes. Drinnen warteten die Passagiere und Marlis bemerkte sofort die Flughafenangestellte, die mit einem kleinen Jungen an der Hand auf sie wartete. Das Gesicht des Kindes war blass und tränenverschmiert, er sagte kein Wort und wandte sich ab, als Marlis sich zu ihm niederbeugte und ihm die Hand geben wollte. Die Frau überreichte Marlis die Papiere des Kindes, die alle in einer Umhängetasche verstaut waren und redete unablässig auf sie ein:

»Er heißt András, er ist fast vier, er sagt nichts, kein Wort, es ist schlimm, weißt du! Ich habe alles versucht, er versteht gar nichts, kein Französisch, nur Ungarisch, es ist schrecklich, seine Eltern sind ums Leben gekommen, ein Verkehrsunfall, letzte Woche, beide Eltern waren tot, er saß hinten auf dem Rücksitz und ihm fehlt gar nichts. Nein, keine Verletzungen, es ist ein Wunder weißt du! Jemand von der Botschaft hat sich um ihn gekümmert, jetzt kommt er zu seiner Tante nach Budapest, ja, schrecklich finde ich das!«

Sie sprach laut und Marlis bemerkte, wie die wartenden Passagiere aufmerksam wurden und neugierig herüber schauten. Sie fühlte sich unangenehm berührt, als wäre das Kind mit ihr verwandt und sagte leise:

»Ja, schrecklich, aber ich muss jetzt zum Flugzeug mit ihm. Au revoir et merci!« Diese Worte kannte András.

Er fing an zu weinen und klammerte sich an die junge Frau, deren Gesicht ihm seit zwei Stunden vertraut war. Marlis hob ihn hoch, er versuchte sich zu wehren, gab aber gleich wieder auf und sie trug ihn schnell an den Passagieren vorbei durch die Halle hinaus ins Freie, hielt ihn fest so gut sie konnte und erklomm mühsam die Flugzeugtreppe. Das Kind ließ die Arme herunter fallen und hing schwer an ihrem Hals, aber sie schaffte es ohne Hilfe und setzte sich, mit ihm auf dem Schoß, in die hinterste Reihe. Er hatte den Kopf in ihrem Arm vergraben, sie strich ihm sanft kreisend über den Rücken, schaukelte leicht vor und zurück und murmelte regelmäßig:

»Scht, scht András, hab keine Angst, scht, scht András, keine Angst, scht...«

Er rührte sich nicht. Sie streichelte seine braunen Locken, sah ein kleines Schweißbächlein seitlich den schmalen Hals hinunterlaufen und fühlte sich so hilflos wie selten. Doch dann löste er sich los, rutschte von ihrem Schoß und hockte sich unter das Fenster auf den Boden. Marlis ließ ihn eine Weile dort sitzen und versuchte erst vor dem Start, ihn auf den Sitz zu heben, aber er ließ sich augenblicklich wieder auf den Boden gleiten und saß bewegungslos ohne sie anzublicken, wie ein verwundetes kleines Tier. Marlis ließ ihn gewähren, sprach ab und zu leise französisch zu ihm, sagte immer wieder seinen Namen und versuchte dabei, seinen Blick aufzufangen. Sie holte Spielsachen aus ihrer Tasche und legte sie auf den Sitz, aber er beachtete sie nicht. Zwei lange Stunden blieb er am Boden sitzen, dann erhob er sich unvermittelt, sah sie an und sagte: »Pipi!«

Sie ging mit ihm zur Toilette und stellte erleichtert fest, dass er selbst zurecht kam und sogar die Hände wusch. Sie wollte ihm gar nichts aufzwingen, seine Lage war schlimm genug. Wieder setzte er sich auf den Boden beim Fenster, doch dann, nach einer Weile stand er auf, kletterte auf ihren Schoß und verließ diesen Platz bis zur Landung nicht mehr. Irgendwann war er eingeschlafen und Marlis hatte ihn für eine halbe Stunde auf die Sitze legen und etwas aufatmen können. Sie wusste, nach der Landung musste sie sich beeilen, die Zeit umzusteigen war knapp bemessen und sie würde András wahrscheinlich tragen müssen. Sie hatte den Kapitän gebeten, einen »Direct Transfer« zu organisieren.

Das Aussteigen war mühsam, ein kalter Wind blies, Andras hatte sich wie erwartet an ihr festgehalten und Marlis war dankbar, dass ein Bus gewartet und sie direkt zum Flugzeug nach Budapest gebracht hatte. Immerhin, András hatte sich von ihr für Start und Landung anschnallen lassen, wollte sich dazwischen aber wieder auf ihren Schoß setzen. Er schloss die Augen, legte den Kopf an ihre Brust und seine Hand umschloss fest den kleinen Stoffhund, den er als einziges Spielzeug von ihr angenommen hatte.

In Budapest hatte die Tante gewartet und war bei seinem Anblick in Tränen ausgebrochen und mit ihr die ganze laute Verwandtschaft um sie herum und alle hatten »András, András« geschrien und sich auf ihn gestürzt und András hatte seine Tante zuerst erkannt, wollte aber dann Marlis um keinen Preis loslassen und begann furchtbar zu schreien und alle die Verwandten schrien hemmungslos durcheinander, als wäre plötzlich ein Damm gebrochen und hätte Ströme von Wut und Tränen freigelassen, bis einer der Männer András, der sich mit all seiner verzweifelten Kraft festhielt, packte und ihn von Marlis so heftig wegzerrte, dass das Kind einen großen Fetzen Stoff von ihrer Bluse in der Hand hielt.

Dieser Anblick, wie Marlis mit zerrissener Bluse und bloßer Schulter dastand, hatte die Leute erschrocken, sie hatten sich überschwänglich in gebrochenem Englisch entschuldigt und bedankt und der Mann war mit dem Kind und der Tante verschwunden.Später war Marlis im Hotelzimmer auf dem Bett gelegen und hatte sich Wein bringen lassen. Sie war ausgelaugt und erschöpft und wollte niemanden mehr sehen. Was für ein Tag, was für ein trauriges Kind! Was mochte nun auf ihn warten?

Das Kind András!

Noch spürte sie seine dünnen Arme um ihren Hals, sein Gewicht auf ihren Knien, sah die Locken, die sich über der flachen Stirn drehten, die dunkel schwimmenden Augen und das zarte Kinn unter dem Mund, der nur einmal ein klein wenig gelächelt hatte. Es hatte genügt, ihr bis ins Tiefinnerste zu dringen, so, dass sie beim Gedanken daran die Hand auf die Brust legen musste, als gälte es dort etwas festzuhalten, etwas das in Bewegung geraten war, ein unbekannter Schmerz, ein Schmerz, der ziehend und stechend war und doch süß, ähnlich wie jener der Sehnsucht.

Gregor, natürlich.

Wie immer vermisste sie ihn, morgen schon würden sie wieder zusammen sein und er würde ihr zuhören, aber vielleicht nichts fühlen von diesem Schmerz, der sie erfasst hatte, der war wie, ja, wie die Sehnsucht, aber, erschrick nicht Herz, nach einem Kind, nach einem eigenen Kind!

Lange Nacht

Mit der aufgehenden Sonne war sie am nächsten Morgen im Hotelzimmer wach geworden und hatte daran gedacht, wie sich ihr Leben verändern würde. Sie wollte nun ein eigenes Kind. Das war wohl die Antwort auf jenes unbestimmte Verlangen, das sie seit langem quälte. Natürlich war ihr dieser Gedanke nicht neu, sie hatte auch mit Gregor öfter darüber gesprochen, aber sie hatten den Entschluss variantenreich und mit lauter scharfsinnig selbstüberzeugenden Argumenten immer auf später verschoben.

Die berührende Begegnung mit András hatte nun genügt, sie alle wegzuwischen, so leicht wie Papierschnipsel eines Scherenschnitts, nachdem er sich zu einem unerwartet prächtigen Gebilde entfaltet hat. Dennoch war da auch Wehmut spürbar. Alles würde sich verändern, ihr ganzes Leben, ja, alles schien sich, wenn sie genauer hinschaute, schon geändert zu haben, die rosa Steppdecke auf dem Bett, der goldumrandete Spiegel, das ganze fremde Hotelzimmer trug auf einmal schon den Stempel des Abschieds, des Unwiederbringlichen!

Auf dem Rückflug von Budapest blickte sie auf eine weich gewellte schneeweiße Wolkendecke und coelinblaue Weite, die sich so hell darüber zog, dass sie geblendet die Augen schließen musste. Wie sie diese Himmelsbilder liebte! Wie sollte sie sich je davon trennen können? Daran hatte sie nicht denken dürfen, noch nicht. Sie fühlte sich schlecht ausgeruht, verletzlich und sehr chaotisch. Wie sollte sie es Gregor sagen und wie würde er reagieren?

Sie hatte die Augen geschlossen, war über dieser Frage eingenickt und erst bei der Landung wieder erwacht.

Gregor war drei Stunden nach ihr aus New York eingetroffen. Marlis hatte ihn abgeholt und im Auto auf ihn gewartet. Sie war auf dem Fahrersitz geblieben, hatte am offenen Fenster geraucht und sich nach ein paar Zügen ärgerlich gedacht, dass sie auch hätte darauf verzichten können. Damit musste bald Schluss sein, nicht gleich, aber bald. Ihr Mund schmeckte fahl und sie suchte verstört nach ihren Pfefferminzbonbons.

Er hatte sie geküsst und von der Seite gemustert.

»Schatz, geht es dir gut? Wie war deine Kinderbegleitung«, hatte er gefragt, »wo warst du schon wieder, Lagos oder Abidjan und dann?«

»Von Douala nach Budapest«, antwortete sie kurz, »und schwierig war es, aber das erzähl ich dir später.«

»Ja, musst du«, antwortete er und gähnte, »ich sage dir, mühsam war es diesmal auch bei mir, ich meine in New York. Mieses Wetter, bockiger Anflug, irrer Wind, Böen mit 77 Knoten Spitze!«

»Wieviel ist das?«

»So zirka 120 Stundenkilometer...«

»Ist das nicht zu viel um landen zu können?«

»Es gibt keine Limite bei Gegenwind, außer er ist so stark, dass du nicht mehr vorwärts kommst, aber mir hat es gereicht.«

Er fuchtelte mit dem Arm herum und fuhr fort:

»Ich wollte aussteigen, hab kurz meinen Kopf aus der Tür gestreckt und schon lag mein Hut in der Hudson Bay!«

Darauf war Marlis in lautes Gelächter ausgebrochen:

»Oh, mein armer Schatz«, kicherte sie, »der Hut ist weg! Oh, oh!«

»Du bist so fröhlich«, meinte er erstaunt, »ich dachte, du seist ziemlich fertig!«

Sie merkte, dass sie daneben lag mit ihren Witzchen und nicht den richtigen Ton fand. Gregor war eindeutig noch nicht angekommen und sah müde aus, also murmelte sie ein »entschuldige Schatz«, gab ihm einen Kuss auf die Wange und fiel in tiefes Schweigen. Ich bin wirklich durch den Wind und benehme mich jetzt schon schwanger, dachte sie ärgerlich.

Gregor hatte sich hingelegt wie immer und Marlis wartete erst ungeduldig, dass er wieder wach würde und brannte darauf ihm von ihren Plänen zu erzählen. Dann jedoch, als die frühe Dämmerung das Haus grauviolett verdüsterte, befielen sie wieder ärgste Zweifel, ob alles was sie Gregor sagen wollte, auch das Richtige war und sie lauschte nervös, ob er noch schliefe. Sie lief im Wohnzimmer auf und ab, beobachtete das schwindende Licht auf dem Teppich und nahm sich selbst in ein letztes strenges Verhör:

Wollte sie wirklich ein Kind oder gaukelte sie sich das vor? Schon.

Also was jetzt? Sie wollte, vermutlich, schon.

Konnte man je sicher sein, etwas wirklich zu wollen, ohne es ausprobieren zu können? Nein.

Was gab es da auszuprobieren, wusste sie nicht haargenau, worauf sie sich einließ? Richtig.

War es nicht Zeit eine Entscheidung zu treffen? Allerdings.

Sollte sie nicht noch etwas zuwarten? Nein.

Gab es nicht doch etwas, das sie lieber getan hätte? Nein!

Wieso fühlte sie sich denn so elend? Weiß nicht.

Und die Fliegerei? Acht Jahre sind genug, sonst werde ich süchtig.

Und Gregor? Sagt nichts, aber wünscht es sich vermutlich auch.

Sollte sie ihn nicht einfach überraschen? Nein, lieber nicht!

Was sollte sie ihm sagen? Keine Ahnung.

Er war sehr entspannt.

Gregor hatte zwei Stunden geschlafen, ausgiebig heiß und kalt geduscht, einen Teller Spaghetti Bolognese gegessen und dazu einen erstklassigen Barolo getrunken. Er hatte ihr von den unglaublich phantastischen Nordlichtern erzählt, die er auf dem Rückflug gesehen hatte, und dass der Kapitän mit dem er unterwegs gewesen war, ihm abends beim Bier lang und breit berichtet hatte, dass er sich von seiner Frau getrennt habe und sich nun ein Boot baue, ein Segelboot, mit dem er nach der Pensionierung auf große Fahrt wolle. Alleine, stell dir das vor! Schon verrückt, meinst du nicht?

»Total verrückt der Kerl! Wahrscheinlich hat sich eher seine Frau von ihm getrennt, da könnte ich sie gut verstehen«, sagte Marlis düster.

Er hatte sie angesehen, die Weinflasche und die Gläser genommen, sich wohlig stöhnend auf das Sofa gelegt und gesagt:

»Komm, leg dich zu mir. Erzähle.«

Marlis nahm einen kräftigen Schluck Barolo und erzählte, von András, dem Kind das man im Auto bei seinen toten Eltern gefunden hatte, von dessen lauten Verwandten und dem Drama in Budapest.

»Du kannst dir nicht vorstellen wie hilflos ich mich fühlte«, sagte sie am Ende. »Das liebe, arme Kind! Ich konnte dieser Tante gar nicht sagen, wie geschockt er war. Es war unmöglich mit den Verwandten zu reden, so hysterisch waren alle, dabei wäre es wichtig mit einem traumatisierten Kind ruhig umzugehen, sehr wichtig! Aber er ist der Einzige der ihnen von dieser Familie noch geblieben ist. Ich kann sie schon verstehen, ich musste mich auch beherrschen nicht zu heulen, als ich ihn so auf dem Schoß hielt!«

»Hast du wirklich nicht geweint?«

»Nein, sicher nicht! Aber weißt du, manchmal fällt es mir sehr schwer, die Kinder nach einem langen Flug wieder abzugeben.«

Hier hatte sie tief Luft geholt.

»Gregor, ich möchte auch ein Kind haben, ich denke die Zeit dafür ist gekommen, was meinst du?«

Er sah durch sie hindurch.

»Aber wieso willst du jetzt deswegen ein Kind haben?«

»Ich will nicht deswegen ein Kind haben, ich will halt so ein Kind haben!«

»Was heißt so ein Kind? Ein Kind hat man nicht einfach so!«

Sie löste sich mit einer heftigen Bewegung aus seinem Arm und der Wein schwappte über ihre Hände auf das Ledersofa.

»Das weiß ich auch! Ich meine, ich möchte überhaupt ein Kind haben«, sagte sie und wischte aufgebracht den Wein weg, »wir haben immer gesagt, wir wollen einmal Kinder haben und ich bin jetzt schon einunddreißig und will nicht um den Globus fliegen, bis ich alt und klapprig bin und keine Kinder mehr bekommen kann und du dir dann deswegen eine neue Frau suchen musst, mühsam, auf der ganzen Welt...«

»Das wäre zwar anstrengend aber machbar«, sagte er grinsend, stellte sein Glas hin und gab ihr einen kleinen Stoß, so dass sie rückwärts in die Kissen fiel.

»Gregor, ich meine es ernst!«

»Sch, sch! Ich weiß.«

Er fasste sie sanft an den Handgelenken und legte ihr die Arme über den Kopf. Er küsste sie weich auf den Hals und sagte leise:

»Du hast ja recht, es wäre schön. Ein Kind zu haben meine ich, aber, nicht einfach so und auch nicht überhaupt und wenn schon, dann so...«

Sein Mund glitt ihrem Hals entlang nach unten und bedeckte den Weg mit Küssen und sie flüsterte entrückt:

»Ja, wenn, dann aus Liebe.«

»Du willst also das Fliegen aufgeben?«, fragte er später und blickte besorgt.

»Ja, ich denke schon, ich muss es wohl, nächstes Jahr wird meine Stelle sowieso gestrichen, hab ich gehört. Ich glaube, ich bin lange genug geflogen, acht Jahre sind eine Zeit und ich merke schon seit längerem, dass etwas anderes kommen muss. Jetzt bin ich mir sicher.«

»Dann ist es gut«, sagte er schlicht, »ich meine ich freue mich darüber, es ist vor allem deine Entscheidung, aber ich werde bei dir sein, soviel ich kann.«

»Ja, dann ist es gut«, wiederholte sie seine Worte, »Gregor, dann ist alles wunderbar gut.«

Sie hatte seinen Duft geatmet, der nur noch leicht nach Ferne roch, doch tief nach sattem Essen, Rauch und Wein und warmem Haar und nun, da alles längst gesagt gedacht, verdunstet war, das Feuer zu Glut verdichtet und sie nur noch weich so lagen, war sie tief gewiss und sicher, dem Plan der großen alten Ordnung gefolgt zu sein.

Marlis wurde unruhig.

Sie sprang energisch von ihrer Bank hoch und sah sich nach einem Gepäckwagen um. Sie hielt das Sitzen nicht länger aus, sie musste sich bewegen, etwas Abstand bekommen. Auf der Bank saß einige Plätze weiter eine Frau in ihrem Alter und Marlis steuerte entschlossen auf sie zu.

»Entschuldigung, darf ich sie bitten, einen Moment auf meine Taschen aufzupassen?«, fragte sie freundlich, »ich möchte dort drüben einen Gepäckwagen holen.«

»Selbstverständlich pass ich auf«, antwortete die Frau beflissen, »gehen sie ruhig«.

Marlis ging quer durch die Halle und merkte, wie steif ihre Beine sich bewegten. Sie warf kurz einen Blick zurück und sah, dass die Frau aufgestanden und sich zu ihrem Gepäck gesetzt hatte. Sie bewacht es wirklich sehr demonstrativ, dachte sie belustigt. Mit einem Ruck befreite sie einen Wagen aus der Zeile und schob ihn vor sich her. Es war etwas schwierig, der Wagen hatte einen Linksdrall, weil ein Rad zwischendurch blockierte, aber sie ging weiter und wollte die Frau nicht warten lassen.

»Der Wagen ist kaputt«, stellte diese trocken fest als Marlis bei ihr ankam, »warum nehmen sie nicht einen anderen, mit dem Wagen kommen sie nicht weit. Soll ich ihnen einen anderen holen? Ich habe Zeit, ich warte auf meine Tochter, sie kommt erst in einer Stunde, aus London, sie wohnt dort, schon seit sechs Jahren, aber ich warte lieber hier, unten in der Ankunftshalle ist es kalt und zieht.«

Sie machte eine Pause und Marlis sagte schnell:

»Nein nein, nicht nötig, danke, vielen Dank, ich muss gehen, vielen Dank fürs Aufpassen! Auf Wiedersehen!«

Marlis hatte im Sprechen ihre Sachen aufgeladen und sich in Bewegung gesetzt. Sie schob den störrischen Wagen so gut es ging und sah sich nicht um. Die Frau war wie ein Wasserfall, dafür hatte sie jetzt keine Nerven, also galt es, möglichst schnell und zielsicher aus ihrer Reichweite zu gelangen. Am besten, sie ging in das andere Abfluggebäude. Sie lief noch einige Schritte und sah erleichtert neben einem Schalter einen leeren Wagen stehen, den sie gleich ausprobierte. Er war in Ordnung und sie lud die Taschen um. Nun ging alles leichter und sie schlenderte vergnügt weiter. Sie kannte sich aus. In dem langen Verbindungsgang befand sich unter anderem die Tür zum »Family Room«, einem großen Raum für Kinder und Eltern die längere Wartezeiten überbrücken mussten. Es gab Spielzeug und Betten dort und eine Betreuerin rund um die Uhr.

Sie ging weiter bis zur Ecke der riesigen Halle, dort war die Bar mit den einladend breiten Ledersesseln wie in einem Wohnzimmer. Außerdem, freute sie sich, roch es verlockend nach geröstetem Kaffee. Sie parkierte den Wagen an der Wand und ließ sich vergnügt in einen der Sessel fallen. Das war doch was anderes als die harte Bank, hier würde sie es ein Weilchen aushalten. Viel war allerdings auch hier nicht los zwischen den unzähligen Reihen von Check-In Schaltern, die kaum besetzt waren. Ein schmallippiger Kellner brachte ihr einen Kaffee. Marlis nahm einen kleinen Schluck und schnalzte mit der Zunge. Sie liebte Kaffee und der hier war es wert, den längeren Weg dorthin zurückgelegt zu haben.

Der besagte »Family Room« kam ihr wieder in den Sinn. Sie hatte ihn auf einem ihrer letzten Flüge benutzt und war froh darum gewesen. Im frühen Sommer, ein paar Monate nach ihrem Flug mit András, war sie aus Bombay gekommen. Sie schloss einen Moment die Augen und ließ die Bilder in ihr aufsteigen.

Bombay!
Weiches, helles Grün.
Ein resedagrünes Meer und wiegende, schaukelnde Blüten wie Frauenhände spielen strömend mit Landzungen und Sandbänken an dunstigen Horizonten. An den Ufern locken flimmernd braune Körper, zuckende Augenpaare und blaue Schimmer in schwarzem Haar. Bärtige Alte wiegen die Köpfe und Ratten tanzen durch die irrlichternde Nacht, in der die Himmel duften von Jasmin und Sandelholz und die lächelt, als hätte sich alle Sanftmut in ihrem Dunkel verdichtet und daraus Zöpfe geflochten sie zu umgarnen, wie Schlangen so trügerisch.

Sie saß noch am Ufer nach einem fiebrig heißen Tag, der nur langsam der Nacht weichen wollte. Die rote Sonnenscheibe war lautlos im Meer versunken, ihr Feuer glühte nach und hinterließ einen verblassenden Reigen von dunklem Karmin und Violett. Es war ruhig geworden am Strand. Die Frauen und Kinder, die Früchte und Blumen anboten, die Bettler, die Gaukler, ihre Affen und Schlangen, sie hatten sich alle zurückgezogen und die streunenden Hunde waren verjagt worden.

Nur das Meer war noch da und sandte unablässig kleine Wellen von weit aus der Ewigkeit über den feinen Sand, bis hin zu ihren Füßen. In den Palmblättern fächelte knisternd der Abendwind und kühlte ihre gerötete Haut und die brennenden Augen. Die Tränen waren getrocknet und sie war ruhig geworden. Sie saß einfach da und nahm alles um sich herum wahr wie nie zuvor, als dringe ihr Bewusstsein durch alle Materie, Farben und Formen und als sinke das Universum in jeden Tropfen ihres Seins. Sie ließ es geschehen und dem Willen entgleiten und nahm die Stunde als Liebesgeschenk des Kosmos, der sie weise und unerklärlich umgab.

Dann war sie aufgestanden, hatte ihr Tuch fester geknotet und war dem Strand entlang gegangen. Sie war erfüllt von ihrem Erlebnis und fühlte sich befreit und leicht. Sie legte die Hand auf die kleine Wölbung unten an ihrem Bauch und murmelte:

»Du und ich und dein Papa Gregor, wir gehören dazu, zu dem Ganzen meine ich, weißt du. Du brauchst keine Angst zu haben, wir gehören alle dazu!«

Sie blickte sich um, sah, dass der Hotelgarten schon weiter weg war und die Dunkelheit über dem Meer zunahm und ging zügig zurück.

Sie hatte Abschied genommen vom Meer, vom Sand, vom afrikanischen und indischen Himmel, von allen Himmeln. Seit Urzeiten waren sie dort und würden dort bleiben. Sie war mit allen unauslöschlich eins geworden, sie waren in ihr, wo immer sie sein würde, sie würde sie tausendfach wiedersehen.

Sie bemühte sich, schneller zu laufen. Die anderen in der Besatzung sorgten sich, wenn sie nicht zum Abendessen erschiene. Diesen Flug hatte sie als einen ihrer letzten, ganz unerwartet noch bekommen und sich darüber besonders gefreut. Trotz aller guten Vorsätze aber, waren am Strand die Tränen über sie gekommen, wie eine kleine Sintflut und obschon sie sich sagte, dass diese sinnlos und unwürdig waren, mussten sie geweint werden, aber das war eben so. Dann war es vorüber.

Zurück im Zimmer nahm sie eine schnelle Dusche, schlüpfte in ihr Kleid das über den Hüften schon ziemlich spannte, steckte die Haare hoch und einen kleinen Zweig Jasmin dazu und trug Lippenstift auf.

Die Augen waren noch immer gerötet und man würde sie bestimmt darauf hinweisen, aber dafür konnte sie die starke Sonneneinstrahlung verantwortlich machen.

Sie war nicht hungrig, wollte aber dennoch beim Essen dabei sein, einem ihrer letzten Abendessen mit einer Crew. Sie hatte niemand aus der Besatzung gekannt, war nie zuvor mit jemandem von ihnen geflogen und doch, waren sie alle eine Familie, dachte sie, wie schon oft in den vergangenen Jahren. Wie in einer richtigen Familie, gab es die Lauten und Leisen, die Wohlmeinenden, die Krisengeschüttelten, die Gleichgültigen und die Wichtigtuer, die ganze Palette spannender Menschlichkeit und das Aufregendste daran war, dass diese Familie jede Woche eine andere war und sich stets neu zu einer Familie finden konnte.

Sie würde sie sehr vermissen.

Ihren Platz hatten sie mit Blumen umkränzt, eine Runde Wein bestellt und ihren Abschied begossen. Sie war der Mittelpunkt der Tafelrunde und dankte immer wieder für die guten Wünsche und lachte etwas zu laut, nippte ein wenig am Wein und dachte daran, dass Gregor gute zwölftausend Kilometer, viel zu weit weg von ihr, irgendwo in Manhattan weilte und sie beide morgen Abend im Haus am Waldrand auf dem Sofa sitzen würden, als wäre das selbstverständlich, was es mit Sicherheit nicht war!

Um Mitternacht ging sie an Bord der DC-10 die von Singapur kam und in Bombay zwischengelandet war.

Gleich zwei Waisenkinder sollte sie von Bombay nach Amsterdam bringen, so hatte ihr Auftrag gelautet. Im Flugzeug aber erwarteten sie vier kleine Babys aus einem indischen Waisenhaus, die in Europa neue Eltern bekommen sollten. Das indische Bodenpersonal hatte sie an Bord gebracht, die geflochtenen Tragkörbe in der Bordküche auf den Boden hingestellt und war gegangen.

Vier kleine Mädchen blickten Marlis aus schwarzen Augen teilnahmslos an oder wimmerten leise. Marlis spürte, wie sich bei diesem Anblick ihr Inneres zusammen krampfte und ihr die Kehle zuschnürte. Sie trugen alle ein dünnes Hemdchen, hatten ein schmutziges Tuch um die Lenden gewickelt und rochen vernachlässigt und unangenehm. Doch jedes hatte ein armseliges, aber sorgfältig zusammengelegtes Bündel wärmerer Kleider zu Füßen liegen. Laut der Begleitpapiere waren sie fünf bis acht Monate alt, aber derart unterernährt, dass sie an Gewicht und Größe höchstens dem eines Kindes von zwei bis drei Monaten entsprachen, schwächlich und kraftlos und in ihrer gesamten Entwicklung zurückgeblieben.

Außer den wenigen warmen Kleidern die wahrscheinlich von Spenden stammten, hatten sie nichts dabei, keine Nahrung, keine Flaschen, nichts. Vermutlich stand den Betreuern im Waisenhaus auch nichts zur Verfügung, was sie den Kindern hätten mitgeben können. Marlis hatte schon gehört, dass in der Millionenstadt Bombay jeden Tag ausgesetzte Neugeborene gefunden wurden, hatte das aber nie recht glauben wollen und es war ohnehin nicht der Moment für solche Überlegungen.

Ihr war klar, dass in Kürze die Passagiere aus Bombay einsteigen würden und die Zeit knapp wurde. Sie musste etwas zu unternehmen. Die Passagiere aus Singapur schliefen teilweise schon und auf der vordersten Sitzreihe, die für sie reserviert war, hatte sich ein junger Mann ausgestreckt, der nur widerwillig aufstehen und seinen Platz weiter hinten einnehmen wollte.

Sie stellte die Körbe auf die Sitze, legte eine Decke darüber, damit nicht jeder hineinsehen konnte, suchte den Maître de Cabine und erklärte ihm die Lage. Er war entsetzt und ließ sofort den Cateringchef kommen. Dieser bedauerte, erklärte sich für nicht zuständig und wackelte mit dem Kopf. Marlis wurde kämpferisch. So ginge das nicht, erklärte sie ihm bestimmt, sie habe mit den vier Kindern zehn Stunden Flugzeit vor sich, es sei keine Babymilch an Bord und die vorhandene Ausrüstung bestehe lediglich aus zwei Trinkflaschen und vier Windeln, was alles sofort mindestens um das Vierfache zu ergänzen sei, wo und wie er das alles auftreiben wolle, müsse er selbst wissen, aber ohne diese Dinge ginge das Flugzeug nicht in die Luft! Das war ein kühne Behauptung, aber er war sichtlich bestürzt und versicherte ihr, er werde tun was er könne.

Marlis musste warten.

Sie hatte die Zeit genützt und in der einen Toilette mit dem Wickel-
tisch, warmes Wasser in das kleine Handwaschbecken einlaufen lassen
und sich mit Tüchern, Kamillenteebeuteln und Wundsalbe aus der
Bordapotheke eingedeckt, um alle vier Kinder zu baden. Das Kind
das am erbärmlichsten weinte, nahm sie als erstes mit und bat eine
der Hostessen, zwischendurch nach den anderen zu sehen. Sie zog
ihm das Hemdchen aus und ihre Befürchtungen wurden bestätigt.
Das Mädchen hatte Rötungen unter den dünnen Ärmchen und Pus-
teln an Bauch, Rücken und Beinen und offene Hautstellen am Gesäß.
Marlis drückte den Teebeutel im Wasser aus, tauchte das Kind langsam ein und ließ mit einem Papierbecher das warme Wasser über
den kleinen Körper laufen. Es war ganz still geworden und hatte sie
mit ernsten Augen unentwegt angesehen. Sie wusch ihm zärtlich das
verklebte Haar und sang dazu leise ein Wiegenlied, um das Kind und
sich selbst zu trösten. Dann trocknete sie es mit den Handtüchern
ab, salbte die wunden und offenen Hautpartien ein und wickelte es
in die eine Windel, die sie zur Verfügung hatte. Die mitgegebenen
Kleider waren zwar verfilzt und verwaschen, aber sie waren sauber
und passten auch halbwegs.
»So, jetzt siehst du fein aus Prinzessin, es wird alles gut werden, wirst
schon sehen, jetzt fliegst du in einem großen Flugzeug über Berge und
Städte und husch sind wir da, bei deiner neuen Mama!«
Sie nahm es auf den Arm und betrat die Kabine. Inzwischen waren die
Passagiere zugestiegen und Marlis musste sich gedulden, bis sie durch
den Mittelgang wieder nach vorne gelangen konnte. Das Kind hatte
die Augen geschlossen und war eingeschlafen. Die drei übrigen Kinder
hatten im Chor geschrien, als sie zurückkam und Marlis war erneut in
die hintere Küche gelaufen, um Tee zu bereiten und in zwei Flaschen
zu füllen. Dann sah sie erschrocken, dass durch die Vordertür schon
die Passagierliste gebracht wurde und stürmte wieder nach vor, den
Mittelgang entlang bis ins Cockpit.
Der Captain war bereits informiert und grinste sie gutmütig an:
»Langsam, Marlis, ganz ruhig, du darfst dich nicht aufregen, das tut
dir nicht gut! Wir fliegen nicht, bevor du alles hast was du brauchst
für diese armen Würmchen. Hab sie mir vorhin angesehen, ist traurig,

aber jetzt kommen sie in bessere Verhältnisse. Na, schauen wir mal ob deine Bestellung läuft.«

Er griff zum Mikrofon, verlangte über Funk das Catering und sagte, dass die Bestellung der Babymilch dringend sei, da sonst Verspätung drohe. Pünktlichkeit war nun mal äußerst wichtig und niemand wollte riskieren, eine Verspätung rapportieren zu müssen. Keine zwei Minuten später war ein Angestellter gerannt gekommen und hatte zwei Dosen Milchpulver, Flaschen, Großpackungen von Windeln, Extra Decken und Stoffpüppchen gebracht und Marlis hatte erleichtert aufatmen können.

»Ist es das was du verlangt hast?« hatte der Captain wissen wollen. Erst als Marlis alles gezählt und bestätigt hatte, konnten die Türen geschlossen werden.

Sie hatte einen letzten Blick auf die gewaltige Baustelle am Flughafen geworfen, war zu den Babys zurückgekehrt und hatte den Tee auf vier Flaschen verteilt. Dann hatte sie die Kinder auf die Sitze gelegt, sie links und rechts von ihr angeschnallt und die Flaschen auf stützenden Kissen so positioniert, dass die Kleinen während der Startphase wenigstens daran nuckeln konnten. Auf diese Weise hatte sie alle bei sich und im Auge und konnte mit beiden Händen eingreifen, wenn es nötig werden sollte. Sie war froh dass die Kleinen tranken und ruhig waren. Die Passagiere ringsum hatten sie beobachtet, manche wohlwollend, manche gereizt und abweisend. Die Kinder waren deutlich eine Zumutung für manche Reisende, soviel war klar, aber die Maschine war voll besetzt und es gab keine Möglichkeit Plätze zu tauschen.

Pech gehabt, dachte Marlis amüsiert, das wird eine Prüfung in Sachen Toleranz und Menschenfreundlichkeit, da müsst ihr wohl oder übel durch!

Das Flugzeug hob ab und stieg langsam in den dunklen Nachthimmel. Marlis konnte sich ein paar Minuten sammeln, die Kinder waren ruhig. Sie wartete bis das Anschnallzeichen erloschen war, dann lief sie ins Galley und bereitete die Flaschenmilch vor, so dass sie jederzeit welche zur Verfügung hatte. Mit etwas Glück, dachte sie, könnte es gelingen, ein Kind nach dem andern zu baden und zu füttern, während die anderen schliefen. Als sie zum Platz zurück kam, war wirklich eines erwacht und sie konnte es zum Baden mitnehmen und sich damit Zeit lassen. Es war in relativ guten Zustand und das kräftigste von allen. Es lächelte Marlis mehrmals an und schien das Bad zu genießen.

Vorsorglich hatte sie zwei Flaschen warme Milch mit nach vorne genommen und sich dazu gratuliert, weil prompt ein anderes erwacht war und mit heiserer Stimme weinte. Ein Passagier in der nächsten Reihe hatte bereits forsch gefragt, ob nicht weiter hinten ein Platz frei wäre!

Himmel, das würde eine Nacht werden, dachte Marlis, sie musste sich etwas einfallen lassen.

Erstmal fütterte sie beide Kinder zugleich und nahm abwechselnd das eine und andere auf den Arm um es zu beruhigen und in den Schlaf zu wiegen. Dann war sie entschlossen aufgestanden und hatte sich demonstrativ umgesehen. Die Passagiere der nächsten vier Reihen waren fast alle in Bombay zugestiegen, hatten ein Abendessen serviert bekommen und blickten kauend interessiert zu ihr hoch.

Sie wandte sich erst an den Mann der reklamiert hatte, dann auch an die übrigen Passagiere und sagte in Englisch:

»Es tut mir leid, wenn es auf diesem Flug vielleicht etwas unruhig sein wird. Ich habe vier kleine Waisenkinder zu betreuen und nach Europa zu bringen und ich werde mein Bestes tun, dass sie nicht stören, aber wenn es so sein sollte, bitte ich sie um ihr Verständnis. Vielen Dank!«

Das war eine gute Strategie. Die Leute nickten zustimmend und lächelten freundlich. Eine Frau in der dritten Reihe rief »oh my God« und versuchte zwischen den Sitzen hindurch zu spähen, um etwas von den Ereignissen zu erhaschen. Der vormals forsche Mann brummte nur »Yeah, Yeah, Okay« und schaute verlegen aus dem Fenster in die Dunkelheit.

Dann war das dritte Kind zum Baden an der Reihe. Marlis hatte beim Ausziehen schon bemerkt, dass es matt und leicht fiebrig war und als sie ein ausgezehrtes Körperchen mit einem aufgeblähten Bauch vorfand, war sie nicht überrascht. Sie beschränkte sich auf ein kürzeres Bad, legte ihm beim Eincremen ihre warmen Hände auf den Bauch und ließ sie sanft darüber kreisen. Es war ganz still dagelegen und hatte sie angesehen und Marlis hatte wieder gesungen und dabei gedacht, dass sie alle diese Augen nie vergessen wollte, ja, dass sie niemand vergessen durfte und hatte sie deshalb an den dunkelkarminroten Himmel von Bombay gehängt, ein Augenpaar neben das andere, dort waren sie gut aufgehoben.

Dann streckte sie den Rücken und zog dem Kind die Kleider an. Sie musste stark bleiben, dachte sie nüchtern, diese Nacht würde lang werden. Sie schneuzte sich und strich die Haare zurecht. In Europa kämen die Kinder zur Abklärung zuerst in ein Krankenhaus, da war sie sich ziemlich sicher und es war auch gut so, denn es gab einiges abzuklären. Sie würde auf alle Fälle nachfragen und notfalls darauf dringen, das hatte sie sich vorgenommen.

In der Kabine war es dunkel geworden.

Das Kind hatte gierig getrunken und war eingeschlafen. Das vierte Kind war das kleinste und schwächste von allen. Es konnte den Kopf nicht halten, ließ Arme und Beine hängen wie eine nasse Stoffpuppe und reagierte kaum auf das warme Badewasser. Marlis beeilte sich, rieb das Kind mit den Tüchern kräftig ab, cremte die trockene, faltige Haut ein und begann es anzuziehen. Sie war zunehmend beunruhigt. Das Kind schien unter der hellbraunen Hautfarbe von Minute zu Minute durchsichtiger und blasser zu werden und atmete kaum wahrnehmbar. Sie nahm es auf den Arm und zog einen kleinen Papierbecher aus der Halterung neben dem Waschbecken. Im Galley saß Hostess Irene und las eine Zeitschrift. Marlis sah erleichtert, dass die meisten Passagiere schliefen. Sie bat Irene eine Sauerstoffflasche zu nehmen und mit ihr zu kommen und ging zurück an ihren Platz. Sie legte das Kind hin, holte sich eine Nagelfeile aus ihrer Handtasche, bohrte damit ein Loch in den Boden des Papierbechers und führte den Schlauch der Sauerstoffflasche hindurch. Dann nahm sie das Baby wieder in den Arm, hielt den Becher nahe ans Gesicht und ließ den Sauerstoff fließen.

Irene stand daneben und flüsterte: »GottohGott, was hat es denn? Oh, ich kann gar nicht hinsehen!«

»Es ist etwas schwach«, sagte Marlis, »ich gebe ihm Sauerstoff. Geh nur, ich läute, wenn ich dich brauche. Machst du bitte schon eine Milch warm?«

Marlis merkte, dass sie nervös war und ihre Hände zitterten. Es durfte nichts passieren, nicht auf diesem letzten Flug, bitte nicht!

»Komm, Schätzchen, atme schön, du musst atmen, komm, du bist wichtig, es wartet jemand auf dich«…

Sie strich dem Mädchen über den Kopf, klopfte ihm auf den Rücken, zupfte es etwas am Ohr, kitzelte seine Fußsohlen, tat alles um es anzuregen. Nach einer guten Weile konnte sie aufatmen, die kranke Blässe war verschwunden, das Kind schien sich zu erholen. Es wirkte zwar noch immer leicht apathisch, aber es atmete deutlicher und kräftiger als zuvor und das Herz schlug regelmäßig.

Marlis behielt es im Arm und drückte es an sich.

»Kind«, flüsterte sie erleichtert, »mein Gott bin ich froh, was machst du bloß? Hast du mir jetzt Angst gemacht, schreckliche Angst!«

Was immer dieses Kreislaufproblem verursacht hatte, es war vorbei, zumindest für den Moment.

Die Passagiere hinter ihr schliefen. Ein Mann in der zweiten Reihe schnarchte laut. Die Luft war kühl und Marlis legte eine Decke über sich und das Kind. Der Sauerstoff rauschte leise, das Kind atmete gut. Sie konnte sich etwas entspannen. Marlis seufzte tief auf und sah aus dem Fenster.

Sie flogen durch eine Nacht von atemberaubender Schönheit.

Oben, unendlich über ihnen, zogen schimmernde Kaskaden von Sternenwelten bis hin zum schwarzblauen Horizont und sammelten sich unten in der uferlosen Finsternis blinkend und funkelnd in den Lichtern einer großen Stadt. Wunderbar, dachte sie bewegt, wunderbar und chaotisch zugleich.

Eine klare ruhige Nacht, alles schien gut und gleichmäßig zu fließen und dann konnte urplötzlich ein Strudel auftauchen und die Balance weg sein, die Ordnung aufgelöst, die Sterne verschwunden! Immer und überall und in allem war Chaos. Nirgends hatte sie dies so deutlich erlebt wie im Flugzeug, wo Natur, Mensch und Technik, alle Elemente mit ihrem ureigenen Chaos, für ein paar Stunden zusammen trafen und zu einem runden, kontrolliert ablaufenden Ganzen gefügt werden mussten. Und das konnte so trügerisch sein, so ungewiss!

Eigentlich gab es ja überhaupt keine Gewissheit, vielleicht auch keine feste Materie und wahrscheinlich schon gar keine der Wunder die sie überall zu sehen glaubte. Nur Zustände, vorübergehende, sich ständig verändernde Zustände, voll von verborgenem Chaos. Aber dahinter oder darüber, egal, einfach dort wo nichts mehr weiterging, schien doch wieder die Gewissheit oder zumindest die Ahnung einer Ordnung zu sein! Unfassbar, wer sollte das verstehen?

Ich jedenfalls nicht und du Kleines, wahrscheinlich auch nicht, obschon wer weiß, vielleicht wirst gerade du viel mehr davon verstehen, aber erst musst du mal richtig lebendig werden!

Erregt strich sie dem Kind über den Kopf.

»Ja, schön atmen! Du bist auch so ein Zustand, ein ganz armer, unterernährter noch dazu, weil du in einen besonders chaotischen Zustand hineingeboren wurdest!«

Sie fuhr sanft mit dem Zeigefinger wieder und wieder über die schmale Stirn, die sich bei dieser Berührung auf einmal in kleine Falten legte.

»Oh, das weckt dich auf, ja, hallo, jetzt schaust du aber viel besser in die Welt, oh, du hast Hunger, das glaub ich dir, gleich, gleich gibt's was!«, wisperte Marlis glücklich.

Die Augen öffneten sich blinzelnd und der blasse Mund schmatzte und verzog sich zum Weinen. Marlis zog den beleuchteten Klingelknopf im Paneel über ihrem Kopf und Irene brachte ihr die Flasche mit der warmen Nahrung.

»Ich danke dir, sagte Marlis leise flüsternd, schau, jetzt geht es ihr wieder gut.«

»Ja«, antwortete Irene, »das sieht man, sie ist nicht mehr so blaugrau im Gesicht, nicht wahr. Sie trinkt wie wild! Du wirst sicher eine gute Mutter werden, denk ich.«

Marlis lachte leise.

»Danke«, antwortete sie etwas verlegen.

In den vergangenen Stunden hatte sie kaum mehr an ihr eigenes Kind gedacht und das war, wie sie erstaunt feststellte, schon bezeichnend. Sie sagte nur:

166

»Ich hoffe, es bleibt so stabil. Den Sauerstoff lassen wir lieber hier in der Nähe. So Kleines, das reicht vorläufig. Irene, ich denke, ich gebe ihr lieber etwas weniger pro Mahlzeit, dafür öfter, so alle zwei Stunden, um sie nicht zu sehr zu belasten.«

»Okay, läute wann immer du mich brauchst.« Irene war eine echte Hilfe.

Drei der Kinder waren fast gleichzeitig erwacht und ihr schrilles Schreien hatte die Passagiere der zweiten und dritten Reihe geweckt und Marlis hatte daraufhin unablässig gewickelt und gesalbt, Milch angerührt, Tee gekocht, gefüttert, geschaukelt, getröstet und dazwischen Passagiere beruhigt und erklärende Gespräche geführt und als die erste Dämmerung die Wolkenfelder rosa streifte und das Licht zaghaft zurückkehrte, wurde das Frühstück abgeräumt, die Babys lagen ruhig in den Körben und schliefen oder spielten mit ihren Fingern und den Stoffpuppen.

Lange neun Stunden waren vorüber, das Flugzeug hatte allmählich an Höhe verloren und war in tiefere, launische Wolkenschichten geraten. Unangenehme, ständig wechselnde Winde schoben und zerrten an Flügeln und Leitwerk und die Piloten waren gefordert, nochmals Geschick und Können aufzubieten, das Flugzeug mit einer sicheren Landung auf die Piste zu bringen.

Zwei Stunden dauerte der Zwischenhalt und Marlis hatte sich entschieden, diese Zeit im Familienraum zu verbringen, dort war alles was sie benötigte in Fülle vorhanden. Auch auf die Unterstützung einer Betreuerin könnte sie zählen und ein bisschen Luft holen, bevor sie nach Amsterdam weiter fliegen musste. Sie war müde und hatte im Anflug mit einer Welle von Übelkeit gekämpft.

In einem Spezialbus war sie mit den vier Babies zum Flughafen gebracht worden. In Begleitung von zwei Assistenten, die ihr die Körbe mit den Kindern trugen, hatte sie eben den »Family Room« betreten, als sich vor ihren Augen plötzlich Türen und Wände zu drehen begannen, ihre Beine stolperten, sie gegen einen Tisch taumelte und zu Boden rutschte. Für wenige Sekunden glaubte sie in einen mächtigen Wirbel geraten zu sein, der sie hinunterzog und zu verschlingen drohte und sie riss entsetzt die Augen auf. Zu ihrem Schrecken drehte sich alles um sie herum weiter durch diesen Sog, Tische, Stühle, Menschen...

Sie saß auf dem Boden und es hatte einige Sekunden gedauert, bis die Wände wieder stillgestanden und ihren Platz eingenommen hatten, dann hatte Marlis sich hochgerappelt und sich nichts anmerken lassen wollen.

»Oh, Entschuldigung, ich bin irgendwie über den Stuhl gestolpert, bin wohl etwas müde. Es geht schon wieder, danke für ihre Hilfe«, sagte sie zur Betreuerin, die herbeigelaufen war, um ihr die große Tasche abzunehmen, »vielleicht kann ich mich hier eine halbe Stunde ausruhen?«

»Aber ja, ich kümmere mich schon um die Kleinen, machen sie mal eine Pause!«

Dankbar war sie dort gelegen und sich gedacht, dass sie viel lieber nach Hause ins Bett flüchten, als nach Amsterdam fliegen möchte, wo Gregor doch am Mittag aus New York heimkehrte und zu ihr unter die Decke schlüpfen würde, genauso erledigt und nach Rauch und Flugzeug riechend wie sie. Allerdings müsste sie ihm aber auch sagen, dass sie diesen Geruch nun äußerst übel finde, so übel, dass ihr davon richtig schlecht würde, obschon sie ihn über alles liebte, dass ihr elend sei und schwindlig, dass sie froh sei, bald nicht mehr fliegen zu müssen, wenn sie ganz ehrlich sein könnte. Zumindest in den nächsten Tagen!

All das würde jedenfalls erst viel später stattfinden können, da sie nun einen Bericht über die Reise und den Gesundheitszustand ihrer Schützlinge schreiben sollte, anschließend wieder ins Flugzeug steigen und die Mädchen zu ihren zukünftigen Eltern bringen musste. Bis zu diesem Zeitpunk hatte sie absolut hellwach zu sein, basta! Was würden diese Leute empfinden, wenn sie ihre Kinder erstmals zu Gesicht bekämen?

Sie war vor ihnen gestanden mit den Tragekörben, denen sie mit soviel Vertrauen und Freude entgegen gefiebert hatten und beim Anblick der Kleinen hatten die Frauen geweint, geschrien und gelacht gleichzeitig und den Männern hatte es die Stimme verschlagen! Jahrelang hatten sie auf ein Adoptivkind gewartet und nichts als ein Foto besessen, von dem Menschlein, das nun ihr Kind werden würde. Marlis hatte erleichtert vernommen, dass die Kinder wie erwartet anschließend in ein Krankenhaus gebracht wurden. Sie hatte sich Ausweise und Bestätigungen vorlegen lassen, kurz die Reise geschildert und darauf verwiesen, dass alles Nähere in ihrem Bericht stehe. Dann nahm sie Abschied, von den vier Waisenkindern, die mit ihr durch eine lange Nacht geflogen waren.

Sternstunden

Der Rückflug von Amsterdam war kurz gewesen.

Sie war in den Flugzeugsitz gesunken, als hätte sie zentnerschwere Steine umgehängt und sei nicht mehr fähig, auch nur einen müden Schritt zu tun. So war es also, wenn man an seinen Grenzen angelangt war und wusste, dass es gerade kein Weiterkommen gab.

Sie schloss die Augen und hatte das Gefühl, wochenlang unterwegs gewesen zu sein, als hätte sie die Erde zu Fuß umrundet, hätte tausend Wüsten und Meere durchquert und dem Schnaufen und Schnarchen der ganzen Menschheit gelauscht, als sei sie durchtränkt vom Geruch ihrer Füße und dem Atem, der offenen Mündern entströmte...

...... ihr Kopf vollgestopft von dröhnenden fordernden Stimmen und dem Schreien hungriger brauner Kinder die sich an sie klammerten und sie an den Haaren zerrten und ihr tastende Finger in die Augen und in den Mund steckten wie kleine Affen so dass sie sich ekelte und zu laufen begann schwer wie ein Büffel zwischen fahrenden Autos die hupten und stanken von schwarzen Auspuffwolken durch die sie blauen Himmel und das grüne Meer erblicken konnte das grüne Meer und den hellen Sand und den großen Vogel der dort auf und ab spazierte und dabei den schillernden Fächer an seiner Kehle flattern ließ und mit den Flügeln schlug als versuche er abzuheben und sie ihn rufen wollte aber keine Stimme fand und wie sie das grüne Meer und den hellen Sand erreichte der Vogel verschwunden war und sie seinen Namen vergessen hatte und nur niederfiel in den nassen Sand und im Dunst den Himmel suchte der sich über ihr spannte und kleine grüne Wellen flüsterten bis sie über die Grenzen des Traums in die Tiefe geglitten...

......»und bitten sie, sich wieder anzuschnallen und die Rücklehne ihres Sitzes senkrecht zu stellen. Danke!«

Marlis war aufgeschreckt und hatte festgestellt, dass sie wohl eine Stunde geschlafen hatte und war dankbar, dass sie sich bereits im Sinkflug befanden und die Müdigkeit in ihr etwas nachgelassen hatte. Sie seufzte tief und blickte aus dem Fenster.

Unten zogen dunkle Wälder entlang den Hügeln in den frühen Sommer, satte Weiden und zitronengelbe Felder, einsame Höfe, Weiler und Dörfer lagen verbunden in einem losen Gespinst von fadendünnen Wegen und grüne, leuchtend lichtübergossene Inseln dehnten sich zwischen den Wolkenschatten.

Klar, schön und einfach war ihr das Land erschienen, in das sie nach der langen Reise zurückkehrte. Der stürmische Wind vom frühen Morgen hatte sich gelegt und die Luft war so ruhig wie sie selbst. Eine tiefe Zufriedenheit hatte sich warm bei ihr eingefunden.

Sie hatte erfüllt, was von ihr erwartet worden war und kehrte heim. Die vergangene Nacht hatte alles, was sie die letzten Jahre erlebt und getan hatte, zu einem runden Ganzen verdichtet, einer in allen Farben schillernden schwebenden Kugel, eine Art unzerstörbare Seifenblase, die sie jetzt loslassen wollte und zusehen, wie sie sich löste und abhob, langsam aufstieg in der warmen Luft, neckisch tanzte, als wolle sie ihr zuwinken und dann davon schwebte. Das war schon gut so.

Acht Jahre hatte sie im Flugzeug gearbeitet und ihr Bestes gegeben, vielleicht sogar ihr Herzblut, dachte sie lächelnd, aber das war nichts außergewöhnliches, das hatten sie fast alle getan, im Cockpit und in der Kabine, es war eben die hohe Zeit der Fliegerei gewesen.

Man hatte es als Ehre betrachtet, dabei gewesen zu sein. Sie waren geschätzt und gelobt worden, weil sie gut waren und noch besser werden wollten, weil sie dachten, dass sie alle die Airline verkörperten und schließlich, weil sie das Fliegen als wunderbares Ereignis betrachteten, das jeder genießen sollte der sich ihnen anvertraute. Alles hatte seine Zeit, nun ging sie zu Ende und eine neue zog herauf, für die Fliegerei und für sie selbst.

Ganz allmählich verlor das Flugzeug an Höhe und das Fahrgestell wurde ausgefahren. Einen weiten Bogen würden sie noch fliegen, über die Autobahn und das silberne Band des Flusses und dann eindrehen und auf dem Leitstrahl, wie auf einer unsichtbaren Rutsche hinab gleiten bis zur Piste, dort einige Sekunden noch schweben und aufsetzen, dann kurz wie zum Abschied die Triebwerke donnern lassen und schließlich gemächlich dem Flughafengebäude entgegen rollen. Gregor würde dort sein!

Auf einmal konnte sie es kaum erwarten, ihn zu sehen und sehnte sich so sehr nach ihm dass es schmerzte. Sie wird nach Hause kommen und dort bleiben. Sie werden Zeit haben für einander, zumindest die Zeit, die er zu Hause verbringen konnte wird von nun an ihnen gehören, zwei, drei Tage hintereinander manchmal, es war unvorstellbar. Stundenlang werden wir reden können, dachte sie aufgeregt, er wird ihr erzählen von New York, vom Central Park, vom Hafen und vom Laden wo es die Bettwäsche zu kaufen gibt und ich werde wissen wovon er spricht, sechstausend Kilometer werden wir in Sekunden zurücklegen und irgendwo hängen bleiben, vielleicht bei Joe, dem irischen Ladenbesitzer mit der mächtigen Warze auf dem Kinn, der »lovely little ladybird« zu ihr gesagt hatte, als sie damals die Leintücher aussuchte, was sie gefreut hatte obschon er ja alle weiblichen Wesen, die sein Geschäft betraten, so oder mit der zweifelhafteren Variante »sweet chickbit« beehrt hatte. Gregor wird jede Woche neue Geschichten erzählen und sie wird ihn ausfragen und jedes Detail wissen wollen, wenn sie beim Frühstück einfach sitzen bleiben und reden konnten, viel reden!

Natürlich auch von Kindern, von vier indischen Waisen, von Andras und den vielen anderen. Und endlich auch von ihrem Kind, dem unbekannten Wesen das in ihr heranwuchs, beinahe unbemerkt und ohne dass sie das Geringste davon spürte. Noch war es weit weg und hatte keinen Namen, noch gab es lediglich die Angabe des Arztes und ein schwarz-weißes Bild, auf dem außer Flecken nichts zu erkennen war, aber das Kind sei da, hatte er ihr versichert. Sie hatte mit Gregor noch wenig darüber gesprochen, beide empfanden sie eine gewisse Scheu davor, die sich nicht begründen ließ, aber doch vorhanden war. Vielleicht, weil sie beide nicht wussten, wie es sein würde, wenn sie nicht mehr einzig nur für sich da sein könnten?

Ob Gregor sich wirklich freute?

Das Flugzeug war an seinem Standplatz angekommen, die Passagiere konnten aussteigen. Marlis war langsam aufgestanden, gefasst auf eine weitere üble Schwindelattacke, aber es war nicht geschehen.

Es geht mir gut, siehst du, es geht uns prächtig mein Kindchen! Jetzt gehen wir zu Papa Gregor!

Marlis, noch immer in der Abflughalle, musste sich nach mehr als zwanzig Jahren noch wundern, wenn sie daran dachte wie konsterniert er geschaut hatte, als sie ihn mal mit Papa Gregor angesprochen hatte! Sie hatte es gleich bereut. Er hatte sofort an seinen Vater gedacht, zu dem er ein sehr fernes zwiespältiges Verhältnis hatte, aus dem Marlis nie recht klug geworden war. Es war einer jener seltenen Momente gewesen, in dem sie ihn nicht erreichen konnte, etwas, mit dem er selbst klar kommen musste.

Ach Gregor, du fehlst mir, dachte sie plötzlich ungehalten, dieses Warten ist schon mühsam!

Sie saß tief in dem Ledersessel versunken und blickte auf die Uhr. Gleich wurde es drei und der Nachmittag lag noch vor ihr wie ein endlos leerer Korridor.

Überhaupt schien gerade alles wieder so leer! Diese vielen rotgestrichenen Check- in Schalter, aufgereiht wie marschbereite Soldaten und Absperrungen als gälte es Heerscharen abzuhalten, alles in Rot, der Farbe der Energie, dachte sie spöttisch, Energie, die verpufft ins Leere! Na ja, das war jetzt ungerecht, eigentlich war es weinrot, also eher ein entspannendes Rot, ein freudiges Rot, man könnte es sogar als festliches Rot bezeichnen, also sollte jede Flugreise ein Fest sein, ja das passte schon eher. Und wo waren die Festbesucher? Nirgends! Alle weggeflogen oder weggeblieben. Keine Menschenseele stand an diesen Schaltern sie zu unterhalten, alles leer, selbst ihre Kaffeetasse war leer und sie hatte schon wieder Durst und musste noch stundenlang warten, also bestellte sie sich ein Bier. Ein Bier um drei Uhr Nachmittags! Das war ungewöhnlich, gewiss, aber ungewöhnliche Situationen verlangten ungewöhnliche Maßnahmen. Köstlich, wie es mit dem dicken Schaumkragen über dem kalten Gold schwimmend daher kam.

Marlis wischte sich den Schaum von den Lippen, sank zurück in das weiche Leder und seufzte.

Gregor.

Staunend und mit vorsichtiger Zurückhaltung hatte er beobachtet, wie bei Marlis der kleine Hügelbauch allmählich anschwoll und sich zu einem runden Berg entwickelte, unter dem sich ein Kind, sein Kind, verbergen sollte. Etwas beunruhigend und merkwürdig, wenn nicht gar besorgniserregend war das schon und obwohl er nicht recht wusste, worin diese Besorgnis konkret bestand, war sie doch vorhanden, da sich die Entwicklung der Ereignisse und die Risiken nicht so einschätzen und kontrollieren ließen, wie er das gewohnt war und man den Lauf der Dinge obendrein einem Mitglied der Ärztezunft überlassen musste, deren Urteil er noch nie blind hatte vertrauen können!

Er hatte sich bemüht, seine ihm eigene Gelassenheit zu behalten und mit der Zeit erleichtert feststellen können, dass Marlis gesund und zufrieden schien, alleine bestens zurecht kam und sich problemlos in ihr neu geerdetes Leben fügen konnte. Zu seinem Erstaunen hatte sie eine fast hektische Betriebsamkeit entwickelt, die er so an ihr noch nicht gekannt hatte. Von einer geheimen Energie getrieben, war sie damit beschäftigt, unzählige winzige Kleidungsstücke zu stricken, raffinierte Kochrezepte auszuprobieren, Aufgaben und Schreibübungen für einen Fernkurs in Journalistik zu erledigen und was ihm am wenigsten behagte, sich einmal wöchentlich ins abendliche Verkehrsgewühl zu stürzen, um am anderen Ende der Stadt einen Malkurs zu besuchen.

Sie schien jedenfalls die Fliegerei nicht dramatisch zu vermissen, obschon er bemerkt hatte, dass sie bei seiner Rückkehr jeden Flug, vom Start bis zur Landung detailliert berichtet haben wollte. Sie hatte immer schon ein lebhaftes Interesse an fliegerischen und technischen Zusammenhängen gezeigt, obwohl sie weder mathematisch denken konnte, noch in streng geordneten Strukturen hätte arbeiten wollen, wie sie im Cockpit sein mussten. Dennoch, sie hatte sich ein Verständnis angeeignet, das es angenehm leicht machte, ihr auch fliegerische Vorkommnisse und Abläufe zu schildern und dabei zu wissen, dass sie ungefähr nachvollziehen konnte wovon er sprach. Wie weit sie das aus echtem Wissensdurst oder aus Liebe zu ihm tat, vermochte er nicht so genau zu beurteilen. Es gab immer genügend zu erzählen. An kleineren Zwischenfällen hatte es auf der 747 nie gemangelt, aber auch nicht an gröberen technischen Problemen, wie sich eines in ebendiesem Sommer abgespielt hatte.

Höllisch heiß, erinnerte sich Gregor, war es an dem Tag in New York gewesen und die Stimmung im Cockpit hatte sich von Anfang an in Grenzen gehalten.

Kapitän Harry Knecht, der in seinen jungen Jahren nach der Landung mit einer DC-3 über die regennasse Piste hinaus in den Schlamm geraten war und deshalb den Spitznamen »Dirty Harry« trug, musste einen Check absolvieren und der Mann, der den Check abnahm, war Stollner, bekannt als einer der kritischsten und unangenehmsten Prüfer der Airline.

Gleich nach dem Start am Kennedy Airport kommt wie gewohnt der Befehl des Kapitäns »gear up« und Gregor schiebt den Fahrgestellhebel nach oben.

»Hydraulikausfall, Fahrgestell lässt sich nicht einfahren!« ruft Ernesto, der Flugingenieur.

Überrascht und fragend blickt Gregor zu Harry dem Kommandanten hinüber, doch Harry meint gelassen:

»Zunächst einmal weiter fliegen.«

»Nein, umdrehen!« fährt Stollner dazwischen, als läge diese Entscheidung bei ihm.

Harry schüttelt schweigend den Kopf und fliegt ungerührt weiter.

Der Tower weist freundlich darauf hin, das Fahrgestell sei immer noch ausgefahren, Gregor wartet auf eine Entscheidung, da brüllt ihn Stollner an: »Zurück, hab ich gesagt!«

Harry zuckt mit den Schultern, Gregor greift nach dem Mikrofon, verlangt die Freigabe umzukehren und bekommt sie sofort zugewiesen.

Ernesto greift stöhnend nach der Checkliste, die er nun in kürzester Zeit durchgehen soll.

»Dieser arrogante Sturkopf«, denkt Gregor ungehalten, »jetzt muss alles ziemlich rasch gehen! Wir können weder die Situation im Cockpit, noch den Anflug in Ruhe besprechen und die Kabine ist auch nicht ordentlich vorbereitet, als Kapitän hätte ich mir das von Stollner nicht aufzwingen lassen.«

Gute zwei Stunden dauerte die Reparatur, die Passagiere mussten sich gedulden. Kapitän Harry Knecht und Stollner zogen sich zu einer Unterredung zurück, danach breitete sich im Cockpit während des ganzen Rückflugs eisiges Schweigen aus. Harry beschränkte sich darauf, mit Gregor lediglich die notwendigen Abläufe zu besprechen, während Stollner sich unentwegt Notizen machte, der Flight Ingenieur in seine Bücher starrte und auch kein unnötiges Wort mehr sprechen wollte. Die Stimmung war auf dem Tiefpunkt angelangt. Jedem war klar, dass Stollner eine übereilte Entscheidung getroffen hatte, eine Entscheidung, die überdies einzig dem Kommandanten, also Harry zugestanden wäre und es nur noch darum ging das Gesicht zu wahren und den Flug mit Anstand zu beenden.

»Zum Glück«, sagte Gregor beim Abendessen nachdenklich, »zum Glück ist Harry überlegen und beherrscht geblieben. Aber ehrlich, manchmal sind diese Herrgottskapitäne schon extrem unangenehm, ein solches Verhalten ist indiskutabel und hat im Cockpit eines Passagierflugzeugs nichts verloren!«

»Das klingt wie beim Militär«, meinte Marlis schaudernd. »Meinst du, es hat irgendwelche Konsequenzen für diesen Stollner oder kann er sich aufführen wie er will?«

»Hmm, ich fürchte schon, gegen Leute wie Stollner traut sich niemand was zu sagen, außerdem wird er sowieso bald pensioniert.«

Marlis hatte wie immer weiter geforscht:

»Was wäre gewesen, wenn Harry anders entschieden hätte? Ich meine, was wäre geschehen?«

»Nichts vermutlich, eingreifen hätte Stollner nicht können. Wahrscheinlich hätte er abgewartet, was dabei heraus kommt. Natürlich mussten wir umkehren, aber es bestand keinerlei Zwang zu einer solchen Hektik. Der Mann liebt es einfach ein Ekel zu sein, am besten man ignoriert ihn.«

»Wieso sagst du zum zum Glück, gefährlich war das Ganze ja nicht oder doch?« fragte Marlis und war langsam aufgestanden um den Tisch abzuräumen. Gregor fasste nach ihrem Arm und lehnte den Kopf an ihren Bauch.

»Nein Liebes, aber man darf im Cockpit keine Hektik aufkommen lassen, weil dadurch die Übersicht verloren geht und Fehler gemacht werden, dann kann es schnell brenzlig werden.«

»Bei dir wird es nie brenzlig«, antwortete sie beschwörend und kraulte seinen Nacken, »es hat einfach nie brenzlig zu werden! Niemals! Außer bei uns zweien, da darf es schon funken!«

Er lachte und sie beugte sich hinunter, küsste ihn, knabberte an seinem Ohr und flüsterte kichernd:

»Was sagst zu den Funken, ganz schön wärmend, nicht?«

Sie war guter Dinge gewesen. Obschon der Hügel den sie vor sich her schob immer beschwerlicher wurde, war sie übervoll von strömender Kraft, die sich über den Sommer hin in ihr aufgebaut hatte.

Natürlich, einige Wochen waren schon vergangen, in denen sie in heißen Nächten am Fenster stand, um die Kühle des Waldes zu atmen. Wenn sie alleine war, und das Kopfkissen heiß und feucht vom Wachen und Fiebern, nach der roten Erde Afrikas und dem resedagrünen Meer und den Grillen, die dort genauso laut gezirpt hatten, wie die draußen am Waldrand und das Zirpen sie lange gequält hatte, bis sie all diese Klänge endlich zu jener rotgrünblauen Serenade vereinigt hatte, die sie ruhig schlafen ließ. Dann waren die Nächte kühler geworden und als sich das Licht in den Blättern zu Gold verdichtete und der wilde Wein purpurrot über der Mauer des Obstgartens hing, war sie prall und rund gesessen und hatte den Apfelbaum gemalt, mit Ästen die sich knorrig nach allen Seiten verzweigten und unter der Last der Früchte zu brechen drohten. Ein letztes Gewitter hatte sie dort vertrieben und der Sturm die Arbeit im Freien endgültig besiegelt. Nebel und nasse Schwaden hatte er zugelassen und Fröste, die das gefallene Laub verdüsterten. Sie war ergeben im Zimmer gesessen, hatte dem Schieben und Drängen in ihr gelauscht und gewartet, auf den Abend, auf Gregor, das Kind und den ersten Schnee.

Gregor war gegangen und nach drei Tagen wieder gekommen, aber das Kind und der erste Schnee hatten auf sich warten lassen.

Nun, hatte der Arzt gemeint, alles in Ordnung, das sei normal beim ersten Kind, da müsse man Geduld haben, doch, Gregor solle ruhig noch den nächsten Flug durchführen, wenn er am übernächsten Tag wieder im Land sei, wolle man weitere Entscheidungen treffen.

Also hatte Gregor die gepackte Spitaltasche wieder ins Auto getragen und sie waren nach Hause gefahren. Marlis hatte ihn dazu gebracht, auf der Rückfahrt mit ihr die beleuchteten Christbäume in den Vorgärten zu zählen und »Oh Tannenbaum« zu singen, weil sie nicht alleine singen wollte. Abends hatten sie Nikolaus gefeiert, Kerzen angezündet und Marlis hatte Mandarinen und Unmengen von Erdnüssen gegessen.

Spät nachts sank Marlis endlich in einen oberflächlichen Dämmerschlaf aus dem sie immer wieder aufschreckte, schob den Hügelbauch mal auf die eine dann wieder auf die andere Seite und war bemüht, ihre Unruhe unter Kontrolle zu bringen. Gregor neben ihr schnarchte. Morgen nach dem Frühstück, würde er unter der Dusche singen wie immer, dann seine Sachen packen, zum Flughafen fahren und davon fliegen, sechstausend Kilometer weit weg von ihr. Im Dunkeln suchte sie tastend nach ihm und streichelte sein Gesicht, fuhr ihm über die Nase, bis er den Mund zuklappte und sich umdrehte. Sie fühlte sich heiß, schwer und hilflos und dann war sie wieder da, die Angst vor dem Abschied. Mein Gott, dachte sie in plötzlich aufkommender Panik, er muss einfach wieder kommen, was mach ich sonst, bitte Gott, pass auf ihn auf!

Sie legte sich auf den schmerzenden Rücken, atmete langsam und tief und versuchte, den Schlaf wieder näher kommen zu lassen. Gregor würde bald zurück sein, am übernächsten Tag und bis dahin würde sie wohl klar kommen, sie wollte ja alleine zurecht kommen, das musste man können, was sollte ein Mann auch anderes tun während der Geburt, als hilflos auf sie herab starren wenn sie daliegen und schreien würde, so wie alle Frauen schrien an deren Bett sie früher gestanden hatte. Mama hatte dazu gemeint, gebären sei Frauensache, Männer hätten dabei nichts verloren und sie selbst hätte sich viel zu viel geniert und das Theater einem Mann nie zugemutet. sie solle Gregor da raushalten! »Ach, die armen Männer müssen geschont werden«, hatte Marlis gespottet und gesagt, sie werde sich das noch überlegen und sie sei sowieso gewohnt alleine zurecht zu kommen. Das hatte sie gesagt, aber nun lag sie da, mit schwerem Kopf und stechendem Rücken, spürte die Angst wieder an ihr hochkriechen, wie schwarze Käfer, schwarze afrikanische Käfer und Kakerlaken, die langsam an den Beinen hochkrochen und durch den Nabel in den Bauch dringen wollten und dabei über die schleimige Qualle krabbeln mussten die dort lag und ihre brennenden Arme über den Hügel ausbreitete... Sie stöhnte laut und wimmerte. Darüber war Gregor wach geworden, hatte Licht gemacht und sie in die Arme genommen und ihr beruhigenden Tee gekocht.

Am Morgen war sie wieder obenauf gewesen.

»Es ist alles in Ordnung, mach dir keine Sorgen, diese wilden Wehen sind normal«, hatte Marlis beim Abschied am Flughafen zum wiederholten Mal beteuert, »mir geht es gut, wir warten bis du wieder da bist. Ja, ich passe auf und esse heute keine Erdnüsse, keine Einzige, ich schwöre es! Flieg gut, mit wem fliegst du denn?«

»Martin Allemann«, meinte Gregor und fügte bei, »der ist prima, sehr souverän, ich fliege gerne mit ihm.«

»Ich weiß. Du musst dir keine Sorgen machen.«

»Gut, wenn du das sagst, glaube ich es.«

Gregor schob den Sitz um zwei Stufen nach hinten und blickte gedankenverloren aus dem Cockpitfenster. Das Wetter war makellos. Voraus war der Himmel von blendender Helligkeit, beinahe weiß, und wenn er rechts nach Norden blickte ging das gleißende Licht allmählich in weiches, laufend intensiver werdendes Blau über, das sich am Horizont verschwommen im graublauen Wasser des Atlantiks verlor. Fünf Schiffe konnte er gerade sehen, lange, dunkle Kähne, die wie Blutegel im Wasser lagen, er konnte schlecht erkennen, in welche Richtung sie fuhren. Meist waren es Handelsschiffe deren Mannschaften monatelang unterwegs waren. Er hatte sich dann und wann mit Matrosen unterhalten wenn er in New York am Hafen unterwegs war. Arme Teufel zum Teil, die von Einsamkeit und Heimweh geplagt waren. In letzter Zeit war er öfters in den Geschäften am Hafen gewesen. Marlis hatte sich gefreut über die kleinen Hosen und Shirts, die er mitgebracht hatte. Sie meinte zwar, die Sachen seien sicher um einige Nummern zu groß für das Kind, aber viel kleiner, dachte er, konnten sie nicht sein, war ja gar nicht möglich.

Sein Blick streifte prüfend über die Instrumente. Sie waren bei 30 Grad West, auf 39.000 Fuß, flogen mit Mach 0,85 und die Außentemperatur lag bei -56 Grad. Alle Systeme im grünen Bereich. Das Kind. Er wäre froh gewesen, es wäre zur Welt gekommen, vor seiner Abreise. Es sei langsam Zeit, hatte der Arzt gemeint und wenn es nicht bald komme, müsse man die Geburt einleiten. Marlis hatte sofort abgewinkt, sie wolle das nicht. Er wusste ja nicht was richtig war, er vertraute Marlis und dem Arzt. Marlis würde wissen wie sie sich zu verhalten hatte, wenn es wichtig wurde, war sie meistens vernünftig. Der Arzt machte auch einen guten Eindruck, er war kein selbstgerechter Draufgänger, das hatte er sofort erkannt. Marlis hatte ihn ausgesucht und vertraute ihm. Er hatte in seinem Spital die »sanfte Geburt« eingeführt und sich damit einen Namen gemacht. Nur, das Spital war an die vierzig Kilometer weit weg und sie brauchte jeweils fast dreiviertel Stunden um dorthin zu gelangen und das bereitete ihm Unbehagen. Sie fuhr zwar gut und vernünftig mit dem Auto, aber er hätte das lieber selbst getan. Ein Mann sollte seine Frau ins Spital fahren wenn ihre Zeit gekommen ist, würde seine Großmutter sagen, er konnte sie hören. Aber eben, ihre Zeit war noch nicht gekommen!

Er blickte zum Captain hinüber. Der schlürfte in kleinen Schlucken seinen Kaffee und starrte auch aus dem Fenster, nach Süden. Prima Pilot, dachte Gregor, und ein sympathischer Mensch, grosszügig und liebenswürdig, manchmal etwas stur. Er verstand sich gut mit ihm und mochte ihn. Martin war einer der Älteren, der die Copiloten respektierte und es schätzte, wenn man mitdachte oder Vorschläge machte. Dreifacher Vater sei er, hatte er vorhin gesagt und bereits

Großvater. Jetzt war er schon eine ganze Weile still und auch Ernesto, der Flight Ingenieur, der hinter ihm saß, war nicht gerade gesprächig. Gregor streckte die Arme aus und räkelte sich.

»Schau, die Concorde«, sagte der Captain unvermutet in die Stille und deutete nach oben. Weit über ihnen, ungefähr auf 60.000 Fuß zog sie vorüber, schlank und elegant und beinahe dreimal so schnell.

»Ein Traum«, sagte Martin andächtig, »ist doch jedes Mal wieder ein Traum!«

»Irgendwann muss ich da mitfliegen«, meinte Gregor, »wenigstens als Passagier und wenn es mich den letzten Cent kostet. Einmal sollte es einfach sein!«

»Achtung«, rief Martin, hielt die Hand hoch und sie warteten gespannt. Ein paar Augenblicke noch, dann erfasste sie die Druckwelle des Überschallknalls und zwei dumpfe Schläge rüttelten am Flugzeug. Marlis würde das garantiert als ehrfürchtiges Schaudern bezeichnen, dachte Gregor und grinste.

Wieder sah er zu Martin hinüber, blickte auf die Uhr und sagte: »Ich hole uns die letzten Wettermeldungen von New York.«

»Okay.«

Gregor schaltete auf Kurzwelle. Viel hatte sich seit dem Start vor fünf Stunden nicht verändert. Er legte die Kopfhörer zur Seite, sah den Captain an und sagte:

»Immer noch die gleiche Vorhersage, 6 Meilen Sicht. Für die Landung alles okay, später gelegentlich Schneeschauer.«

»Wind?« fragte Martin.

»15 Knoten, in Böen bis 20.«

»Gut. Die Schneeschauer müssen wir im Auge behalten.«

»Wird schon nicht so tragisch sein«, ließ sich Ernesto von hinten vermerken, »und wenn, dann erst später, wenn wir längst im Hotel sind.«

»Hoffentlich«, meinte der Captain.

Marlis war zurück zum Haus am Waldrand gefahren und hatte es sich gemütlich gemacht. Im Kinderzimmer stand die Wiege mit den Vorhängen, die hellgelb waren wie die ersten Primeln am Waldrand.

Sie strich zum hundertsten Mal über die weiche Daunendecke und dachte an Hoi den Vogel. Seit einem Monat war er nicht mehr hergeflogen, sicher weil er aus einem warmen Süden stammte und die Kälte nicht mochte. Im Frühling würde er wieder kommen und das Kind in der Wiege ansehen, wenn es denn dort läge, schlafend und atmend und warm.

Abends war unerwartet starker Wind um das Haus gefegt, hatte wütend an Fenstern und Dächern gerüttelt und mächtig gebraust am Waldrand, aber sie hatte früh die Läden geschlossen und Kerzen angezündet. Sie war fest entschlossen, keine Ängste mehr aufkommen zu lassen, sie wollte stark sein und sich selbst vertrauen, Gregor tat es auch. Hin und wieder zogen unangenehme wilde Wehen auf, die wie fein kräuselnde Wellen über den Hügelbauch hinweg rollten, danach war wieder für Stunden Ruhe. So ging das schon seit einigen Tagen und es hatte sie nicht weiter beunruhigt. Sie hatte etwas ferngesehen, Schlaftee gekocht und sich hingelegt. Die Leselampe hatte sie die ganze Nacht brennen lassen. Ausnahmsweise.

New York meldete 4 Grad und unverändert gute Sicht. Strahlend blau erstreckte sich der Himmel über der Stadt und den Hudson River hinauf nach Norden und nur ganz im Nordwesten war eine schmale dunklere Linie zu erkennen.

Kein Problem, hatte Ernesto dazu gemeint und Martin hatte gar nichts gesagt.

Gregor hatte sich im Bus entspannt zurück gelehnt. Der Nachmittagsverkehr bewegte sich im gewohnten Stop and Go Richtung Manhattan. Gregor waren kurz die Augen zugefallen, aber an Schlaf war nicht zu denken gewesen. Hinter ihm kicherten die Hostessen und schmiedeten Pläne rund um ihre Einkaufstour. Er spürte, dass er eine unruhige Nacht verbracht hatte. Teufel, war er erschrocken als Marlis plötzlich so gestöhnt hatte! Wie würde das erst bei der Geburt sein? Bei dem Gedanken wurde ihm immer unbehaglich, er ließ sich nicht zu Ende denken, das war das Unangenehme.

Im Hotel war er dankbar auf das breite Bett gesunken und eingeschlafen. Später hatte ihn sein Wecker wieder aus dem Schlaf geholt. Zwei

Stunden mussten erstmal reichen, sonst wäre er nachts glockenwach. Von draußen drang die gewohnte Geräuschkulisse herein, das dumpfe Dröhnen des Verkehrsstroms, unterbrochen von kurzen Hupsignalen und gelegentlichem Sirenengeheul. Allerdings gedämpfter als sonst, sehr viel gedämpfter. Er stand auf, ging zum Fenster und zog die schweren Vorhänge auf.

»Bist du narrisch«, entfuhr es ihm, »also doch!«

Vor seinem Fenster wirbelte aus undurchdringlichem Grau Schnee herunter, unglaublich dichte Wolken von feinem Schnee wehten an ihm vorüber, die den Central Park, der vor zwei Stunden noch grün in der Sonne gelegen war, lückenlos zugedeckt hatten. Gelegentliche Schneeschauer, so sah das also aus! Nachdenklich ging er unter die Dusche. Morgen sollten sie zurückfliegen, bis dahin würde die Front hoffentlich vorüber sein.

Als er eine Stunde später in der Lobby eintraf, waren die Meldungen schon sehr beunruhigend. Martin hatte auf ihn gewartet, sie hatten sich zum Essen bei Gallagher's verabredet. Martin grinste verlegen, als wäre er eine Erklärung schuldig.

»Hast du ferngesehen?« fragte Martin, »eine Kaltfront samt Blizzard, schöner Mist das! Ich hoffe, wir kommen morgen problemlos raus!«

»Das hoffe ich, verdammt noch mal, auch.« Gregor grinste grimmig.

Das Restaurant war in der Nähe. Wie immer war es vollbesetzt und die Steaks absolute Spitze. Martin erzählte ausführlich von seiner Familie. Gregor warf hin und wieder einen bangen Blick aus dem Fenster und drängte zum Aufbruch. Als sie aus der Tür traten, versanken die Füße bis zu den Waden im Schnee, es war unheimlich still geworden in den Straßen Manhattans und Martin sagte düster:

»Das sieht nicht gut aus, gefällt mir gar nicht.«

Schweigend stapften sie zurück zum Hotel, der eisige Wind hüllte sie ein mit dem feinen Schnee, der sie auf dem kurzen Weg bis unter die Nase eindeckte und in solch gewaltiger Menge und Dichte fiel, dass er die Stadt bereits zu lähmen drohte.

An der Hotelbar trafen sie auf Ernesto mit den letzten Nachrichten: »Unglaublich! Der Flughafen ist gesperrt, die Straßen sind zu, komplett, die Brücken schon unpassierbar, alles dicht hier!«

Marlis war froh gewesen, die Nacht gut über die Runden gebracht zu haben. Sie hatte ihre Nachttischlampe ausgeknipst, sich langsam aus dem Bett gehievt und die Fensterläden aufgeklappt. Der stürmische Wind hatte etwas nachgelassen, aber noch immer blies er kräftig, brachte schwallweise kalte Regengüsse mit und hatte sie erschaudern lassen. Unbeeindruckt von dem miesen Wetter, hatte sie frischen Kaffee aufgegossen und Zeitung gelesen. Sie las jeden Morgen die Zeitung, es war ihr geliebtes Ritual, ihre Nabelschnur nach draußen, wenn Gregor fort war und sie nicht mit ihm über die Welt reden konnte. Nach Monaten der Schreckensmeldungen über den blutigen deutschen Herbst mit all den Entführungen und Morden, war es zwischen den Spalten gottlob ruhiger geworden. Marlis hatte die Ereignisse der vergangenen Monate verfolgt und mitgelitten, als Terroristen ein deutsches Flugzeug nach Mogadischu entführt und Kapitän Jürgen Schuhmann erschossen hatten um ihre Leute freizupressen, jeder zivilisierte Mensch musste mitgelitten haben, auch wenn er nicht direkt mit der Luftfahrt verbunden war. Sie dachte täglich an Frau Schuhmann, die nun mit ihren zwei Söhnen Weihnachten alleine verbringen musste und was sie wohl tat, um nicht vor lauter Trauer und Wut wahnsinnig zu werden.

Später war sie ins Dorf gefahren, hatte frische Butter und Eier gekauft und am Nachmittag Kekse gebacken, mürbe Zitronenplätzchen und Zimtsterne, letztere allerdings ohne den aufwendigen Zuckerguss, dafür hatte ihr die Ruhe gefehlt, weil sie dazwischen wieder aussetzen und sich hinlegen musste.

Dann hatte Mama angerufen und gefragt, wie es denn gehe und ob sie nicht doch lieber vorbeikommen solle, um nach dem Rechten zu sehen, und später noch Fritzi Frank, die meinte, sie habe Mama im Flur getroffen und vernommen, dass Marlis noch immer auf das Kind warte, sie wolle deshalb fragen, wann es denn soweit sei?

»Sobald Gregor wieder da ist« hatte Marlis geantwortet.

»Ah, er will natürlich dabei sein, so ist das heute, die Männer wollen dabei sein bei der Geburt ihres Kindes. Ja das wird schon klappen, ich drücke Euch die Daumen und mein Mann ebenfalls, warte er will dich auch sprechen.«

»Kindchen!« rief Otto Frank laut in den Hörer, »geht es dir gut? Ist das nicht gefährlich, so lange zu warten?«

Im Hintergrund hörte sie Fritzi leise schimpfen, er solle ihr doch keine Angst machen und so sagte er begütigend:

»Nein, mach ich nicht, ja ja, du machst bestimmt alles richtig.«

»Ich mache gar nichts«, erwiderte Marlis, »außer warten. Mir geht es wunderbar«, fügte sie noch hinzu.

»Ja«, sagte Otto etwas hilflos und dann energischer, »dann alles Gute mein Kind!«

Am späten Nachmittag hatte sich Papa noch gemeldet:

»So! Hast du das Auto aufgetankt? Aha. Ja, es stürmt ja nicht mehr so heftig, nicht wahr! Aber es wird wieder regnen. Nimm dir halt vielleicht ein Taxi. Mama sagt, du solltest nicht selbst fahren.«

Pause.

»Ich kann dich nicht fahren, du weißt ja.«

»Das macht nichts Papa, morgen kommt Gregor wieder heim. Papa, der Arzt hat neulich gesagt, es wäre nicht so schlimm, wenn das Kind deine Augenkrankheit geerbt hätte, heutzutage lasse sich das gut operieren. Mach dir keine Sorgen!«

»Hmm. Gut. Ja. Also schlaf gut.«

Am Morgen hatte Gregor noch vor dem Aufstehen den Fernseher eingeschalten. New York lag unter einer meterhohen Schneedecke. Auf den Brücken saßen Menschen in ihren Autos fest, einige hatten die vergangene Nacht nicht überlebt und waren erfroren. Die Züge fuhren nicht, die Straßen waren unpassierbar, am Flughafen herrschte Chaos und es schneite noch immer. Das Ganze sah gar nicht so aus, als würden sie abends zurück fliegen. Er gähnte herzhaft und drehte sich zur Seite. Nichts konnte er da tun. Nichts als abwarten.

»No chance«, grinste er düster, als er Martin beim Frühstück traf.

»Ja, ich hab schon mit dem Stationschef gesprochen. Katastrophal am Flughafen, sagt er. Heute läuft dort nichts mehr.«

Er sah Gregor über den Brillenrand hinweg besorgt an.

»Wird deine Frau klarkommen?«

»Ich denke schon. Sie ist ziemlich selbstständig und eigensinnig, ich meine, sie macht das so, wie sie es für richtig hält. Sie wird ja sicher benachrichtigt werden, dass wir heute nicht starten können.«

»Klar«, meinte Martin, »das tun sie immer, wenn wir um Stunden später kommen, das klappt ganz gut.«

Sie hatten zusammen Schach gespielt und Gregor hatte sich am Kiosk mit Zeitungen und Flugzeitschriften eingedeckt. Nachmittags war der Rückflug endgültig auf den nächsten Tag verschoben worden.

Gregor hatte Schnee schon immer gehasst.

Noch vor dem Frühstück hatte die Einsatzleitstelle angerufen und eine ungewohnt sanfte Stimme hatte gemeint, sie müsse Marlis mitteilen, dass Gregor wegen eines Schneesturms noch in New York sei und man hoffe, dass sich die Lage im Laufe des Tages verbessere. Man werde sie wieder informieren.

Marlis legte ächzend den Hörer zurück.

Sie schloss die Augen und stöhnte laut. Die Nacht war mühevoll und unruhig gewesen und jetzt das. Sie stand auf und ging in der Wohnung auf und ab. Mist aber auch, elendiger! Schneesturm! Da war nichts zu machen, Gregor kam nicht heute, morgen vielleicht, heute blieb sie allein.

Sie war mit dem Geburtstermin schon sechs Tage überfällig. Sie musste etwas tun, sie durfte nicht hier sitzen und jammern, sie musste etwas tun! Demnächst würde Mama wieder anrufen oder sogar vorbeikommen, das wollte sie niemals. Unter dem Hügel war alles ruhig, er sandte keine Signale aus, die irgendwie eine Entscheidung aufgedrängt hätten. Dennoch.

Sie rief den Arzt an.

»Oho!«, meinte der im Tonfall eines Nikolaus, »das gefällt mir nicht! Kommen sie um vierzehn Uhr vorbei, ich will sie mir ansehen!«

Gut, dachte Marlis zufrieden, so sei es denn.

Sie hatte ihren Koffer auf den Rücksitz gelegt und sich mühsam hinter das Steuerrad geschoben. Von neuem stürmte ein unangenehmer Wind, jagte die Regenwolken und schob und zerrte an ihrem Auto. Sie drehte das Radio an und hörte Musik, erst Mozart, dann Barry

White, dann doch wieder Mozart. Sie war ruhig und froh, dass nun etwas geschehen sollte, was auch immer. Sie fuhr etwas gemächlicher wie sonst, betrachtete bei jedem Fußgängerstreifen die vorbei eilenden Leute und dachte, wenn ich hier wieder durchfahre, wird in der blauen Babytasche hinten auf dem Rücksitz mein Kind liegen.

»Wir werden uns unter dem Hügel mal umsehen«, hatte der Arzt fröhlich verkündet und später dann gemeint:

»Alles in Ordnung, dem Kind geht es gut, sie können wieder heimfahren. Nur wenn ihr Mann morgen wieder da ist, soll er sie herbringen, so oder so, dann müssen wir etwas unternehmen.«

Am Morgen lag New York noch immer unter Schneemassen, doch der Sturm war vorüber. Die Stadt war an allen Ecken mit dem Räumen der Schnees beschäftigt und fand nur mühsam zurück in den Alltag. Man hoffe, den Flughafen gegen Abend in Betrieb nehmen zu können, lautete die offizielle Botschaft. Die Besatzungen aller möglichen Airlines saßen in der Lobby des Hotels herum und ergingen sich in Spekulationen, welche wohl als erste wieder in der Luft sein würde. Gregor ging das auf die Nerven, aber das mühsamste, dachte er, war die Ungewissheit. Um acht Uhr morgens hatte er gleich versucht zu Hause anzurufen, hatte Marlis aber nicht erreicht. No chance.

Marlis war eine Weile im Auto gesessen und hatte sich gut zugeredet. Es war früher Nachmittag. Sie durfte oder sollte wieder heimfahren, was immer! Sicher war es besser, als wie eine Kranke im Spital zu liegen, sie war nicht krank, sie bekam bloß ein Kind und zu Hause wäre sie Gregor ohnehin näher. Marlis drehte entschlossen den Zündschlüssel, der Motor brummte zufrieden auf. Draußen hatte sich der Wind gelegt und die Sonne hatte sich kurz gezeigt, bevor sie sich für diesen Tag endgültig zurückziehen sollte. Bei der nächsten Kreuzung sah sie auf die Tankanzeige, viel Benzin war da nicht mehr vorhanden. Schau, dass du immer genügend Sprit hast, hörte sie Gregors mahnende Stimme und hielt Ausschau nach einer Tankstelle. Sie hatte Glück, es gab sogar einen Tankwart der das verhasste Auftanken für sie erledigte. Sie fuhr langsam nach Hause und brauchte eine ganze

Stunde dafür. Umständlich zog sie den blauen Hausanzug an. Als sie sich Spiegeleier in die Pfanne legte, hatte Gregor angerufen.

»Gut geht es mir«, hatte sie tapfer gesagt, »alles ist bestens.«

»Morgen komme ich, sicher.«

»Schatz, du kannst ja nichts dafür, die Natur geht eben ihre eigenen Wege!«

»Ich liebe dich so.«

»Ich dich auch.«

»Was machst du?«

»Spiegeleier.«

»Okay. Wir gehen nachher zum Chinesen.«

»Ich muss aufhören, die Eier sind gar.«

»Pass auf dich auf!«

Es war zwar erst fünf, aber sie war so hungrig, dass sie mit dem Brot noch den Teller auswischte.

Dann war sie erschöpft, legte sich hin und schlief ein.

Gregor hatte zufrieden aufgelegt. Ihre Stimme hatte gut und fest geklungen, sie hatte Hunger und machte sich zu essen, alles schien bestens zu sein. Am Abend würden sie fliegen können das stand jetzt fest und morgen Mittag würde er vom Flughafen direkt mit ihr ins Spital fahren. Nun wollte er noch etwas für sie einkaufen, ein Nachthemd zum Beispiel, vielleicht so ein durchsichtiges!

Marlis war aufgewacht, weil unter dem Hügel ein Beben stattgefunden hatte, eines, das grelle seismische Erschütterungen entlang der Wirbelsäule bis in ihre warmen Schlafräume geschickt hatte, sie schnellstens wachzurütteln. Sie riss die Augen auf.

Nichts nur annähernd Vergleichbares war bis anhin geschehen, das musste sie sein, die Sternstunde!

Sie blickte auf die Uhr, es war sieben Uhr abends. Sie stand auf und ging ein wenig umher. Es war nicht mehr zu verdrängen, sie spürte deutlich die Veränderung, das Ziehen und Drängen, die Bewegung, in die sie geraten war.

Das Kind hatte sich entschlossen, es hatte lange genug gewartet.

Sie hatte im Spital angerufen. Nein, keine Schmerzen mehr, nur einmal aber heftig wie nie. Ja, sie fahre gleich los, nein, sie habe keine Angst und wisse das dauere beim ersten Mal viele Stunden, aber sie komme gleich!

Sie fuhr in die Nacht, die klar und ruhig war. Auf den Landstraßen war wenig Verkehr und sie kam zügig voran. Die Leute saßen beim Abendessen oder beim Fernsehen, in den Dörfern konnte sie von der Straße aus in Küchen und Wohnzimmer sehen. Dann lagen kahle Felder im Dunkel und am schwarzen Himmel blinkten ein paar kalte Sterne. Noch bevor sie in das lange Waldstück einbog, kam das nächste Hügelbeben. Sie stieg auf die Bremse, hielt an und umklammerte stöhnend das Lenkrad.

Das, das war allerdings gewaltig, nein, oh Luft holen, tief atmen, tief tief und nochmals tief, ja das ist besser. . .

Langsam klang der Schmerz ab und die Hände lösten sich. Meine Güte, so hatte sie sich das nicht vorgestellt. Sie beschleunigte wieder und fuhr zügig durch den Wald, ohne nach links oder rechts zu schauen und die Gespenster dort näher kommen zu lassen. Dann kam wieder ein Dorf, Scheunen, Brunnen, Schießstand, Wald, Wald, Teich, Wald. Dorf, Kreuzung, Rot. Gleich war es acht, in New York zwei Uhr mittags, Gregor würde wohl in einem Coffee Shop sitzen und eine Zigarette rauchen, ahnungslos. Rechts abbiegen und dort vorne wieder links, noch vier Minuten ungefähr, nach der Busstation kam noch die Schirmfabrik, dann die Unterführung. . . oh Gott, bremsen, anhalten, festhalten, atmen, tief, noch tiefer, fallen lassen, atmen, nein, nicht fallen lassen. . . zusammen nehmen, ganz ruhig durchatmen, jetzt weiter fahren, gleich war sie da, gleich, oh der Bahnübergang ist zu, ganz ruhig, das nächste Beben wird nicht so schnell da sein, niemals! Die Druckwelle, der Schnellzug, die Schranke, weiter, weiter, links halt nein rechts, dann erst links bis ganz vor, bei der Buchsbaumhecke war der Parkplatz, oder doch nicht, Gott, nachts war sie noch nie hergefahren, nein, dann eine Hecke weiter musste es sein. Ja, der Parkplatz, das Spital, oh danke liebes Spital, wo soll ich parken, egal, Moment, Handbremse nicht anziehen im Winter hatte Gregor gesagt.

Schwerfällig stieg sie aus und sah in den Himmel.

Er war schwärzer geworden, aber die Sterne waren noch da. Ihr Leib schmerzte und an den Beine rannen warme Bächlein hinunter. Sie ging durch den erleuchteten Eingang, hörte den Pförtner rufen und sah die Schwester oben an der breiten Treppe stehen, die sie Stufe um Stufe hinaufsteigen wollte, aber nicht konnte, weil die Beine nun schwammig waren und der Hügel dumpf und schwer und alles schwer...

...In dämmrigen Weiten war sie gegangen, durch dunstig grünes Moor gewatet, Fuß um Fuß und dann doch im schwarzen Fluss versunken, dem wild reißenden unaufhaltsam ziehenden, der sie empor peitschte Atem zu holen, warmen roten Atem und wieder hinunterzog in schlammige Gründe, wo schmerzvoll scharfe Krallen nach ihr griffen, wieder und wieder und wieder, bis sie hilflos getrieben war in der Strömung und irgendwann Stimmen riefen, laute helle Stimmen, wie Gesang und Weinen und Lachen zugleich. Sie glaubte die Augen zu öffnen und ein Fenster zu sehen, dahinter war Hoi der schöne Vogel und hüpfte wild auf und nieder und kreischte und rief, aber sie konnte ihn nicht verstehen. Sie spürte ein Gewicht auf ihrer Brust liegen. Es war ihr Kind, war warm und weich und feucht und jammerte leise und es wurde wieder kühl auf der Brust und die Stimmen sagten: Mama muss nun schlafen, schlafen...

Dann stürzte sie ins Nichts, ins absolute, farblose Nichts.

Von dort wurde sie durch einen Himmel gefahren, angenehm weich und ruhig gefahren und sie hörte ein rhythmisches Quietschen, das tönte vertraut wie Gummisohlen und sie sah große, quadratische Lichter vorüberziehen, hässliche Lichter eigentlich, solche die sie blendeten, dann ging das Fahren in eine energische Drehung über und hielt an. Wieder ertönte das Quietschen, diesmal ganz nah und als sie die Augen öffnete war es dunkel und nur irgendwo hinter ihr war ein Licht, ein anderes, schwaches, und jemand fasste ihre Hand und ein Gesicht sagte: »Hallo, Frau Sommer! Das ist schön, dass sie wach werden. Verstehen sie mich gut? Ich gratuliere ihnen, sie haben einen Sohn bekommen, er ist wunderschön und ganz gesund. Alles ist gut, schlafen sie jetzt ruhig weiter. Jaja, alles ist gut.«

Als sie wieder erwachte war es noch immer dunkel. Sie hörte jemand atmen und spürte einen unangenehmen Druck am Arm und und schlug die Augen auf. Eine Schwester war dabei ihr den Blutdruck zu messen und blickte konzentriert auf das Manometer. Am anderen Arm hing ein Schlauch der zu einer Flasche Blut führte, das gleichmäßig nach unten tropfte, ihr Körper war wund und taub und der Mund, dachte Marlis, schmeckte nach Wüstensand.

»Nacht, es ist noch Nacht« sagte sie schwach, als die Schwester das Stethoskop von den Ohren nahm.

»Ja hallo! Ich freue mich sie wach zu sehen, erwiderte diese freundlich, wie fühlen sie sich?«

»Müde, so müde. Habe ich wirklich einen Sohn bekommen?«

Die Schwester lächelte und sagte: »Ja wirklich! Er heißt Oscar nicht wahr, er ist noch im Kinderzimmer, ich werde ihn gleich holen, ja? Wie können wir ihren Mann verständigen?« Marlis schloss die Augen und versuchte zu denken.

»Die Einsatzleitstelle am Flughafen anrufen«, sagte sie langsam.

»Ja gut, sagte die Schwester, das machen wir. Aber zuerst hole ich ihr Kind.«

Marlis versuchte wach zu bleiben.

»Gehen wir zu Mama«, hörte sie die Stimme der Schwester, »schau, da ist sie ja. Er hat von der Geburt eine kleine Beule am Kopf, die geht schnell wieder weg.« Sie legte Marlis das Kind in den Arm und knipste die Nachttischlampe an.

Da lag er, ihr kleiner Sohn und schlief und sah aus wie Gregor, dieselbe hoch gewölbte Stirn, dieselben schmalen Wangen mit dem eigenwilligen Bogen unter den Augen, ein winziger Gregor, der bei jedem Atemzug leise jammerte. An seinem Hinterkopf erhob sich eine Beule, keine kleine, wie die Schwester meinte, eher eine große, eine riesengroße Beule. »Vakuum«, flüsterte Marlis, »mein armes Kind hat eine Vakuumbeule darum jammert er, darum. Schwester mir ist schlecht, bitte halten sie ihn.«

»Ja«, sagte die Schwester und schob den Kinderwagen ins Zimmer, »aber die Beule wird sich rasch zurückbilden und ihnen wird es auch bald besser gehen.«

Sie legte das Kind hinein und wollte sich an Marlis wenden, doch die war wieder eingeschlafen.

Der Abend war gekommen in New York und die Stadt hatte begonnen aufzuatmen und langsam zum normalen Rhythmus zurückzufinden. Der Flughafen befand sich noch immer im Durcheinander, aber die ersten Flüge wurden bereits abgefertigt. Gregor hatte sich mit Martin im Dispatch Office eingefunden um den Rückflug vorzubereiten. Der Dispatch Officer versorgte die Piloten mit allen nötigen Planungsunterlagen, wie Wettervorhersagen, Treibstoffberechnungen, neuesten Meldungen über den Zielflughafen und die verfügbaren Ausweichmöglichkeiten und schließlich dem Flugplan mit der vorgegebenen Flugroute. Martin blätterte die Mappe mit all den Papieren durch, fischte einen schmalen Telexstreifen heraus, überflog ihn kurz, schob den Zettel mit unbeweglichem Gesicht zu Gregor hinüber und sagte nur, er solle das bitte lesen.
Es war eine kurze Notiz, die schlicht besagte:
– Wife has born son tonight, please relay message to Copi. –
»Just one of these days«, grinste der Dispatcher, »Congratulations Greg!«

Das Zimmer lag kühl im Licht des frühen Dezembermorgens, als Marlis unsanft geweckt wurde. Sie blickte sich um. Neben ihrem Bett in einem altväterischen Korbwagen mit rotweiß kariertem Stoffverdeck schlief tatsächlich Oscar, ihr neugeborener Sohn. Auf der rechten Seite am Flaschenständer war die Bluttransfusion verschwunden und durch eine wässrige Lösung ersetzt worden. Neben ihrem Kopf schnarrte eindringlich ein Telefon. Sie hob umständlich ab.
»Guten Morgen«, sagte die fremde Männerstimme«, hier spricht Steinemann von der Flugüberwachungszentrale. Frau Sommer, ich gratuliere ihnen zu ihrem Sohn! Ich werde sie jetzt gleich mit ihrem Mann im Cockpit verbinden, aber bitte sprechen sie nicht gleichzeitig, sonst ist die Verbindung gestört!«
Es folgte ein kurzes Knacksen, dann ertönte ein vertrautes Rauschen und von weit her Gregors Stimme, der rief:

»Marlis? Liebes, kannst du mich hören? Ich bin schon bei 40 Grad West und fliege mit Überschall Geschwindigkeit zu dir. Ich freue mich so. Wie geht es dir?« Pause.

»Gut, uns geht es gut. Gregor, er ist wunderschön unser Oscar, er sieht aus wie du, jetzt schläft er.« Pause.

»Es tut mir so leid, dass du alleine fahren musstest. Aber ich komme gleich!« Pause.

»Das macht nichts, es ist alles gut. Wir warten auf dich.« Pause.

»Ich bin wahnsinnig stolz auf dich. Auf euch beide.« Pause.

»Gregor, siehst du die Sterne?« Pause, Lachen.

»Ein paar sind noch da. Es wird schon hell und wir haben prima Rückenwind. Ich freue mich so.« Pause.

»Ich auch!«

Sie hielt den Hörer eine Weile in der Hand, spürte wie das Bett unter ihr schwebte und sagte laut in Richtung Kinderwagen:

»Stell dir vor Oscar, gerade hab ich mit deinem Papa gesprochen, mitten über dem Atlantik im Cockpit einer 747, ist das nicht unglaublich fantastisch?«

Captain Sommer

Gregor hatte sich eiligst umgezogen. In der Tür des Spinds baumelte ein Spiegel und Gregor betrachtete kurz sein Gesicht unter den Bartstoppeln. So sollte er aussehen, sein Sohn, das konnte er sich nicht vorstellen. Sein Sohn! Was für ein gewaltiges Wort, daran musste man sich gewöhnen, unglaublich.

Vor der Garderobentür war er auf Arne gestoßen, den er von der Grundausbildung her kannte. Er wohnte in der Nähe des Spitals und hatte sich sofort angeboten, Gregor im Auto mitzunehmen. Arne war Junggeselle, hatte eben eine Beziehung zu Ende gebracht und befand sich im zwiespältigen Zustand wiedergewonnener Freiheit, emotional taumelnd zwischen »Mensch, bin ich froh wieder allein zu sein!« und »Ja, ich fahr dich gern, was soll ich sonst tun mit dem Nachmittag?« Er hatte sogar darum gebeten, Marlis persönlich gratulieren zu dürfen.

Die beiden Männer waren auf dem Weg zu Marlis' Zimmer, als sie dem Arzt begegneten, der Gregor auf ein Wort in sein Büro bat. Arne wollte inzwischen Marlis besuchen und ging weiter, sichtlich zufrieden, nur als Unbeteiligter dort zu sein.

Ja, meinte der Arzt und schien ehrlich erleichtert Gregor zu sehen, da hätten alle ein Riesenglück gehabt! Die Geburt sei schnell verlaufen, aber mit gleich mehreren gefährlichen Komplikationen, welche bei einer Hausgeburt, wie sie ja gerade so »en vogue« sei, wohl unweigerlich zum Verlust des Kindes und womöglich auch der Mutter geführt hätte. Aber dank moderner Technik in der Klinik, hätten gottlob beide alles relativ schadlos überstanden. Marlis habe zwar viel Blut verloren und die zusätzliche Narkose habe sie mitgenommen, aber es gehe ihr schon besser und die Beule am Kopf seines Kindes solle ihn nicht erschrecken, die verschwinde nach ein paar Tagen wieder, es gehe ihm auch gut. Wie gesagt, sie haben echt Glück gehabt!

Vor der Türe hatte Arne auf ihn gewartet, um sich zu verabschieden. Der Besuch bei Mutter und Kind hatte ihn aufgewühlt. Er hatte Gregor kräftig auf die Schulter gehauen und gemeint:

»Mensch, hast du aber auch ein Glück!«

Gregor stapfte benommen die Treppe hinauf zu Marlis' Zimmer. Für einige Momente fühlte er sich merkwürdig, irgendwie überfahren, ausgeschlossen von den Ereignissen, an denen er nicht hatte teilnehmen können und die deshalb für ihn schwer fassbar waren, als hätten sie nichts mit ihm zu tun und er wäre sowieso unfähig sie zu begreifen und lediglich eine vom Glück begünstigte, bedeutungslose Randfigur. Gregor drückte den Gedanken weg.

Endlich hatte er sie umarmen können, seine Marlis, die furchtbar blass in den Kissen gelegen war und schwach schien wie damals, als sie sich die Gelbsucht geholt hatte. Dann erst erblickte er seinen Sohn Oscar, unfassbar klein und verletzlich neben ihr in einem Korbwagen liegend. Er sah ihm tatsächlich sehr ähnlich und als er noch näher hinsah, konnte er auch die große, teils blutunterlaufene Erhebung an seinem Kopf erkennen. Etwas in Gregor hatte sich zusammengezogen bei dem Anblick und er hätte gerne den Arm ausgestreckt und die Beule sanft gestreichelt, aber er war stumm und wie gebannt nur dort gestanden und hatte begriffen, dass wohl ein Sturm über seine kleine Familie hinweggefegt war, sie aber nicht vernichtet hatte, und er das Gefühl der Dankbarkeit, welches sich eben warm in ihm ausbreitete, dass er das nicht mehr hergeben würde.

Später auf dem Parkplatz hatte er das Auto entdeckt mit der blauen Tragetasche, die leer auf dem Rücksitz lag. In wenigen Tagen würde er sie aus der Klinik holen, vielleicht schon nach seinem nächsten New York Flug, wenn alles gut ging. Er war müde und aufgewühlt und rauchte noch eine Zigarette bevor er losfuhr.

In den letzten Jahren war ihm vieles gelungen, wovon er nie zu träumen gewagt hatte. Die Aufnahme in eine Airline, die zu den Besten gehörte, fliegen auf höchstem Niveau und mit absoluten Traumflugzeugen, eine Frau zu bekommen wie Marlis und jetzt das Kind, sein kleiner Sohn, den er beinahe verloren hätte! Einmal mehr war ihm bewusst geworden, wie unfassbar das war, die Sache mit dem Glück, von dem sie alle sprachen und wie schnell es damit vorbei sein konnte, entschieden wurde das ganz wo anders. Es sei alles nur Schicksal, hatte sein Großvater gesagt, nachdem ihn die Revolution von seinen Gütern vertrieben hatte und ihm nichts als das nackte Leben geblieben war. Das könnte ja vielleicht stimmen, aber Gregor war auch überzeugt, dass sich einiges selbst dazu beitragen ließ. Er würde jedenfalls alles tun, was in seiner Macht stand, um in diesen guten Strömungen zu bleiben.

Trotzdem, manche Dinge hatten sich einfach nicht steuern lassen.
Jan, den zweiten gesunden wunderschönen Sohn, hatte ihm Marlis vier Jahre später geboren, diesmal drei Wochen zu früh und bei Sonnenaufgang, da war er auf dem Rückflug bereits über Lands End! Wieder war sie allein auf sich gestellt und wieder war es gut gegangen. Das Glück war bei ihm geblieben. Auch als er in dieser Zeit auf der Boeing747 ganze dreimal mitten über dem Atlantik Triebwerke abstellen musste, weil sie Öl verloren hatten oder Antriebswellen gebrochen waren, es hatte ihn nicht verlassen.
Nun stand er vor dem Höhepunkt seiner Pilotenlaufbahn, dem Upgrading, der Ausbildung zum Flugkapitän.
Das Upgrading!
»Es ist verrückt«, hatte er zu Marlis gesagt, »du denkst schon Jahre daran, alle reden immer vom Upgrading, du machst deinen letzten Flug auf der 747 und freust dich riesig. Dann plötzlich ist es soweit, du stehst direkt davor und merkst, dass dir eigentlich davor graut.«
»Was? Wovor, um Himmels Willen?« fragte Marlis und wurde hellhörig. Er klang ungewohnt mißmutig.
»Naja«, beeilte sich Gregor zu dämpfen, »graut ist vielleicht übertrieben, aber zumindest mulmig ist einem schon, das sagen alle. Was ich von den Kollegen so höre, sind auf der DC-9 noch immer einige Hardliner am Werk, die deine Laufbahn sehr schnell beenden können, das habe ich mehr als einmal miterlebt, aber ich habe beschlossen, mich nicht unterkriegen zu lassen, niemals.«

»Schatz«, meinte Marlis zuversichtlich, »erinnere dich. Du hast damals einen Fischer beeindrucken können, also wirst du die Hardliner auch schaffen.«

»Ja, ich weiß, Fischer war zwar ein Haudegen, aber doch gutmütig und anständig, diese Leute aber sind selbstherrlich, intolerant, autoritär und kompromisslos. Sie bauen dir Hindernisse auf, die sie selbst kaum überwinden könnten und scheuen sich auch nicht, dich eine Falle laufen zu lassen. Entweder du bringst die von ihnen verlangte Leistung oder du bist draußen, für Fehler bleibt da wenig Spielraum!« Er schwieg einen Moment.

»Es sind zwar einige von ihnen nicht mehr auf diesem Flugzeug, manche haben es so übertrieben, dass man ihnen die Funktion weggenommen hat, andere haben dazu gelernt, aber leider nicht alle. Du siehst, das Ganze ist ein wenig vom Zufall abhängig, aber ich freue mich trotzdem darauf.«

Seit Wochen hatte er schon Seminare besucht. Führungsseminare, Seminare über Verantwortung und unternehmerisches Denken, über Wirtschaftlichkeit, Sicherheit und bis hin zu solchen über gefährliche Güter. Nun endlich begann die Umschulung auf die MD-80, eine Weiterentwicklung der DC-9, ausgestattet mit dem neusten digitalen Flugleitsystem.

Wieder saß er im Schulzimmer. Technische Umschulung, Systemfunktionen, Leistungswerte, Flugeigenschaften, Reglemente, Verordnungen, Gesetzestexte, internationale Vorschriften, Schlag auf Schlag löste ein Thema das andere ab. Gleich darauf folgte das Training im Simulator, zahlreiche anspruchsvolle Übungen sollten sauber geflogen werden. Dann musste die größte Hürde genommen werden, LOFT, das Linien Orientierte Flug Training. Die vier alles entscheidenden Tage, bevor man zum Flugtraining überhaupt zugelassen wurde. Am Abend davor schien Gregor besonders ruhig.

»Auf die LOFT Übungen kannst du dich kaum vorbereiten«, sagte Gregor und setzte sich an sein Klavier. Er begann einen Lauf rauf und runter zu spielen.

»Wieso denn das?«, hatte Marlis wissen wollen, »normalerweise sollt ihr euch doch bis ins Detail vorbereiten.«

198

»Weil man dir deine Grenzen aufzeigen will«, erklärte Gregor und unterbrach sein Klavierspiel, »Probleme und Schwierigkeiten sollen soweit aufgebaut werden, bis du an die Grenzen deiner Leistungsfähigkeit kommst, das ist die Strategie.«

»Sehr überzeugend«, fand Marlis mißbilligend, »du sollst also völlig geschlagen am Ende aus dem Simulator kriechen oder wie?«

»Übertreib nicht so, mein Goldammerchen«, grinste Gregor, fasste sie um die Taille und zog sie näher zu sich, »außerdem bin ich nicht so schnell an den Grenzen meiner Leistungsfähigkeit, wie du weißt!« Er zog sie herunter auf seinen Schoß und küsste sie auf die heikelste Stelle an ihrem Hals. Sie klimperte provozierend über die Tasten und meinte:

»Neulich hast du gesagt, es sei eine Frage der Tagesverfassung und die, meinst du nicht, müsste man natürlich heute Abend noch eingehender überprüfen um vorauszusagen, wie sie morgen sein könnte!«

»Morgen muss ich in Spitzenverfassung sein«, sagte er plötzlich ernüchtert, küsste sie sanft und schob sie entschlossen von seinen Knien, »deshalb muss ich heute noch ein wenig arbeiten. Einmal noch möchte ich dieses Stück durchspielen, der Lauf hat es nämlich in sich.« Gregor holte aus und griff unbeirrt in die Tasten. Er liebte dieses Prélude in Cis-Moll von Rachmaninoff.

Die ersten Töne schwangen sachte, aber bald entfaltete sich eine leidenschaftliche Zwiesprache der Stimmen: Die Dunkle, machtvoll, beängstigend und in wachsendem Zorn, die Helle, weich, erklärend und begütigend, sie vermochte zu besänftigen und Einsicht zu erzeugen. Doch nur scheinbar, denn dann brach die Klage aus, eine Flut von Weh und Jammer, die sich ekstatisch steigerte, bis sie schließlich leer und kraftlos in sich zusammenfiel und in ratloser Resignation verebbte.

Und, wie dürre Blätter wehten dabei Erinnerungen ins Zimmer und die Großmutter war da, seine Oma Ludmilla, die ihn mit der Schönheit russischer Musik vertraut gemacht hatte. Ähnlich einem Geist, war sie einmal die Woche aus ihrem Gemach erschienen um im Salon Klavier zu spielen, in hellen Gewändern die bis zum Boden fielen, das graue Haar zu einem dünnen Zopf geflochten, hatte sie die nackten

Füße in löcherigen hellblauen Pantoffeln auf die Pedale gestellt und zu spielen begonnen. Er hatte zusehen dürfen, wenn er still und reglos beim hohen C am Klavierende gestanden war, so dass er gerade noch die Tasten zu überblicken vermochte. Unter ihren durchsichtig weißen Händen, auf denen blaue Adern zu jedem gleitenden Finger Tintenblut führten, waren Etüden, Balladen, Polonaisen erklungen, Rachmaninoff, Skriabin, Prokofjew und auch Chopin nacheinander, wie ein heller Bach gleichsam aus ihren wässrig blauen Augen und dem alten Klavier geplätschert und hatten sich seiner kleinen Person bemächtigt. Nach einer Stunde hatte sie sich lächelnd wieder zurückgezogen. Sie hatte ihre russische Seele fliegen lassen.

Babuschku nada ljubit!

Die Großmutter muss man lieben!

Da, Babuschka!

Ja, natürlich liebte er sie. Gregor hatte verstanden, was ihr die Musik bedeutete, wie sie darin ihren Schmerz über Verlust und Vertreibung wiederfand. Sie hatte Rachmaninoff wunderbar gespielt. Noch immer fand er das Cis-Moll Prélude großartig, es passte ausgezeichnet zu den Turbulenzen die eben sein Gemüt erschütterten.

Er heiße Konrad, hatte der Cheffluglehrer gesagt und Gregor freundlich die Hand gereicht, er freue sich, ihn kennenzulernen und mit ihm die vier LOFT Übungen durchzuführen.

»Also Gregor, um es gleich beim Namen zu nennen, das hier ist anspruchsvolles Training, kein Check, sondern Training. Mich interessiert vor allem, wie ihr mit kritischen Situationen zurecht kommt, wie ihr sie verarbeitet, wie ihr mit Fehlern umgeht. Kapitän und Copilot bilden ein Team das möglichst reibungslos arbeitet. Das Ziel ist ein einwandfreier Ablauf, also muss sich das Team gegenseitig auf Fehler aufmerksam machen, möglichst bevor sie entstanden sind.«

»Bis zum heutigen Tag«, fuhr er noch immer freundlich fort, »bist du sehr weit gekommen, hast Selektionen, Schulungen und sicher zwanzig Checks bestanden, auf der Strecke Erfahrung gesammelt, jetzt kannst du alles für dich selbst unter Beweis stellen. Nach jeder Übung werden wir diskutieren, ob es zur Lösung der Probleme noch bessere

Varianten gegeben hätte, was man anders und besser hätte machen können. Einverstanden?«

»Ja, gut«, murmelte Gregor überwältigt. Wahnsinn, dachte er, ich glaub es nicht, der Mann ist ja locker und total nett, aber es könnte auch eine Falle sein, irgend eine Falle, die ich nicht erkennen kann.« Sie gingen schweigend den langen Korridor entlang und betraten den mächtigen Raum, in dem in luftiger Höhe eine Rampe mit einer kleinen Brücke zum Simulator führte. Bizarr wie ein riesiges Insekt sah es aus, das Gehäuse mit seinen hydraulischen Beinen, die ihm Bewegungen um alle Achsen erlaubten. Das Cockpit entsprach bis ins kleinste Detail dem Flugzeug. Geräusche, Wetterphänomene, die Sicht nach außen und jede erdenkliche Störung konnten hier absolut realistisch nachgebildet werden.

Gregor und sein Copilot Allan nahmen vorne Platz und führten wie immer die Flugvorbereitungen durch. Viel Zeit blieb Gregor nicht, seine Gedanken zu ordnen und sich auf die kommenden Herausforderungen einzustellen. Was will der Mann wirklich von mir, überlegte er, worauf muss ich mich gefasst machen? Sollte er wirklich alles gemeint haben wie er es gesagt hatte, wäre das zu schön um wahr zu sein! Vorsicht, Vorsicht! Die ersten drei Tage war alles gut gegangen. Dramatische Situationen, brennende Triebwerke, Druckabfälle, mehrfache Systemzusammenbrüche, Feuer und Rauch waren unter Kontrolle gebracht worden.

Der vierte Tag war gekommen. Destination Mailand, das war ihm bekannt, sonst gar nichts. Mailand. Was könnte ihn da erwarten? Berge, hohe Berge sogar. Vielleicht ein unkontrollierbarer Triebwerksbrand kombiniert mit einem Druckabfall in der Kabine, um ihm die Hölle heiß zu machen! Könnte der vermeintlich nette Cheffluglehrer plötzlich ein ganz anderes Gesicht zeigen? Jetzt liebes Glück, dachte er grimmig, zieh dich nicht zurück!

»Check before Engine Start.«

Gregors Stimme klang fest und überzeugend. Er war entschlossen sich nicht einschüchtern zu lassen, auch nicht vom Cheffluglehrer, der scheinbar völlig neue Schulungsprinzipien verkündete, von denen er bis anhin nie etwas gehört oder bemerkt hatte. Copilot Allan grinste zu ihm herüber. Du kannst schon lachen, dachte Gregor, du hast ja noch ein paar unbeschwerte Jahre. Er hätte gern gewusst, was Allan durch den Kopf ging, hoffentlich nahm er sich zusammen und unterstützte ihn gut, schließlich waren sie ein Team.

Das Wetter war einwandfrei, ein riesiges Hoch von Spanien bis zum Balkan, keine Störungen weit und breit, er hatte realistisch geplant und kaum zusätzlichen Treibstoff für Wartezeiten eingerechnet. Sie rollten zur Piste. Gelassen und konzentriert legte Gregor die Notmaßnahmen fest, sollte während des Starts ein Triebwerk ausfallen.

»Cleared for Take-Off.«

Gregor schob die beiden Gashebel nach vorn, sie rollten, beschleunigten und hoben ab. Nichts war während es Starts geschehen, alles verlief glatt, sie stiegen problemlos auf 24.000 Fuß und überflogen die Alpen, und noch immer war nichts geschehen, nichts! Was war das jetzt, dachte Gregor erstaunt, die kritischen Flugphasen waren vorbei, was sollte jetzt noch schiefgehen? Er war innerlich wachsamer denn je, immerhin, das konnte es ja kaum gewesen sein!

Es gebe Verspätung, meldete der Controller, Flug 624 nach Mailand möge in die Warteschleife fliegen. Danach herrschte wieder Ruhe. Verdächtige Ruhe, dachte Gregor nach zwanzig Minuten im Holding und begann sich über den verbleibenden Treibstoff Gedanken zu machen. Entweder er bekäme bald die Anflugfreigabe, oder er müsste nach Bergamo ausweichen.

Irgendetwas pfeife in der hinteren Bordküche, wurde ins Cockpit gemeldet. Sie überprüften die Systeme, alles okay, kein Grund zur Aufregung. Banales Zeug, dachte Gregor beinahe enttäuscht, was für eine seltsam lahme Übung! Er bekam die Anflugerlaubnis für Mailand, musste noch einige Male den Kurs ändern und drehte zum Endanflug ein.

»Gear down!«, befahl Gregor, Gear down und Allan drückte den Fahrgestellhebel nach unten. »Ping«, tönte es laut. Jetzt war es soweit, left gear unsafe! Sie waren vier Minuten vor der Landung und die Räder ließ sich nicht ausfahren!

»Go around!«, befahl Gregor und zog die Maschine wieder hoch.

Er flog zurück in die Warteschleife und unternahm einen weiteren Versuch das Fahrgestell auszufahren.

Ping, wieder left gear unsafe! Shit!, fluchte Allan leise und Gregor dachte, genau, shit, big shit!

Schlagartig wurde ihm bewusst, in welch prekärer Situation er sich befand. Durch die lange Wartezeit hatten sie noch Treibstoff für eine Viertelstunde. Fünfzehn Minuten! Das reichte nirgends mehr hin, sie mussten in Mailand landen, nein, sie mussten notlanden! Fünfzehn Minuten, auch zu wenig Zeit eine Notlandung gut vorzubereiten, aber es musste genügen. Eine andere Möglichkeit gab es nicht.

»Allan, your controls«, sagte Gregor und übergab Allan das Steuer. Gregor spürte wie der Druck zunahm, eine Faust irgendwo zwischen Herz und Magen die anschwoll von Minute zu Minute. Keine Zeit Faust, du musst warten.

»Wir lassen keinen Schaumteppich legen«, entschied Gregor, »Bugrad und rechtes Fahrgestell bleiben ausgefahren, ich konzentriere mich darauf, den linken Flügel so lang wie möglich oben zu halten. Sobald das Flugzeug still steht, evakuieren wir.«

Flight 624, Mayday! Wir können das linke Fahrgestell nicht ausfahren und kommen in zehn Minuten. Bitte informieren sie die Rettungskräfte.«

»624. Wünschen sie einen Schaumteppich?«

»Nein danke Mailand, das dauert zu lange.«

Gregor griff zum internen Telefon und ließ den Kabinenchef kommen.

»Wir haben ein Problem mit dem Fahrgestell. Ihr müsst die Kabine für eine Notlandung vorbereiten, wir landen in zehn Minuten. Nach der Landung wird das Flugzeug nach links kippen, dabei könnte der Flügel brechen und der restliche Sprit Feuer fangen. In jedem Fall die Passagiere evakuieren, raus so schnell wie möglich. Es werden aber kaum alle Ausgänge zu benützen sein. Wir tun unser Bestes.«

»Allan! Ich informiere jetzt die Passagiere.«

Gregor griff zum Hörer des Bordtelefons, hielt einen Moment inne und sagte dann mit ruhiger Stimme:

»Meine Damen und Herren, hier spricht ihr Kapitän! Wir haben ein technisches Problem mit dem Fahrgestell, das sich nicht vollständig ausfahren lässt und sehen uns daher gezwungen in Mailand eine Notlandung vorzunehmen. Sie erhalten dazu alle wesentlichen Informationen vom Kabinenpersonal und ich ersuche sie, diesen Anweisungen genau zu folgen. Wir sind auf Vorfälle dieser Art bestens vorbereitet, sodass kein Grund zur Beunruhigung besteht. Ich bitte sie nochmals, ruhig zu bleiben und danke ihnen für ihre Aufmerksamkeit.«

»Flug 624! Zu ihrer Information, die Feuerwehr hat zu beiden Seiten der Piste Position bezogen.«

»Danke Milano, aber es ist besser, wenn die Feuerwehr nur auf der rechten Seite steht, weil wir ziemlich sicher nach links ausbrechen werden.«

»Flug 624, verstanden. Wir werden das weitergeben.«

»Allan, my controls.«

Gregor übernahm das Steuer und begann den Anflug. Die Faust in der Magengegend war verschwunden, er war ruhig und freute sich beinahe auf die Landung in Schieflage. Die Piste lag vor ihm, rechts davon standen die Löschfahrzeuge der Feuerwehr. Er steuerte die Maschine über die rechte Pistenhälfte, landete behutsam und hielt sie mit dem Querruder so lange rechtslastig, bis sie stillstand und sanft zur Seite kippte.

»Cabin Crew at Stations!«

Gregor konnte kein Feuer sehen. Alles war gut verlaufen.

»Flug 624«, meldete sich der Tower, »werden sie das Flugzeug evakuieren?«

»Yes Sir.« Gregor blieb bei seinem Entschluss.

»Jawohl, genau so geht das«, tönte es aus dem Sitz des Instruktors. Konrad war sichtlich zufrieden. »Das Problem wurde ruhig und mit Übersicht gelöst, du hast unter Zeitdruck Ruhe bewahrt und hervorragend mit deinem Team zusammengearbeitet. Gratuliere Gregor, du kannst nächste Woche ins Flugtraining!«

Abends zu Hause hatte er den Kindern zum wiederholten Male die Geschichte vom obdachlosen Maulwurf Grabowski vorgelesen und dabei festgestellt, dass aus der Faust in seinem Magen ein Kloss geworden war der nun hinderlich in seiner Kehle saß, wo er doch weiter lesen sollte, während Oscar die Sorge um den Maulwurf die braunen Augen verdunkelte und Jan, dreijährig und nach Badewasser duftend auf seinem Schoß saß und ihn aufmerksam musterte, weil er ein ungewohntes Schwingen in Gregors Stimme erkannt hatte, wie es eben hörbar wurde, wenn das Glück sich dort festsetzte und daran nichts zu deuten war.

Als die Kinder schliefen saß er erneut über den Büchern.

Eine der größten Hürden war genommen, aber die Ausbildung noch lange nicht zu Ende gebracht. Noch immer konnte einiges schief gehen und dann müsste alles in ein oder zwei Jahren wiederholt werden. Der Gedanke war sofort zu verbannen. Gregor spürte den Dauerstress, er hatte sich aufgebaut und war geblieben und die Faust, die er heute deutlich gespürt hatte, würde weiterhin lauern und ließ sich nur vorübergehend verdrängen. Marlis tat was sie konnte, alles zusätzlich Belastende von ihm fern zu halten. Sie ging so oft wie möglich mit den Kindern nach draußen, rannte ans Telefon und an die Tür wenn es klingelte und verzichtete auf ihre Malabende, damit er sich in Ruhe vorbereiten konnte. Manchmal sah sie besorgt zu ihm über den Tisch und ihr Blick störte ihn und setzte ihn noch mehr unter Druck. Sie spürte sofort, dass er irritiert war und sah weg, zu den Kindern oder aus dem Fenster oder irgendwohin und das störte ihn gleich nochmals, ohne dass er wusste warum.

Vier Tage hatte er in Malta im Flugtraining verbracht, wieder wurden kritische Situationen trainiert. Anflüge ohne Landeklappen oder solche mit blockiertem Höhenruder, kaum eine Schwierigkeit die zu einer Tragödie führen könnte, wurde ausgelassen. Als er zurückkehrte war er ausgelaugt aber zufrieden.

»Halbzeit!«, sagte er zu Marlis, »das Schlimmste habe ich hinter mir, nun kommen noch zwei Monate Streckenausbildung, da fliegst du unter Aufsicht auf dem linken Sitz und bist verantwortlich für alles Fliegerische, während der Ausbildner die betriebliche Durchführung des Fluges überwacht.

Er war froh, endlich wieder auf die Strecke zu kommen und wie er sagte, einfach von da nach dort fliegen zu können. Einfach waren auch diese Wochen nicht gewesen, denn die zukünftigen Kapitäne waren einem Dauerfeuer von Fragen ausgesetzt, das je nach Ausbildner vor dem Start begann, während des Fluges andauerte und oft noch abends im Hotel weitergeführt wurde. Vorschriften und Regeln, kundendienstliche Belange wechselten sich ab mit der Prüfung von Systemkenntnissen, meteorologischen Beurteilungen, technischen Zusammenhängen und Sicherheitsfragen, was, wieso, warum, Gregor träumte bereits davon!

Daneben musste das Flugzeug geflogen, die Problematik des winterlichen Fliegeralltags bewältigt werden und dabei die Sicherheit zu jedem Zeitpunkt gewährleistet sein, schließlich waren Passagiere an Bord. Gelegentlich wurde es Gregor zu viel und er erklärte schon bei der Flugvorbereitung, dass er Fragen ausschließlich im Reiseflug oder abends im Hotel beantworte, alles andere betrachte er als Gefährdung der Sicherheit. Zu seiner Überraschung wurde das respektiert. Die beiden Monate näherten sich dem Ende und Gregor begann sich zu entspannen.

Der Winter aber wollte kein Ende nehmen, spielte sich im März nochmals auf und ließ es kräftig schneien.

Als Gregor frühmorgens zur Piste rollte, war sie mit Schneematsch bedeckt und der Wind kam in tückischen Böen daher. Es waren Gregors letzte Tage in der Kapitänsausbildung. Sein Copilot war diesmal der Checkpilot selbst, der Thommen hieß und nicht gerade beliebt war, weil er als arglistig galt.

Gregor gefiel die Wettersituation nicht.

»Hm, viel Matsch und viel Seitenwind hier, das ist mir zu heiß! Verlange bitte eine andere Piste«, bat er Thommen.

»Ach was«, meinte Thommen irritiert, »das geht schon, kein Problem.«

»Verlange bitte eine andere Piste«, wiederholte Gregor trotzdem und sah Thommen erstaunt an, »ich will bei diesen Bedingungen weniger Seitenwind haben.«

»Willst du deswegen wieder umkehren, auf eine neue Startfreigabe warten und Verspätung riskieren?« Thommens Stimme war vorwurfsvoll. »Hinter uns warten sicher sechs Flugzeuge und wir überschreiten keinerlei Grenzwerte, also das kann es doch nicht sein!«

Gregor setzte die Parkbremse und löste seine Gurten.

»Pass auf«, sagte er ruhig zu Thommen, »wenn du hier unbedingt starten willst, dann flieg du als Kommandant diese Strecke, ich setze mich auf den dritten Sitz. Ich werde unter den vorherrschenden Bedingungen nicht auf dieser Piste starten! Ich halte es für zu riskant, im Falle eines Startabbruchs kann das gröbste Schwierigkeiten geben und sehr schnell schief gehen.«

»Okay, wie du willst«, antwortete Thommen gereizt, »dann verlangen wir halt die andere Piste und machen Verspätung.«

Gregor schnallte sich wieder an. So, dachte er, das musste jetzt sein. Wer hier unbedingt starten will, muss wissen was er tut. Die andere Piste ist um einen Kilometer länger, es gibt weniger Seitenwind und genau dort werde ich starten, Verspätung hin oder her! Die Kabine randvoll mit Passagieren und jede Menge Sprit in den Tanks, das hier ist doch kein Flugtraining!

Der Pistenwechsel erwies sich als unproblematisch und danach war alles glatt verlaufen.

Während des ganzen Tages hatte Thommen kein Wort mehr darüber verloren und hatte sich freundlich und umgänglich gegeben. Auch Gregor hatte dem Disput nichts hinzuzufügen und war fest entschlossen seine Entscheidung gegebenenfalls zu verteidigen, sie war richtig, daran zweifelte er nicht. Trotzdem, war die Auseinandersetzung unangenehm und seine Weigerung musste Thommen geärgert haben. Er hätte gerne auf diesen Auftritt verzichtet.

Thommen hatte ihn wider Erwarten geradezu herzlich verabschiedet: »Gregor, du hast das heute gut gemacht! Ich wollte natürlich nur testen, ob du deinen Entschluss auch durchsetzen kannst!«

Zwei Tage später kam sein Final Check, die letzte Bewährungsprobe. Der Copilot flog von Salzburg nach Linz, eine extrem kurze Strecke. Zeitdruck, schlechtes Wetter, Berge, alles zusammen ein kleiner giftiger Cocktail, der den Copiloten prompt ins Schleudern brachte. Nervös und ungenau war er angeflogen, das Flugzeug war ihm bei der Landung durchgesackt, Gregor musste eingreifen, es abfangen und sicher auf die Piste setzen.

Der Copilot hatte ihn angegrinst:

»Danke Greg, tut mir leid, das war keine Glanzleistung! Eigentlich solltest du ja heute aufgeregt sein, aber du hast alles im Griff.«

Und dann, hatte Marlis gefragt, als er abends im Auto erzählte, und sie mit dem Lenkrad ruckte, weil sie ihn von der Seite unbedingt anblicken musste. Vom Rücksitz hatte es wie ein Echo getönt, »und dann Papa« gefolgt von einem müde genuschelten »udan Papa«?
»Ja, dann wurde ich vom Chefpiloten in sein Büro gebeten und er sagte feierlich:
»Gregor, ich gratuliere dir und ernenne dich hiermit zum Flugkapitän!«
Toll! Marlis hatte einen triumphierenden Schrei ausgestoßen und die Kinder unbändig gebrüllt und gequietscht wie ihre Mutter, bis er schließlich »Stop! Ruhe an Bord« gerufen hatte, was aber nur mit Mühe zu erreichen war.
Später hatte sie ihn unvermittelt aus dem Blickfeld der Kinderaugen ins Bad gezogen und ihm ins Ohr geflüstert, dass sie unbeschreiblich stolz auf ihn sei und dem ersten Abend mit einem Commander gespannt entgegenblicke!
Noch später hatte er mit Marlis gegessen und einen prächtigen Pauillac dazu getrunken. Avocados nach Meerjungfrauenart hatte sie vorbereitet, die, wie sie sagte, zwischen Eisbergsalatblättern dümpelten. Danach, ganz nach seinem Geschmack, ein schönes Steak mit etwas Kartoffelgratin und zum festlichen Abschluss ein kühles Mousse au Chocolat mit Vanillesauce.
Noch viel später folgte dem Festmenü ein Bad in feurig heißen Küssen, bei dem sie sich vergewissern konnte, dass Gregors Verfassung durch all die genannten Herausforderungen keineswegs gelitten hatte, sondern befreit und gelöst noch zu Höhenflügen führte, die er mit traumwandlerischer Sicherheit durch alle Stürme hindurch beherrschte.
Erst drei Tage nach dem Final Check, als Gregor wieder im Cockpit saß und die Triebwerke bereits liefen, war ihm bewusst geworden, welchen Umfang an Verantwortung er von nun an zu übernehmen hatte. Von diesem Moment an gab es niemanden mehr, den er um

Rat hätte fragen können und ganz egal was immer auch geschehen würde, er war am Ende allein mit seinen Entscheidungen! Er hatte einen erfahrenen Copiloten an seiner Seite, den er gleich über seinen ersten Flug als Kapitän informierte und ihn bat, heute besonders aufmerksam zu sein. Sie sollten zusammen ein partnerschaftliches Team bilden, war der neue Leitgedanke, und er wollte einer der Ersten sein, dieses zu verwirklichen.

Draußen regnete sich ein launisch windumspieltes Apriltief ungehemmt aus. Der Mechaniker, den er gerufen hatte, weil ihm bei seinem Rundgang um das Flugzeug ein abgefahrener Reifen aufgefallen war, schaute ihn vorwurfsvoll an und verschwand mißmutig, um das Rad zu wechseln. Zwischendurch teilte ihm die Kabinenchefin mit, dass in der Business Klasse zwei Anschlusspassagiere fehlten und er entschied, dass man auf sie warten wolle.

Er hatte das Logbuch unterschrieben, in dem die Flugzeiten und der technische Zustand des Flugzeugs aufgeführt waren und den Ladeplan, auf dem von den Passagieren bis zum Treibstoff alles aufgelistet war, was mit Ladung und Gewicht zu tun hatte.

Weiters hatte er unterschrieben, dass sich im hinteren Laderaum gefährliche Güter in Form von 270kg Feuerzeugen befanden und im vorderen Laderaum einige wertvolle Pakete mit 350kg USDollars, 200kg Deutsche Mark und 320kg Britische Pfund geladen und sicher verstaut waren. All dies hatte er unterschrieben und sich darauf verlassen müssen dass sämtliche Angaben tatsächlich stimmten, denn sie alle zu kontrollieren, dafür würde die Zeit nie reichen.

Daran wirst du dich wohl gewöhnen müssen, sagte er zu seinem unbehaglichen Gefühl, das ist ganz normaler Fliegeralltag!

Schließlich beruhigte er persönlich die beiden älteren Passagiere, die aufgelöst die Treppe erklommen hatten und sich keuchend und wortreich für das Warten bedankten. Der Reifen war ausgetauscht, die schwere Türe wurde geschlossen, die Triebwerke konnten gestartet werden.

Captain Gregor Sommer und seine Besatzung heißen sie herzlich willkommen an Bord, hörte er die Chefhostess sagen, wir wünschen ihnen einen angenehmen Flug!

Gregor lachte leise in sich hinein:

»Mailand, ausgerechnet! Freut euch liebe Leute, da bin ich erprobt, vom Triebwerksbrand bis zur Notlandung!

Mailand, ich komme!«

Unruhe

Im Café der Internationalen Abflughalle war Marlis inzwischen tief in den Ledersessel gesunken und nahe daran, dort einzuschlafen. Nun zog sie, durch ihre eigene Entrücktheit erschreckt, den gekrümmten Rücken in die Gerade, strich sich massierend über den Nacken und sah auf die Uhr. Eine ganze Stunde war sie dort gesessen und hatte in kleinen Schlucken Bier getrunken, kein Wunder, dass sie dabei müde geworden war, vor lauter Nichtstun und nachdenken. Der letzte Rest des Bieres schmeckte lau und fad und ein weiteres wollte sie nicht trinken, sie vertrug das Bier schlecht, es lag schwer im Magen und machte sie schläfrig.

Champagner wäre da schon etwas anderes, der hängte sich bei ihr gleich an jedes einzelne rote Blutkörperchen und brachte es zum schwingen, aber Champagner wäre heute ganz einfach dekadent. Außerdem könnte sie nach einem kurzen aufmunternden Champagnerkick noch müder werden, das galt es wirklich zu vermeiden, immerhin sollte sie heute noch mit Gregor nach Wien fliegen, vielleicht, irgendwann. Andererseits, wann war sie schon von Champagner müde oder trübsinnig geworden, sie konnte sich nicht erinnern, genau genommen nie, außer sie hatte zu viel davon getrunken. Nein, beschloss sie zuletzt, doch kein Champagner, noch war der Moment dafür nicht gekommen!

Der Kellner ging an ihr vorbei zu einer Gruppe von Männern die sich einige Tische von ihr entfernt niedergelassen hatten. Japaner, dachte Marlis, höflich lächelnde japanische, vielleicht auch koreanische Geschäftsleute, die sich lebhaft aber leise miteinander unterhielten, so, dass es aussah, als wären sie in wichtige Verhandlungen vertieft. Aus schmalen Augenwinkeln heraus waren sie jedoch dabei ihre Umgebung ständig zu beobachten, auch Marlis wurde mehrmals kritisch unter die Lupe genommen. Das störte sie nicht weiter, sie fand es erheiternd und hätte zu gerne gewusst, was diese geheimdienstlich agierende Truppe zu besprechen hatte und ob sie von ihnen als lauernde Spionin wahrgenommen wurde.

Der Kellner kam zurück und sie winkte ihn an ihren Tisch. Er hob das Bierglas hoch und lächelte sie an.

»Noch eins?«, fragte er herablassend.

»Nein«, sagte Marlis, »ich nehme noch einen Kaffee und ein Mineralwasser.«

Wie in Wien, dachte sie dabei sehnsüchtig, in Wien servierte man zum Kaffee immer ein Glas Wasser, Leitungswasser allerdings, aber das wiederum wäre hier verpönt, Leitungswasser bestellte niemand. Sie seufzte tief. Der Tag war anstrengend, obwohl sie nichts tat, als sitzen und warten, war er doch wichtig und gut. Sie war schon weit gekommen in ihren Erinnerungen, aber die großen Brocken, die lagen noch vor ihr. Daran wollte sie jetzt nicht denken, sie kamen zwar schon in Reichweite, sie konnte sie aber bedenkenlos etwas vor sich herschieben.

Vorläufig genügte ihr die Betrachtung der wirbelnden zwitschernden Jahre, die an ihr vorbei geglitten waren wie, ja, wie Oscars Papierschiffchen auf dem Sommerbach, der nach heftigen Gewittergüssen in ihrem Wald zu Tal rieselte.

Der Wald, dachte sie heiter, sie hatte ihn einfach zu ihrem Wald erklärt. Es war auch ihr Wald, daran gab es keinen Zweifel. Sie suchte ihn jede Woche auf, wusste um sein Rauschen, seine verborgensten Plätze und der Wald wusste von ihr, kannte ihre Ängste und Leidenschaften, verschluckte Seufzer der Lust und der Einsamkeit gleichermaßen und gab sie nie wieder her. Sie hatte immer von »ihrem Wald« gesprochen, ganz selbstverständlich, auch zu Hoi, der meist von dort herüber zu kommen schien.

Wie eben an jenem magischen Abend im Mai als er sie besucht hatte, kaum dass es dunkel war und die Kinder schliefen.

»Was treibst du eigentlich in meinem Wald, du wildes heimatloses Tier?«, hatte sie ihn gefragt, »kennst du überhaupt seine geheimsten Plätze?«

Er gluckste und sah sie durchdringend auffordernd an und ihr Blut begann sachte zu kräuseln.

»Soll ich dir vielleicht davon erzählen?«

Sie trug ihn zum Fenster und setzte ihn auf den Sims. Er drehte sich unruhig im Kreis.

»Sei still«, sagte sie leise, »hör zu:

Als Erstes die Lichtung hinter den Birken drüben, siehst du sie? Dort treffen sich im Frühling zum Vollmond die Weisen und beraten die ganze Nacht lang darüber, wie sie den Menschen die Angst und die Gier nehmen könnten. Ich kann sie nie sehen und höre sie nur flüstern.

Etwas weiter hinten bei den hohen Fichten ist der Kreis der Erkenntnis, in den du gehen kannst, wenn dein Ich verloren gegangen ist, das kann ja vorkommen. Mittendrin findest du es wieder.

Tiefer im Wald, wo sich die Wege im Dickicht verlieren, liegt die Höhle des Zorns. Sie ist wunderbar für Menschen wie mich, die ihre Wut heraus schreien wollen, denn es hört dich niemand und du bist sie los, zumindest für eine Weile.

Direkt davor liegt der Stein der Ruhe. Er sieht ganz gewöhnlich aus, aber in seinen grauen Adern hat sich viel Erdzeit gesammelt und strahlt so stark, dass manchen, die sich drauf setzen, ganz wunderlich wird.

Dann, musst du schauen, gibt es einen Baum, der höher ist als alle anderen, das ist der Baum der Liebenden. Mit weichen, langen Nadeln und Ästen, stark und regelmäßig wie eine Leiter, und ganz oben in der Krone, wo die jungen Triebe wachsen, liegt der Liebestau, der nie versiegt und den nur wenige finden.

Dort in der Nähe befindet sich eine Quelle, so ähnlich wie eine kleiner Tümpel, in dem sich das Himmelsfeld spiegelt, das ganz alleine dir gehört... verstehst du das Hoi?«

Aber Hoi hatte sich schon federleicht davon gemacht, lautlos wie immer und ohne die geringsten Spuren zu hinterlassen.

Eigentlich hätte sie gerne den Kindern in dieser Weise vom Wald erzählt, hatte sich aber zurückgehalten. Sie würden sie nicht verstehen, dachte sie, Jan war mit sechs Jahren ohnehin noch zu klein für solche Betrachtungen und Oscar der bald zehnjährige, könnte zumindest befremdet sein und sie nicht mehr ernst nehmen, das wollte sie nicht riskieren, war es doch ohnehin nicht immer leicht, sich bei den Jungen durchzusetzen.

Es war einer der vielen Abende, an denen sie allein war und die Leere stumm in jedem Winkel hockte. Marlis war kaum hörbar ins Kinderzimmer gehuscht, war dort im Halbdunkel des Mondlichts gestanden und hatte ihre Söhne lange betrachtet. Im oberen Bett schlief Oscar, der Nachtgeborene, mit schmalem Gesicht und Augen braun und gründunkel glänzend wie die regennasse Waldlichtung und oft ebenso verhangen in Geheimnissen und fantastischen Träumen, sie bewegten sich bisweilen im Schlaf, als suchten sie weiter, fragend und ruhelos. Unten lag Jan, der zurzeit darauf bestand bei seinem Bruder zu schlafen, den Arm eng um den Stofflöwen geschlungen, den Kopf abgewandt, schniefte es leise, ihr Morgenkind, blond, verschmitzt und dünnhäutig.

Sie strich ihm sachte über die Stirn.

Sie konnte glücklich sein, dachte Marlis, mehr noch, sie durfte mit Recht auch stolz sein, wenigstens ganz im Stillen durfte sie das!

Sie hatte die Buben mit Leidenschaft und Hingabe zu offenen, fragenden und mitfühlenden Wesen erzogen. Einfach war das nicht gewesen. Sie war meist allein mit ihnen, Gregor war selten im Land, wenn sie ihn dringend gebraucht hätte und sollte er zufällig zu Hause gewesen sein, wenn sich etwas zusammenbraute, zog er es vor, sich auf die Rolle des gütigen und verständnisvollen Papa zu beschränken. Energische Einsprüche erzieherischer Natur waren nicht sein Credo. Solche Aktionen waren, wie sie beide fanden, im Nachhinein ohnehin nicht sinnvoll, deshalb blieben sie meistens ihr überlassen. Marlis fand dies weit anspruchsvoller, als sie es sich vorgestellt hatte und oft genug flehte sie zum Himmel um Rat und wägte lange ab, um dann zum Schluss zu kommen, die Dinge seien nun mal so wie sie sind, sie selbst sei auch so wie sie sei und vor allem, liebe sie ihre Kinder genau so wie sie seien und daher, aus all diesen unwiderlegbaren Gründen, wären einschneidend andere, energischere Erziehungsmaßnahmen unangebracht, ja sogar irreführend, was für ein herrliches Wort, also irreführend und es sei mit mahnender Güte und Verständnis zu entscheiden! Ganz am Ende, wenn sie sich am Ergebnis orientierte, und das war schließlich was wirklich zählte, konnte sie zufrieden sein, sehr sogar!

Zwei wunderbare Jungen hatte sie bekommen und konnte das noch immer nicht glauben, als hätte es nichts mit ihr zu tun und sie wären einfach aus einem weiten Traum gefallen, wie Sternschnuppen, so unwirklich. Warum, fragte sie sich, schien ihr bloß manches so fern und rätselhaft, obwohl es doch dicht bei ihr stattfand und an sich gut zu erklären war?

Sie war eine Traumwandlerin, soviel war sicher und auch die vergangenen Jahre hatten daran nichts zu ändern vermocht. Sie würde es wohl immer bleiben, egal wie sehr sie sich bemühte. Nicht, dass ihr die Dinge unkontrolliert entglitten wären, aber irgendwie schien bei ihr alles immer eigene Wege zu gehen, Wege mit einer Doppelspur, auf der sie nebenherlief und die Entwicklungen und Ereignisse mit Erstaunen beobachtete. Gregor konnte das gut verstehen, er betrachtete vieles ebenso staunend wie sie und er verstand fast immer, was sie bewegte.

Sie ging zögernd ins Wohnzimmer, dann auf die Terrasse und setzte sich in den alten Korbsessel, den ihr Mama überlassen hatte. Langsam wurde es dunkel draußen und die Konturen begannen sich aufzulösen. Ein wenig könnte sie noch dort sitzen, bevor ihr zu kalt werden würde. Die Luft war weich und feucht und satt von Düften, frischen herben drüben vom Wald, vermischt mit durchdringend süßen von den Fliederbüschen rund um das Haus. Wilde lila Flieder und tief dunkelviolette, beinahe unsichtbar und verschmolzen mit der Nacht, und weißblühende, die nahe der Terrasse leuchteten und sich betörend verströmten. Marlis sog den süßlich schweren Duft ein und schloss die Augen. Manchmal, dachte sie, war alles so intensiv und nah und überquellend, dass man es alleine kaum fassen konnte.

Gregor war in Lissabon oder war es Athen, sie war sich nicht sicher, es war auch nicht wichtig, jedenfalls war er nicht da bei ihr, wo er eben hätte sein sollen! Ach, sie vermisste ihn! Der Tag war lang gewesen und sie hätte ihm vieles davon erzählen wollen.

Zum Beispiel, wie stolz Jan ihr seine Wolken und Vögel präsentiert hatte, fantastische Gebilde, die er im Kindergarten mit der Laubsäge geschnitten und bemalt hatte, oder, wie Oscar in der Schultasche versteckt einen Strauß angewelkte Wiesenblumen für sie mitgebracht hatte, den sie durch eine intensive Badekur zu beinahe morgendlicher Frische wiederbeleben konnte.

Vielleicht auch, dass sie gestern einen wachsamen Engel bei sich hatte, als ein Spinner auf der Fahrt nach Hause beinahe frontal in sie hinein gekracht wäre, hätte sie nicht im letzten Moment in den flachen Straßengraben ausweichen können. Ganz zum Schluss würde sie ihm zum ersten Mal in dieser Woche sagen, wie sehr sie ihn liebte. Große Dinge, kleine Dinge, sie mussten so oder so warten. bis er wieder bei ihr war.

So war sie, dachte sie irritiert, noch immer fiel es ihr schwer, tagelang von ihm getrennt zu sein und wie sehr sie sich auch anstrengte, sich davon nichts anmerken zu lassen, gelassen und ausgeglichen zu bleiben, war es eben doch so, dass ein bisschen Fliederduft genügte, sie vor Sehnsucht, oder war es vielleicht gar Begierde, vorübergehend aus der Fassung zu bringen, obschon sie inzwischen über vierzig Jahre zählte, eine schöne Anzahl Jahre also, bei der man längst geerdeter, realistischer hätte werden können. Sie kicherte amüsiert, wippte kurz mit den Beinen und sprang energisch auf die Füße. Sie ging in die Küche, schenkte sich ein Glas Wein ein, holte einen breiten Wollschal aus dem Schlafzimmer und ging zurück auf die Terrasse.

Sie war unruhig und rastlos.

Unruhe, dachte sie, Unruhe hatte sich breitgemacht in ihrer aller Leben, ungefragt und unaufhaltsam.

Ruhepole, geliebte, gütige Menschen hatten sie verlassen und kehrten nicht zurück und obwohl schon viele Monate vergangen waren, konnte sie nicht aufhören, auf sie zu warten.

Otto Frank hatten sie noch besuchen können. Er hatte Marlis und Gregor zu sich gerufen und wollte sie sehen. Er lag auf dem Sofa als sie ankamen und Marlis hatte schon beim Eintreten gewusst, dass es das letzte Mal war, dass er ihr die Hand auf den Kopf legte und sie die schwarze Nummer sah, die auf seinen Arm tätowiert war und ihr jedes Mal aufs Neue eisige Schauer über den Rücken jagte. Sie hatte den Blick abgewendet und in seinen Augen den Abschied gesehen und dabei seine Stimme gehört, brüchig und leise, die sagte:

»Ach, Kinder, ist das schön, euch zu sehen... lange Pause... ich bin so müde geworden, ich habe viel gesehen, wisst ihr... vieles... viel zu vieles... jetzt bin ich müde... «

»Er möchte jetzt schlafen, er schläft sehr viel«, hatte Fritzi Frank geflüstert und sie zur Tür gebracht. Ihre Augen waren feucht und sie hob die Schultern und lächelte schwach.

»Ich kann nichts tun«, fügte sie fast entschuldigend hinzu.

Ratlos und traurig waren sie wieder gegangen. Draußen im Auto hatte Gregor sie in den Arm genommen und gesagt: »Es war sehr schön ihn nochmals zu sehen, er ist großartig finde ich« und sie hatte nur geantwortet, »ja, das war er, großartig« und hatte nicht geweint, denn das hätte Otto nicht geduldet.

Dann Papa, ihr guter Papa! Drei lange Jahre hatte er sich mit Asthma gequält, bevor sein Herz verstummt war und sie geweint hatte, bis einfach keine Tränen mehr vorhanden waren und sie befürchtet hatte vertrocknet zu sein für alle Zeiten, so dass sie nur noch sprachlos nach Irgendwo blickten konnte in der Hoffnung ihn zu entdecken. In seinem Ruderboot vielleicht, am Abend auf dem endlosen See zwischen hängenden Weidenzweigen und Schilf, allein und lächelnd die stummen Fische betrachtend die am Ruder vorbeischossen, mit einer Zigarette im Mundwinkel. Mama war alleine geblieben und hatte sich verzweifelt und verloren um die eigene Achse gedreht, war in diesem Kreisen immer mehr ins Abseits gedriftet, einsam und unglücklich. Zu Marlis großem Kummer hatte niemand und nichts dies nachhaltig zu ändern vermocht.

Schließlich war noch Kerstin ausgereist, die einzige Freundin, die sie je als solche benannt hatte. Kerstin und Johann hatten sich scheiden lassen, Kerstin war nach Schweden zurück gekehrt und Marlis hatte drei Jahre gebraucht um das zu begreifen. Sie hatte mit Kerstin lange Abende verbracht, wenn Gregor und Johann unterwegs waren. In Deutsch und Englisch durcheinander hatten sie über ihre Männer und Kinder gesprochen und über die Liebe, über Rassentrennung oder Kriegsgreuel, über Macht und Ohnmacht, sogar über Gott hatten sie gesprochen, nur nicht über persönliche Schwierigkeiten. Sie hatten mit den Kindern schwedische Kekse gebacken und »Lucia« Weihnachten gefeiert und selbst wie sie oft am Küchentisch gesessen und zusammen Landschaften gemalt hatten und es geschehen konnte, dass Kerstin die Stille Lapplands heraufbeschwor, in der sie aufgewachsen war, selbst da hatte Marlis nichts bemerkt von der Eiszeit in Kerstins Ehe. Nur von ihrer Einsamkeit hatte sie etwas in ihren Malereien gesehen, hatte es aber für Heimweh gehalten. Johann mit seinem ironischen Humor, war umgänglich gewesen wie immer. Dann war sie nicht mehr da, in ihrem Haus wohnten fremde Leute und Marlis hatte die Straße gemieden.

Die Jungen aber wuchsen heran und Marlis hatte sich neue Herausforderungen gesucht.

Das unerklärliche Verlangen, das sie am Ende ihrer Fliegerzeit für immer verschwunden geglaubt hatte, war nach ein paar Monaten wiedergekommen und hatte sie seither nie wirklich verlassen. Immer wieder träumte sie nachts vom Fliegen, rannte ruhelos in Flugzeugen auf und ab, die durch dichte Dschungel oder enge Straßenschluchten rollten, in ständiger Sorge, dass die Flügelspitzen die Bäume oder Häuser streiften und die ihr anvertrauten Kinder dabei aus offenen Türen purzelten oder in verborgenen Taschen vergessen wurden. Jedes Mal war sie verwirrt erwacht. Sie hielt die Träume für Botschaften aus dem Unbewussten, die verborgene oder verdrängte Wünsche so deutlich in Szene setzten, dass man sie ernst zu nehmen hatte. Sie musste aufbrechen und den vertrauten Alltag ergänzen, mit dem Fremden, mit unbekannten Menschen und ihren Geschichten. Sie beschloss, eine Aufgabe anzunehmen, die man ihr in der Airline angeboten hatte. Bald darauf fand sie sich vor einer versammelten Klasse von Hostessen und Stewards wieder, die nun den englischen Namen Flight Attendants oder zu deutsch Flugbegleiter trugen und sich in der Grundausbildung befanden. Marlis hatte die Aufgabe, Ihnen die für ihre Arbeit nötigen medizinischen Kenntnisse zu vermitteln, vom Wissen um Tropenkrankheiten, über die erste Hilfe bei Herz-Kreislaufproblemen bis hin zur Geburt an Bord. Marlis hatte sich tief in ihre Lehrbücher gegraben und gründlich vorbereitet.

Nach vier Stunden Unterricht fuhr sie müde und triumphierend nach Hause, mit sandiger Kehle und einem Gefühl unbändiger Freude, wie sie es schon lange nicht gespürt hatte.

Ja, sie war zurück, sie war wieder in der Airline, Gregor konnte stolz sein. Anfangs war das ein Spitzenjob gewesen. Marlis war beflügelt wieder zwischen Flughafen und dem Haus am Waldrand gependelt, daneben um Einkaufszentren, Schule, Kindergarten und Musikschule gekreist, in ständigen Wettrennen gegen knappe Zeitpläne. Vier Jahre lang schienen sich Versprechungen wie Eigenständigkeit, Ausgleich zum Familienalltag oder Weiterentwicklung auch zu erfüllen, bis die ersten Ausläufer der heftigen Stürme in welche die gesamte Airlinebranche geraten war, auch das Ausbildungszentrum erfasst hatte.

Gregor war in diesen Jahren Instruktor und Check Pilot geworden, hatte die unruhigen, stetig kälter werdenden Strömungen in den Chefetagen längst schon bemerkt und mit wachsender Sorge beobachtet. Aber Gregor, dachte sie und nahm nochmals eine kräftigen Schluck Wein, war nicht so empfindlich und Turbulenzen gehörten zu seinem Alltag, er wusste ihnen gut zu begegnen.

Reorganisation nannte sich das Wort, das so harmlos daher kam und immer dann benutzt wurde, wenn man irgendwo mehr Ordnung schaffen oder einen ungünstigen Verlauf ändern wollte, oder sich sonst irgendwie profilieren wollte. An Sparmaßnahmen hatte man sich längst gewöhnt, sie kamen und gingen in ihrem eigenen, von undefinierbaren Kräften bestimmten Rhythmus. Mal gab es zu viel Flugzeuge und Personal, dann wieder viel zu wenig. Zwei Jahre später brauchte man wieder dringend neue Uniformen und größere Gebäude. Dafür gab es immer viel Verständnis und kaum jemand murrte, wenn von Engpässen die Rede war, Arbeitszeiten verlängert wurden, der Urlaub regelmäßig gekürzt oder die Teuerung nicht mehr ausbezahlt wurden. Das war nicht weiter tragisch. Es sei schon immer so gewesen, sagten die Älteren, und Ehrensache wie eine Familie zusammenzuhalten, in guten wie in schlechten Tagen. Tausende hatten daran geglaubt. Man war eine Airline mit Weltklasse und alle wollten ihren Teil dazu beitragen, dass es so bliebe.

Anfänglich hatte das Wort Reorganisation also niemand richtig ernst genommen, denn die hatte sich in dem fröhlich bunten Garten der bestehenden Strukturen nur schleichend, aber umso giftiger eingefunden. Beet um Beet hatte es mit der Zeit betroffen und kaum ein Winkel war verschont geblieben, ein unsichtbarer Schädling, einem Pilz ähnlich, hatte sich willkürlich und vielfältig über die Blüten gebreitet, einen graufilzigen Mantel aus Gleichgültigkeit und kalter Berechnung, bis niemand mehr an das glaubte, was einst den wunderbaren Duft des Gartens ausgemacht hatte. Begriffe wie Begeisterung, Leidenschaft und Wertschätzung waren zu purem Luxus geworden und sollten keinen mehr Platz haben im neuen Strategieplan, sie waren nicht mehr zeitgemäß, anscheinend nutzlos und vor allem, nicht berechenbar. Der neue Geist war kein revolutionärer, emotional bewegter, sondern ein einschränkender, kühl kalkulierender, vermeintlich gewinnbringender, nicht mehr die eigenen Leute, sondern zu Rate gezogene Finanzstrategen und Unternehmensberater in fernen Büros bestimmten anhand ihrer Zahlenmodelle, was gut war für die Airline. Der Garten war noch vorhanden aber er war beschnitten, gestutzt und in weiten Bereichen duftlos geworden. Marlis hatte lange mit sich gerungen und ihn schließlich verlassen. Ihre Begeisterung für die Fliegerei aber war ungebrochen und Gregor wusste sie auch immer wieder neu zu entfachen.

Im Übrigen, fand sie zufrieden, hatte sie selbst sich dadurch kaum verändert. Noch immer war sie voller Neugier und Leidenschaft und wollte diese Kräfte anderen reizvollen Aufgaben zukommen lassen. Sollte sie etwas völlig anderes in Angriff nehmen, dachte sie entschlossen, durfte es nur aus Leidenschaft geschehen.

Sie stand auf, holte tief Luft und zupfte an den Fliederblättern.

Übermorgen war es so weit, da könnte sich möglicherweise eine völlig neue Welt auftun.

Zeitungskorrespondentin!

Seit Tagen versuchte Marlis dieses Wort ganz leidenschaftslos im Bauch versickern zu lassen, aber es versetzte sie jedes Mal in Aufruhr. Die Regionalzeitung suchte eine freie Korrespondentin, eine flexible, aufgeschlossene, vielseitig interessierte Persönlichkeit mit abgeschlossener Berufsausbildung, guten Deutschkenntnissen und einiger Lebenserfahrung. Sie war verrückt genug gewesen sich zu melden!

Bitte, das Gewünschte konnte sie alles vorweisen, eine abgeschlossene Ausbildung, kein Problem, es sei denn es wurden kaufmännische Kenntnisse erwartet oder gar der Umgang mit einem Computer. Gregor meinte dazu, das sei im Berufsleben immer öfter der Fall, wäre aber bestimmt im Inserat gefordert worden.

Sie ging auf der Terrasse hin und her.

Könnte es sein, dass man sie fragte, was sie als Krankenschwester in einer Zeitungsredaktion zu suchen habe, oder dass sie sich lächerlich machte mit dem bisschen Schreiberfahrung das sie vorzuweisen hatte? Damit musste sie rechnen, verwegen wie sie war, hatte sie sich beworben, also musste sie auch eine Abfuhr einstecken können.

Sie schauderte und ging zurück ins Zimmer.

Egal, sie hatte nichts zu verlieren hatte Gregor befunden und ihr Mut gemacht. Das war wieder typisch für ihn, dachte sie, was auch immer sie sich vornahm, er unterstützte sie, ohne Bedingungen oder Vorbehalte.

Sie kippte sich den restlichen Wein in den Mund, spülte in der Küche das Glas aus und ging zurück ins Wohnzimmer. Braune Nachtfalter drängten herein und sie wollte die Terrassentür schließen, da hörte sie ein Auto vorfahren und vor dem Haus anhalten, das dumpf nagelnde Knattern eines Dieselmotors, Stimmen und Türen schlagen und als das Auto wieder wegfuhr, rasche Schritte und ein Hüsteln, das unverkennbar zu Gregor gehörte. Die Türe wurde vorsichtig geöffnet und er war da, wahrhaftig.

»Hallo Schatz!« Er umarmte sie fest und strahlte. »Hier bin ich! Da staunst du, was? Das Schicksal wollte, dass wir die Startzeit verpassen. Hier bin ich, dich zu küssen«, rief er übermütig. »Sei nicht so laut! Warum hast du nicht angerufen? Ich wollte gerade ins Bett gehen, aber...«

Wieder hatte er sie an sich gezogen und ihr den Atem weggeküsst. Sie roch das Flugzeug, als säße sie mitten im Galley. Ihr wurde schnell wärmer.

»Ah«, sagte er genüsslich, darauf hab ich mich gefreut! Aber du hast ja ganz kalte Hände, was hast du gemacht? Ist das herrlich zu Hause zu sein; ich muss erst morgen Abend wieder gehen. Hast du noch einen Schluck von dem Wein?«

»Woher weißt du..?« wollte sie wissen.

»Du schmeckst danach«, grinste er und packte sie wieder um die Mitte, »lass mich noch ein bisschen kosten, dann sage ich dir, welche Flasche du aufgemacht hast!«

»Natürlich gibt es noch Wein«, tat sie entrüstet und entwand sich seinen Händen, »glaubst du, ich trinke heimlich eine ganze Flasche, wenn du nicht da bist!«

»Naja, ich könnte das verstehen, immerhin vermisst du mich doch, oder?« Er hatte das Uniformhemd ausgezogen und ließ immer noch grinsend seine Armmuskeln spielen.

»Oh Gott«, stöhnte Marlis und versuchte abzulenken, »komm, erzähle mir was los war. Wie war es in Athen?«

»Heiß und stickig wie immer«, antwortete er, öffnete im Vorbeigehen kurz die Tür zum Kinderzimmer, murmelte zufrieden und folgte ihr in das dunkle Wohnzimmer. Sie zündete Kerzen an, holte Gläser und er schenkte ein.

»Erzähl!«

»Was soll ich dir von Athen erzählen? Der Smog dort ist ein Wahnsinn. Aus der Luft schaut die Stadt ja gut aus, weiße Häuser, blaues Meer, toll! Am Boden, der Verkehr ist eine Katastrophe, das weißt du ja. Sonst war nichts Besonderes.«

Seine Stimme klang auf einmal verärgert.

»Aber nun am Abend, hör dir das an! Wir sollen nach Lissabon, ja, die Leute sind an Bord, wir sind bereit zum Rollen, liegen prima in der Zeit und dann, du glaubst es nicht, dann ist niemand da, um die

Passagiertreppe vom Flugzeug wegzufahren! Der Mechaniker ist weg, schon beim nächsten Flugzeug, weil er jetzt laut Sparmaßnahmen gleich für mehrere Flugzeuge zuständig ist, verstehst du? Tatsache! Da hat einer ausgerechnet, dass dies locker zu bewältigen sei, auf dem Papier vielleicht, aber im wirklichen Alltag geschieht eben ständig Unvorhergesehenes und diesmal waren halt drei Flieger gleichzeitig bereit zum Wegrollen.«

Er unterbrach sich, zog ein Taschentuch aus der Hose und schnäuzte sich geräuschvoll. Er trägt noch immer ein gefaltetes Taschentuch mit sich, wie es schon ihr Papa getan hatte, dachte Marlis belustigt.

»Also was passierte« fuhr er unwirsch fort, »wir mussten warten, bis jemand die Treppe wegbrachte, haben dadurch unser Zeitfenster verpasst und die nächste Startzeit stand erst eineinhalb Stunden später zur Verfügung. Ergo dessen wäre unsere Dienstzeit überschritten gewesen und so musste die ganze Besatzung ausgetauscht werden, genial was?«

»Das gibt es doch gar nicht, ich verstehe das alles nicht mehr!«

»Das versteht auch niemand mehr, aber seid die hochgepriesenen Unternehmensberater das Sagen haben, läuft vieles so, lauter absurde Berechnungen. Mit dem Geld, das allein unsere Verspätung gekostet hat, könnte locker das Jahresgehalt eines zusätzlichen Mechanikers bezahlt werden. Was soll's!«

Er blickte sie an und sein Gesicht entspannte sich. Er zog sie nahe zu sich.

»Ich hatte gehofft, dass du noch wach bist…«

»Nur damit du mir das alles noch erzählen kannst«, beendete sie seinen Satz und begann leiser zu atmen, stockender, weil seine Hand längst begonnen hatte, die fortschreitende Nacht zu erkunden und auf dieser Suche bei ihren Schenkeln angekommen war.

»Ja klar«, raunte er heiser, aber nun gibt es nichts mehr zu erzählen, nur noch zu tun, viel zu tun.«

Übermorgen war schneller gekommen, als ihr lieb gewesen war. Angespannt und mit hochroten Wangen war sie Frank Kellermeister dem Chefredaktor der Regionalzeitung gegenüber gesessen, der dabei war, wortlos ihre Mappe durchzublättern. Zu ihrer Erleichterung fand sie ihn sofort sympathisch. Irgendwie unbeholfen hatte er sie begrüßt und eine Art abwesende Versponnenheit glaubte sie auch an ihm wahrzunehmen.

Er hatte graue Haare wie ein Igel und große stahlblaue Augen. Es lag etwas gutmütig verschmitztes in diesen Augen und wenn er sprach, war es eher ein undeutliches Gemurmel und Marlis fragte sich, ob er wohl immer so einnehmend murmelte und wie es tönen könnte, wenn sich der Mann ärgerte. Erfolglos versuchte sie, aus den Bewegungen der üppigen Haarbüschel seiner Augenbrauen zu lesen und wandte den Blick ab, bevor es ihm auffallen konnte. Sie bemerkte, dass ihre Hände feucht waren und Halt suchend ineinander lagen. Sie sei die vierte Bewerberin, hatte er ihr zu Beginn gesagt, aber er wolle sich die Unterlagen dennoch ansehen, immerhin bringe sie etwas Geschriebenes mit.

Marlis schloss daraus, dass sie als Einzige ein paar Schriftstücke mitgebracht hatte und straffte ihren Rücken. Sie fand das ermutigend. Die wenigen Arbeiten waren doch besser wie gar nichts, an die zwölf mochten es schon sein und er schien sie alle lesen zu wollen. Das hatte sie nicht erwartet. Gut, dass der Schreibkurs, an dem sie vor einigen Jahren teilnahm, mit journalistischen Themen begonnen hatte, denn beendet hatte sie ihn aus Zeitmangel nie. Nachrichten, Berichte, Reportagen, vielleicht fand er sie ganz anständig. Schämen musste sie sich jedenfalls dafür nicht, die meisten waren von ihrem Tutor als gut bewertet worden. Aber das konnte nicht viel bedeuten, es handelte sich bloß um einen Schreibkurs mit fiktiven Beispielen, während das hier Realität war. Die Zeitung, dieser ernste schweigende Chefredaktor hinter dem Schreibtisch, die Stöße von Papier, waren nackte respekteinflößende Tatsache!

Marlis glaubte deutlich zu spüren, wie heiß und ungewohnt der Boden war, auf dem sie sich bewegte. Wie in Afrika, dachte sie unvermutet und der Vergleich kam wie eine glückliche Eingebung im richtigen Moment und vermochte sie etwas zu beruhigen. Den Afrikatest hatte sie bestanden, den hier würde sie auch überstehen. Irgendwie. Wenn er nur endlich etwas sagen würde!

Er nahm sich Zeit, las manches diagonal, manches Zeile für Zeile durch und blickte über die dunkle Brille hinweg kurz forschend zu ihr herüber. Marlis zuckte innerlich zusammen und schluckte, im Mund schienen sich Eisenspäne zu sammeln. Er war beim Gerichtsbericht angekommen und studierte ihn ausführlich. »Hmm«, murmelte er schließlich, »sehr interessant, wirklich. Hmm, doch.« Er blätterte wieder.

Interessant! Marlis lächelte hilflos. Ihre Sympathie für den Mann schmolz dahin. Was sollte das heißen? Rein gar nichts in Wahrheit. Interessant, uninteressant, das war undefinierbares Grau, Grauzone, Niemandsland, trostloses, bedeutungsloses, nichtsnutziges Nichts!

Sie presste die Lippen zusammen. Jetzt keine Gefühlsausbrüche zulassen. Sie hätte ihm die Arbeiten gar nicht bringen müssen, mochte er doch denken was er wollte. Sie wird sich bedanken und verabschieden, wie im Flugzeug, lächelnd, höflich bis zum Schluss.

»Ja«, fuhr seine Stimme plötzlich energisch sich räuspernd durch den Raum, »ich bin beeindruckt von dem, was sie da erarbeitet haben, es ist wirklich überzeugend. Sie sind ausgezeichnet vorbereitet. Ich denke«, fuhr er fort und setzte ein breites Lächeln in Szene, »ich würde mich sehr freuen, wenn sie sich entscheiden könnten für uns zu arbeiten. Manche Themen im Zeitungsalltag sind jetzt nicht so aufregend, aber ich denke, wenn sie sich nach der zweimonatigen Probezeit richtig eingearbeitet haben, werden wir sehen, worauf sie sich konzentrieren möchten. Das Gehalt ist allerdings eher bescheiden, muss ich ihnen sagen, wir zahlen pro Zeile, das ist so üblich. Die Mittel sind bei Zeitungen immer beschränkt und die Inserate gehen eher zurück.«

Er machte eine abwartende Pause und da Marlis nichts sagte, fragte er dann:

»Möchten sie sich das noch überlegen oder sind sie einverstanden, unsere neue Korrespondentin zu werden?«

»Ja«, sagte Marlis heiser und hatte ihre Stimme wiedergefunden, »sehr gerne würde ich das, wirklich!«

Er führte sie durch die Redaktionsräume und stellte sie den anwesenden Teams vor. Marlis bildete sich ein, er tue dies mit einer gewissen freudigen Genugtuung. Zwei Stunden später hatte sie die Redaktion verlassen und war zum Auto zurück getaumelt, glückstrunken wie ein befreiter Schmetterling.

Eine Woche später war ihr erster Bericht erschienen.

Eine Geschäftseröffnung war es, die nicht eben glanzvoll verlaufen war, aber Marlis war es gelungen, dem Ereignis sprachlich etwas Eleganz und großstädtisches Flair zu verleihen. Der Geschäftsinhaber war begeistert und hatte gleich Inserate in Auftrag gegeben. Ihr neuer Chef hatte die buschigen Brauen hochgezogen und war sehr zufrieden.

Gregor hatte ihr ein neues Gerät gekauft, eine Art Schreibmaschine mit einem kleinen Fenster, auf dem die eben getippten Wörter erschienen und noch korrigierbar waren. Marlis war darüber begeistert. So konnte sie auf der Stelle fehlerhafte Worte korrigieren und musste nicht immer wieder von vorne beginnen. Sie war sowieso sehr langsam und schrieb wie Gregor lachend meinte, im Adlersystem: Neun kreisen und einer hackt. Das stimmte auch. Dennoch mussten die fertigen Artikel spätestens um halb zwölf Uhr vormittags auf der Redaktion abgeliefert werden und sie hatte es immer geschafft, wenn auch manchmal in letzter Minute.

Drei bis vier mal die Woche war sie für die Zeitung unterwegs, besuchte Gemeindeversammlungen, Modeschauen, Ausstellungen, Kaninchenzüchtertreffen und Hühnerprämierungen, machte Reportagen und Interviews und war restlos glücklich dabei. Es war genau die Herausforderung, die sie gesucht hatte, sie konnte in alle möglichen Bereiche hinein schnuppern, ihre Artikel unabhängig zu Hause verfassen und in ihrer Arbeit sehr viel Freiheit genießen. Nach ein paar Monaten hatte ihr Chef erfahren, dass sie auch malte und sich mit Kunst beschäftigte, und er schickte sie vermehrt auf Vernissagen und stellte ihr jeden Monat im Blatt einen Platz zur Verfügung, in dem sie Zeichnungen und Betrachtungen dazu veröffentlichen konnte. Stundenblätter hatte sie das Format genannt. Es hatte sie mit Stolz und Freude erfüllt und ihr Ansehen in der Zeitung und der Leserschaft gesteigert. Die Buben fanden es spannend eine Mutter zu haben, deren Arbeit in der Zeitung erschien und die in einem Interview sogar dem Rektor des Gymnasiums kritische Fragen stellen durfte.

Das Beste daran aber war, dass ihr die Zeit ohne Gregor im Nu verging und wenn er wiederkehrte, hatte auch sie neue Geschichten zu erzählen, eigene Ärgernisse und Schwierigkeiten, eigene Triumphe und Niederlagen.

Gregor war inzwischen Fluglehrer geworden.

Wieder hatte er Wochen im Simulator verbracht und war mit angehenden Copiloten und Kapitänen nach Malta gereist, um sie unter Aufsicht anderer erfahrener Fluglehrer zu schulen. In der letzten Phase kurz vor Ende seiner Ausbildung, war ihm als Fluglehrer Oliver Fehrmann zugeteilt worden. Gregor hatte Marlis schon nach zwei Tagen aus Malta angerufen.

»Oliver ist große Klasse, soviel kann ich jetzt schon sagen«, rief er begeistert ins Telefon. »Du wirst ihn mögen. Er ist voll auf meiner Linie, weißt du, offen, unkompliziert und kameradschaftlich und ein ausgezeichneter Instruktor! Er will uns unbedingt einladen. Heute nach dem Training haben wir zusammen Frisbee gespielt und seine diversen Bumerangs ausprobiert. Bumerangs! Du weißt doch was Bumerangs sind? Er stellt sie selbst her und sie fliegen spitzenmäßig, sag ich dir! Aber das größte sind seine Lenkdrachen, ja, die hat er auch mitgenommen, irre Dinger aus Segelstoff und schön bemalt, gar nicht einfach zu steuern. Hier bläst dauernd ein kräftiger Wind, optimale Bedingungen für ihn. Morgen komme ich zurück Schatz, dann bin ich fertig mit der Ausbildung, Mensch, ich freu mich!«

»Ich freue mich auch«, hatte Marlis gesagt und bewegt den Hörer aufgelegt. Seine Stimme hatte warm und froh geklungen. Er musste etwas Besonderes sein, dieser Oliver, Gregor hatte nur von ihm gesprochen und nicht wie sonst von verzwickten Anflügen, Startabbrüchen oder lokalen Wetterkapriolen.

Sie wusste auch, wie sehr sich Gregor gewünscht hatte, auch noch Fluglehrer zu werden, es war vielleicht sein persönlicher Olymp, den er jetzt erklommen hatte. Oliver Fehrmann war dabei sein Fluglehrer gewesen und würde von nun an einen Ehrenplatz bei ihm einnehmen, für immer!

Kurz darauf hatte sie Oliver kennengelernt. Überrascht hatte sie sofort festgestellt, dass er Gregor irgendwie ähnlich sah. War es die schmale Figur, der gleiche Kopf mit dem schütter werdenden Haar über der hohen Stirn, den selben forschenden Ernst in den Augen oder der unerschütterliche Humor? Sie wusste es nicht, spürte aber die starke freundschaftliche Verbindung und den gegenseitigen Respekt der beiden Männer schon bei der Begrüßung.

Oliver hatte sie zu sich nach Hause eingeladen und ihnen seine Familie vorgestellt. Silvia, seine hübsche fröhliche Frau und seine drei Kinder, die eben mit einer Schar Nachbarskindern, für ein lautstarkes Spritzfest im Pool sorgten. Er hatte mit ruhiger Stimme die Ordnung hergestellt die er rund um seine Gäste haben wollte und Silvia hatte die nasse kichernde Schar mit Fruchtsaft und Kuchen versorgt. Oliver hatte Gregor und die Buben zuerst in seine Werkstatt und schließlich zum Drachensteigen auf die nächste große Wiese geführt, wo Oscar und Jan begeistert die Flugdrachen erproben durften, während Gregor und Oliver sich unterhielten.

Marlis hatte sich etwas im Abseits gehalten und und gegen einen kleinen Anflug von Eifersucht gekämpft. Gregor und Oliver scherzten und lachten zusammen und waren weitab in ihren Fliegerwelten und Gregor schien so gelöst, dass sich Marlis dieser Gefühle sofort schämte und sie einem der schauerlich grinsenden Flugdrachen in die Luft mitgegeben hatte. Wie konnte sie nur!

Waren sie nicht Luftbrüder, leicht wie Flaum der sich am Federkiel kräuselt, wartend auf den nächsten Windstoß um sich aufzuschwingen dem kühlen Blau entgegen, das nirgends zu weit war, wo sie nur Göttervögeln wie Hoi begegneten, der mit ihnen kreiste zwischen den blitzenden Sonnen?

»Schön, dass du in ihm einen Freund gefunden hast«, sagte Marlis als sie nach Hause fuhren »ich kann dich gut verstehen, ich finde ihn auch sehr liebenswürdig und weißt du, ich mag auch Silvia sehr, sie passt gut zu ihm.«

»Es ist selten, dass da jemand ist, der wirklich versteht, wovon man spricht«, antwortete Gregor und blickte nachdenklich auf die Straße, »er sieht eben das Leben und das Fliegen genauso wie ich.«

Dunkles Gesicht

Schicksalstage hatten immer begonnen wie gewöhnliche Tage. Das Tageslicht begann sich nur als Ahnung hinter den Hügeln zu entfalten, fächerte stufenweise und beinahe zaghaft eine Palette von lilablauen Klängen in die Dunkelheit und hinterlegte damit einige graue flache Wolkendecken, die dort im Osten noch tief und träge die verbleibende Feuchtigkeit nebeneinander herschoben. Der übrige Himmel war sternenklar und die Luft spürbar kälter geworden. Viel Regen würde es nicht mehr geben, höchstens ein, zwei kurze Schauer, schätzte Gregor, als er seine schwere Flugtasche in den Kofferraum hievte und die Türe darüber zudrückte. Er warf die Uniformjacke auf den Rücksitz, blickte kurz hinauf zu den noch geschlossenen Läden der Schlafzimmer und setzte sich hinter das Steuer. Um niemanden aufzuwecken löste er die Handbremse, rollte ein Stück die Straße hinunter und startete erst dann den Motor. Verdammt früh war er wieder mal auf den Beinen, dachte er, und das würde sich noch zwei Tage so fortsetzen, eine Menge sehr frühe Morgenflüge machte er in letzter Zeit. Früh aufzustehen war nicht seine Sache, lieber war er bis tief in die Nacht hinein unterwegs. Aber es hatte auch Vorteile, lauter orange blinkende Ampeln, noch kaum Verkehr auf den Straßen und zurück würde er schon am frühen Nachmittag wieder sein. Schnell nach München und retour, anschließend noch Barcelona retour. Kein allzu anstrengendes Programm. Das Wetter war jedenfalls in Ordnung und vielleicht war es am Nachmittag trocken genug, nochmals den Rasen zu mähen. Einmal noch vor Wintereinbruch wäre das nicht schlecht, das Gras war höher gewachsen, als er vor zwei Wochen angenommen hatte. Er freute sich darauf.

Er hatte für nichts richtig Zeit gehabt die letzten Wochen, jedenfalls kam ihm das so vor. Eine Schulung nach der anderen hatte er durchgeführt mit angehenden Kapitänen, in Malta, Maribor und Ljubljana, riskante Manöver zum Teil, die man eigentlich auch im Simulator hätte trainieren können. Irgendwie hatten sie ihn auch an den freien Tagen beansprucht. Er hatte alles mehrfach nachprüfen und mit Kollegen besprechen wollen, um sich mit ihnen abzustimmen und war froh, dass er längere Zeit keine Schulung mehr im Programm hatte. Einfach nur entspannt fliegen wollte er und heute würde er das können. Tom Düringer war heute sein Copilot, ein Spitzenpilot, souverän, absolut zuverlässig und überdies auch in der Ausbildung tätig. Eine Freude sei es mit ihm zu fliegen, hatte er Marlis am Abend erklärt und sie hatte gelächelt, als hätte sie das schon gewusst, dabei kannte sie Tom überhaupt nicht. Sie hatte noch tief geschlafen, als er aufgestanden war. Außer einer Hand und ihrem Haar war nichts von ihr zu sehen gewesen. Sie schlief immer so, völlig in ihre Arme gewickelt, dass nur die eine Hand auf der Decke lag, als wolle sie sich verabschieden. Er strich jeweils darüber und legte einen Kuss zwischen die Knöchel. Sie seufzte dann im Schlaf und machmal wachte sie auf und murmelte etwas.

Sie würde ihm am Mittag einen Teller Spaghetti herrichten und am Nachmittag für die Zeitung eine Ausstellung besuchen müssen, hatte sie gemeint und er solle bitte mit Oscar noch Mathe üben und Jan sei vom Fußballtraining abzuholen.

Okay, ungefähr um drei Uhr wäre er aus Barcelona zurück.

Tom hatte schon mit den Flugvorbereitungen begonnen, als Gregor in der Einsatzzentrale eingetroffen war.

»Bist du auch so schwer aus dem Bett gekommen«, fragte Tom auf dem Weg zum Wetterbüro, »ich finde am dritten Tag ist es immer besonders mühsam«.

»Hmm, geht mir auch so, meinte Gregor, aber nach zwei Tassen Kaffee bin ich meist wieder fit.«

Im Wetterbüro hingen große Satellitenaufnahmen und Radarbilder steif wie getrocknete Wäschestücke herum und der Duft von Kaffee und Zigaretten waberte durch die Räume. Gregors Stimmung stieg augenblicklich zu zufriedener Vorfreude an.

»Guten Morgen die Herren! Na, was haben wir heute zu erwarten?«

Das Wetter war ruhig und angenehm für Mitte Oktober, die Temperatur fünf Grad, kaum Wind, wenig Bewölkung und gute Sicht am Boden. Überhaupt, hatte der diensttuende Wetterexperte zusammenfassend gesagt, verspreche es ein ausnehmend schöner Tag zu werden.

Sie gingen weiter zum Planungsbüro. Gregor schlug vor, Tom solle die Maschine nach München fliegen und er würde dann den Rückflug übernehmen. Tom nickte erfreut, er wollte Erfahrung sammeln, wie jeder junge Copilot. Er verfügte über knapp tausendzweihundert Stunden auf diesem Flugzeug, Gregor mittlerweile über sechstausendsechshundert und gesamthaft weit über elftausend Stunden, ein alter Hase in Toms Augen. Er mochte Gregor sehr, denn der bezog ihn partnerschaftlich in alle Entscheidungen ein und Tom wusste das zu schätzen. Sie besprachen die Abläufe, besprachen die Route und berechneten die Treibstoffmenge. Passagiere wären auf dem Hinflug gegen hundert, auf dem Rückflug voraussichtlich um die achtzig.

Danach wechselten sie hinüber in den Planungsraum der Kabinenbesatzung und Gregor informierte seine Crew über die wichtigsten Daten, bevor sie sich noch einen schnellen Kaffee genehmigen konnten. Prima, dachte Gregor zufrieden, die gesamte gute Besatzung von gestern ist wieder da, Luisa, die tüchtige Kabinenchefin, Kevin der Steward mit dem guten Englisch und die drei Hostessen Stefanie, Giselle und Nathalie, letztere hing mit schweren Lidern über den dunklen Augen noch sichtlich in ihren Träumen, aber das würde sich geben.

Im Flugzeug war es angenehm warm und sie hatten die Wärme dankbar begrüßt. Gregor und Tom hingen die Uniformjacken in die schmale Garderobe und richteten sich in ihren Sitzen ein. Tom hatte die Stellung aller Schalter kontrolliert und die Navigationsdaten ins System eingegeben. Gregor warf als erstes einen Blick in das Logbuch und las dort unter anderem, dass die undichte Kaffeemaschine in der vorderen Bordküche repariert worden war, die kleine Delle im Rumpf unter dem rechten Fenster des Cockpits aber weiterhin vorhanden war. Tom hatte die Außenkontrolle des Flugzeugs übernommen, die Delle ebenfalls bemerkt und Gregor gemeldet, es sei sonst alles in Ordnung mit der Lady. Zusammen hatten sie anschließend die langen Checklisten zur Prüfung sämtlicher wichtiger Systeme durchgearbeitet. Dazwischen hatte Luisa gemeldet, es seien keine französischen Zeitungen an Bord und Gregor leitete den Mangel weiter. Ein paar Minuten später wurden sie geliefert und einige spanische Blätter noch dazu.

»Spitze, danke!«, hatte Luisa ins Cockpit gerufen, »es ist vielleicht nicht das Wichtigste auf einem Flug nach München, aber wenn ein Franzose mitfliegt, freut er sich schon über einen »Figaro«, oder? Außerdem gehört das einfach geladen, basta!«

Gregor grinste zufrieden. Luisa war erfahren und wusste, worauf es ankam, sie ließ nichts unbeachtet.

»Die Passagiere kommen«, hörte er Nathalie rufen, die inzwischen auch wach geworden war und sich zur Begrüßung zu Luisa neben die vordere Eingangstür gestellt hatte.

»Guten Morgen, Tach, Morning, Morgn«, und schließlich auch ein gemütlich bayrisches »Grüß Gott«, drangen ins Cockpit, der übliche, lange anhaltende Begrüßungssermon hatte eingesetzt. Ein vielfältiges und dennoch eintöniges Gemurmel das Gregor immer wieder genoss, bis es schließlich abbrach und es hieß: Boarding completed! Alle waren an Bord, er unterschrieb das Ladeformular, die schweren Türen wurden geschlossen. Gregor schob seinen Sitz nach vor und sagte:

»Okay, es kann losgehen. Check before Engine Start, please!«

Es war Jan, der Marlis aufweckte.

»Mam«, sagte er und rüttelte sanft an ihrer Schulter, »Mama, isst du mit mir Frühstück? Oscar schläft noch.«

Sie stöhnte leise und rührte sich nicht.

»Du hast gesagt, ich soll dich wecken«, fügte er vorsichtig hinzu.

Also blinzelte sie ihn an und murmelte:

»Ja, ich komme schon.«

Sie dehnte und streckte sich und ihre Füße glitten hinüber unter Gregors Bettdecke, fanden dort aber kaum noch Restwärme und zogen sich enttäuscht wieder zurück. »Papa ist schon lange weg«, stellte Jan klar, »ich habe ihn gehört. Er hat vor dem Einsteigen ins Auto einen Furz gelassen!«

»Jan!« Marlis schüttelte sich vor Lachen ins Kissen, »du hast Ohren wie ein Luchs! Wieso schläfst du nicht wie jeder andere Mensch in dieser Herrgottsfrühe? Wann ist Papa denn gegangen?«

»Sechs, glaub ich war's. Kommst du jetzt, ich hab Hunger!« Jan wedelte ungeduldig mit ihrem Morgenrock, »ich habe alles gekocht, Kaffee, Eier, alles, wie Papa!«

Er hatte wirklich für alles gesorgt und sie war froh darüber. Sie hing noch tief in dunklen Räumen. Bis um ein Uhr nachts hatte sie an einem ihrer Stundentexte herum gefeilt und wollte ihn am Vormittag vor Zwölf in die Redaktion bringen. Samstag war zwar niemand dort und sie würde den Umschlag einfach in den Briefkasten werfen müssen, was sie ungern tat, weil er so bedeutungslos in der Postflut unterzugehen schien, aber so würde der Bericht wenigstens bis Mittwoch oder Donnerstag erscheinen.

»Mama! Ist das Ei gut so? Sieben Minuten müssen sie sein sagt Papa, er findet meine Eier immer gut, aber du sagst überhaupt nichts! Wann kommt Papa wieder?«

Jan ließ genügend Vorwurf durch seine Augen schwimmen.

»Super ist das Ei gekocht, genau richtig Spatz, danke. Fein, dass du uns Frühstück gemacht hast, echt! Du, ich muss heute Nachmittag noch mal eine Ausstellung besuchen, aber Papa kommt so um Drei und wenn dein Training beendet ist, wird er dich abholen.«

»Und du«, wollte Jan wissen, »wann kommst du dann?«

»Später, gegen sechs ungefähr, erst seid ihr mit Papa allein.«

»Toll, das muss ich Oscar erzählen!«

»Check for descent, please!«

Schon mussten Tom und Gregor die Anflugchecklisten durchgehen. Der Flug nach München gehörte zu den kürzesten im Streckennetz, gerade mal fünfundzwanzig Minuten dauerte er. Kaum waren sie oben und dies ohnehin nur auf sechstausend Metern, ging es auch schon wieder in den Anflug. Dazwischen mussten sie Infos zum Wetter und

Pistenzustand einholen, das Anflugverfahren besprechen und mehrere Checklisten durcharbeiten. Gregor sah kurz hinüber zu Tom, der kontrolliert und ruhig den Anflug begonnen hatte.

Echt gut, der Mann, dachte er, schafft es sogar, zwischendurch noch einen Kaffee zu trinken. Sie hatten den Wind voll auf der Nase und bekamen einen direkten Anflug zugewiesen. Tom hatte einen erstklassigen Anflug und eine butterweiche Landung hingelegt.

»Besser konnte der Tag nicht beginnen«, sagte Gregor und grinste Tom anerkennend an, »sehr schön gemacht!«

»Der Flughafen ist einfach ein Wahnsinn«, entfuhr es Tom, als Gregor nach einem engen Bogen gerade auf die Parkposition zurollte, »der schönste, den es zur Zeit in Deutschland gibt!«

»Ja, finde ich auch«, entgegnete Gregor, »ein sehr schöner Bau. So riesig er ist, wirkt er doch überhaupt nicht schwer.«

Gregor mochte den Münchner Flughafen, vor gut einem Jahr war er eingeweiht worden. Hinter seinen gradlinigen und elegant weißen Fassaden verbarg er die beeindruckenden Superlative modernster Flughafentechnik, alles was sich Airlines und Passagiere nur wünschen konnten. Jedes Mal wieder eine Freude herzukommen, dachte Gregor und hatte sich für eine kurze Pause in das Flughafengebäude begeben um die Beine zu lockern und eine Zigarette zu rauchen.

An Bord wurde alles für den Rückflug vorbereitet.

Wie besprochen würde Gregor fliegen auf dieser Strecke, der Copilot diesmal den Funkverkehr übernehmen. Tom hatte wieder die Wetterdaten eingeholt und berichtete, es gäbe tendenziell Rückenwind, etwa drei Knoten.

»Prima, danke«, antwortete Gregor.

Tom setzte die Markierungen zu den errechneten Werten auf seiner Geschwindigkeitsanzeige. Er meldete jeden Handgriff. Sie arbeiteten als Team, in einem klugen und durchdachten Netz gegenseitiger Überwachung und Unterstützung, das dazu diente, Fehler auszuschließen und Schwächen aufzudecken, bevor sie sich zu Schwierigkeiten entwickeln konnten und daher die größtmögliche Sicherheit zu gewährleisten vermochte.

»So, geht es Euch gut? Wollt ihr vor dem Start noch etwas trinken?«

Kevin hatte das Cockpit betreten und ihnen signalisiert, dass er auf dem Rückflug in der vorderen Küche arbeiten werde.

»Ich nehme gerne einen Schokodrink, wenn du noch Zeit hast«, sagte Tom und Gregor nickte bestätigend, »für mich dasselbe bitte und Kevin, sind schon alle Passagiere da?«

»Nicht ganz, eine Gruppe kommt noch. Fast alles Amerikaner heute.« Kevins Stimme tönte gelöst. Gregor nahm an, dass er sich freute darauf, sein vorzügliches Englisch präsentieren zu können. Fünf Minuten später war Kevin zurück mit den Drinks und meldete: »Boarding completed. Sir! Alle da. Achtundachtzig Seelen insgesamt und ein kleiner Hund.«

Gregor unterschrieb den Ladeplan und die Türen wurden geschlossen.

»Okay danke, dann wollen wir loslegen.«

Wieder wurden die Systeme nach den Checklisten Punkt für Punkt kontrolliert und in Betrieb genommen, das Flugzeug wurde zurückgestossen, die Triebwerke gestartet und sie rollten Richtung Piste. Zwischendurch streckte Kevin den Kopf ins Cockpit und bestätigte Gregor, dass Kabine und Küche für den Start gesichert seien.

Gregor bekam vom Tower die Erlaubnis auf die Piste zu rollen und prüfte mit einem kurzen Blick ob kein Flugzeug im Anflug war. Dann führte er das Flugzeug mit dem kleinen Steuerrad unter linken Fenster in einer engen Kurve auf die Mittellinie, vergewisserte sich nochmals auf der richtigen Piste zu sein und fragte:

»Tom, bist du bereit?«

»Jawohl! Ich warte auf die Startfreigabe.«

Vor ihnen breitete sich die ganze Länge und Breite der Startbahn im gleißenden Morgenlicht aus.

»Cleared for take-off«, bestätigte Tom dem Controller.

Gregor schob die Gashebel nach vorne und das Flugzeug setzte sich in Bewegung.

Die Jungen waren in der Schule.

Marlis kam aus der Dusche, warf sich das Badetuch über und ging ins Schlafzimmer. Ein Blick auf die Uhr sagte ihr, dass sie spät dran war, aber das hatte sie ohnehin gewusst und vermochte sie nicht zu beschleunigen. Sie kam eben heute schlecht in Fahrt, es gab solche Tage. Sie schienen ihre Energie auf die reine Schönheit des Seins zu verwenden, auf das Licht, dass sich draußen über feuchte Wiesen und rotgoldenes Laub um die Baumstämme ergoss und die Stille der Luft, die nur hin und wieder im Spinnennetz zwischen den Brombeerbüschen sachte zitterte und die Tautropfen dort ins Schwingen brachte. Sie wandte sich vom Fenster ab und betrachtete ihren Körper im Spiegel der hohen Schranktüren, verteilte großzügig eine rosa Creme auf Beine, Bauch und Brüste und stellte sich vor dass Gregor auf dem Bett säße und ihr zusehen würde. Er würde ihr sagen, dass sie schön sei und er sie begehre und sie würde es ihm glauben und ihre Liebesgeschichte würde um diese wenigen Sätze weitergeschrieben. Sie schlüpfte in Jeans und Pulli, schüttelte die Kissen, faltete seinen Schlafanzug und zog die Laken zurecht. Dann horchte sie auf.

Marlis lief durch das Wohnzimmer auf die Terrasse, gerade rechtzeitig, um den Hubschrauber, der tief über das Dach flog, noch sehen zu können. Er drehte zweimal eine Runde über der Ebene und entfernte sich wieder. Das geschah zwar des öfteren, aber Marlis fand es immer wieder aufregend. Nur eben hatte es sie irritiert, der Lärm hatte ihre Ruhe zerschnitten und sie unsanft geweckt und in eine Realität versetzt, die heute irgendwie nicht zu passen schien. Ein ungutes Gefühl ließ der jähe Lärm allemal zurück. In der Ferne bemerkte sie ein Flugzeug im Anflug, eine Boeing 747, genaueres konnte sie nicht erkennen, aber der Anblick tat ihr gut. Am Nachmittag würde es Gregor sein, der dort anflog. Er würde nach Hause kommen, sie ein wenig vermissen und sie spät abends erst wirklich in die Arme nehmen können und überall küssen, überall, und erst dann würde er wieder bei ihr sein und sie bei ihm.

Sie zog sich die schwarze Lederjacke an und schüttelte ihr Haar zurecht. Der Bericht sollte auf die Redaktion, einkaufen fürs Wochenende musste sie auch und später wartete noch die Ausstellung. Zeit, aufzubrechen.

Gregor zog die Steuersäule langsam zu sich, das Flugzeug hob ab und stieg steil und leicht nach oben.

»Gear up«, sagte Gregor. Tom legte den Fahrgestellhebel nach oben, das leichte Vibrieren ließ nach und die Maschine drehte in eine sanfte Linkskurve. Gregor gab die Anweisung, Klappen und Vorflügel einzufahren und sagte schließlich:

»Autopilot einschalten.«

»Autopilot number one is on«, antwortete Tom, bestätigte dann dem Abflugcontroller die neue Funkfrequenz und wünschte ihm einen schönen Tag.

»Grüß Gott«, sagte die neue Controllerstimme in freundlichem Bayrisch und teilte ihnen Höhe und Kurs zu. Sie stiegen auf eine Höhe von sechstausend Metern und nahmen Kurs Richtung Bodensee. Wie immer ließ Gregor die Augen unablässig wandern, über die Instrumente vor, über und neben ihm und wieder in die Weite draußen. Der Himmel war von einer intensiv blau kristallenen Klarheit und zu seiner Linken funkelten die Gipfel der Alpen in frisch gefallenem Schnee.

»Sagenhaft die Sicht«, sagte er zu Tom gewandt.

»Ja sagenhaft«, wiederholte Tom und vertiefte sich in den Flugplan, den er eben studierte. Als Gregor den Blick zurück auf die Instrumente richtete, nahm er einen eigentümlichen Geruch wahr, der ganz in der Nähe von seinem Sitz wie aus dem Nichts aufzusteigen schien.

»Da stinkt etwas komisch, riechst du das«? fragte er. Tom sah alarmiert auf.

»Ja, dort, es scheint von dort zu kommen.« Er deutete in Richtung Wetterradar. Gregor roch es deutlich. Unangenehm scharf war der Geruch, wie ein verbranntes Kabel, dachte er. Wo könnte das herkommen?

»Dort« Gregor zeigte zu den Schaltern der Landescheinwerfer, die auf einer schmalen Leiste über den Instrumenten angebracht waren, »von dort kommt der Geruch, komisch.«

»Ja, komisch. Gefällt mir gar nicht! Aber jetzt ist es wieder besser«, sagte Tom. »Vielleicht gibt es dort einen Wackelkontakt?«

»Elektrisch riecht das«, sagte Gregor, »irgend ein Drähtlein ist verglüht. Hm. Ich frage mal in der Kabine nach, ob die was im Ofen vergessen haben.«

Er läutete. Der Geruch wurde stärker.

Kevin öffnete die Türe. Hinter ihm stand mit verwunderten Augen auch die Kabinenchefin Luisa. Gregor drehte sich um und fragte: »Habt ihr was im Ofen?«

»Nein, nein, nichts, nicht dass ich wüsste.«

Wie sich Gregor wieder nach vorne drehte, sah er direkt vor seinen Augen einen dünnen Rauchfaden schräg an ihm vorbeiziehen, als liege irgendwo eine verglimmende Zigarette, die vergessen worden war. Da zeigte Kevin entsetzt nach oben und rief:

»Da! Da hat es gerade heraus geraucht!«

Gregor blickte hinauf und tatsächlich, aus dem Paneel das über den Köpfen der Piloten angebracht war und eine Unzahl von Schaltern und Knöpfen umschloss, drang hinter dem Notstromschalter Rauch hervor, fein und schmal nur, aber deutlich sichtbar.

»Das Overheadpanel ist das Problem, sagte Gregor, »irgendwo dahinter hat sich etwas entzündet. Unmöglich das runter zu nehmen. Wie könnten wir das Paneel außer Betrieb setzen?« überlegte er laut.

»Das dürfte schwierig werden«, meinte Tom und sah nach der Tür, die soeben geschlossen wurde. Kevin und Luisa hatten sich erschrocken zurück gezogen.

Der Geruch hatte zugenommen und der Rauchfaden war etwas dicker geworden.

»Drehen wir um oder fliegen weiter, ist die Frage, was liegt näher?« fragte Gregor, laut und hatte im selben Atemzug schon bei sich entschieden, er würde umdrehen, zurück nach München. Es fühlte sich näher an und rund um den Flughafen war das Land flach, keine Hügel und damit keine zusätzlichen Schwierigkeiten.

»Beides ungefähr gleich weit«, sagte Tom. »Moment ich rechne mal.«

»Wir drehen um, sofort«, sagte Gregor ruhig und leitete gleich die Kurve ein.

Nur zwölf Minuten waren seit dem Start vergangen.

Er rief München Control und meldete, sie hätten zunehmende Rauchentwicklung im Cockpit und verlangten sofort die Freigabe zur Rückkehr nach München.

»Verstanden«, antwortete München Control gelassen und erteilte die nötigen Anweisungen für den kürzesten Weg zurück. Dann fragte der Controller noch, ob die Besatzung den Notfall erkläre und ob sie nach der Landung Hilfe benötigten?

Gregor winkte ab und antwortete, das sei im Moment nicht nötig, es handle sich um eine geringfügige Rauchentwicklung im oberen Paneel.

»Tom«, sagte er dann, »ich rede mal mit den Passagieren, geh du bitte in die Checkliste und schau nach, was wir machen können. Die Electrical Smoke Of Unknown Origin Checkliste, du weißt schon.«

Dann griff er zum Hörer des Kabinensprechanlage und sagte:

> Meine Damen und Herren! Wir haben ein kleines technisches Problem und werden zur Abklärung zurück nach München fliegen. Ich werde sie über die weitere Entwicklung auf dem Laufenden halten, es gibt derzeit keinen Grund zur Beunruhigung. Es geht lediglich um die Überprüfung des elektrischen Systems.

Dingdong. Gregor rief in die Bordküche an. Louisa hob ab und Gregor sagte knapp, »wir fliegen zurück«. Louisa hatte augenblicklich verstanden.

Der Notstromschalter, überlegte Gregor fieberhaft, wie könnte ich den stilllegen? Ausschalten und wieder einschalten? Das wäre zu riskant, das Vorgehen könnte womöglich noch mehr Probleme auslösen.

»Ok«, sagte Tom, »laut Checkliste müssten wir den rechten Generator stromlos machen, da hängt dann alles Elektrische auf meiner Seite dran. Machen wir das?«

»Ja, machen wir.«

Der Controller meldete sich mit einer Kursänderung und wollte wissen, ob sie einen Sichtanflug durchführen könnten.

Gregor bestätigte:

»Ja, sobald wir die Piste sehen können, kein Problem. Können sie unser Bodenpersonal verständigen, dass wir zurück kommen, bitte?«

»Machen wir gerne.«

»Ok«, sagte Tom, »ich schalte den rechten Generator aus.«

Zack! Horizont, Höhenmesser, die Geschwindigkeitsanzeige und alle wichtigen Anzeigen fielen aus, aber nicht wie erwartet nur auf Toms Seite, sondern auf beiden Seiten gleichzeitig. »Das bringt nichts«, rief Gregor, »schalte den Generator zurück!«

Unglaublich, dachte er, hoffentlich kommen die Instrumente wieder! Der Rauch war immer noch da, war dicker und dunkler geworden, es qualmte unaufhörlich heraus und ihre Situation verschlimmerte sich zunehmend, er musste den Notfall erklären.

»München Control«, sagte Gregor, »der Rauch wird stärker. Wir müssen nun doch die Notlage erklären!«

»Verstanden«, sagte der Controller ruhig, »wir stufen sie ab sofort als Emergency ein. Haben sie radioaktives Material an Bord und wie hoch ist die Anzahl der Passagiere?«

»Achtundachtzig Passagiere, fünf Besatzungsmitglieder, kein radioaktives Material an Bord!«

Gregor spürte, wie sich in ihm eine Art grimmiger Zorn festsetzte. Der Flughafen würde nun für jeglichen Verkehr geschlossen, Feuerwehr und Rettungskräfte würden neben der Piste Stellung beziehen. Alles würde sich darauf konzentrieren nur ihnen zu helfen. Sie mussten das jetzt ganz ruhig zu einem guten Ende bringen und sie konnten das auch!

»Tom, wir setzen die Masken auf!«

Sie stülpten sich die Sauerstoffmasken mit dem integrierten Mikrofon über den Kopf und zogen die Rauchbrillen darüber.

In diesem Augenblick geschah das Unfassbare. Direkt vor Gregors Gesicht, ergoss sich plötzlich ein dicker Schwall von grauschwarzem Rauch über die gesamte Cockpitscheibe herunter und er sah gar nichts mehr.

Nein! Shit, dachte Gregor, das kann ja nicht wahr sein, das ist unglaublich, aber so ist es, ich träume das nicht und sitze auch nicht im Simulator, nein verdammt, inflight und real ist das und könnte total schief gehen, total!

Er konnte Tom nur noch schemenhaft sehen. Er wedelte mit den Armen. Es wurde eine Spur heller und er vermochte undeutlich die Instrumente vor sich zu erkennen. keines davon funktionierte mehr richtig. Auf der Warntafel darüber leuchteten schwach zahlreiche rote und gelbe Lampen durch den Qualm.

Klack, Klack, Klack machte es hinter ihm, harte, hässliche Geräusche. Die Sicherungen flogen heraus, reihenweise, eine nach der anderen. Mit durchdringendem Schnarren fiel der Autopilot aus, im selben Augenblick auch die automatische Schubregelung, das gesamte Flight Guidance System versagte den Dienst. Ab jetzt war die Maschine nur noch von Hand zu steuern.

Luisa öffnete die Cockpittüre auf und rief: »Die Kabine ist gesichert!« Sie schrak entsetzt zurück und drückte sie schnell wieder zu. Kevin hatte sie beobachtet und sah fassungslos in ihr blasses Gesicht.

»Mein Gott« flüsterte sie, »ich kann die Piloten nicht sehen, das ganze Cockpit ist voller Rauch. Oh Gott, oh Gott, wie sollen sie denn landen? Um Himmels Willen, ich muss das den anderen irgendwie beibringen!«

Schalte den Generator wieder ein! Gregors Stimme war gefasst und ruhig.

Hab ich schon gemacht, sagte Tom ebenso ruhig, beide Generatoren laufen. Bei mir geht alles wieder!

Erneut kam auf Gregors Seite ein dicker Schwall schwarzen Rauchs herunter geströmt.

Okay. Ich kann jetzt nicht mehr fliegen, sagte Gregor, übernimm du! Die Instrumente sind fast alle weg und ich sehe nichts mehr.

My controls! bestätigte Tom.

Master Warning! Durchdringend grellrot erschien die Hauptwarnung.

Den Notstromschalter können wir nicht einschalten unter diesen Bedingungen, sagte Gregor und fragte:

Fliegst du?

My controls Tommy, ja.

Mach auch den Funk!

My voice, bestätigte Tom.

Gregor spürte Wellen von Wut und Hilflosigkeit über sich hinweg spülen und wie ein Stoßgebet formte sich ein Satz in seinem Kopf: Das ist nicht fair, gib mir doch eine Chance!

Er konnte aber gar nichts tun, nichts, dafür gab es keine Checklisten, keine Verfahren und keine Lösungen! Nichts als Stoß um Stoß schwarzer Rauch in fast rhythmischen Abständen, als säße dort der Teufel mit einem Blasebalg drin. Für eine Sekunde blitzte Marlis Bild in ihm auf. Aber nein, sagte er sich, das konnte es nicht gewesen sein. Immerhin, sie flogen noch, die Motoren liefen, die Steuerung funktionierte auch, also was konnte er noch tun? Verdammt, er war verantwortlich und konnte nichts tun! Wie lange hielt der Sauerstoff, wie lange?

München fragte, ob sie den Flugplatz sehen könnten.

Negativ zur Zeit, antwortete Tom.

Wie ist die Distanz zum Flughafen?, wollte Gregor wissen.

Sie befinden sich nun zwölf Meilen vor dem Platz, versicherte der Controller.

Wir sehen den Platz nicht, sagte Gregor.

Verstanden, bestätigte München, sie machen einen Sichtanflug auf Piste Null Acht rechts.

Wir können den Platz noch nicht sehen, wiederholt Gregor.

Verstehe, sie können den Platz nicht sehen. Sie befinden sich nun zehn Meilen vor der Piste, sie können dem Gleitweg folgen, das Instrumentenlandesystem für die Piste 08 rechts ist in Betrieb.

Setze mir bitte das ILS für 08 rechts, sagt nun Tom.

Gregor will auf der Karte nach der Frequenz des ILS suchen, aber der Rauch ist zu dicht er kann darauf unmöglich etwas lesen. Er fragt den Controller nach der Frequenz, bekommt die Antwort »Moment bitte« und Tom sagt dringlicher, er brauche jetzt die ILS und Gregor fragt wieder nach und der Controller erklärt erstaunt, er verstehe die Frage nicht und Gregor muss ein drittes Mal fragen und sagt ihm, dass er die Zahlen auf der Karte nicht mehr lesen kann und erst dann beginnt der Controller ihre Lage zu begreifen und nennt ihm die Frequenz und Tom bringt das Flugzeug genau auf dem Gleitweg und Gregor kann kurz aufatmen.

Aber dann passiert es auch beim Copiloten drüben, abgrundschwarz und grau hüllt der Rauch ihn ein, Tom kann nichts mehr sehen und ruft:

Your controls Gregor,
Gregor antwortet:
My controls Tommy,
nimmt das Steuer, sieht gar nichts und fragt sich, wie das nun gehen
soll und warum er so ruhig ist und denkt, es muss gut gehen, gib
mir eine Chance und versucht, einigermaßen die Geschwindigkeit zu
halten und die Fluglage und wieder kommt ein Höllenschwall und
Gregor ruft Tom zu, er solle mit der Checkliste fächeln und Tom
beginnt zu fächeln und für einen Moment sieht Gregor wenigstens
schemenhaft im Fenster unten grün und oben blau und merkt, die
Fluglage stimmt und sieht vorne kurz die Piste und spürt in sich
einen Atemzug Erleichterung, dann kommt wieder eine Rauchwolke
und München sagt, er könne uns sehen, aber wir sehen nichts, auch
keine Piste mehr und keinen Flugplatz, doch Tom ruft, er sehe die
Piste und Gregor darauf
Your controls, Tommy! Wieder steuert Tom und fragt nach der Geschwindigkeit, die Geschwindigkeit bitte, siehst du die Piste und Gregor ruft
ja, ich hab sie, my controls Tommy,
und spürt in den Händen das Flugzeug, denkt, so aber jetzt, ich will
dich sicher auf die Piste bringen, ich muss, wenn nicht, starte ich
durch, dreh' eine Runde und probiere es aufs Neue, es kann nicht
schlimmer kommen und sagt,
Mach bitte den Final Check und fächle so fest du kannst, Tommy,
und Gregor tastet nach dem Fahrgestell und der Hebel ist unten und
die Klappen voll ausgefahren und jetzt gib mir eine Chance, fächle
Tommy fächle, ich sehe nichts, die Augen brennen, die Speed Tommy,
wie ist die Geschwindigkeit, wie ist sie, hundertfünfzig, danke Tommy,
hundertfünfzig ist nicht schlecht, aber die Piste ist weg, nein, ja fächle
fächle, da ist sie, da, jetzt setz ich auf, denkt, ja, so ist es gut und
jetzt noch das Bugrad, verdammt, ich seh nichts mehr, gerade, gerade
halten, überall Rauch noch viel mehr Rauch, es wird höllisch heiß,
ruft »Reverse«! denkt, voll bremsen, bin am Boden, weiß nicht, ob
wir nicht von der Piste abgekommen sind, aber wir stehen endlich
still, Gott sei Dank!

Jetzt will der Controller auch noch, dass wir von der Piste rollen, Tommy entgegnet:

Wir haben aber hier wirklich dicken, dicken Rauch!

Wir evakuieren Tommy, gleich hier! ruft Gregor und beide reißen die Fenster auf.

Ladies and Gentlemen, this is an emergency, open seat belts and evacuate!

Treibstoffzufuhr abschalten, der Notstromschalter ist glühend heiß, Tom steht schon in der Kabine, wo alle Ausgänge weit offen stehen und die Leute rutschen, die Passagiere, schnell schnell, achtundachtzig, alles über die Rutschen raus, raus. Und dann ist Gregor allein, reißt sich im Aufstehen die Maske vom Gesicht, ein paar Sekunden zu früh und holt Atem voll giftigen Rauchs, muss röcheln, würgen, drängt zum Ausgang und lässt sich in die Rutsche fallen, landet auf hartem Boden und atmet frische Luft, atmet tief ein und aus und sieht das Flugzeug stehen, mitten auf der Piste stehen, genau dort wo es hingehört, denkt er verblüfft und sieht, aus den offenen Cockpitfenstern dringt dunkler Rauch, sieht, seine Leute und die Passagiere stehen in kleinen Gruppen mit Rettungsleuten dort im Gras und er hört ihre Stimmen, durcheinander und hell wie Musik, er ist draußen und atmet frei!

Um ihn herum die Feuerwehrleute, die fragen woher der Rauch komme, sie klettern über die Rutschen ins Flugzeug und die Feuerlöscher fauchen, aber der Rauch quillt weiter und Gregor will rufen, die Batterie, die Batterie abhängen, wieso lässt ihr nicht den Mechaniker mit rein, er weiß wie das geht, aber nein, es ist vorbei, die haben jetzt das Kommando, du kannst atmen, tief durchatmen!

Ihm ist übel, doch da ist ein Mann neben ihm und sagt, er sei von der Flughafenverwaltung und ob er seine Linienpilotenlizenz sehen könne, er müsse sie kontrollieren und Gregor sagt, Moment bitte und muss wieder husten und würgen, greift aber dann in seine Brusttasche und holt die Lizenz hervor und denkt, ab jetzt muss er bei allem, was er sagt, äußerst vorsichtig sein und der Beamte studiert das Papier von vorne bis hinten, sagt höflich, »Danke Herr Kapitän«, steigt in sein Auto und fährt davon.

Gregor.

Er blieb noch stehen und dachte, jetzt würde er wohl gleich aufwachen, sah, die Besatzung und die Passagiere waren in Bussen schon zum Flughafen gebracht worden und er stand allein zwischen den Feuerwehrautos. Er stand eine Weile dort und betrachtete das Flugzeug und dachte, danke, ich danke dir für diese Chance und erkannte dann, dass er nun überflüssig war und bat den Fahrer eines Dienstwagens, ihn zum Gebäude zu bringen.

Seine Besatzung war mit den Passagieren in einen abgeschirmten Raum gebracht worden. Tom schien erleichtert Gregor zu sehen und lief auf ihn zu.

»Wie geht es dir?«, fragte er besorgt.

»Gut soweit«, antwortete Gregor und hustete, »habe nur die Maske zu früh runtergenommen und etwas von dem Zeug erwischt. Und du?«

»Mir geht es gut«, sagte Tom. Er holte tief Luft und sah Gregor feierlich an.

»Mensch Gregor, du hast mir das Leben gerettet, du hast uns alle gerettet! Wenn du nicht entschieden hättest, sofort umzukehren, hätten wir es nicht geschafft!«

»Tom, das ist Blödsinn! Du hast mir genauso das Leben gerettet! Du warst großartig!«

»Danke«, meinte Tom verlegen, »aber zum Schluss bist du gelandet und du hast die richtigen Entscheidungen getroffen.«

»Du, wir haben das zusammen geschafft, ich bin heilfroh, dass ich dich als Copilot hatte! Herrgott, das war schon verdammt knapp!«

Luisa hatte ihn bemerkt und war herbeigelaufen. Ihr Gesicht hatte wieder Farbe angenommen.

»Gregor! Du bist auch da, ich bin so froh, es ist alles gut gegangen!«

»Luisa, ihr ward alle prima! Was machen die Passagiere, ist jemand verletzt?«

»Ein Kind wurde ins Spital gebracht«, berichtete Luisa, »ein zwölfjähriges Mädchen. Sie hat sich beim Rutschen über den Flügel das Bein verdreht oder so, vielleicht ist es auch gebrochen, ich weiß es nicht, sonst ist niemand schwerer verletzt, glaube ich! Die anderen sind dort drüben.«

Gregor ging quer durch Raum und dachte sich, hier könnten nun genauso gut Angehörige sitzen die getröstet werden müssten, wenn es schiefgegangen wäre, aber das war es nicht.

Nathalie und Giselle waren dabei, die aufgeregt gestikulierenden Passagiere zu betreuen. Sanitäter versorgten diejenigen, die sich Stauchungen, Prellungen oder Schürfungen zugezogen hatten. Gregor ging näher und sah, dass auch Stefanie dort saß und einen Verband am Arm trug. Es sei nicht schlimm, beeilte sie sich zu beteuern, sie sei bloß noch etwas zittrig. Die Rutsche im Heck des Flugzeugs hatte sich nicht aufblasen lassen und Stefanie hatte sich, während sie sich mit ganzer Kraft darum bemühte, eine ordentliche Schnittwunde geholt.

Die meisten Passagiere waren erstaunlich ruhig und gefasst. Sie hatten von den dramatischen Ereignissen im Cockpit fast nichts mitbekommen und waren von der plötzlich angeordneten Noträumung jäh überrascht worden. Wenn überhaupt, hatten nur einige nachträglich begriffen, in welch bedrohlicher Lage sie wohl gewesen sein mussten und saßen nachdenklich oder heftig diskutierend herum. Luisa verströmte lächelnd Zuversicht und Kevin stand wie eine Säule in der Menge und wurde belagert von Leuten, die sich vor allem um ihre Anschlussflüge sorgten und von ihm vor allem wissen wollten, wann sie ihr Gepäck wieder bekommen würden.

Einer der Amerikaner erspähte Gregor, nahm seinen kleinen Hund auf den Arm und ging auf ihn zu. Nun wurden auch die anderen auf ihn aufmerksam.

»Captain! Was war los? Wieso hat es im Cockpit gebrannt? Warum mussten wir über die Rutschen raus? Brennt jetzt das ganze Flugzeug?«

Gregor versuchte ihre Fragen sachlich und ruhig zu beantworten und versicherte ihnen, dass sie ihr Gepäck bald wieder bekommen würden und weiterfliegen könnten.

Einer hatte dann verblüfft gemeint, Gregor habe ihnen vermutlich gerade das Leben gerettet und andere riefen drauf: oh yeah, yeah!

»Maybe yes, together with my Copilot, hatte Gregor nur gebrummt und sich verabschiedet, bevor jemand Zeit hatte, noch gefühlvoller zu werden.

Thank you Captain! Thank you Sir!, hatten sie gesagt und einer hatte salutiert und Gregor hatte sich gefreut.

Er ging zurück zu Tom, der etwas im Abseits stand und Tom sagte: »Weißt du, das ist alles vollkommen verrückt und ich kann es noch immer nicht glauben. Ich frage mich die ganze Zeit, ob ich etwas falsch gemacht habe und nicht darauf komme, was es sein könnte!«

»Nein, sagte Gregor energisch, du hast gar nichts falsch gemacht, wir haben nichts falsch gemacht, ich denke, es war ein unkontrollierbares technisches Problem, welches weiß ich nicht, aber für uns nicht unter Kontrolle zu bringen.«

»Was hältst du davon, wenn wir uns im Stationsbüro nochmals das elektrische System anschauen«, fragte Tom, »ich möchte sicher sein, alles richtig geschaltet zu haben.«

Der Stationsleiter trat auf sie zu und sagte:

»Meine Herren, die Passagiere fliegen mit der Mittagsmaschine weiter, sie müssen leider warten bis am Abend, vorher gibt es keinen Platz für sie, alles voll besetzt. Tut mir echt leid!« »Nun, da kann man nichts machen«, antwortete Gregor und zu Tom gewandt:

»So haben wir wenigstens genügend Zeit im Manual nachzusehen. Ich werde Luisa informieren und dann gehen wir.«

Marlis überquerte den großen Parkplatz vor der Stadthalle und hob einige gelb und rot gefärbte Ahornblätter auf, die dort luftig auf dem schwarzen Asphalt lagen. Noch hatte sie zum Glück niemand weggeräumt. Sie waren feucht, aber sie stopfte sie dennoch in ihre Tasche, sie konnte nicht daran vorbeigehen, die Farben waren einfach zu schön. Sie könnte sie trocknen, vielleicht auch ans Fenster hängen wie einen Vorhang oder in Bücher legen, wo sie einen dann unvermutet überraschten. Sie hatte sich das jedes Jahr vorgenommen, aber nie wirklich getan, meist hatte sie ein faulig verklebtes Blätterbündel Tage später weggeworfen. Sie lachte über sich selbst und ging weiter. Eine Katzenausstellung mit Prämierung! Eine halbe Zeitungsseite hatte man ihr dafür zugeteilt, nun denn. Eigentlich hatte sie den Auftrag nicht gerne angenommen. Ihre Erfahrungen mit Katzen waren minimal und zwiespältig obendrein und beschränkten sich auf eine kurze Zeit in ihrer Jugend, in der ihnen eine zerzauste, vermutlich wild lebende Tigerkatze zugelaufen war, die ihnen in weiterer Folge systematisch Möbel, Handtaschen, Schuhe und ihre Gitarre zerkratzt hatte, bis sie von einem Lastwagen überfahren worden war und Mama geschworen hatte, dass sich so etwas in ihrem Haus nie wiederholen dürfe. Seither waren dreißig Jahre vergangen, dreißig katzenfreie Jahre. Gregor mochte Katzen, sie hatten ihn durch die Kindheit begleitet, seine Eltern besaßen deren sieben.

Gregor. Er mochte bereits auf dem Rückflug von Barcelona sein und hoffentlich zeitig genug nach Hause kommen, um mit Oscar noch etwas Mathe zu üben. Sie konnte das überhaupt nicht, sie war eine Null in Mathe und zu abstraktem Denken völlig unfähig. Sie durchquerte schwungvoll das Foyer der Stadthalle, betrat den riesigen Saal und prallte zurück.

Niemand hatte sie auf den Anblick von hunderten von Käfigen, die auf langen Tischreihen bis zur Bühne hin standen, vorbereitet. Darinnen waren die Katzen, saßen ergeben auf samtenen Podesten oder lagen lasziv auf kleinen Sofas aus glänzendem Satin, umgeben von dramatisch drapierten, stofflich passenden Vorhängen und blickten unergründlich und gelangweilt auf die Besucher oder schliefen.

An diesen Käfigen defilierten Menschenmassen vorbei, einer träge schleichenden Schlange gleich, die giftig zuckte, wenn sich jemand in die falsche Richtung bewegte, oder gar seitlich einzudringen versuchte. Diese Fließordnung zu stören, war nur den ernsten Männern in roten Jacken erlaubt, die Tiere abholten oder zurück zum Käfig brachten. Auf der Bühne wurden die Katzen anderen, noch grimmiger blickenden Männern in langen weißen Mänteln, zur Begutachtung und Bewertung vorgeführt. Dazu wurden die Tiere gedreht und gewendet und schwungvoll hochgehoben, so dass sie alle Viere steif von sich streckten, ein langes Prozedere, dass sie ergeben über sich ergehen ließen.

Marlis fühlte sich fremd und fand das Ganze merkwürdig bizarr und ziemlich gewöhnungsbedürftig, vom Geruch der Käfige mit den

Katzendiven, bis zu dem pomadisierten, aufgeblasenen Gehabe so mancher Besitzer. Aber sie hatte einen Auftrag und musste bleiben und sich in der Schlange von Käfig zu Käfig nach vorne treiben lassen. Plötzlich stutzte sie und schaute überrascht zur Bühne, wo sie das blasse Gesicht eines jungen Burschen entdeckt hatte, der von dort den Saal zu überblicken versuchte. Tatsächlich, es war Oscar, der dort stand und etwas zu suchen schien und er sah keineswegs entspannt aus, er sah eher verstört und aufgebracht aus! Was mochte Oscar, der große Menschenansammlungen schon immer gehasst hatte, an diesen Schönheitswettbewerb für Katzen treiben?

Sie spürte augenblicklich wie ihr Widerwille gegen diese Umgebung einer aufkeimenden Angst wich, die sie durch die Menge vorantrieb.

»Mama«, rief er erleichtert, als sie ihn endlich erreicht hatte, »ich habe dich überall gesucht!«

Seine Augen waren weit und tiefdunkel und auf seiner Stirn und Oberlippe lag dünner Schweiß.

»Oscar, was ist denn«, fragte sie ängstlich, »ist etwas passiert? Etwas mit Jan, wo ist er?«

Oscar schüttelte verneinend den Kopf und suchte nach Worten.

»Es ist alles in Ordnung Mama«, sagte er leise und zögernd, »es ist. . .

Da ertönte laut eine Ansage und Oscars Stimme verlor sich im Lärm.

»Komm«, sagte Marlis nervös, »ich habe genug gesehen. Gehen wir hinaus und du erzählst mir was los ist.«

Sie schob ihn durch die Menge und war froh einen Grund zu haben, die Halle verlassen zu können. Oscars Antwort hatte sie nur teilweise beruhigt. Vielleicht hatten die Jungs aus Jans Clique etwas angestellt, was er ihr nun vorsichtig beibringen sollte, vielleicht wartete auch ein wütender Nachbar auf sie, so wie damals wegen den Nüssen, die sie angeblich von seinem Baum gepflückt hatten. Aber wegen Lappalien würde er sie nicht gesucht haben, abgesehen davon wussten sie doch beide genau, dass sie nie Angst zu haben brauchten, was immer auch geschehen sein mochte, und in Oscars Augen glaubte sie Angst gesehen zu haben, zumindest aber Bestürzung!

Sie hatten den Ausgang erreicht und Oscar stieß die Glastüre auf, ließ Marlis durch und gab der Türe dann einen heftigen Stoß, sodass sie ächzend einrastete. Wieder stand Marlis zwischen den roten und gelben Blättern, spürte ihr Herz pochen und sog die kühle Luft tief in ihre Lungen. Es tat ihr gut.

»Erzähl mir bitte was los ist, Oscar«, bat sie sanft.

»Gut Mama. Es ist so... « Er stockte und sah sie zweifelnd an.

»Papa hat gesagt, du sollst dich nicht aufregen.«

»Papa?«

»Ja, er hat angerufen. Aus München.«

Es ballte sich etwas zusammen in ihrem Hals als sie schwieg und wartete. »Er hat eine Notlandung gemacht, es hat gebrannt im Cockpit, richtig elektrisch gebrannt und sie mussten die Passagiere über die Rutschen evakuieren, aber es ist alles gut gegangen hat er gesagt, du sollst dir keine Sorgen machen, es ist niemand gestorben, nur ein Mädchen hat sich das Bein gebrochen, vielleicht.«

Er schwieg und sah sie an.

»Mama, bist du okay?«

»Ja, ich denke schon. Eine Notlandung mit Passagieren, ein Brand im Cockpit, oh!«

Wieder sah sie seine Augen und bemühte sich zu lächeln.

»Papa ist nichts geschehen, niemand ist etwas geschehen«, wiederholte sie und versuchte das aufkommende Zittern in ihrer Stimme zu unterdrücken.

»Papa hat gesagt, er wollte es dir erzählen, bevor du es in den Nachrichten hörst und da habe ich gedacht, ich komme gleich zu dir. Er hat ganz lustig getönt Mama. Er kommt mit dem Abendflieger heim.«

»Ja, das ist gut, sagte Marlis und schluckte heftig, »ich bin sehr froh, dass du gekommen bist, froh dass du bei mir bist.«

Sie sah auf die Uhr.

»Ich denke, wir sollten Jan beim Fußballplatz holen.«

»Darf ich es ihm erzählen Mama?« Oscars Augen waren heller.

»Ja, aber erst wenn du mit ihm allein bist, Oscar, das ist wichtig.«

Der Fußballplatz befand sich nur wenige Straßen weiter. Er fuhr mit dem Fahrrad kraftvoll hinter dem Auto her, lehnte es, beim Clubhaus angekommen gegen die Holzwand und verschwand. Sie blieb im Auto sitzen.

Ein Cockpitbrand! Sie versuchte, sich das vorzustellen. Was konnte brennen im Cockpit? Alles rundherum war nur aus Metall, elektrisch gebrannt hatte Oscar gesagt, was mochte das heißen? Sie spürte das Zittern immer noch, es hatte sich in den Magen verlagert. Gregor hatte angerufen und es ging ihm gut. Er würde wieder heimkommen am Abend, wie immer, als sei nichts geschehen.

Sie sah zu wie Oscar und Jan herauskamen und Oscar sich zu seinem Bruder beugte und ihm die Neuigkeit erzählte. Jan hörte mit offenem Mund zu und kam zum Auto gestürmt.

»Mama, ist das wahr? Ist Papa wirklich im brennendem Flugzeug gesessen und hat am Boden die Leute über die Rutsche gestoßen?

»Das habe ich ihm nicht so gesagt, Mama«, protestierte Oscar.

»Jaja, das heißt, nein, natürlich hat Papa niemanden über die Rutschen gestoßen, das hatte sicher die Kabinenbesatzung getan, das ist ihre Aufgabe in so einem Fall. Und stoßen kann man auch nicht sagen, weißt du, sie fordern die Leute nur auf, schnell hinunter zu rutschen.«

»Und geben ihnen einen Schubs, ergänzte Jan, damit es schneller geht, meine ich. Mama, ist Papa im Feuer auch wirklich nichts passiert?«

»Wie hätte er denn anrufen können, wenn ihm was passiert wäre«, fiel Oscar unwirsch dazwischen, »und wenn Papa sagt, es gehe ihm gut, dann ist es auch so, er erzählt nie irgendwelchen Blödsinn.«

»Nein nie,« meinte Jan und Marlis sah, dass ihm die Augen zu schwimmen begannen. Er rieb sich verlegen die Nase.

»Kommt, sagte Marlis und konnte das Vibrieren in ihrer Stimme nicht mehr verbergen, kommt wir fahren nach Hause.«

Sie hatten jeden Winkel des Hauses mit köstlichen Düften gefüllt. Tee hatten sie gekocht, Lindenblüten, Früchte und Kräuter, Hagebutten, Minze und Melisse mit Zitronenstücken aufgebrüht, das beruhigte. Dann waren sie zusammen am Küchentisch gesessen, hatten alles beredet und Tee geschlürft und schließlich beschlossen, für Gregor einen Gugelhupf zu backen, mit einem üppigen Mandelkranz ringsum, so wie er es mochte. Jan, der backen und kochen liebte, doppelte nach und war eifrig damit beschäftigt, Äpfel zu schälen und zu Mus zu verarbeiten. Oscar hatte sich wie gewohnt in sein Zimmer zurückgezogen und gezeichnet. Autos, Gesichter, Flugzeuge, Bild um Bild flog zu Boden und wuchs zu einer Bilderflut, die er, kaum war sie geschaffen, nicht mehr beachtete.

Längst war die Sonne untergegangen. Marlis wollte im Schlafzimmer die Fensterläden schließen und blickte wie immer hinüber zur Lichtung. Sie sah ihren Schatten zwischen denen der Bäume liegen und hatte sich zugewinkt und gemurmelt:

»Nein, ich fürchte dich nicht, dunkles Gesicht! Das weite Band aus Engelshaar gewoben, weißt du noch, damals nach dem Absturz von Erich und Fritz, es ist noch da und hat gehalten!«

So war sie lang gestanden und hatte in den stillen Wald gehorcht, den verschwiegenen Wörtern gelauscht, die aufblitzten, scheu nur und wispernd, solche wie, Ich und Gott und Dank, Mann und Kraft, Not, Herz, Wut und Schrei und Du und Mein, lauter untrennbare lose, lügenlose Tropfenwörter, Salzwörter glitzernde, rinnende und stockende Blutwörter, Schmetterlingswörter schließlich und ein jedes hatte sie dem Unbekannten am Ende der Sternenreise anvertraut und bebend die mächtige Nacht umarmt.

Jan hatte ihn zuerst gesehen und gerufen:

»Papa! Papa kommt, er ist da!«

Endlich war er eingetroffen. Er lachte über das ganze Gesicht, in das der Tag mit seinen Strapazen tiefe Linien und Gräben gezogen hatte und nahm sie in die Arme. Er trug bereits nur noch Jeans und Pullover und war dennoch von Kopf bis Fuß in den beißend scharfen Geruch verbrannter Kabel gehüllt.

»Ja, da bin ich wieder«, lachte er zufrieden, »das war jetzt ein etwas anderer Tag heute, aber wir haben das ganz ordentlich hingekriegt!«

Er duschte ausgiebig, trank Tee, lobte Apfelmus und Gugelhupf und erzählte, sachlich, dennoch lebhaft und so ausführlich wie möglich, wie sich die Ereignisse abgespielt hatten.

»Papa, was heißt Notlage erklären müssen«, fragte Jan dazwischen, »das ist doch jedem klar, wenn es im Flugzeug brennt?«

»Nicht unbedingt, es muss ja nicht immer so schlimm sein. Aber wenn der Pilot eine Notlage ausruft, dann wird der Flughafen für alle anderen Flugzeuge geschlossen, die Anflugwege und Pisten werden freigehalten und alle Rettungskräfte müssen anrücken, denn das Flugzeug in Notlage hat Vorrang über alles andere.«

»Und, habt ihr schon herausgefunden, was die Ursache war«, fragte Marlis.

»Wahrscheinlich war es schon der Notstromschalter, der das Feuer ausgelöst hatte«, antwortete Gregor, »aber genau muss das erst untersucht werden.«

»Wie hat denn die Kabinenbesatzung das Ganze verkraftet? Das muss ja grauenhaft gewesen sein!«

»Also eigentlich hatten nur Luisa und Kevin mitbekommen was vorne geschah.

Oh, hör zu! Wie ich die Mädchen nachher getroffen hatte und fragte wie es ihnen gehe, sagte Nathalie einfach nur: »Ich habe Hunger!«

Marlis und die Jungs lachten befreit.

»Und dann?«

»Am Nachmittag wollten wir den Flieger sehen und wurden alle in den Hangar gebracht. Ihr könnt euch nicht vorstellen, wie das Cockpit ausgesehen hat! Das Paneel hing in seiner ganzen Breite herunter und mit ihm ein zerstörtes, ineinander verkeiltes und verschmortes Kabeldurcheinander. Die Fenster und Wände waren völlig mit einem schmierigen, grauen Belag bedeckt, weshalb ich auch fast nichts sehen konnte, selbst als der Rauch sich zwischendurch nach hinten verzogen hatte!«

»Papa, bist du jetzt ein Held?« wollte Jan wissen.

»Nein, ich bin kein Held«,, antwortete Gregor gähnend, »ich habe das getan, was möglich war und sein musste, mehr nicht.«

Später, als sie beisammen lagen und wussten, dass dieser Tag vergangen und alles gut und sicher war, ihr Kopf an seiner Schulter lag, wie immer schon, fragte Marlis:

»Hast du denn gar keine Angst verspürt?«

»Nein«, antwortete er überzeugt, »Angst hatte ich nicht, es war eher Verwunderung und Fassungslosigkeit, die mich einen Moment lang blockierte, als ich keine Instrumente mehr hatte und nur noch gelbe und rote Lampen sah. Ich konnte es irgendwie nicht glauben, es schien so irreal!«

»Und du hast in keinem Moment an das Ende gedacht?«

»Nicht wirklich, ich dachte einmal, das kann es nicht gewesen sein, eine Chance, eine Chance muss ich doch bekommen, aber sonst musste ich nachdenken, wie ich das Feuer unter Kontrolle bringen und das Flugzeug landen könnte, für Angst war keine Zeit. Hätte ich gewusst, dass wir nur noch für drei Minuten Sauerstoff hatten, wäre es wohl anders gewesen!«

»Was, nur drei Minuten länger! Oh Gott«, stöhnte Marlis und küsste ihn wieder und wieder. Er streichelte beruhigend über ihr Haar und murmelte:

»Es ist alles gut gegangen und ich bin ja bei dir, bin bei dir.«

Seine Hand war schwer und schwerer geworden und er war eingeschlafen.

Marlis hatte sich von ihm gelöst und war leise aus dem Bett gestiegen. Die Blätter in ihrer Handtasche waren ihr eingefallen, rote und gelbe Lichter, die im Dunkeln leuchteten, diesmal durften sie nicht verfaulen.

Sie holte sie heraus, lief ins Wohnzimmer und legte sie zwischen die Seiten des »Großen BrockHaus«, Band Vier, unter GRE. Dort waren sie sicher wieder zu finden, unter GRE fand Marlis alles wieder.

Tränenmeer

Am Tag danach hatte schon vor dem Frühstück das Telefon geklingelt und war für Stunden nicht mehr stillgestanden. Journalisten verschiedenster Zeitungen hatten von dem Feuer im Cockpit und der Notlandung in München erfahren und wollten die Geschichte von Gregor persönlich hören. Kollegen riefen an, gratulierten, hatten jede Menge fachliche Fragen und manche waren sehr emotional und meinten bewundernd, er sei jetzt einer der wenigen, die nun wüssten, wie es sich anfühle, in einer schier ausweglosen Lage zu stecken.
»Gregor«, hatte ein Kollege gerufen, »Mensch, ich bin schockiert, was hab ich vernommen! Ich bin vorgestern als Letzter mit dieser Maschine geflogen, alles war bestens in Ordnung, aber wenn ich mir vorstelle, dass es nur wenig später mir hätte blühen können..., ich weiß nicht, ob ich das wie du hingekriegt hätte!«
»Du bist ja nicht allein im Cockpit, der Copilot hat mir den Flieger spitzenmäßig positioniert, den Rest habe ich nach Gefühl und mit dem Hintern gemacht, das lernt man schon beim Segelfliegen!«
Glückwünsche von allen Seiten waren eingetroffen, selbst der Bundespräsident hatte jedem Besatzungsmitglied ein Anerkennungsschreiben zukommen lassen, worüber Gregor sich besonders gefreut hatte. Ansonsten war er sehr zurückhaltend mit seinen Äußerungen und erzählte sachlich und kurz den Ablauf der Ereignisse, betonte immer wieder die Teamarbeit und die wichtige Bedeutung erstklassiger

Ausbildung und ständigem Training, was eben kostspielig sei, aber maßgeblich zum glimpflichen Ausgang dieses und anderer bedrohlicher Zwischenfälle beigetragen habe. Er hatte das immer aus vollster Überzeugung vertreten und die jüngsten Erfahrungen hatten seine Ansicht nur bestätigt.

Dennoch war er von Tag zu Tag ungeduldiger geworden, die Aufregung zu dämpfen und zur Normalität des Flugalltags zurück zu finden. Drei Tage später war er wieder geflogen und erkannte beruhigt, dass sich bei ihm weder körperliche noch psychische Nachwirkungen bemerkbar machten. Vielleicht eine Spur mehr Mißtrauen hatte sich bei ihm eingeschlichen und die ersten Flüge getrübt, eine kleine Schrecksekunde war ihm aber nicht erspart geblieben. Als er bei den Vorbereitungen im Cockpit die Sauerstoffmasken kontrollierte, hatte es ihn plötzlich durchzuckt:

Rauch, er hatte Rauch gerochen! Ich werd' verrückt, dachte er, nein, das darf nicht wahr sein! Werde ich jetzt von diesem Geruch verfolgt, sobald ich im Cockpit sitze? Sollte die Prophezeiung der Psychologen Recht behalten, dass ich unvermutet Rauchgeruch wahrnehmen könnte, wo gar keiner ist? Er drehte den Kopf zurück, wieder roch er Rauch, ganz nahe seiner Nase! Ach, die Rangabzeichen, diese Schulterpatten, sie waren das Einzige, das er von der rauchgeschwängerten Uniform nicht ersetzt hatte, die rochen immer noch teuflisch nach Kabelbrand. Er lachte befreit, alle in der Besatzung hatten gleich daran riechen wollen, die Beklemmung hatte sich aufgelöst und war nie wieder gekommen.

Sein Freund Oliver freilich, wollte jedes kleinste Detail des Zwischenfalls auf Mängel und Schwächen untersuchen, mit ihm zusammen verbesserte Verfahren ausarbeiten und diese im Simulator unter realistischen Bedingungen sofort testen. Dazu wurde künstlicher Rauch ins Cockpit geblasen und Oliver hatte von Gregor immer wieder wissen wollen:

»Könnte es ungefähr so gewesen sein? War der Rauch wirklich so dicht, hast du so wenig gesehen?«

Gregor hatte dem weißen Nebel, der in eindrücklichen Schwaden durch das Cockpit waberte, nachgeschaut und gemeint:

»Nein Oliver, dagegen ist das hier harmlos!«

In der Abflughalle wurde Marlis wieder unruhig und sprang auf die Beine, als hätte sie eine innere Feder ausgelassen. Es gab keinen Grund dazu, nichts hatte sich an ihrem Warten verändert, es musste aufgestaute Energie sein, die sie unvermittelt zu aktivem Handeln drängen wollte. Sie blickte auf die Uhr.

Mein Gott, kam dieser Mann heute denn gar nicht mehr, nun war der Nachmittag schon fortgeschritten und sie hatte noch immer keine neue Nachricht! Sie spürte die Ungeduld knisternd in ihr wachsen und ging einige Schritte auf und ab. Durch ein schmales Fenster über der Bar sah sie ein Stück vom Himmel und dort hing eine Wolke in sattem Graublau zwischen schmalen weißen Streifen. Wie gehabt, dachte Marlis resigniert, auch am Wetter hatte sich wenig verändert, etwas ruhiger war es vielleicht geworden. Die asiatischen Geschäftsleute waren dabei aufzubrechen und sich voneinander zu verabschieden, sie machten kleine Verbeugungen und lächelten dabei noch breiter und die Augen flogen unruhig hin und her. Dann kam der Kellner herbei, räumte die Tische ab und blickte zu ihr herüber.

»Wollen sie auch gleich bezahlen?« Er kam zu ihr gelaufen.

»Nein«, antwortete Marlis zögernd, »bringen sie mir ein Glas Champagner bitte!«

»Eine kleine Flasche?« fragte er und deutete mit den Händen die Flaschengröße an.

»Ja bitte.« Sie setzte sich wieder.

Er nickte und ging. Er hatte einen stolzen Gang und sein Haar glänzte schwarz, so dunkel wie der Satinrücken seines Gilets.

Was tue ich da, dachte Marlis, erschrocken über diese spontane Entscheidung. Champagner, ausgerechnet heute. Was würde Gregor dazu sagen? Bestell dir ruhig ein Glas, würde er sagen und es einfach verstehen, ohne Einschränkung und besser, als sie es selbst verstand. Ach was, sie musste sich nicht immer alles erklären, sie wollte und brauchte jetzt einfach ein Glas Champagner, das war alles.

Schön, die Abflughalle war wieder belebt. Menschen standen vor den Schaltern oder strömten vorüber. Schmale Menschenrinnsale, die der ungestüme Märzhimmel bald aufsaugen würde. Sie selbst war in diesem Eck mit den Ledersesseln, der Bar und den roten Tischen heimisch geworden, hatte sich einen behaglichen Raum erobert, der ihr für einige Stunden die Geborgenheit gab, die sie für ihr Gedankenspiel brauchte. Wieder sah sie nach der Wolke im Fenster. Sie war nur ein klein wenig weiter gerückt, das hieß, der Wind hatte nachgelassen, das war sehr gut. Der Kellner kam zurück, stellte eine Schale mit Erdnüssen hin und entzündete die flache Tischkerze. In ihrem Licht war seine Haut von bronzenem Oliv und schimmerte feucht auf den schweren Augenlidern. Er entkorkte gewandt die kleine grüne Flasche, ließ den Inhalt schäumend ins Glas rinnen und schob Glas und Flasche vor Marlis hin. Er blickte auf, sagte nur dezent »Madame« und zog sich zurück.

Zum Wohl Madame! Wider Willen musste Marlis kichern. Sie blickte in ihr Glas, wo die Flüssigkeit in feinen Bläschen zur glänzenden Oberfläche stieg und sich mit winzigen Sprüngen verteilte. Sie trank in kleinen genießerischen Schlucken und griff entschlossen nach ihrem Handy. Es läutete mehrmals bis Gregors Stimme kam. Sie tönte energisch.

»Gregor! Ich wollte mal hören, wie es dir geht! Meine Güte, bist du immer noch in Oslo?«

»Oh, ja, verzeih, es war bis vor kurzem alles durcheinander und ungewiss, aber jetzt haben wir wenigstens eine Startzeit bekommen und sollten gegen acht landen. Hältst du solange durch?«

»Ja klar, ich warte hier.

»Ich komme so schnell ich kann.«

»Ich weiß. Lass mir nach dem Start die Fjorde grüßen und sag ihnen, dass ich täglich an sie denke.« Gregor lachte.

»Du wirst sie wiedersehen, sie warten bestimmt auf dich. Bis dann!«

»Bis dann. Ich freu mich!«

Sie hatte zugehört, wie er auflegte. Er war im Druck der Flugvorbereitungen und hatte knapp und konzentriert reagiert. Demnach war es bald soweit.

Marlis sah nach der Wolke, sie war nicht mehr dort. Gegen acht also sollte Gregor da sein, das war gut zu wissen. An die drei Stunden hatte sie noch. Drei knappe, pochende Stunden noch, all die vergangenen Bilder vorüber flitzen zu lassen, wie kleine Windräder aus hauchdünnen Spiegeln, die sich drehten und blitzten und manches listig verzerrten, sodass sie auf der Hut sein musste, wach und kritisch und stark genug bis zum Abend und weit in die Nacht.

Nur ein Jahr nach den Ereignissen in München hatte man Gregor in das Kernteam gerufen, das den neuen Airbus A320 in die Airline einführen sollte. Gregor war ganz erfüllt von dieser Nachricht und hatte aufgeregt berichtet über das unbekannte Flugzeug und seine sensationell neue Technik, die wie er sagte, einen »Quantensprung« in der Geschichte der Luftfahrt bedeute.

»Ihr müsst euch folgendes vorstellen«, sprach er einleitend beim Mittagessen, brach aber wieder ab und versuchte ein wenig umständlich, die schlüpfrigen Nudeln auf die Gabel zu drehen, was ihm erst nach mehreren Versuchen gelingen wollte, ein Umstand, der ihn sonst aufregte, an dem gewichtigen Tag aber nicht aus der Ruhe zu bringen vermochte. Zu schön war das, was er seiner Familie mitzuteilen hatte und er genoss ihre volle Aufmerksamkeit sichtlich.

Er fing von neuem an und sagte:

»Also, stellt euch vor, da ist ein Flugzeug, das beinahe vollständig von Computern kontrolliert wird. Es hat keine Steuersäule, keine Rollen und Kabel mehr, die direkt zum Höhen- und Seitenruder führen, jede kleinste Steuerbewegung wird von einem Computer überwacht, wie auch sämtliche Systeme dieses Fliegers, von der Druckkabine bis zur Navigation, vom Treibstoffmanagement über Hydraulik, Airconditioning und so fort, bis hin zur Kaffeemaschine im Galley! Siebenundfünfzig Computer, ist das nicht unglaublich?«

»Toll!« sagte Oscar etwas spöttisch, »und was hast du dann noch zu tun Papa?«

»Genügend, glaub mir.«

Er sah Oscar an, dachte einen Moment nach und fuhr fort:

»Natürlich wird das Flugzeug noch immer von den Piloten gesteuert, über einen Sidestick, eine Art Steuerknüppel, der seitlich auf einer Konsole angebracht ist. Die Übertragung der eingegebenen Bewegung am Sidestick oder an den Gashebeln zum Computer geschieht elektrisch, dort wird alles berechnet, in Sekundenschnelle auf seine Richtigkeit überprüft und erst dann werden die Befehle ausführt.

»Spricht er dann mit dir, wenn du ihm etwas Falsches aufgetragen hast?« wollte Jan wissen und sog geräuschvoll eine Nudel ein.

»Nein, das nicht, aber er verhindert, dass man katastrophale Fehler macht. Wenn ich beispielsweise einem entgegenkommenden Flugzeug ausweichen will, ruckartig das Steuer herumreiße und deshalb in eine zu steile Kurve kippe, so wird der Computer das verhindern, bevor wir auf dem Rücken weiterfliegen.«

»Wie verhindert er das?« Marlis wollte es genauer wissen.

»Halt indem er bremst Mama«, wurde sie von Jan belehrt.

»Ja, so kann man das sagen«, meinte Gregor schmunzelnd. »Der Computer wird die maximal mögliche Schräglage berechnen und sie automatisch begrenzen. Er weist dich sozusagen in deine Schranken, wenn es sein muss.«

»Ist das genauso sicher, wie die herkömmliche Steuerung, ich meine, weil du ja nicht direkt eingreifen kannst« fragte Marlis mißtrauisch.

»Ja natürlich, eigentlich noch sicherer, weil er viel schneller reagieren kann als der Mensch.«

Marlis hätte gerne noch einiges diskutiert, hatte aber über den Tisch hinweg Oscars Augen wahrgenommen, in denen allerhand Dunkles vorüber zu ziehen schien und hatte geschwiegen. Oscar hatte seine eigenen Bilder und Vorstellungen und seine Fantasie hatte eben genug Stoff bekommen. Gregor hatte ihre Zurückhaltung wahrgenommen und gemeint: »Jedenfalls ist es ein völlig neue Technik und ich freue mich riesig darauf!«

Abends waren sie spät noch im Dunkel eines letzten Sommerabends gesessen.

»Ich glaube du machst dir Sorgen«, hatte Gregor gesagt und ihre Hand gestreichelt, »sag mir was dich bedrückt. Ist es das neue Flugzeug, macht es dir Angst?«

»Nein, ja, ich weiß nicht, ich glaube nicht, obschon ich nie ein solches Vertrauen in die Elektronik haben könnte wie du das tust. Aber ich werde gar nichts mehr verstehen können, weil es viel zu kompliziert ist. Und was ist wenn die Computer verrückt spielen und du merkst es nicht?«

»Dazu überwachen sie sich gegenseitig. Sie merken, wenn einer verrückt spielt und setzen ihn außer Gefecht, trotzdem müssen wir genauso mitdenken und über den Stand der Dinge stets Bescheid wissen, wie bisher auch. Die Computer sind uns eine große Hilfe, weißt du.«

Er küsste sanft ihre Finger.

»Ich werde dir während der Umschulung vieles erklären und mit der Zeit wirst du auch ein besseres Gefühl bekommen. Es wird eine anspruchsvolle und abwechslungsreiche Geschichte werden, zumindest bis die Schulungen der Streckenpiloten ins Laufen kommen!«

»Das wird dauern, wenn ich das richtig verstehe. Du wirst wenig Zeit haben für andere Dinge«, mutmaßte Marlis nüchtern.

»Ja schon, es muss zügig gehen, wir werden alle zwei Monate ein neues Flugzeug bekommen. Was meinst du mit andere Dinge?«

»Uns alle«, meine ich, »für uns wirst du kaum mehr Zeit haben, bei allem was da kommen soll. Du wirst wieder wochenlang hinter den Ordnerbergen verschwinden, wie... wie so ein Eremit, abwesend und unzugänglich und mich bei jeder Störung kritisch ansehen. Ich weiß nicht, ob ich darüber begeistert bin!

»Es wird sich nichts ändern, Liebling, ich werde genau so oft bei euch sein wie bisher, vielleicht noch öfter und ich verspreche, dich nicht schief anzusehen, auch Oscar und Jan nicht, das tue ich sowieso nie. Hab ich dir schon gesagt, dass Oliver mit im Kernteam sein wird?«

»Ja, das hast du gesagt.« seufzte Marlis und gab ihren Widerstand auf. Für einen Moment schwieg sie.

»Ich verstehe, dass du dich freust« sagte sie weich, »es wird bestimmt sehr spannend werden für euch.«

Tatsächlich war die Einführung des Airbus für Gregor eine der größten Herausforderungen seiner Laufbahn geworden, die er mit unveränderter Freude wahrgenommen hatte. Wie versprochen hatte er

Marlis geduldig die Vorzüge und Feinheiten des fliegenden Wunderwerks zu erklären versucht. Er hatte ihr aber auch nicht verheimlicht, dass die neue Technik mit einigem Respekt, ja von manchen Piloten sogar mit Skepsis betrachtet wurde und eine große Umstellung bedeutete, die nicht immer so einfach akzeptiert und bewältigt wurde. Nach und nach aber, war ein Airbus nach dem andern in die Flotte integriert und zur Selbstverständlichkeit geworden.

Gregor hatte fast bedauert, dass die intensive Zeit, die ihn auch oft mit Oliver zusammen brachte, zu Ende war und ihre Flugpläne weniger gemeinsame Unternehmungen zuließen. Zum großen Bedauern aller, auch von ihm selbst, war Oliver nach nur zwei Jahren Dienst auf dem Airbus zu einer weiteren Umschulung geschickt worden, diesmal für die MD-11, einem dreistrahligen Langstreckenflugzeug, auf dem dringend Leute gebraucht wurden und in Folge war für Gregor ein Treffen mit ihm, zur einer seltenen und umso kostbareren Glückssache geworden.

Eben wieder alleiniger Gast in der Barecke der Abflughalle, unterbrach Marlis erneut ihre Überlegungen und nahm einen kräftigen Schluck Champagner. Sie stand auf, hob ihren Rollkoffer vom Wagen, öffnete ein Stück weit den Reißverschluss und holte mit sicherem Griff ein schwarz eingebundenes Heft hervor, das sie vor sich hin legte ohne es zu öffnen.

Das einfache Heft war eine Art Tagebuch, in welchem sie in loser Folge Notizen und Gedanken festhielt, ein ständiger Begleiter, den sie nun in ihrer Nähe haben wollte. Sie nahm noch einen Schluck, schaute den vorbei eilenden Menschen nach und spielte zögernd mit dem Gummiband, welches das Heft umschloss. Dann zog sie es entschlossen weg, griff nach dem Ende des seidenen Bandes, das unten heraus lugte und klappte das Heft auf. Sie liebte diese wenigen Handgriffe, sie hatten entschieden etwas Zeremonielles, das sie bei jedem Öffnen aufs Neue genoss.

Sie blickte da und dort hinein und blätterte dann zurück bis zu den ersten Seiten und begann zu lesen:

Im Januar

Gerade habe ich festgestellt, dass das neue Jahr ganze drei Wochen alt ist und der innere Auftrieb, der in den ersten Januartagen trotz der grausigen Kälte wie warmer Südwind daher kommt, bereits etwas verflogen ist!

Ich denke, wir erleben halt alle in diesen Monaten eine Zeit, die uns sehr fordert und bei der wir unser Bestes geben müssen, jeder auf seine Weise.

Gregor ist viel unterwegs, engagiert wie immer für die Ausbildung der jungen Piloten. Auch macht er sich sehr Sorgen um die Airline, aus der seit neustem eine Holdinggesellschaft mit vielen beteiligten Firmen geworden ist. Irgendwie ist das beunruhigend. Ich blicke da nicht mehr durch, aber vielleicht soll man das eben nicht, durchblicken, meine ich.

Gregor prophezeit, in den nächsten Jahren gehe es ums Überleben der Airline! Das kann ich mir nicht vorstellen, wo sie doch ständig wächst und sogar kleinere Fluggesellschaften aufkauft. Oder ist die Lage gerade deswegen kritisch? Keine Ahnung, also hoffe ich halt, dass alles im Lot bleibt!! Auch Oscar und Jan sind unruhig und im Aufbruch!

Ich male Bäume, immer wieder Bäume, vielleicht brauche ich sie.

Anfang Mai

Bin gerade etwas deprimiert und weiß nicht warum! Gut habe ich meine Arbeit. Morgen werde ich eine Jungtierschau besuchen und eine ganze Seite darüber berichten und nächste Woche dann »Irma la Douce«, und das in der Aula der Schule! Es lebe das Landleben! Das wird mir gut tun.

Ende Mai

Ich bin froh, dass es Sommer wird und eine Weile keine Kunstausstellungen mehr zu bearbeiten sind. Irgendwie habe ich mich leer geschrieben.

Heute bin ich von einer Vernissage nach Hause gegangen, ohne ein einziges Wort auf meinen Notizblock gebracht zu haben. Hoffentlich fällt mir morgen zu diesem merkwürdigen Menschen und seinen sperrigen Bildern etwas ein. Ich kann doch nicht zu meinem Chef gehen und sagen, Frank, geh du mal selber dorthin, mir fällt nichts ein, nein, das wäre Kapitulation vor der Kunst, das leiste ich mir nicht! Oscar hat gemeint, Mama schreib doch einfach, dass es kryptische Bilder sind, die jeder Besucher selbst interpretieren kann und soll. Ha, mein Sohn ist klug. Vielleicht werden morgen die Funken sprühen!

Marlis schmunzelte, es war wirklich nicht einfach gewesen.

Ratlos war sie in der Galerie gestanden und hatte die großformatigen Bilder studiert, die ihr schon bei der Vernissage am Vortag zugesetzt hatten. Es war ihr partout nicht gelungen einen Zugang zu den Werken zu finden, obwohl sie spürte, dass die Bilder etwas zu sagen hatten. Auch die Ansprache des gefeierten Sachverständigen, seines Zeichens Professor an einer deutschen Kunstakademie, hatte nicht viel Erhellendes gebracht.

Dem spärlichen Publikum war es ähnlich ergangen, die Leute hatten brav geklatscht und sich dann erleichtert dem Wein und den Lachsbrötchen zugewandt. Ebenso vergeblich hatte sie versucht, den Künstler zu einem erklärenden Gespräch zu bewegen. Er hatte sie aus dem Wildwuchs seiner Haare und Brauen heraus verächtlich gemustert und gebrummt, wenn sie nicht fähig sei, selbst zu erkennen, was er in seinen Bildern ausdrücke, könne er ihr auch nicht helfen. Marlis fand ihn erst rüpelhaft und arrogant, dann eher unbeholfen und weltfremd und dachte sich schließlich, ganz so unrecht hätte er nicht!

So war sie eben nochmals hergekommen, obschon sie das Gefühl hatte, dass dies nicht der Tag war, an dem sie zu besonderen Höhenflügen fähig sein würde. Angespannt ließ sie sich von Bild zu Bild treiben. Gott, was konnte man zu solchen Bildern schreiben?

Ein Baustellenerlebnis war das, soviel war sicher, auf den ersten Blick ein Wirrwarr erzeugendes Wirrwarr! Gewichtige Formen und Farben, laut wie Fanfaren, dominierten das Geschehen auf der Leinwand und erst bei geduldigem Hinsehen entwickelte sich so etwas wie eine Ordnung, in die man einsteigen konnte.

Eine wirre Ordnung, die neugierig macht. Die konstruktiven Gebilde wollen entdeckt, erforscht und erobert werden, notierte Marlis und freute sich, dass der Bann gebrochen war. Dieser Satz war nun weder neu noch umwerfend, aber es war immerhin ein erster Satz. Ihr Bleistift kroch weiter über den Notizblock und sie schrieb:

Das Auge des Betrachters klettert auf mächtigen Quadern und Würfeln herum, klammert sich an gewaltigen Stangen fest, die sich dramatisch ineinander geschoben haben, sucht Durchblicke, Schlupfwinkel und Nischen, erschrickt vor jähen Abgründen und will doch weiterforschen.

Oh, da begann tatsächlich etwas zu fließen. Also schrieb sie weiter: »Manche der willkürlichen Konstruktionen lösen folglich Mechanismen aus, die vertraut sind. Andere Arbeiten zeigen strenge geometrische Formen, zerrissen durch hingepeitschte Farbkleckse und erinnern an schwarz-weiße Regeln, die durch vielfarbige Wirklichkeiten zerstört werden, an Normen, die sich ständig verschieben oder sogar selbst zersetzen. Ein Werk, das Irritationen erzeugt, vielleicht auch Sehnsucht nach Beständigkeit weckt, nach verlässlichen Gerüsten, an denen sich der zerrissene Mensch der Moderne festhalten kann. Bilder, die den Betrachter herausfordern und sowohl spielerisch und politisch, als auch religiös und kämpferisch zu deuten sind.«

Zum Glück, dachte Marlis, war nur ein kurzer Bericht verlangt worden, denn viel mehr hätte sie dazu auch nicht schreiben können. Aber ihrem Chef hatte der Bericht scheinbar gefallen.

Frank war sehr zufrieden mit meiner Baustellenkunst - Analyse! Ich bin froh, hab ich es geschafft. Jetzt will ich selbst wieder malen, aber keine Baustellen!

Ende Juni
Unser Oscar hat die Matura mit guten Noten hinter sich gebracht und wir sind sehr stolz! Relativ ruhig, fein angezogen im dunklen Anzug mit Krawatte, musste er antreten zur großen

Prüfung und hat bestanden! Fertig mit Schule für Oscar, er kann es noch gar nicht glauben. Ich bin glücklich.

August
Jan ist für zwei Wochen zu seinem Onkel nach Sacramento geflogen. Große Aufregung und Vorfreude! Erste Meldungen klingen begeistert.
Oscar ist mit Peter und Daniel im Auto nach Italien aufgebrochen. Mir ist etwas bange dabei, aber so ist das wohl, wenn sie erwachsen werden, die Verantwortung kann man abgegeben, aber die Bangigkeit bleibt einem erhalten!
Hier ist es seltsam ruhig geworden. Ich vermisse die zwei jetzt schon. Ich werde mich schwer umstellen müssen, wenn sie beide mal ausziehen werden, am besten ich fange gleich damit an! Ich mag nicht daran denken...
September
Eine unfassbare Tragödie hat sich ereignet! Es fällt mir sehr schwer, darüber zu berichten, ich glaube es ist der bisher größte Schock unserer Fliegergeschichte!
Ich kann jetzt nicht schreiben!

Marlis legte das Heft in den Schoß und hielt es fest. Die Tage hatten sich unauslöschlich bei ihr eingeprägt.

Der September hatte eben mit ersten kühlen Nächten und heißem Mittagsflimmern begonnen und die satte Farbpalette der Natur hatte das Versprechen vom paradiesischen Monat erfüllen wollen.
Marlis hatte um halb acht den Wecker ruhig gestellt, um dann eine Weile lustvoll in den Tag hinein zu dösen. Die Decke war gut um die Füße gewickelt, schmiegte sich leicht und warm an den Körper, lag weich bis über die Lippen und wiegte ihre Gedanken in immer neue Bilderwelten zwischen Traum und Wirklichkeit. Eben war sie träumend lange einem einsamen Strand entlang gelaufen und hatte das Hotel nicht mehr finden können in dem Gregor auf sie wartete, ungeduldig, wie sie glaubte und verärgert und nun war es herrlich wach zu

liegen und zu wissen, dass Gregor im seinem Arbeitszimmer nebenan lag, wo er öfters schlief, um sie nicht zu stören, wenn er sehr spät nach Hause kam oder sehr früh aufstehen musste. Er hatte müde ausgesehen in den letzten Tagen und würde heute lange ausschlafen und von ihr geweckt werden wollen. Er schätzte das mehr und mehr und genoss es ungemein, wenn sie Zeit für ein gemeinsames ausgiebiges Frühstück einplante. Monsieur wurde häuslicher, dachte sie zufrieden, warum auch nicht, immerhin würde er bald seinen fünfzigsten Geburtstag feiern!

Er war in der Nacht von einer Schulung aus Malta zurück gekommen und würde wieder einiges zu berichten haben von der Insel, die er inzwischen aus der Luft unter tausend Inseln erkennen konnte. Sie hatte das Training in Malta öfters miterleben dürfen. Marlis war mit den Jungen im Leihauto am Pistenende vom Flugplatz in La Valetta gestanden, sie hatten beobachtet, wie Gregor mit den Flugschülern Anflüge, Landungen und Durchstarten übte, ein ums andere Mal. Wo immer sie sich auf der Insel befanden, sie hatten das Flugzeug sehen können.

Auch Oliver war mit seinen Schülern dabei gewesen und abends in den Bars und Trattorias hatten sie die Sonne auf der Haut, Salz und süße Düfte im Haar und hatten getanzt und viel, sehr viel gelacht. Das lag Jahre zurück. Seither war sie nicht mehr auf Malta gewesen und Oliver hatte sie auch lange nicht gesehen. Gregor war nur noch selten auf Malta, er liebte diese Insel und das türkisfarbene Wasser, das in tiefen Grotten schäumte und an steile Felsen klatschte. Er hatte sich auf diesen Anblick gefreut, bei den Schulungsflügen konnte er ihn voll genießen. Vier Tage hatte er nun dort verbracht und sie freute sich auf seine Schilderungen. Manchmal schien ihr die Trennung besonders lang.

Sie horchte in die Stille, durch die nur ab und zu fernes Flugzeugbrummen, die Geräusche das nahen Dorfes oder eines auffliegenden Vogels drangen.

Sie waren allein. Jan hatte am Abend zuvor überglücklich aus Sacramento angerufen, wo er bei seinem Cousin zwei Wochen verbringen durfte und Oscar war mit seinen Freunden irgendwo in Italien unterwegs. Sie hätte gerne gewusst, wo er gerade steckte, es wäre noch das angenehmere Morgengefühl gewesen. Sie gähnte, dehnte sich, warf die Bettdecke zurück, lief zum Fenster und schlug die grünen Läden auf. Noch lag viel Sommer zwischen den Bäumen und der Wind trug den Duft von Heu ans Fenster, das war beruhigend.

Von Hoi war nichts zu sehen, klar, er würde nicht schon wieder auftauchen.

Erst gestern früh, nachdem Gregor aus Malta angerufen und sie die Betten neu bezogen hatte, war er kurz eingeflogen,

war erst konfus auf dem Teppich umher gehüpft, dann auf dem Wäschehaufen auf und nieder, und von dort mit einem kräftigen Flügelschlag auf den alten mit Gobelin bestickten Sessel, den sie von der Großmutter geerbt hatte.

»Runter«, hatte sie energisch gerufen, »aber sofort! Da hast du nichts verloren, gar nichts!«

Sie hatte sich dort selbst hingesetzt, hatte ihn ein Weilchen gekrault und ihm gesagt, dass er höchst ungezogen, aber dennoch ihr liebster Waldvogel sei, das prächtigste aller Gefieder und das erlesenste aller edlen Häupter trage, und das schien ihm zu behagen.

Er hatte sich wie gewohnt zufrieden verflüchtigt und sie leicht und froh zurück gelassen und das Gefühl war noch immer vorhanden.

Sie schloss das Fenster, sah freudig im Flur Gregors Uniformjacke an der Garderobe hängen, lief in die Küche und schaltete das Radio ein. Gleich war es acht Uhr, Zeit für die Nachrichten und einen ersten Kaffee. Sie richtete Krug und Filter her, drehte die Mühle auf, die mit durchdringend heulendem Knirschen die Kaffeebohnen zermalmte und ließ Wasser in den Kocher fließen.

Dann stand die Mühle still und aus dem Radio tönte eine monotone Frauenstimme:

»... ist eine Maschine vom Typ MD-11 verunglückt. An Bord befanden sich 215 Passagiere und 14 Besatzungsmitglieder. Eine Stunde nach dem Start in New York hatte der Pilot gemeldet, dass sich Rauch im Cockpit ausbreitete und sie eine Notlandung vornehmen müssten. Zuvor wollten die Piloten über dem Atlantik noch Treibstoff ablassen, dann war die Maschine vom Radarschirm verschwunden. Wie ein Sprecher der Küstenwache inzwischen bestätigte, ist die Maschine über dem Meer abgestürzt. Schiffe der Küstenwache und Fischerboote haben sich noch in der Nacht an die Unglücksstelle begeben. Bis zur Stunde, konnten aber nur Körperteile und Teile des Wracks geborgen werden. Die Suche nach Überlebenden ist noch voll im Gange. Der Sprecher schätzte die Überlebenschancen in den eiskalten Gewässern als sehr gering ein. In einer ersten Stellungnahme bestätigte die Airline das Unglück und bezeichnete den Absturz der MD-11, als größte Katastrophe in ihrer bisherigen Geschichte. Über den Stand der Rettungsbemühungen werden wir laufend berichten.« Marlis stand erstarrt.

»Gott« murmelte sie, »sag, dass es nicht wahr ist, bitte! Rauch im Cockpit! Abgestürzt über dem Meer, unsere MD-11, lieber Gott nein, sag, dass ich das träume.«

Aus dem Wasserkrug stieg Dampf auf und sie hörte das Sprudeln. Sie nahm ihn in die Hand, spürte die nahe Hitze und ließ das Wasser langsam in den Filter laufen. Doch, sie träumte nicht, sie stand zuhause in ihrer Küche, war dabei, heißes Wasser über gemahlenen Kaffee zu schütten, und die Nachrichtensprecherin hatte gesagt, dass eine ihrer Maschinen abgestürzt sei!

Ich glaube, es ist wahr... ich muss es Gregor sagen...

Sie stellte den leeren Krug auf den Herd und sah ihren Arm zittern. Sollte sie noch zuwarten, ihn noch etwas schlafen lassen? Nein, er würde das nicht wollen. Sie lief in den Flur und blieb vor der Tür seines Arbeitszimmers stehen. Ihr Herz schlug heftig und das dumpfe Klopfen schien sie von innen vollständig auszufüllen und durch die Haut nach außen dringen zu wollen, wie pulsierendes Magma. Sie nahm die kühle Türschnalle in die Hand und hielt sie fest, das war gut und sie konnte sie niederdrücken. Das Zimmer war dämmrig dunkel, die zugeklappten Läden ließen nur wenig Tageslicht zu. Gregor lag auf der Seite und hatte den Kopf der Tür zugewandt und sein Anblick war so wohltuend, dass sie kurz stöhnte und sich das Pochen etwas verringerte. Sie trat ans Bett, setzte sich zu ihm und strich ihm sachte über den Arm. Er seufzte tief, schrak etwas auf und sank ins Kissen zurück.

»Oh«, murmelte er verschlafen, »wie spät ist es?«

»Es ist eben acht vorbei, Liebling.« Sie streichelte seine bärtige Wange und wartete. Er hatte die Augen geschlossen und riss sie plötzlich weit auf.

»Was ist los?« fragte er alarmiert. Er konnte ihr Gesicht erkennen, sah, dass etwas vorgefallen sein musste und wusste auch gleich, dass es nicht die Jungen betreffen konnte, sonst würde sie nicht da sitzen und ihn vorsichtig aufwecken.

»Es ist etwas Schreckliches geschehen, heute Nacht, mit einem unserer Flugzeuge«, sagte Marlis leise.

»Was? Ein Flugzeug von uns?« fragte Gregor und setzte sich auf. Marlis nickte.

»Eine MD-11 mit 215 Passagieren ist in den Nordatlantik gestürzt! Gregor, sie hatten vorher Rauch im Cockpit gemeldet!«

»Nein!« Gregor sprang auf die Beine. »Wo hast du das gehört, im Radio?«

»In den Nachrichten um acht Uhr.«

»Rauch im Cockpit? Eine MD-11 sagst du? Was zum Teufel? Wo ist mein Morgenmantel? Nein, ich glaube es nicht!«

Er lief verstört um das Bett herum, schlüpfte in eine Jacke, rannte ins Wohnzimmer und schaltete den Fernseher ein. Da war sie, die offizielle Bestätigung, gnadenlos und unbestreitbar. Dazu erste Bilder, Aufnahmen von undurchdringlicher Nacht und schwarz glänzendem Wasser, Scheinwerfern und Felsen, von Schiffen, großen Motorschiffen, Fischkuttern, Privatbooten und Menschen in Öljacken mit nassen Händen und schreckensweiten Augen. Dazu sich wiederholende Worte und abgerissene Sätze, vage Formulierungen, Hilflosigkeit, Entsetzen den Abgründen nahe sein zu müssen.

Sie saßen betäubt und hörten zu.

Nach einer Weile flüchtete Marlis in die Küche. Noch immer bebten ihr die Hände, aber sie richtete mechanisch das Geschirr her, legte Eier in das Gitter des Eierkochers, holte Butter, Marmelade und Milch aus dem Kühlschrank, tat alles, wie sie es immer tat, damit diese Hände, Arme und Beine, diese ganze Frau merkte, dass alles wirklich war und weiter ging, dass sie ruhig sein musste, denn tief innen taten sich Bilder auf, die sie zu überwältigen drohten, die sie nicht anschauen wollte. Sie trug das Tablett zum Esstisch, deckte alles auf und ging zu Gregor der reglos auf dem Sofa saß und auf den Bildschirm starrte.

»Komm«, sagte sie, »bitte schalte aus. Ich glaube, wir sollten trotzdem Frühstück essen.« »Ja«, sagte Gregor grimmig, »ich komme schon. Ich fasse es einfach nicht, weißt du! Was könnte da vorgefallen sein? Feuer, Rauch ja, aber woher dann so heftig dass sie keine Chance hatten? Warum? Das ist unfassbar, einfach unfassbar!«

Er aß und trank und sagte nichts mehr und Marlis sah, dass er schweigen wollte. Er brauchte nichts zu sagen, Marlis besaß genügend Vorstellungskraft und kannte das Fliegen gut genug, um weiter denken zu können und er wusste das auch. So schwiegen sie beide lange, bis Marlis murmelte:

»Ich denke, wir werden bald mehr wissen, aber es macht mir Angst.«

Gregor nickte schwer, stand auf und fragte:

»Stört es dich sehr, wenn ich weiter schaue?«

Immer wieder die selben Bilder. Keine Lebenszeichen, keine Hoffnung, keine Antworten. Dennoch war da der Wunsch, dabei zu bleiben, hin zu sehen, dort zu sein, Gedanken über tausende Kilometer zu dem eisigen Wasser gelangen zu lassen, die vielleicht ein wenig etwas bewirken könnten, weil Wunder vorkommen und das Kind in der Seele immer daran glauben will, wider besseres Wissen.

Aber dann, mitten in den Vormittag hinein, kommt die erste Pressekonferenz des Konzernchefs, der bestätigt und versucht zu erklären, was sich niemand erklären will und mitfühlt mit Angehörigen, deren Gefühle sich niemand vorstellen kann und dann von einem fünfzigjährigen Kapitän spricht, der alles in seiner Macht stehende getan habe und soundsoviele Minuten später noch die Pressechefin mit der unumstößlichen, grausamen Gewissheit der Namen aller Besatzungsmitglieder, Olivers Namen, Captain Oliver Fehrmanns Namen und so viele andere vertraute Namen!

Gregor bleibt stumm und Marlis auch, weil die Ahnung längst in beider Augen lag und es nun keine Worte mehr gibt, einfach keine Worte mehr.

Gregor hält Marlis Hand und langsam kommen sie zurück die Worte. Gregor ruft Silvia an, und klaubt die Worte mühsam zusammen zu wenigen Sätzen des Beileids und Silvia schluchzt nur:

»Gregor! Stell dir vor, wir wollten morgen seinen fünfzigsten Geburtstag feiern und jetzt kommt er nicht mehr zurück, nie wieder...«

Danach sitzen sie wieder beide sprachlos da und Marlis fragt:

»Wenn ich mir vorstelle, dass alle unsere Flieger starten wie immer, so als wäre nichts geschehen... das tun sie doch, oder?«

»Ja. Der Flugbetrieb muss weiter gehen. Das wird sehr schwer, alle werden tapfer sein müssen. Ich habe am Nachmittag auch eine Übung im Simulator auf dem Programm, die ist nicht aufschiebbar, weißt du.«

Das Telefon klingelt. Oscar meldet sich aus Rom und ruft mit dünner Stimme, dass er schon alles vernommen habe, weil im Foyer der Pension ein Fernseher laufe, und dass er eigentlich gerne nach Hause kommen möchte, weil er sowieso schon etwas Magenweh habe, aber seine Freunde bis morgen noch bleiben wollten und frühestens dann einverstanden seien, in Richtung Norden loszufahren.

Gregor stellt sich unter die Dusche und Marlis läuft an ihr Fenster und lässt den Tränen eine Weile freien Lauf und von Hoi dem Vogel ist weit und breit nichts zu erkennen. Sie geht in die Küche, legt sich ein nasses Tuch ins Gesicht und räumt dann das Geschirr in die Spülmaschine. Das würde Silvia vielleicht auch gerade tun, Geschirr einräumen oder sonst etwas Alltägliches, irgendetwas in der Hoffnung, das könnte die Zeit um einen Tag zurückdrehen oder etwas gegen das lähmende Entsetzen, von nun an alles alleine bewältigen zu müssen und allein zu bleiben mit den Bildern des grauen Morgennebels über dem Nordatlantik draußen vor der Felsenküste, Silvia und die vielen anderen Alleingelassenen, Kinder, Frauen und Männer, in allen Teilen der Welt.

Gregor muss zur Arbeit. Er umarmt sie fest, geht zum Auto und winkt noch einmal.

»Leg dich ein bisschen hin«, ruft er hinauf.

Er fährt zum Trainingscenter und muss den jungen Flugschülern mit ihren vielen Fragen entgegen treten, muss reden, zuhören, genau hinsehen und sie geduldig durch die Übungen im Simulator führen. Mehr noch als sonst ist er bemüht, Zweifel und Unsicherheiten sofort zu beseitigen, Selbstvertrauen aufzubauen. Die Stunden sind extrem fordernd, die Konzentration fällt schwer an diesem Tag. Danach zieht es Gregor zum Flughafen.

Der Abendverkehr hat längst eingesetzt. Dicht an dicht rollen Flugzeuge zwischen blauen Begrenzungslampen, eilige Lieferfahrzeuge, Tankwagen, hochbeladene Gepäckwagen und Busse, dicht bepackt mit Menschen, fahren kreuz und quer über das Vorfeld wie immer.

Im Einsatzzentrum spielen sich ergreifende Szenen ab. Eine Besatzung nach der anderen kommt zurück in die Heimatbasis und alle bringen sie Entsetzen und Fassungslosigkeit mit. Unterdrücktes Klagen und Raunen scheint die zentrale Halle in dem großen Gebäude bis unter die Glasdecke zu füllen, in jeder Nische brennen Kerzen. In einer Ecke finden sich die Bilder der verunglückten Besatzung, vierzehn lächelnde Gesichter, davor eine Flut von Blumen, die unaufhörlich wachsen wird und Tränen, die niemand zurückhalten will. Dicht gedrängt stehen sie zusammen. Von zu Hause, von überall im Land sind sie gekommen die Kollegen und Freunde, einander zu umarmen und zu trösten und jene, die müde und geschafft von weither eintreffen, zu betreuen und denen die tapfer zur Arbeit kommen und lange Nachtflüge vor sich haben, Verbundenheit zu zeigen.

Gregor geht durch die Menge mit wunden Augen, wird viel umarmt und nach seiner Meinung gefragt, aber er ist ratlos wie alle und hat keine Antworten. Erschöpft trifft er abends im Haus am Waldrand ein, lässt sich auf das Sofa fallen und schildert Marlis stockend die Trauer im Einsatzzentrum, zu dem sie längst keinen Zutritt mehr hat. Er sieht sie an.

Sie hat verweinte Augen. Jetzt weint sie nicht mehr, sie ist leer und ihr Kopf dröhnt.

»Jan hat angerufen« meint sie und lächelt ein wenig, »er hat gefragt, ob er besser nach Hause kommen sollte, um uns zu helfen. Ich habe ihm gesagt, er solle bleiben und seinen Urlaub dennoch genießen. Er war erleichtert, glaube ich.«

Sie macht eine Pause und sagt dann:

»Scheinbar fragt man sich in den Staaten, ob die Maschine vielleicht abgeschossen wurde.«

»Ach, das sind typische Gerüchte, die nach solchen Unfällen immer wieder auftauchen, ohne Sinn und nur mit dem Zweck, die Leute zu verunsichern«, sagt Gregor unwirsch.

Sie geht in die Küche, rührt in der Suppe, die auf dem Herd brodelt, schöpft sie in kleine Schüsseln und bringt sie zum Sofa. Im Fernsehen kommen wieder Nachrichten, weitere Bilder von Schiffen und Wellen, auf denen Wrackteile schwimmen. Dann, ganz unvermittelt, redet der Nachrichtensprecher vom Zwischenfall in München und es folgen wohlvertraute Bilder, von rußblinden Cockpitfenstern und verschmorten Kabeln und Schaltern die vom Paneel herunterhängen.

»Nein« ruft Gregor grimmig, »das kann nicht sein, jetzt geht das wieder los!

Du, mir schwant ein neuerlicher Wirbel um unsere Notlandung, da mach ich aber nicht mit, nur um die Sensationslust zu befriedigen, sicher nicht!«

Er schweigt wieder, grübelt düster vor sich hin und sein Gesicht scheint vor dem Hintergrund des dunklen Zimmers angespannt und blass in tiefen Falten. Marlis steht auf, knipst die Lampe auf dem Klavier an, geht ins Bad und holt sich Aspirin. Sie nimmt Gregor ebenso eine Tablette mit. Als sie zurück kommt, steht er schmal am nächtlichen Fenster und seine Schultern zucken und wie sie bei ihm steht, sieht sie seine Tränen und die fallen dumpf wie Steine mitten in ihr Herz. Er umschlingt sie mit beiden Armen, beruhigt sich etwas und stößt dann mit erstickter Stimme hervor:

»Warum? Ich verstehe es nicht. Warum hatte ich eine Chance und Oliver hatte sie nicht, einen Tag vor seinem Geburtstag! Er war so ein guter Pilot und der Copilot auch. Es muss alles schlimmer gewesen sein, viel schlimmer, sonst hätten sie doch noch landen können.

Er beruhigt sich wieder, wischt verlegen über die Wangen und fährt fort:

»Wir hatten den Fall München so oft miteinander besprochen, alles analysiert, hundert Mal gefragt, was hätte man anders, besser machen können, immer wieder hat er mich danach gefragt und wollte das kleinste Detail wissen, als hätte er geahnt was ihn erwartet. Es ist unfair, total unfair keine Chance zu haben. Was für ein Schicksal, alle diese Menschen!«

Sie streichelt sein Haar, seine Schultern, hält ihn fest.

»Komm« sagt sie behutsam, »wir sind müde, lass uns schlafen gehen.«

Im Schlafzimmer öffnet sie das Fenster und horcht hinüber zum Wald, in die Nacht, die dort schwarze Säulen wachsen lässt und Äste schraffiert mit Kohle und behangen mit rußigen Tüchern, feuchten Tränentüchern. Diese Nacht ist ohne Trost, kein Wispern ist vernehmbar und die Krähen verstummt.

Schnell zieht sie die Läden zu und schlüpft unter die Decke zu Gregor. Sie halten sich fest umklammert, lassen dämmernd alles Denken und Fühlen zu stummen Gebeten zusammenfließen und warten auf den Schlaf, der dennoch tief und traumlos Ruhe bringen sollte.

Die folgenden Tage war Gregor jeweils nach dem Frühstück zum Simulator gefahren, dankbar, sich seiner Aufgabe widmen zu können, denn wie befürchtet, schien sich die Presse nun flutartig mit ihm und der Notlandung in München zu beschäftigen, die bereits vier Jahre zurück lag. Gregor hatte Marlis eindringlich gebeten, eventuelle Anfragen dazu an den Pressedienst der Airline zu verweisen. Manche Journalisten erwiesen sich allerdings als hartnäckig und Marlis hatte Mühe, den Leuten zu erklären, dass Gregor für keinerlei Presseinterviews zu haben sei und ebenso wenig für eine Teilnahme an Informationssendungen oder Diskussionsrunden im Fernsehen zur Verfügung stehe.

Dazwischen hatten Verwandte und Freunde angerufen. Auch ihre Mama, bereits altersschwach und sehr besorgt, erkundigte sich nach ihrer aller Befinden und sagte, sie könne nun an gar nichts anderes denken. Sie brachte Marlis erneut zum Weinen, obschon sie sich vorgenommen hatte, stark zu bleiben.

Sie hatten Silvia besucht und sie im Kreis einer großen Familie vorgefunden, die sich schützend um sie und die Kinder geschart hatte und ihr zur Seite standen, die schlimmen Tage zu überstehen. Marlis war von Silvias Tapferkeit tief beeindruckt. Auf der Fahrt nach Hause bestand sie darauf, mit Gregor am Flughafen den Kerzenplatz zu besuchen, an dem sich rund um die Uhr, Besatzungen und Angehörige versammelten und von dem eine mächtige Welle der Verbundenheit und Kraft zu fließen schien, an der sie teilhaben wollte. Dennoch, als sich drei Tage später alle verfügbaren Leute der Airline wie eine riesige Familie zum Gottesdienst in der Kirche versammelten, war die Trauer mit Macht zurück gekommen, hatte rundum alle zutiefst ergriffen und in Tränen vereint. Vierzehn Menschen, neun Frauen und fünf Männer, waren aus ihrer Mitte verschwunden und mit ihnen 215 Passagiere, Männer, Frauen und Kinder. Jenen, die sie geliebt haben, waren nur große Kerzenlichter und die Erinnerungen an sie geblieben. An diesem Tag hatte Marlis Gregors Schmerz und Unruhe am deutlichsten wahrgenommen. Sie konnte ihm nicht helfen, niemand konnte das. Es gab keine Antworten auf die Fragen, die ihn quälten, jene nach der Gerechtigkeit und des unabwendbaren Schicksals, dennoch verfolgten sie ihn und wurden umso drängender, je mehr Einzelheiten über des Unglücks bekannt wurden. »Ein paar Minuten nur hätten die Piloten bis zur Landung noch gebraucht, vier, fünf, höchstens zehn Minuten nur«, sagte er zu Marlis, »nur ein paar von den Minuten, mit denen wir täglich so verschwenderisch umgehen. Was immer auch den Brand verursacht haben mag, entscheidend für ihr Schicksal waren diese wenigen Minuten.«

Marlis griff nach ihrem Tagebuch und schlug es erneut auf.

Ende September
Ein trauriger, stürmischer und sehr kühler Monat geht zu Ende. Schön ist, dass Oscar und Jan wieder da sind und es ihnen gut geht, sie sind unsere Freude in diesen Wochen. Dennoch, Oscar ist unruhiger geworden und ich denke, er macht sich viele tiefgründige Gedanken, über die er nicht sprechen mag. Langsam, nur sehr langsam haben wir uns von den schrecklichen Ereignissen erholt und sind zur Normalität zurückgekehrt. Ich

glaube, ich befand mich die ganze Zeit über in einer Art Taubheit. Vor einer Woche war ich für zwei Tage in Wien. Kaum hatte ich am Flughafen den Warteraum betreten und unser Flugzeug draußen erblickt, ist es passiert. Ich bin plötzlich zusammengebrochen! Ich konnte nicht mehr stehen oder sprechen oder etwas vernünftiges tun, nur hilflos schluchzen! Ein grenzenlos elendes Gefühl der Traurigkeit und Verlassenheit war über mich gekommen. Ich wurde von den Hostessen liebevoll betreut und wie ein Kind an Bord gebracht, es war mir nicht einmal peinlich! In der Reihe neben mir saß aber dann eine Frau, die hatte furchtbare Flugangst und klammerte sich beim Start zitternd an ihren Mann. Das hatte mich irgendwie wieder zur Besinnung gebracht und ich schämte mich meiner Schwäche. Ihr Mann war verärgert und wollte die Zeitung lesen. Bei der Landung hielt ich ihre Hand. Sie versuchte zu lächeln, sagte danke und ich meinte, sie habe mir auch geholfen, was sie natürlich nicht verstand! Auch sonst ging es mir länger nicht so gut, ich konnte nicht schreiben, nicht malen und auch keine Musik mehr hören, aber dann habe ich diese schwarzen Gefühlspakete genommen und in die Ecke gestellt, in ein ruhiges, dunkles Kämmerchen. Dann hab ich bemerkt, dass ich wieder froh wurde, ja sogar, dass wir glücklich sein dürfen, dass es an uns vorüber gegangen ist, damals vor vier Jahren in München.
Und meinem Liebsten geht es auch so oder so ähnlich!!

Wolkenbruch

Marlis schluckte über diese letzten Eintragungen. Die Entgleisung am Wiener Flughafen war ein Nachspiel, dass sie längst vergessen hatte und sie nun, vier Jahre später, erneut verwunderte und peinlich berührte. Seltsam, wie machtvoll und unkontrollierbar einen eine solche Hilflosigkeit überkommen konnte, ohne die geringste Vorwarnung, geradezu beängstigend!

Sie blickte auf und ihre Augen suchten den Kellner. Er stand hinter der leeren Bar und es schien so, als sei er beschäftigt, dann sah er auf und fing ihren Blick ein. Sie deutete auf ihr leeres Glas und er nickte und brachte flink noch eine kleine Flasche, dazu erneut eine Schale mit Erdnüssen und eine mit Oliven. Sie bemerkte, dass er nun ein Namensschild an seiner Weste trug.

»Danke Maurice, sehr aufmerksam«!

Sie hatte ihm tatsächlich ein Lächeln entlockt. Er verbeugte sich leicht und ging zur Bar zurück.

Sehr stilvoll, dachte Marlis anerkennend und gönnte sich zwischendurch spintisierend einen kleinen Ausflug in die reine Fantasie...

Ein seltener Fund dieser Maurice! Er könnte zum Beispiel Spanier sein, der prägnante Akzent, der selbstbewusste Gang, die schwarzen, etwas harten Augen, all dies sprach dafür, aber dann der französische Name, der passte nicht dazu, es sei denn, er käme aus dem Grenzgebiet der Pyrenäen und der Vater aus einer Kleinstadt, wo er als aufstrebender Beamter von mehr Macht träumte, die Mutter wäre dann eine Französin, vielleicht die Tochter eines Winzers aus dem Roussillon, die sich dem ehrgeizigen Spanier bei einem Urlaub in Biarritz hingegeben und ihn geheiratet hatte, weil sie schwanger war, sie hatte ihren Sohn Maurice getauft, hatte die Stierkämpfe verabscheut und sich drei lange Jahre nach der weichen Luft ihrer Heimat verzehrt und war schließlich verzweifelt mit dem Kind nach Frankreich zurückgekehrt, ihr Vater hatte sich darauf mit ihr versöhnt und sie konnte Maurice in ein anständiges französisches Internat schicken, eine Art Tourismusschule, wo ihm eben diese erstklassigen Manieren beigebracht wurden...

Ach, eine schöne Geschichte war das, die sie dem ahnungslosen Kellner dort hinter der Bar angedichtet hatte!

Aber halt, schalt sich Marlis energisch, sie hatte sich gehen lassen und ihre Gedanken angenehm spazieren geführt, nun wurde es Zeit, sich wieder ihren eigenen Tragödien zuzuwenden und vor allem sich zu fragen, warum sie nochmals einen Champagner bestellt hatte, wo sie doch ganz klar und nüchtern bei der Sache bleiben sollte. Wollte sie etwa ausweichen, dem, was jetzt noch an Drama auf sie wartete, sich selbst beschwichtigen und in ein winziges angenehmes Räuschlein packen, damit es beim Durchdenken nicht so weh tat?

War es überhaupt notwendig und sinnvoll, sich diesen letzten Monaten so zuzuwenden, wo sie doch endlich allmählich wieder Grund unter den Füßen spürte?

»Jawohl«, schob sie sämtliche Bedenken und Selbstvorwürfe beiseite, »das wird mir nur gut tun, sei's drum, die Stunde hier kommt nie wieder, gib dich hin bis zum Schluss, dann kann das Neue kommen!«

Sie schloss die Augen. Nein, keine schönen beruhigenden Fantasien mehr. Es war nicht der Zeitpunkt, nicht der Moment sich beschwichtigen zu lassen, kein Augenblick übertriebener Sanftmut! Hatte sie nicht eben wieder die Feuerkugeln gespürt, als sie in ihrem schwarzen Heft weitergeblättert und so getan hatte, als wüsste sie nicht mehr was dort stünde? Obwohl, besonders viel hatte sie während des vergangenen Jahres erstaunlicherweise nicht aufgezeichnet und was dort stand, war sorgfältig mit der Füllfeder geschrieben und sah beherrscht und sauber aus, wie auf den Seiten zuvor und nichts war sichtbar, was auf einen sich anbahnenden Ausnahmezustand hingedeutet hätte. Ein deutliches Zeichen darauf, wie sehr sie versucht hatte, die Angst zu verstecken, sich Normalität vorzutäuschen oder den Lauf der Dinge einfach zu akzeptieren.

Auch vom Inhalt her war das Geschriebene unauffällig banal und geradezu naiv, handelte erst von Schneeglöckchen oder nistenden Vögeln in ihrem Garten, von Oscars Berichten aus dem Zivildienst und einem fröhlichen Ausflug zu ihrem Bruder, lauter blauäugig herzlich dahinplätscherndes Geplauder, bis sie sich endlich den unangenehmeren Ereignissen ausgeliefert hatte. Entweder sie hatte ihre Ahnungen und die Entwicklung der Dinge heruntergespielt oder die sich häufenden Anzeichen einer Katastrophe einfach außer Acht gelassen und verdrängt. Letzteres war wohl eher der Fall gewesen.

Gregor war kein Vorwurf zu machen.

Hatte er nicht schon seit längerer Zeit den Trend in der Airline zur Auslagerung mit einigem Stirnrunzeln verfolgt und sich zunehmend Sorgen gemacht? Die Bedingungen in der Fliegerei hatten sich tatsächlich gewaltig verändert, seit die Flugpreisbindungen freigegeben worden waren. Billigflieger hatten sich auf den Markt gedrängt, die Konkurrenz war riesengroß geworden. Manche der von der Airline erworbenen Tochtergesellschaften kamen aus ihren Krisen nicht heraus. Sie flogen horrende Verluste ein, die Forderungen stiegen unaufhaltsam und wuchsen zur ernsthaften Bedrohung. Gregor war dennoch zuversichtlich geblieben und hatte versucht, die Vorgehensweise der Geschäftsleitung zu verstehen, hatte sie sogar verteidigt. Vielleicht, hatte er gesagt, bleibe der Airline nur die Flucht nach vorn. Der Erfolg aber war ausgeblieben und die Zahlen, die gerüchteweise umherflatterten wie schwarze Raben über kahle Novemberfelder, verhießen nichts Gutes.

Genaueres aber wusste niemand. Als Gregor zu Beginn des neuen Jahres mit der Nachricht nach Hause kam, dass der Konzernleiter überraschend fristlos entlassen wurde, war das auch nicht eben beruhigend und die Art, wie in der Pressekonferenz darüber informiert wurde, schon gar nicht.

»Kein Wort des Dankes«, hatte sich Marlis entsetzt, »ich meine, das ist doch das Mindeste was man sagt, schon aus reiner Höflichkeit, der Mann hat immerhin sein Bestes versucht. Hättest du gedacht, dass so etwas passieren wird? Mir kommt vor, als würde nicht nur unser Geld weggespült, sondern auch unsere Kultur, ist das nicht deprimierend?«

»Ja«, hatte Gregor beschwichtigend gemeint, »aber es ist vielleicht nur vorübergehend so, unter dem Druck der Ereignisse. Die Börsen befinden sich auf Berg und Talfahrt musst du wissen, wobei die Talfahrt die Oberhand behält, keine Situation für schwache Nerven also. Ich denke, das wird sich wieder geben, wenn die Lage besser wird, hoffe ich jedenfalls!«

Der Frühling war gekommen und mit ihm endlich eine Pressekonferenz, die ein Ende der Spekulationen und Gerüchte und mehr Licht in die dunklen Bilanzen der Airline bringen sollte. Was dabei zutage trat, war ein riesengroßes schwarzes Loch, das angeblich bereits unvorstellbare Summen verschlungen hatte und dessen vernichtendem Sog man nun schleunigst davonfliegen wollte! Es hieß, man hätte bereits damit begonnen Ballast abzuwerfen und betriebsfremde Gesellschaften zu verkaufen, um für den Flugbetrieb wieder Geld zu beschaffen. Auf der Liste standen vom weltweit größten Verpflegungsbetrieb, über Ladenketten, Hotels und Immobilien, Wartungsfirmen, Taxibetriebe, bis hin zu Wäschereien und der hauseigenen Vermessungsfirma, alles was Rang und Namen hatte. Deren Aufzählung alleine schien so beeindruckend, dass man zur Überzeugung gelangen musste, bei diesen zu erwartenden Summen werde wieder alles ins Lot kommen!

Die ständig wechselnden Geschäftsführer, die sich nach einigen Wochen der Tätigkeit jeweils wieder zurückzogen, wollten nur schwer in das angeblich beruhigende Szenario passen, das sie zu verbreiten versuchten. Gregor und seine Kollegen waren deshalb dabei geblieben, den reichlich spät eingeschlagenen Kurs der Vernunft weiterhin skeptisch und besorgt zu beobachten und darauf zu hoffen, dass jenes verantwortungsbewusste Handeln, das von ihnen im Cockpit täglich gefordert wurde, nun auch in den Cheftagen erkennbar würde.

Marlis langte wieder nach dem Notizheft, blätterte mit der linken Hand langsam nach vor und schob sich mit der rechten kleine Portionen Erdnüsse in den Mund. Ihre Wangen waren heiß, die Erdnüsse klebten ihr im Gaumen und trotzdem schob sie ständig welche nach. Schon merkwürdig, wie gut sie sich an Dinge erinnerte, die lange Jahre zurück lagen, aber die jüngsten Begebenheiten ihr weit weg und so schwer zugänglich schienen, wie die nebelverhangenen, baumlosen

Schieferhänge in den Bergen, vor denen ihr immer schon geschaudert hatte.

Sie hielt im Blättern inne und begann zu lesen.

September ist es wieder.

Gestern habe ich meinen sechsundfünfzigsten Geburtstag gefeiert und es ist allerhöchste Zeit die Entwicklungen niederzuschreiben. Warum nur so selten? Hab ich Angst vor Worten, die wie eine Runenschrift aus unbekannten Winkeln scheinen?

Ich habe einiges nachzutragen.

Es war ein hübscher Geburtstag! Mama hat mir schon beim Frühstück gratuliert, Gregor und meine beiden Jungs waren da und haben mir einen grossen Sommerblumenstrauß mit tiefroten Zinnien gebracht und außerdem ein Buch geschenkt vom Maler August Macke, den ich besonders liebe. Dazu eine exzentrische, dunkelgrüne Vase, für die ich den richtigen Platz noch nicht gefunden habe, die mir aber sehr gefällt.

Gregor musste heute an einer Sitzung der Piloten teilnehmen und ich bin schon voller Sorge, dass er wieder Hiobsbotschaften der schlimmeren Sorte von unserer Airline mitbringen könnte. Auch wenn es mir unendlich schwer fällt, dies zu schreiben, aber aus unserer Fluggesellschaft, die einst eine der renommiertesten und weltweit hoch geachtetsten war, ist eine heruntergewirtschaftete, mit ungeheuren Schulden belastete Firma geworden! Alle möglichen Leute hatten sich dabei zu profilieren versucht, darunter auch solche die keinerlei Bezug zur Fliegerei hatten. So ist die Misere eben fortgeschritten.

Selbst einen superklugen Macher aus der Airlinebranche haben wir als Chef erleben dürfen, der war aber nach wenigen Wochen wieder zurückgetreten, nachdem er alle, für seine eigenen Pläne nötigen Einblicke und Erkenntnisse gewonnen hatte! Oh, wie ich ihn verachte!

Alles ist jetzt ungewiss und wir plagen uns mit Zukunftsängsten. (Da ist sie die Runenschrift!) Aber dennoch haben wir nochmals einen Milliardenkredit zugesichert bekommen, der sollte lange reichen, bei dem, was alles verkauft wurde. Im Sommer übernahm dann wieder eine neuer Mann die Führung der Airline und alle hoffen, er sei ein guter Wirtschafter und dazu ein ehrlicher Mensch und bekomme die Lage schnell in den Griff. Gerade fällt mir sein Name nicht ein, aber das dünkt mich nicht wichtig, die Namen in den Chefetagen wechseln sowieso ständig. Ich frage mich erneut, wie jemand, der vorher nie in der Fliegerei tätig war, eine Fluggesellschaft führen kann, noch dazu eine, die in heftigen Turbulenzen steckt? Auch Gregor hat immer noch Zweifel und sagt, die Zeichen seien überall nicht ermutigend und meint damit die Börse, die Ölpreise und andere immer mehr unser Leben bestimmende Zahlen und ich finde es grässlich. Ich meine, ich fasse es einfach nicht, wann habe ich je solche Dinge in mein Tagebuch schreiben müssen wie Frühlingsberichte über Börsenzahlen... wir haben es weit gebracht!

Vom Frühling weiß ich sonst nur noch, dass er kalt und verregnet war und dass wir Lancelot, unseren Wellensittich begraben mussten, nachdem er eines Morgens steif im Sand lag. Ich denke, bald werden wir auch das Weibchen, das letzte unserer Familientiere verlieren, es sitzt nur noch trauernd herum oder kreischt wütend wenn wir miteinander sprechen. Der Sommer war sehr heiß und ich konnte schlecht schlafen, weil mir vieles durch den Kopf spukte und mir die eine Schulter immer weh tat. Dann fällt mir auch ein, dass wir noch einen kurzen Abstecher nach Wien unternahmen und dort eine Aufführung von Mozarts Requiem besuchten. Das ist so wunderbar außerirdisch schön, dass man denkt, der Himmel hätte sich aufgetan und man würde zu einem kleinen Kind! Auch Gregor war ganz ergriffen. Es hat uns beiden sehr gut getan.

Ein Gefühl, das leider nicht lange anhalten sollte.

Um den schwierigen Sommer noch zu krönen, war Gregor auf der nassen Flugzeugtreppe ins Rutschen geraten und hatte sich großflächige Blutergüsse zugezogen, die ihm lange zu schaffen machten. Zu allem Überfluss wurde mir in einem Restaurant die

Handtasche gestohlen, mit sämtlichen Schlüsseln, Führerschein, Personalausweis, Kreditkarten, Handy, mit allem, wirklich allem drin und ich stand auf der Straße und klammerte mich an meinen Strohhut, das einzige, was mir außer meinem Kleid noch geblieben war! Zum Glück hatte ich meine Männer bei mir, ich hätte nicht mal mehr nach Hause fahren können.

Was für ein Monat, dieser August! Heißer hätte er kaum sein können, von den stundenlangen schweren Gewittern wie Weltuntergänge ganz zu schweigen, ich habe mich fast ununterbrochen gefürchtet. Überhaupt trage ich seit Wochen ein sehr ungutes, angstvolles Gefühl im Bauch, als kreise dort ein feuriges Etwas herum, etwas Existenzielles das ich nicht benennen kann, aber deutlich spüre. Es kann nur noch besser werden!

September
Drei Tage nach meinem Geburtstag geschehen unfassbare Dinge!!!

Ich will nach dem Mittagessen die Wäsche bügeln, dreh mir zur Unterhaltung den Fernseher auf und sehe die Nachrichten. Am Ende bekommt der Sprecher noch eine Meldung auf den Tisch und liest sie vor, ungefähr so:

»Wie uns soeben gemeldet wurde, ist ein Flugzeug über Manhattan in einen der beiden Türme des World Trade Center geflogen und hat einen größeren Brand verursacht.« Ich werde stutzig, schalte um auf CNN und schon ist er im Bild, der brennende Tower. Entsetzt rufe ich nach Gregor, der sich nur brummend von seinem Computer trennt. Das, sagt er sofort, ist kein kleines Flugzeug gewesen, das muss ein Jet gewesen sein, ist das zu fassen! Was macht ein Jet so tief über Manhattan? Kaum sitzen wir beide und rätseln, wie das passieren konnte, da nähert sich vom Hintergrund plötzlich eine große Verkehrsmaschine und fliegt krachend mitten in den zweiten Turm, verschwindet in einem gewaltigen Feuerball und löst ein Inferno aus. Wir starren fast atemlos vor Schrecken auf den Bildschirm und vermuten, dass um diese Morgenzeit in den Bürohäusern schon hunderte von Menschen sein müssen. Dann kommt die weitere Meldung, dass auch in Washington das Pentagon nach einem Flugzeugabsturz in Flammen steht.

Uns wird bald klar, dass dies ein Anschlag unvorstellbarer Art gegen Amerika ist und ebenso, dass dies die Welt und damit auch unser Leben verändern wird!

Den ganzen Nachmittag sitzen wir vor dem Bildschirm und sehen fassungslos zu, wie ein Turm nach dem anderen einfach in sich zusammensackt, in riesigen Staubwolken apokalyptisch und furchtbar die Menschen unter sich begräbt. Es gibt keine Worte das zu beschreiben. Vier Verkehrsmaschinen wurden entführt, Crews, Passagiere und vielleicht tausende Menschen ermordet! Lieber Gott, warum?

Eine Woche später

Tagelang nur Schreckensbilder, Tod und Verwüstung und unruhige Nächte, Kriegsszenarien schwirren um die Erde, Angst, Wut und Unsicherheit überall, die Börsen spielen verrückt, Amerika weint und rüstet auf.

Der gesamte Flugverkehr über den Vereinigten Staaten steht für drei Tage still, die Airlines geraten noch mehr in Schwierigkeiten, täglich drohen von neuem Entlassungen und Pleiten! Wir denken, das könnte auch der Todesstoß für unsere Airline gewesen sein, aber wir trauen uns kaum, darüber zu sprechen.

Nach einer weiteren Woche September

Die Lage ist hier dramatisch. Die täglichen Verluste im Flugbetrieb gehen in die Millionen, die Werte der zu verkaufenden Betriebe haben sich halbiert, dort spricht man von Milliardenverlusten. Es werden ein Viertel aller Langstrecken gestrichen und drei Viertel der Europaflüge der billigeren Tochtergesellschaft zugewiesen, Entlassungen und Lohnkürzungen stehen bevor. Wir werden hilflos mitgerissen!

Vier letzte Tage September

Endzeitstimmung! Unser Management gibt auf die Frage, ob die Löhne im Oktober noch ausbezahlt werden können, keine Antwort und es geht das Gerücht um, dass sie auf die versprochene Milliarde gar keinen Zugriff mehr haben. Gregor sagt, wenn das so ist, dann Gnade uns Gott, dann werden wir zum Spielball der Banken. Es tut mir so weh zu sehen, wie Gregor sich sorgt. Ich bin ganz stumm und klein geworden und möchte mich am liebsten im Wald verkriechen.

Oktobertag

Heute morgen beim Aufstehen hat mir die Schulter wieder wahnsinnig weh getan und ich habe Angst, ich werde langsam flügellahm. Ich kann die Fensterläden nur noch mit einer Hand öffnen. Hoi war seit vielen Wochen nicht mehr da, ich vermisse ihn sehr! Was, wenn ihm etwas zugestoßen ist?

Gregor soll am Vormittag nach Brüssel fliegen und wir essen zusammen Frühstück. Wir schauen uns schweigend an und jeder weiß, was der andere denkt. Die Lawine rollt!

Gregor meint, es sei unmöglich, dass eine Regierung zusehen könne, wie eine nationale Fluggesellschaft von diesem Rang und Namen in die Pleite getrieben werde und plötzlich am Boden stünde, auch wenn es sich um eine private Gesellschaft handle! Nein, sagt er, das ist undenkbar, schon aus politischen Gründen, stell dir vor, was das für das Ansehen des Landes bedeuten würde! Und dann die Arbeitsplätze, wenn man die vielen Tochtergesellschaften mitrechnet wohl über hunderttausend, ganz zu schweigen von den Folgen für den Flughafen und die gesamte Region. Nein, die lassen nicht zu, dass wir abstürzen, das kann ich mir nicht vorstellen, glaub ich nicht! Ich habe zu ihm gesagt, es muss furchtbar sein, jetzt im Flugzeug zu stehen und die Passagiere zu verabschieden und dabei sehen zu müssen, dass sie denken, es sei bald zu Ende mit uns. Gregor meinte auch, das sei schon schwer, dennoch habe er und seine Kollegen immer noch Vertrauen in die Geschäftsleitung.

Aber ich nicht! Ich bin zunehmend enttäuscht. Denn von unserer Airline wissen wir in Wahrheit sehr wenig und erfahren tun wir schon lange nichts mehr und müssen uns mit irgendwelchen unbestätigten Informationen aus den Medien begnügen, das ist so demütigend! Und kein Flughafen gewährt unserer Airline mehr Kredit! Man muss sich das erst mal vorstellen: Die Piloten müssen vor dem Flug Geld holen, um am Zielort die Landegebühr und den Treibstoff bezahlen zu können, es ist so eine Schande!
Gegen Mittag
Gregor ist zum Flughafen gefahren, Jan ist in der Schule und ich bin jetzt allein und denke nur immer, nein nein nein...das kann alles nicht sein! Ich habe Schmerzen und mag jetzt nicht mehr schreiben, nur noch soviel:
Ich gehe umher und weiß nicht mehr, was wirklich ist oder wo ich bin! Wahrscheinlich bin ich in einem Land geboren, das ich bis jetzt nicht kannte und in Zeiten geraten, von denen ich bis jetzt nur gehört habe. Eiszeiten, in denen man durch endlose Nächte rennt und rennt und nicht weiterkommt, über Felsen klettert und aus Häusern stürzt in bodenloses Nichts, durch menschenleere Städte wandert oder an kalten Ufern steht, wo keine Sterne zu sehen sind und kein guter Mond und unaufhaltsam die Wasser steigen.

Marlis klappte das Buch zu, schob es mit einer heftigen Geste auf den kniehohen Tisch, dass die leere kleine Flasche ins Wanken geriet und umfiel. Sie stellte die Flasche wieder hin, schaute hinüber zum Kellner, räusperte sich und rief:
»Maurice, ich möchte zahlen, bitte!«
Auf einmal hielt sie nichts mehr auf dem Sitz und noch bevor der Kellner bei ihr war sprang sie auf und schlüpfte in den Mantel. Sie legte das Geld hin, fügte ein gutes Trinkgeld dazu, lächelte den verdutzten Mann an und sagte:
»Merci Maurice! Es war sehr gemütlich bei ihnen.«
Er bedankte sich mit einer angedeuteten Verbeugung.
»Gute Reise, Madame«!

Er ging langsam zurück zur Bar. Sie packte den Gepäckwagen und murmelte leise:

»Ja, Maurice, gute Reise, dir auch.«

Er hatte es nicht gehört und hätte es vermutlich gar nicht verstanden. Marlis war es egal. Eineinhalb Stunden blieben ihr noch vor Gregors Eintreffen. Ihre Ruhe war dahin. Sie schob ihren Wagen energisch aus dem Bereich der Bar in die entgegengesetzte Richtung, aus der sie ursprünglich gekommen war, vorbei an den Check-In Schaltern und den davor wartenden Menschentrauben, die schattengleich zu ihr herüber blickten. Marlis ging zügig an ihnen vorbei und eilte geradewegs bis ans Ende der langen Halle. Dort gab es wieder breite Fensterfronten, von wo sich der rückwärtige Teil des Flughafens, die Werft, die Feuerwehr, diverse Technikgebäude und weite Areale überblicken ließen, auf denen Flugzeuge standen, die außer Dienst gestellt worden waren oder größerer Reparaturen bedurften. Es war wenig Betrieb und die Flieger, eine 747 und etliche MD-80 sahen aus, als hätte sich seit längerem niemand mehr mit ihnen beschäftigt. Zumindest bildete sich Marlis das ein und der Gedanke war nicht eben tröstlich.

Eigentlich wusste sie nicht, was sie dort suchte, außer, dass von der Abgeschiedenheit des Ortes, wo die ausgedienten oder zumindest ausgegrenzten Protagonisten einer ganzen Epoche ergeben auf ein gütiges Schicksal zu warten schienen, etwas Tröstliches ausging. Sie stellte den Wagen hin, setzte sich, da keine Bank vorhanden war, auf die vorderste Tasche und nahm Gregors Computer auf den Schoß, als müsse sie sich an etwas festhalten. Sie versuchte sich zu konzentrieren. Das schwarze Buch ließ sie in ihrer Tasche. Es existierten über den weiteren Verlauf keine Notizen mehr, an denen sie sich orientieren konnte.

Wo war sie vorhin stehen geblieben?

An jenem Mittag im vergangenen Oktober, als Gregor nach Brüssel fliegen sollte.

Marlis hatte nach seinem Weggehen eine Schmerztablette geschluckt und sich hingelegt. Jan würde erst am späten Nachmittag und Gregor nicht vor dem Abend zurück sein, bis dahin würde sie wieder funktionieren.

Sie schloss die Augen, nickte ein, wachte auf und sank erneut zurück ins Auf und Ab wild vorbei torkelnder Bilder, die sich nicht verscheuchen ließen...

...Nachrichtensprecher, Manager, Minister, lächelnde Banker, startende Flugzeuge, schwarze Riesenkäfer, Schweißperlen, vorgestreckte Mikrofone, Bilanzen und Kurvenlinien, landende Flugzeuge und lautlos schließende Glastüren, Krawatten und Schmetterlinge, Abflugtafeln, Werbetafeln und Zahlentafeln, die auf und zuschnappten als rängen sie nach Luft, und dann, ganz plötzlich war da eine rote Bühne, darauf Mozarts Zauberflötenwald und mittendrin ein Tatzelwurm, der auf langen Hälsen mehrere Köpfe trug, alle mit rasierten Gesichtern und lächelnden schmalen Mündern, aus denen dicker Schleim troff, und neben ihm ein tanzendes Tier, das einem schlüpfrigen Monster glich, aber mit riesigen Krallenfüßen umher hüpfte und nach einem Vogel schnappte, der mit zerrupften Flügeln verzweifelt auszuweichen suchte und der trotz des schwarzen Gefieders aussah wie Hoi und kreischte wie Hoi und sie wusste es war Hoi und konnte ihm nicht helfen, konnte gelähmt nur zusehen und nichts tun, nicht einmal schreien konnte sie...

»Marlis, du, wach auf, erschrick nicht, ich bin es.« Gregor streichelte ihr Haar. »Scht, ist ja gut! Du hast schlecht geträumt.«

»Ja, hab ich«, schluchzte Marlis und spürte, wie nun Tränen rannen, »von einem Ungeheuer mit vielen Köpfen, oh, bin ich froh dass du da bist. Bitte bring mir die Taschentücher. Danke, es geht schon wieder. Aber wieso bist du da und nicht in Brüssel?«

»Na hör zu«, sagte er und begann sein Uniformhemd aufzuknöpfen, »ich checke ganz normal ein, wir machen die Flugvorbereitungen und fahren zu unserer Maschine. Auf der Fahrt sag ich noch zum Copiloten, Mensch, ich bin noch nie mit einem derart flauen Gefühl fliegen gegangen, aber schauen wir mal. Dann kommen die Passagiere, volles Haus und kein Platz mehr frei, musst du wissen. Wir machen die Türen zu, lassen die Triebwerke laufen und gerade, wie der Jetty eingefahren wird und man uns zurückstoßen will, bekomme ich über Funk die Anweisung, dass der Flug annulliert ist, weil unser Flugzeug in Brüssel beschlagnahmt werden könnte!«

Er machte eine Pause und zog das Hemd aus. Marlis starrte ihn entgeistert an.

»Und dann«, fragte sie tonlos.

»Dann machte ich eine Ansage, vielleicht so:

...aus operationellen Gründen sind wir leider gezwungen, den Flug abzusagen. Ich muss alle Passagiere bitten wieder auszusteigen, ihr Handgepäck mitzunehmen und weitere Anweisungen abzuwarten«.

Das war's, alle mussten wieder aussteigen.

Dann musste ich an dich denken. Ich stand bei der Türe und wollte sie bis zum letzten Mann oder Frau verabschieden, das war verflucht hart. Manche schimpften und pöbelten uns an, Scheißfirma seid ihr, sagte einer und manche sagten gar nichts und gingen einfach, und ein Paar, Engländer glaub ich, sagte: We are so sorry for you! Und wie ich ins Cockpit zurückkomme, sehe ich, dass der Copilot mit den Tränen kämpft. Er versuchte sie zu verbergen, aber ich habe mit ihm geredet und ihm gesagt: Du bist jung, du hast eine gute Ausbildung und einen A-320 Typenschein, du kommst woanders unter, bestimmt. Dann haben wir das Flugzeug verlassen und sind zurück gefahren.«

»Und die Cabine Crew?« fragte Marlis.

»Die musste auch mitfahren und alle haben natürlich geweint. Die Jüngste hatte erst vor zwei Wochen angefangen.«

»Und was geschieht jetzt?«

Er hob hilflos die Schultern, setzte sich auf den Bettrand und zog langsam die Uniformhose aus.

»Ich habe keine Ahnung. Ich weiß nur, dass morgen meine medizinische Kontrolle auf dem Programm steht, das ist alles. Wir müssen abwarten, wie es weitergeht.«

Er starrte zum Fenster hinüber und sagte dann unvermittelt zuversichtlicher:

»Aber, weißt du, nur ich musste umdrehen, nur unser Flug wurde abgesagt, alle anderen sind gestartet.«

»Ist das ein gutes Zeichen?«

»Vielleicht. Ich betrachte es mal als ein gutes Zeichen. Noch ist der Rest der Flotte in der Luft! Komm, rutsch etwas hinüber, ich komme zu dir.«

Er hob die Decke, legte sich neben sie und breitete einen Arm aus, sodass sie den Kopf auf seine Schulter legen konnte. Mit der anderen Hand strich er unentwegt über ihr Haar. Sie schwiegen beide und die unausgesprochenen Fragen begannen einen Bogen über ihnen zu spannen, den Marlis als Erste beschritten hatte. Sie sagte zaghaft:

»Du, ich glaube, jetzt wird es ernst. Wir haben ja schon oft gesagt, das Ende sei nahe, aber jetzt scheint es doch zu kommen, unfassbar aber wahr. Was wird dann? Ich kann mir gar nichts vorstellen. Ich meine, wir haben doch noch Jan, der studieren will und du weißt, Medizin dauert sechs lange Jahre und dann meine Mama, sie rechnet auch mit uns. Ich könnte natürlich zurück. . .«

»Warten wir ab«, fuhr Gregor dazwischen, »jetzt sind wir in einer sehr schwierigen Phase, in einem global extrem turbulenten Umfeld und man kann nichts mehr wirklich ausschließen. Ich kann mir vorstellen, dass noch massiver gekürzt wird, noch mehr Destinationen gestrichen werden, da lässt sich mit gutem Willen von allen Seiten sicher noch einiges machen. Aber sie lassen diese Airline nicht in Konkurs gehen, darauf vertraue ich immer noch und sonst werden wir weiter sehen. Im Übrigen haben wir gute, verlässliche Verträge die uns absichern. Die Kollegen sehen das auch so, ich habe mit vielen gesprochen, wir reden ja nichts anderes in diesen Tagen.«

»Woher nehmt ihr bloß diese ruhige Zuversicht, frage ich mich«, sagte Marlis, »ich habe schon Angst, das muss ich zugeben.«

»Ja, ich auch, das haben wir, denk ich, alle mehr oder weniger.«

Er schwieg und fuhr dann fort:

»Aber Piloten haben gelernt, sich besonnen zu verhalten wenn Gefahren auftauchen. Sie vertrauen darauf, dass sie eine Bedrohung erkennen und bewältigen werden. Im Airline Geschäft basiert alles auf dem Vertrauen, dass die anderen wissen was sie tun, sonst braucht man erst gar nicht in ein Flugzeug einzusteigen! Ich denke, mit dem Management ist es genau dasselbe. Und es gab Zeiten, da sind wir damit doch ganz gut gefahren, oder?«

»Du meinst geflogen!«sagte sie scherzhaft. Er hatte sie beruhigt. Einmal mehr war ihm das gelungen, dachte sie bewegt und wie sehr liebte sie ihn noch immer1 »Wie geflogen?«, fragte er abwesend und fuhr ihr mit dem Zeigefinger über Nase und Mund.

»Ich meine, ihr seid ganz gut geflogen, bis jetzt.«

Sie küsste während sie sprach den Finger und schloss die Augen. Er führte sie angenehm weg von den bedrückenden Themen und schaltete nach und nach ihre Überlegungen aus.

»Das wird auch wieder werden«, hatte Gregor noch leise und zärtlich geantwortet, »es ist nur eine Frage der Zeit, mein Mädchen, wirst sehen.«

Der Zeigefinger war weiter gereist, war langsam und sachte über Kuppen und Hügel und weiter in die Tiefe geglitten und sie hatte ihn nicht aufgehalten.

Nichts ließ sich wirklich aufhalten!

Das Paradies nicht und die Hölle auch nicht, das hatte sie gewusst, aber auch der nächste Tag nicht. Er schob sich vor die zärtliche Nacht, verwischte brutal ihre Spuren und enthüllte nach und nach sein wahres Gesicht, jenes, der sich seelenlos erfüllenden Zeit, der Schlag um Schlag pedantisch laufenden Uhr, die diese Stundenspannen misst, aneinandergereiht und laut verkündet, dabei ganz ungerührt und gnadenlos den Lauf des Schicksals bestimmt.

Der Morgen hatte sich noch kurz in warmem Licht gebadet, war weich um die feuchten Gräser auf der Lichtung gehangen und Marlis hatte sogar geglaubt, ein Reh zwischen Sträuchern und Unterholz verschwinden zu sehen, jedenfalls hatte sie den hellbraunen und weißen Fleck so gedeutet. Hoi, dachte sie, konnte es nicht gewesen sein, er wäre zu ihr geflogen, mit Sicherheit, zumal sie alleine dort am Fenster gestanden hatte.

Gregor hatte seine halbjährliche medizinische Untersuchung zu absolvieren, die für Piloten vorgeschrieben war. Er hatte sie heftig umarmt und war gegangen, nicht ohne ein »Mach dir nicht zu viele Sorgen« zu hinterlassen. Sie hatte daraufhin entschieden, Radio und Fernsehen nicht einzuschalten, ein warmes Bad zu nehmen und sich den Schreibarbeiten zu widmen, bis es Zeit war, Mittagessen zu kochen und auf diese simple Weise war der Vormittag vorbeigegangen. Er würde später zum Essen kommen, hatte Gregor gemeint, er wolle sich nach dem Arzttermin noch mit Kollegen treffen. Marlis hatte ihm einen Teller hergerichtet und sich eben überlegt, nach einem kurzen Waldlauf bei der Redaktion vorbeizuschauen, da rief Gregor an.

Den Klang seiner Stimme würde sie nie vergessen. Hart und schneidend tönte sie und was er ihr berichten musste, hatte ihre Welt zerschnitten, erst in die Hälfte, dann in Stücke, in zuckende, blutende Herzstücke, die aus ihr herausgerissen, ausgebreitet vor ihr lagen und sie hatte sie ansehen müssen.

»Hast du es vernommen?« hatte er gefragt. »Nein? Dann muss ich es dir sagen, aber halte dich fest, denn es ist der absolute Wahnsinn! Unsere Airline steht am Boden, der gesamte Flugbetrieb wurde eingestellt, weltweit, die Firma ist pleite, die Banken überweisen das versprochene Geld nicht, es gibt kein Kerosin mehr und die Tickets sind wertlos. Tausende Passagiere sind hier am Flughafen und kommen nicht weiter, die Besatzungen stecken im Ausland fest, alles ist am Boden, die gesamte Flotte! Hörst du eh zu? Es ist unbeschreiblich, was sich hier abspielt. Ich komme jetzt zu dir nach Hause, ich halte das hier nicht mehr aus. Bis gleich.«

Eine Weile war sie stehen geblieben in der Türe zum Arbeitszimmer, als wäre sie mit Wachs übergossen, erstarrt und unfähig einen Schritt zu tun oder etwas zu denken. Dann war sie zu ihrem Fenster gegangen und hatte beide Flügel weit geöffnet, aber der Wald war nicht verschwunden gewesen, die dunklen Stämme ragten empor, wiegten sich im Wind und rauschten wie immer und die Erde hatte sich nicht aufgetan und die Hügel verschlungen, sondern lag ganz ohne Argwohn ausgebreitet und roch nach feuchtem Laub und Pilzen. Marlis hatte den Mund geöffnet und hätte gerne geschrien, laut wie ein verwundetes Tier, aber der Schrei war unter der Kehle stecken geblieben und hatte sich nicht gelöst und nichts erlöst von dem dämonischen Zauber, der sich ihrer Welt bemächtigt hatte und sie beide vernichten wollte!

Sie hatte an ihren Traum gedacht. Der Tatzelwurm hatte seine Pflicht getan. Mit all seinen Köpfen bedauernd lächelnder Politiker und Manager war er wohl in der Nacht dem Sumpf entstiegen, war über das Moor und die langen Pisten getrampelt und hatte den Flughafen in Beschlag genommen, alles Lebendige gelähmt und nichts und niemand hatte ihn daran hindern können oder wollen.

Sie hatte das Fenster geschlossen und die Vorhänge zugezogen, als wolle sie sich vor der tiefer stehenden Sonne und ihrem Strahlen schützen und war im Wohnzimmer in einen Sessel gesunken. Das war es also, das Ende ihrer Airline! Was sie seit Wochen gefürchtet und für absolut unmöglich gehalten hatten, war eingetreten und keiner hatte es verhindert. Sie hatten natürlich gewusst, dass das Unmögliche nicht wirklich unmöglich war, bloß weil sie sich das nicht vorstellen wollten. Es war aber geschehen das Ungeheuerliche, entgegen aller wohlformulierter Versprechen und trotz aller Beteuerungen zur Rettung der nationalen Fluggesellschaft und der Ehre des Landes, wie sie salbungsvoll gesagt und immer wieder mit Pathos vorgetragen hatten, alle die beteiligten Akteure in diesem traurigen Spiel um Macht und Geld. Es war geschehen und sie konnte nicht länger ausweichen und musste hinsehen, denn sie gehörte untrennbar dazu. Noch immer hatte Marlis keine genaue Vorstellung von den Ereignissen. Sie griff nach der Fernsteuerung und schaltete den Fernseher ein.

Da kamen sie auf sie zu, griffen nach ihr und brannten sich ein, die Szenen des Niedergangs und der Schande, die sie nun zu Gesicht bekam und dennoch nicht begreifen konnte. Die vertrauten Hallen überflutend von Menschen aller Nationen, betroffenen, bestürzten und wütenden Menschen, die weit von zu Hause stecken geblieben waren und aus ihrer Verachtung über die Rücksichtslosigkeit dieses Vorgehens keinen Hehl machten. Piloten und Kabinenpersonal, die überwältigt und Halt suchend beisammen standen, Mechaniker, die verloren auf dem Vorfeld diskutierten die Fäuste in den Taschen und immer wieder Flugzeuge, ach die Flugzeuge, die in Reih und Glied geordnet still am Boden standen, um sie herum, nichts als gespenstische Leere.

Als Gregor nach Hause gekommen war, saß sie tief versunken und rührte sich nicht. Er setzte sich vor ihr auf den Teppich, umschlang ihre Beine und legte den Kopf auf ihre Knie.

»Es ist unfassbar«, stöhnte er aufgewühlt, »unfassbar, du machst
dir keinen Begriff was dort los ist. Alle Tickets sind mit einem Schlag
wertlos geworden, Geld bekommt niemand zurück erstattet. Die Passagiere wissen nicht wohin, es gibt kein freies Zimmer mehr in der
Stadt, nicht einmal mehr Plätze in den Zivilschutzräumen, und viele
haben kein Geld mehr, um Tickets einer anderen Airline zu bezahlen.
Und jetzt der Gipfel! Unsere Leute stehen Schlange vor dem Schalter
der Hausbank und wollen verzweifelt ihre Ersparnisse abheben, aber
es dürfen keine Auszahlungen mehr vorgenommen werden, die Gelder
sind beschlagnahmt! Ich habe einen Kollegen getroffen, der sagte zu
mir:
Du, ich habe gerade noch einen Hunderter bei mir, das ist mein
ganzes Barvermögen. Wenn ich nicht an mein Geld kommen kann,
weiß ich nicht, wovon ich morgen die Einkäufe bezahlen soll. Meine
ganzen Ersparnisse sind in dieser Kasse, wer hätte sich so ein Desaster
vorstellen können, ich jedenfalls nicht!
Ich sagte natürlich, ich auch nicht, wir alle nicht, aber damit war ihm
auch nicht geholfen. Ein Wahnsinn ist das.«
Er schwieg und starrte ins Leere.
»Oh«, sagte Marlis plötzlich, »Gregor, was ist mit unserer Pensionskasse? Ist das Geld etwa auch verloren?«
»Nein, ich glaube darüber kann niemand verfügen, das ist Gesetz
geworden soweit ich weiß, nachdem das bei anderen Pleiten vorge-
kommen ist. Aber sicher ist im Moment gar nichts.« Gregor rappelte
sich auf die Beine und holte im Kühlschrank eine Flasche Mineralwasser. Er kam zurück, sah Marlis an und schüttelte den Kopf.
»Mein Gott waren wir dumm«, stieß er gepresst hervor, »wir haben doch tatsächlich bis zum Schluss geglaubt, es könne nicht soweit
kommen, unsere Firma würde neu strukturiert, der Staat stelle eine Bürgschaft zur Verfügung und die Bank zahle den versprochenen
Kredit aus. Aber nein, es gab keine Rettung, sie haben uns alle im
Stich gelassen! So ist es, wenn der Größenwahn um sich greift, erinnere dich, es ist nicht so lange her, da haben sie uns von zwei
Milliarden Liquidität erzählt und von den Flugzeugen, die sie noch
bestellen wollten!«

Er schüttelte den Kopf und fuhr fort:

»Jetzt ist die Airline ruiniert und das Ansehen, welches wir auf der ganzen Welt genossen hatten, ebenfalls. Wie konnte man das zulassen, in einem Land wie dem ihren, fragten sich die Leute am Flughafen immer wieder.«

»Wir sind eben doch nicht so besonders, wie manche glauben möchten, wir sind wie alle andern und es werden Fehler gemacht wie überall«, sagte Marlis hitzig, »aber dass man kühl lächelnd oder von mir aus ratlos achselzuckend dabei zusieht, wie eine der renommiertesten Airlines der Welt, vor aller Augen gedemütigt und skrupellos in den Ruin gesteuert wird, an so etwas ähnliches kann ich mich nicht erinnern! Egal, ob das in unserem Wirtschaftssystem ein übliches Verfahren ist oder nicht, bleibt es rücksichtslos, Menschen und Kultur verachtend, das lässt sich nicht wegwischen! Oh Schatz, ich bin voller Zorn und schäme mich, als ob ich selbst daran schuld wäre!«

Sie machte eine Pause und Gregor murmelte nur:

»Ja, mir geht es auch so, komisch nicht wahr?«

»Siehst du«, fuhr Marlis aufbrausend fort, »daran habe ich halt bis heute geglaubt, dass etwas derartiges in meinem Land nicht passieren kann, in einer völlig falschen Sicherheit hab ich mich geglaubt! Wie komme ich bloß dazu? Als könne uns hier gar nichts passieren, oder wenn, dann hätte es mit uns nichts zu tun, nicht wirklich, in Amerika vielleicht ja, oder in Japan, aber doch nicht hier bei uns, nicht dir, nicht mir, uns allen könnte so was nicht geschehen, als wären wir irgendwie beschützt, von alter Väter Tradition behütet, oder so! Quatsch ist das, wir wussten es schon immer und wollten trotzdem daran glauben.«

Marlis schwieg erschöpft und beide fanden sie länger keine Worte mehr. Sie hielten sich nur noch im Arm und murmelten tröstende Sätze, Beschwörungen, wie »es wird schon irgendwie weitergehen« oder »wir schaffen das schon« oder »Hauptsache, wir sind zusammen« und Marlis musste einmal mehr einen Krug mit Schlaftee zubereiten. Schlafen konnte sie dennoch nicht.

Sie hatte die Bilder des Tages nicht löschen können, sie brannten lichterloh und riefen und zuckten, sodass sie keine Ruhe fand. Stimmen waren wach geworden, sich jagende Stimmen, Fragen, Rufe, Durcheinander. Dann wieder hörte sie Mozart, diesmal einen verzweifelten, tief verlassenen Mozart.

Dies irae, Tag des Zorns!

Wahrhaftig, zornig war sie, daran gab es keinen Zweifel, nie zuvor hatte sie einen ähnlich fassungslosen Zorn verspürt! Es war ihrer beider Tag des Zorns und gleichzeitig der tausender anderer Menschen in dieser Nacht. Wie mussten sich diejenigen fühlen, die für diesen Zorn verantwortlich waren? Sie war gelegen, hatte angestrengt in die Dunkelheit gehorcht, immerzu diese Sequenz gehört und wie Gregor seufzte, etwas stöhnte, und wenn sie sich nicht irrte ein wenig schluchzte, vielleicht auch im Traum und hatte nicht gewagt, ihn zu stören, denn sie hatte ihm keinen Trost und nichts als ihre eigene traurige Verlorenheit zu bieten und so konnte sie nur schweigend die Hand auf seine Wange legen und das war gut.

Die Tage danach waren von kalter Wut, wo immer sie hingeblickt hatten. Am Flughafen drängten sich tagelang erschöpfte Passagiere, die versuchten von dort wegzukommen, die Personalverbände veranstalteten Protestmärsche und Demonstrationen und vor dem Bankschalter standen Menschen bis hinaus auf den Gehsteig, nachdem dann doch eine Bank sich bereit erklärt hatte, wenigstens die Spareinlagen des Personals übernehmen zu wollen. Dennoch hatte sich eine tiefe Verunsicherung und Angst bis weit in die gesamte Region um den Flughafen ausgebreitet.

Nach wenigen Tagen hatte Gregor die Gewissheit bekommen, dass seine Fliegerjahre zu Ende gingen und er gehen musste, wie alle Piloten, die über dreiundfünfzig Jahre alt waren. Entweder sie galten für die noch verbleibenden vier Jahre als arbeitslos oder gingen in Frühpension. Gregor entschied sich ohne langes Zögern für die Frühpension und war erleichtert, dass sich wenigstens die Pensionskasse als eine uneinnehmbare Festung erwies. Ansonsten waren abgeschlossene Verträge nichtig geworden und allein vom fliegenden Personal hatten rund fünftausend Menschen ihre Arbeit verloren und mussten nun selbst zusehen, wie sie zurecht kommen konnten.

Geschichten von Familiendramen machten die Runde, Zwangsverkäufe von Hab und Gut wurden detailliert wiedergegeben, Interviews mit arbeitslosen Piloten und deren Familien fanden Platz im Abendprogramm des Fernsehens, die täglich befragte Öffentlichkeit schwankte zwischen Mitleid, Häme und echter Besorgnis, je nach politischem oder kulturellem Hintergrund. Ein Trauerspiel, an dem sich jeder auf seine Weise ergötzen konnte. Eigentlich, dachte Marlis, fand sie das fast am schlimmsten überhaupt, abgesehen von Gregors Kummer natürlich. Ach Gregor, ihr wunderbarer, lieber Flieger!

Er war ein geschlagener Mann und sie hatte alle seine Wunden erkennen und fühlen können und hatte keine Linderung für ihn und das war das Allerschlimmste. Seine Flügel waren gestutzt, er würde sie nie wieder in den Wind legen und ihre Kräfte spüren können. Er hatte verloren was ihm pure Leidenschaft und Freude bedeutete und Maßstäbe wie Anstand, Vertrauen und Verantwortung, die er für unabdingbar hielt und die er selbst während dreißig Jahren im Cockpit vorgezeigt hatte, wurden ihm und seinen Kollegen nun zertreten und verhöhnt vor die Füße geworfen. Diese Schläge, das wusste Marlis, taten weh und hinterließen dunkelviolette Flecken in der Seele, die lange, vielleicht für immer schmerzen würden.

Während Tagen hatte sie kaum gewagt ihn anzusehen und wann, dann konnte sie sein Gesicht schwer erkennen, es war wie weggesperrt hinter den ergrauenden Bartstoppeln, die Augen funkelten düster und sein Lächeln war in Ironie versteinert.

Irgendwann danach, spät abends im Bett, hatte sie wieder etwas aufgeschrieben, ein paar Sätze nur, auf Notizzetteln, die sie lose in das schwarze Heft gelegt hatte. Wieder holte sie es aus der Tasche und schlug es auf. Die Schrift war hingeworfen wie die Worte, ungestüm und von starker Bewegung. Sie las:

Warum... fest, nein schneidend laut die Stimme... tief holst du Luft, ich höre wie es kalt um dich weht, wie deine Klänge erstarren im Zorn... in Ohnmacht... erzählst du wieder bricht Wärme ein und Menschen strömen durch deine Geschichten... dann wieder Frost ich bin ganz leise geworden... stammle hilflos viel-

leicht doch... es könnte wenn... wir werden dann... weiß nicht
warum

Platz Raum weiße leere Stille leise monoton beinahe wiegend
beschwörend die Ruhe sie hängt ein dunkles Tuch über meinen
verwirrten Scherz nein schrei ich stumm mein Gott waren wir
dumm müde leise monoton sanft beinahe wiegend beschwörend
die Ruhe

Bin noch da tue meine Dinge dann liegen die Hände ineinander ich spüre ihre Wärme ihr Gewicht sie streichen über seine
Wangen den gespannten Bauch Liebesflüstern soll ihn zudecken
mit glühenden Farben gebrochene Flügel zu heilen bin noch da
wir sind noch da

Marlis, auf ihrem Gepäckwagen sitzend, spürte wie sich auf dem un-
bequemen Platz ihr Rücken verkrampfte und stand auf. Sie stöhnte
und streckte sich.
Es war schon zermürbend, was sie sich mit ihren Rückblenden zumu-
tete, aber es hatte etwas Befreiendes, eine Art reinigende Katharsis,
wie sie sich länger schon gewünscht hatte. Ein wohliges Gefühl inne-
rer Ruhe wollte sich dennoch nicht einstellen. Sie hatte sich vielleicht
von den Feuerkugeln im Bauch befreit, aber nun fühlte sie sich erschöpft und unheimlich allein und noch war da der Stich unter der
Brust und sie holte tief Luft.
Sie sah auf die Uhr. Wieder war eine gute halbe Stunde vergangen,
das blendend gleißende Licht des Nachmittags war längst vergilbt
und die Helligkeit begann sich deutlich abzuschwächen. Die blaue
Stunde hatte sie voll im Griff. Sie stand völlig abseits vor der großen
Fensterwand und so weit sie von dort in die Halle blicken konnte, war
niemand zu sehen. Sterben könnte sie hier und kein Mensch würde es
bemerken, dachte sie noch immer aufgebracht und musste im selben
Moment über ihr Selbstmitleid lachen. Das tat gut und sie entschloss
sich, ihre gewählte Einsamkeit zu verlassen und gemächlich in die

andere Abflughalle zum verabredeten Platz auf der Bank unter dem Bäumchen zurück zu kehren. Sie schob den Wagen an, ging los und stellte erfreut fest, dass ihre Füße mit jedem Schritt etwas leichter wurden.

Nach und nach und nur sehr zögerlich, hatte der Flughafen nach dem Zusammenbruch wieder in den Alltag zurück gefunden und selbst als die Airline wieder in der Luft war, blieb der Flughafen lange ein Gezeichneter, den viele ausländische Passagiere mieden. In stark reduzierter Form sollte sie noch einige wenige Monate fliegen dürfen, die alte Airline, bis die endgültige Zusammenlegung mit einer anderen Airline geregelt sein würde. Dafür hatte der Staat zusammen mit der Wirtschaft im Nachhinein doch noch einen Kredit bewilligt. Doch Wut und Schock saßen tief und der Vertrauensverlust war riesengroß, auf allen Ebenen, rund um den Globus.

Die Flieger waren wieder unterwegs in der Welt und und die Besatzungen versuchten ihr Bestes, gute Miene zum bösen Spiel zu machen, sowohl das beschädigte Ansehen der Airline, als auch ihre eigene ungewisse Zukunft hinzunehmen, aber die Stimmung blieb frustriert und niedergeschlagen. Sie, die sie bei den Besten ihres Fachs höchsten Respekt genossen hatten und unter dem Hoheitszeichen eines der reichsten Länder der Erde flogen, waren nun gezwungen auf manchen Strecken Bargeld für den Treibstoff und die Mahlzeiten der Passagiere mitzunehmen und die Rechnungen auf der Stelle zu bezahlen.

Gregor musste in den Hotels seine Kreditkarte als Sicherheit hinterlegen und wenn er sich weigerte, fand die ganze Besatzung im Zimmer nur gesperrte Telefone vor und die Minibar war leergeräumt. Abends waren sie zusammen gesessen und hatten versucht sich gegenseitig aufzuheitern und mit Ratschlägen und Tipps zu unterstützen, niemand sollte mit seinen Sorgen zu lange alleine bleiben.

Im Laufe des neuen Jahres begann sich die Lage allmählich zu entspannen. Manche Fliegende waren in anderen Airlines untergekommen, einige hatten begonnen, sich umschulen zu lassen oder auf ihre früheren Berufe zurück zu greifen, Ingenieure wanderten ab, junge Copiloten, die vorher ein Studium absolviert hatten, erhielten verlockende Angebote und sahen neue, bessere Perspektiven. Die Fliegerei hatte eine Menge gute Leute verloren.

Eh oui, seufzte Marlis und musste schon wieder schmunzeln, denn dieses »eh oui« hatte ihre geliebte Tante Margret am Ende jeder Erzählung angehängt, das hatte etwas Weises, Abgeklärtes und gleichzeitig Selbstironisches und es könnte durchaus sein, dass Tante Margret eben von ganz oben herunter zu zwinkern versuchte, um ihr klar zu machen, es reiche jetzt wirklich mit ihren kritischen Grübeleien!

Schneeflüstern

Marlis ging gemächlich schlendernd den Weg zurück, entlang der langen Halle.

Sie hatte es nicht eilig, ihr blieb noch eine Stunde, bevor Gregor gegen acht eintreffen würde. Wenn er endlich gelandet war, musste er noch eine Reihe von Formularen ausfüllen, seine Crew verabschieden und sich umziehen, wie immer.

Sie kannte die Rituale. Sie mussten eingehalten werden bis zum Ende. Er würde sie auch heute einhalten.

Rituale waren wichtig, sie hielten zusammen, was drohte auseinander zu brechen und halfen, die Gefühle unter Kontrolle zu halten. Er wird alles genauso tun wie immer, so, als würde alles gleich weitergehen, er musste das tun, das waren die Regeln, die geschriebenen und die ungeschriebenen. Es ging ja auch alles weiter, nur ohne Gregor und ohne alle die Anderen, auf die man jetzt verzichten konnte. Möglichst reibungslos und unauffällig sollten sie gehen, man wollte weder ihre zorndunklen Augen sehen, noch die Wehmut um die Mundwinkel, daran hatte man sich gewöhnt. Die großen Dramen im Spiel der Mächtigen waren vorbei, man wollte sie möglichst schnell vergessen. Gregor würde gleich von seinem letzten Flug zurück kehren, seinem allerletzten Flug am Steuer eines Verkehrsflugzeugs, und sich dabei bemühen so zu sein wie gewohnt, humorvoll, ruhig und gelassen. Nichts wollte er zeigen von dem, was in ihm vorging, nicht das Geringste.

Es würde ihn in der Einsatzzentrale auch keiner erwarten und schon gar niemand mit einem Blumenstrauß dort stehen und Danke sagen, solche Zeremonien der Wertschätzung gehörten längst vergangenen

Zeiten an. Ein schneller Händedruck und Küsschen, Küsschen auf weiche Frauenwangen, ein freundliches »Alles Gute, Gregor« vom Copiloten mussten genügen, dann würde sich seine letzte Crew im allgemeinen Kommen und Gehen auflösen, das um die Abendzeit dort herrschte. Gregor würde ruhig wie immer die Treppe hinunter zu den Garderoben gehen und auf dem Weg eilig vorbei laufende Kollegen grüßen. Er würde vielleicht völlig allein sein in dem schmalen Garderobengang und sich Stück für Stück die dunkelblaue Uniform abstreifen, würde die Schulterpatten mit den vier goldenen Streifen vom Hemd lösen und sie in die Jackentasche stecken und das Hemd klein wie eine Faust zusammen ballen und nach kurzem Zögern in die große Wäschetonne versenken, wissend, dass es damit weg war, für immer. Er wolle diese Hemden nie mehr zuhause in seinem Schrank sehen, hatte er Marlis erklärt. Das Hemd lag am nächsten auf der Haut, dachte sie, es sollte weg. Er würde die Tür des Metallschranks schließen, doch durch die Luftschlitze würde man die Goldstreifen auf dem Ärmel sehen können, die ihm so viel bedeutet hatten, aber er würde sich abwenden und sich auf den Weg machen, hinauf in die Abflughalle, zu ihr. Wenn er bei ihr angekommen war, würde er lachen oder zumindest lächeln, da war sie sich sicher.

Die letzte Stunde in unserem Fliegerleben, schoss es ihr durch den Kopf. Sie schluckte den Kloß im Hals hinunter. Gregor würde das überstehen, er war stark und hartnäckig in seinem Willen, nicht aufzugeben und sie konnte das auch, wenn es nötig war.

Eh oui!

Schau, in der Halle weiter vorne warteten Leute, näher besehen eine ganze Menge Leute sogar. Manche mit grauen Wintergesichtern, in denen die Langeweile sich konservierte und solche, die mit dumpfer Selbstverständlichkeit dort standen, als wäre ihr Geist plattgestrichen und jeder überraschende Gedanke eine unliebsame Zumutung. Aber auch aufgeregte junge Leute mit gewaltigen Rucksäcken und dicken Taschen, welche erwartungsvoll schwatzten, lachten und neckische Sprüche machten, die in kleinen Fetzen munter zu ihr herüber flatterten. Zwei Frauen kamen Marlis entgegen, scheinbar in ein Gespräch vertieft, verlangsamten sie auf einmal ihre Schritte, blieben stehen, warfen die Haare in den Nacken, rückten die Sonnenbrillen zurecht, lächelten, diskutierten und gingen wieder weiter. Marlis blickte sich neugierig um und bemerkte zwei blendend aussehende Männer, die ihnen von der Rolltreppe her entgegen kamen und sie lachte erheitert. Wirklich, dachte sie kritisch, was gab es Besseres, als in jedem Moment hell wach zu sein und alles Klingen und Knistern zu hören und fassen zu können, das durfte sie sich durch nichts und niemanden nehmen lassen!

Sie kam an der Bar vorüber. Maurice war eben dabei, zwei Frauen zu bedienen. Marlis erspähte im Vorübergehen ein junges Mädchen in schwarzen Lackstiefeln, die bis zu den Knien reichten und weit darüber gespanntem knappen Rock, ein lila Shirt und eine kleine schwarze Weste, auf der eine ausgefallene, ebenso schwarze Blume erblühte. Daneben eine deutlich ältere Frau mit rot gefärbtem Haar, die ein tief ausgeschnittenes Tiger Shirt über dem prallen Busen trug, einen kurzen Rock und Cowboystiefel die aufreizend wippten. Maurice, der scheinbar nicht wusste, wohin er blicken sollte, musterte verlegen die draußen vorbeiziehenden Wolken, während die Damen die Karte studierten.

Marlis lachte erneut, ging weiter und erreichte endlich die Bankreihe unter dem kleinen Baum, wo sie sich mit Gregor verabredet hatte und die nun bis auf einen Platz besetzt war.

Dort setzte sie sich hin. Zwischen einen Mann mit kleinem Kinnbart, der scheinbar in eine Ausgabe von Newsweek vertieft war und einer jungen Frau, die ausgestreckt lag und schlief. Ihr schwarzes, über die Bank herabfallendes Haar, zwei dunkle Wimpernkränze und im tiefen Ausschnitt eine Brust, die schwer auf der Seite lag und sich lockend wölbte, erregten Aufmerksamkeit und zogen bewundernde Blicke auf sich. Neben ihr, tief in den Sitz gesunken, schien ein Mann ebenfalls zu schlafen, den Hut über das Gesicht gezogen, hatte er die Beine ausgestreckt und hielt die Vorübergehenden auf Abstand.

Marlis verstaute die Tasche mit Gregors Computer wieder zwischen ihren Füßen und war froh, sitzen zu können. Aus ihrer Handtasche holte sie eine kleine Flasche Mineralwasser und trank sie durstig bis zum letzten Tropfen aus. Allmählich kroch ihr die Müdigkeit über den Nacken, aber sie wollte jetzt nicht schlafen, keinesfalls wollte sie diese Stunde verschlafen. Sie sehnte sich mächtig nach Gregor und wurde von Minute zu Minute unruhiger.

Wie würde es ihm wirklich gehen, hinter seiner heiteren Ruhe? Er kam aus Oslo und hatte dort einen ganzen Tag verbracht, vierundzwanzig lange letzte Stunden.

Oslo!

Nur gerade ein Jahr war seit dieser Reise vergangen und doch schienen ihr die Bilder unwirklich weit weg, als wären sie einem vergilbten Album entsprungen. Auf einen der Flüge nach Oslo hatte sie Gregor begleitet, als die Dinge noch halbwegs in Ordnung waren und er darauf bestanden hatte, dort mit ihr den Hochzeitstag zu feiern.

Einen ganzen Tag würden sie dafür Zeit haben und vielleicht sei es das letzte Mal, hatte er gescherzt, das fiel ihr jetzt ein. Sie fand das damals nicht lustig. Gregor zeigte immer schon eine gewisse aufreizende Lockerheit, wenn sich Probleme bemerkbar machten, was sie meistens bewundernswert fand. Aber nicht in jenen Wochen, da war sie schon verfolgt von unheilvollen Ahnungen. Natürlich war ihr bewusst gewesen, dass er ihr, die immer alles so ernst nahm, ihre Ängste hatte vertreiben wollen. Zumindest für ein paar Tage.

Also hatte sie eingewilligt und ihren alten roten Fliegerkoffer gepackt, der noch immer den feucht modrigen Geruch der Hotelzimmer in den Tropen verströmte und sie ganz unvorbereitet in ein aufbrandendes Reisefieber, eine überströmende Vorfreude und Aufregung, versetzt hatte.

Gregor hatte sich schon im Cockpit befunden und war voll beschäftigt, als sie mit den anderen Passagieren an Bord kam. Sie hatte die Piloten nur kurz begrüßt und sich dann den Kolleginnen vorgestellt, die längst nicht mehr Stewardessen oder Hostessen hießen, sondern Flugbegleiterinnen genannt wurden, eine Bezeichnung, die sie kompliziert und komisch fand und mit der sie nicht warm werden konnte. Ihre Flugbegleiterin also war Daniela, eine zartgliedrige Frau mit dunklen ausdrucksvollen Augen. Sie sagte freundlich, sie sei von Gregor schon informiert worden und finde es toll, dass sie mit nach Oslo komme, und im übrigen solle sie doch Dani zu ihr sagen!

Ein warmer Empfang, das tat gut, dachte Marlis, sehr gut sogar. Sie hatte es sich in ihrem Sitz am Fenster gemütlich gemacht, hatte eine Zeitung und ihr Notizbuch bei sich, alles fühlte sich wunderbar leicht an und war aufregend wie immer.

Sie blickte sich um.

Eine ältere Dame war ihr aufgefallen, die im Bus ungeniert mit jedem und laut mit sich selbst geredet hatte und beim Einsteigen mühevoll die steile Flugzeugtreppe hinauf gewankt war, um sich dann mit einem vergnügten Stöhnen in ihren Sitz plumpsen zu lassen. Sie war elegant gekleidet, hatte hellblond gefärbtes, zerzaustes Haar und ein tief gefurchtes, sonnengebräuntes Gesicht. Der dunkle Lippenstift war verschmiert und verstärkte den verbitterten Zug um den Mund.

Sie drehte sich um und erblickte Marlis.

»Hey«, sagte sie mit einem schiefen Lächeln.

»Hey«, antwortete Marlis und versuchte, sie nicht weiter zu beachten. Sie wollte in Ruhe gelassen werden.

Die Dame winkte sofort Dani herbei. Die goldenen Reifen, von denen sie mehrere an ihrem Arm trug, klimperten. Sie wolle einen Drink!

Dani lächelte: Of course madam, right after Take-Off.

Die Dame murmelte »stupid girl« und blickt verärgert hinüber zu Marlis hinüber, die schräg über den Gang in der Reihe hinter ihr saß und sich in die Zeitung vertiefte. Nach dem Start bekam sie ihren Drink und schon bald forderte sie lautstark einen nächsten und übernächsten Whisky, bevor sie endlich ruhiger wurde.

Marlis hatte die Frau so gut wie möglich ignoriert und beglückt aus dem Fenster gesehen. Gregors Stimme aus dem Lautsprecher hieß die Passagiere willkommen und sagte ruhiges Wetter voraus.

Die Abendsonne wanderte dem Flugzeug entlang, legte etwas Goldorange über ihr Knie, ließ im Fenster einen Lichtstern aufblitzen, glänzte auf den Vorderkanten der Flügel und dem Rund des Triebwerks und schickte vertraute, wunderbare Leichtigkeit in das langsame Gleiten über die weißlockigen Wolkenreihen. Über ihnen wuchs weichstes Gelb in endloses Hellblau und dieses wiederum führte in tiefblaue Firmamente, die leise zu blinken begannen und die Zeit wegwischten.

Wo, dachte Marlis ergriffen, waren die dreißig Jahre seit ihrer Hochzeit geblieben?

Sie waren schwerelos geworden, wie die feindunklen Schleiergespinste dort am Horizont. Marlis sah den letzten Hauch von Türkis und brillantem Gelb und später im nun blauvioletten Abend die norddeutschen Ebenen und das schimmernde Band der Elbe.

Alles in ihr war hell und weit geworden und voller Freude. Himmelsbilder, stellte sie fest, machten sie trunken wie eh und je, süchtig trank sie die unnachahmlichen Farben und würde nie satt werden, niemals!

Sie lehnte sich seufzend in den Sitz zurück und lachte über sich.

Apropos süchtig, dachte sie und sah nach der Dame mit den Drinks, jeder hat so seine Süchte und Sehnsüchte, mehr oder weniger zerstörerischer Art.

Eben schlief sie reglos. Sie hatte mit abwehrend ausgestrecktem Arm und angewiderter Miene das Essen verweigert und ein weiteres Glas hatte dafür gesorgt, dass sie in seligen Schlummer gefallen war.

In Kopenhagen waren sie zwischengelandet. Die Dame erwachte und schien bei neuen Kräften zu sein. Sie stand auf, verlangte wieder zu trinken und wurde ein weiteres Mal auf später vertröstet, worüber sie diesmal in norwegischer Sprache laut schimpfte. Dann war sie wieder nur mit Mühe zu überreden, sich für den Start hinzusetzen.

Die Triebwerke röhrten, das Flugzeug drang machtvoll in die Dunkelheit und hob ab. Die Dame wollte schon wieder aufstehen, aber die Fliehkraft zwang sie in den Sitz zurück und so lallte sie erzürnt etwas Unverständliches und schloss resigniert die Augen.

Dani atmete sichtlich auf und flüsterte Marlis im Vorbeigehen zu: »Ich gebe ihr nichts mehr.«

»Besser nicht«, hatte Marlis geantwortet, »aber es wird schwierig werden.«

»Kein Problem«, meinte Dani gelassen, »ich halte das aus.«

Sie versprach der erneut ungehaltenen Frau nun geduldig noch einen »Special Drink« und brachte ihr dann einen dekorativ aussehenden kalten Tee mit Orangensaft, einer großen Scheibe Zitrone und viel Eis.

Es funktionierte. Die Dame hielt sich am Glas fest und döste nochmals ein.

Marlis hatte sich mit ihren Notizen beschäftigt. Sie wollte Erlebtes immer festhalten. Oft mit kurzen, hastigen Worten nur, die sie dann irgendwann später ordnen würde. Zuhause auf ihrem Schreibtisch stapelten sich diese losen Wortergüsse, unordentlich in Kalender und kleine schwarze Büchlein gekritzelt oder lagen überall herum. Wie Steine in einem Bachbett, um die drängend Wasser sprudelt, das sie nicht aufhalten können.

Das Flugzeug vibrierte, die Landeklappen wurden ausgefahren und das Fahrgestell senkte sich dröhnend in den Fahrtwind.

Die Dame döste noch immer.

Dani hatte sich vorne neben der Flugzeugtür auf dem Klappsitz angeschnallt. Das Flugzeug befand sich im Endanflug vor der Landung, da stieß die Dame einen kurzen Schrei aus, schnallte sich los und stand auf.

»Bring me a drink«, kommandierte sie und torkelte desorientiert auf den Gang. Die Passagiere blickten verächtlich zu ihr hoch.

Marlis war erschrocken, Dani hatte gerade nicht mitbekommen was los war. Marlis sprang auf, packte die Frau kurzerhand an den Armen, drückte sie energisch in den nächsten freien Sitz und schnallte sie an. »You have to sit down!« sagte sie bestimmt.

Die Dame sah ihr eine Sekunde lang in die Augen, holte aus, versetzte Marlis einen Schlag an den Kopf und die Armreifen trafen sie schmerzhaft zwischen Schläfe und Ohr. Dann schaute sie Marlis sprachlos und entsetzt an. Nun war auch Dani herbeigeeilt und packte sie bei den Armen, um einen weiteren Schlag zu verhindern.

»Achtung, wir landen!« rief Dani und stürzte sich zurück auf ihren Türsitz.

Marlis gelang es gerade noch ihren Platz zu erreichen, als das Flugzeug aufsetzte.

Was für eine Situation! Marlis musste wider Willen lachen. Es war, als hätte ein Kind nach ihr geschlagen, ziellos und verzweifelt. Natürlich, die Frau war sehr betrunken und nicht mehr zurechnungsfähig, eigentlich war sie schon betrunken ins Flugzeug gestiegen, aber das war zu diesem Zeitpunkt wiederum nicht so klar zu erkennen gewesen. Wer wusste schon, warum sich die Dame so gehen ließ, die jetzt stumm in sich gesunken da saß und von einer Hostess bewacht werden musste.

Marlis rieb sich die Schläfe. Sie hatte im Flugzeug schon einiges erlebt, aber geschlagen worden war sie noch nie. Sie beschloss, den Vorfall auf sich beruhen zu lassen, es sollte ihr nicht die Stimmung verderben, nicht auf diesem Flug!

Für die Dame würde es peinlich genug werden.

Dani hatte gehandelt und sofort im Cockpit Bericht erstattet. Sie ließ die Frau nicht mehr aus den Augen und als sie am Gate andockten, waren schon zwei Beamte zur Stelle, die sie trotz lauten Protests wegbrachten. Sie wurde zum Ausnüchtern bis zum nächsten Tag festgehalten. Das war so üblich und niemand schien sich darüber aufzuhalten. Alltag am Flughafen.

Gregor musste nebst allen üblichen Formalitäten noch einen kurzen Bericht dazu schreiben und es dauerte lange, bis die Besatzung bei der Busstation eintraf und sie ins Hotel fahren konnten.

»Was für ein schauderhaftes Frauenzimmer«, konstatierte Gregor trocken und schwang sich in den Bus«, tut mir leid, dass ihr lange warten musstet.«

Er setzte sich zu Marlis und sagte leise:

»Bin stolz auf dich, eine andere Frau hätte vielleicht ein Riesentheater daraus gemacht. Ah, wenigstens sieht man nichts in deinem Gesicht. Tut dir etwas weh?«

»Nur ein bisschen, da beim Ohr.«

»Oh«, er senkte seine Stimme und flüsterte, »ich werde dich später trösten, da wird dir nichts mehr weh tun!«

»Sei still«, lachte sie leise, »wir fallen auf!«

»Macht nichts, grinste er zurück, »schließlich sind wir Honeymooners, das dürfen sie ruhig wissen!«

Die ganze Besatzung war heiter und gelöst trotz der späten Stunde. Seit drei Tagen waren sie zusammen unterwegs und miteinander vertraut geworden. Geschichten und Witze von Betrunkenen machten die Runde, man kicherte und war müde und Marlis mittendrin dachte zufrieden, dass manches so geblieben war wie früher, die Menschen, die Busfahrten, die Witze und die Geschichten.

Das Hotel lag auf einem Berg über der Stadt.

Wie ein Märchenschloss der Wikinger war es in der Schneenacht aufgetaucht, dachte Marlis mit Wehmut, so stelle ich mir ein Wikinger Stammesfürstenschloss vor! Ganz aus runden Hölzern gebaut, mit Türmen und Erkern und geschnitzten Tierköpfen an Giebeln und Dachfirsten, die Feinde vor Überfällen abhalten sollten, Ornamenten außen und innen auf Friesen, Wänden und Decken, gemalt in sanftem Grün und warmem, erdigen Rot wie Rosenholz, dicken, dazu passenden Teppichen und Betten mit gedrechselten Pfeilern, in denen man sich lieben konnte, wie es vielleicht die Wikinger getan hatten, heftig und kraftvoll. Am Morgen, da war ein unglaublich klares Licht in der Luft, in all den Blau- und Grauklängen des Meeres, das sich weit hinein wand in das Land und sie hatten ein Schiff bestiegen und waren in die Kälte hinaus gefahren, um dem glitzernden Wasser näher zu sein. Früh war dann die Nacht zurück gekommen. Marlis hatte am Fenster gesessen und zugesehen, wie eine Fähre langsam am Horizont verschwand und über den Inseln und den silbern glänzenden Fjorden, ein schmaler Mond aufstieg.

Gregor lag auf dem Bett und spürte, was in ihr vorging. Er sagte aufmunternd:

»Sei nicht traurig, wir werden bestimmt noch mal hierher kommen können.« Gewiss hatte er wie sie geahnt, dass dies wohl kaum mehr der Fall sein würde und sie hatte nur gelassen geantwortet:

»Ja Schatz, ich weiß, ich bin nicht traurig, nur wehmütig.«

Er hatte schon geschlafen, da war sie noch dort gesessen und hatte sich die Landschaft eingeprägt, ihre Linien und Bögen, die Lichter und Schatten, die tiefen Töne und Verläufe von Schwarz und Blau studiert, als male sie mit Pinsel und Farben auf eine imaginäre Leinwand.

Auf dem Rückflug hatte Marlis den Fjorden, die im grauen Morgendunst langsam dem Blick entschwanden, ihre Treue geschworen und sich mit heimlich feuchten Augen von ihnen verabschiedet und erst als dort wieder trockene Verhältnisse herrschten, war sie ins Cockpit gegangen.

Noch einmal war sie überwältigt dort gestanden, als wäre es zum ersten Mal. Nichts hatte sich verändert seit dieser Zeit. Sie bewegten sich weit über wenigen, fein gekräuselten Wolkenfeldern in ruhigem Flug in den Morgen, neben ihnen, über ihnen, war durchsichtig blaue, von weißem Leuchten durchflutete Klarheit und unter ihnen lag die Erde, lagen Meere, Inseln, Flüsse, Felder, Wälder und Städte, glanzvoll und verletzlich und von einer Schönheit, die mit nichts anderem zu vergleichen war.

Aus Oslo war sie mit einer Fülle von neuen Bildern heimgekehrt, welche sie zu den früheren legte, die gottlob nichts von ihrem Leuchten verloren hatten, auch nicht durch die Widrigkeiten der vergangenen Wochen. Jedes einzelne sah sie vor sich! Die der kleinen grünen Wellen von Bombay oder jene der glühenden Sonnenfluten über dem Blätterdach des afrikanischen Regenwalds.

Was ihr wichtig war, hatte sie nicht vergessen, nicht Andras' Tränen oder das zaghafte Lächeln der indischen Waisenkinder, nicht die Augen der kleinen Gorillas und die tausend anderen Bilder. Sie waren zu einem Schatz geschmolzen, der tief in ihr ruhte und unzerstörbar war.

Sie war durch einen Tag gegangen, in dem die Zeit wie Glas im Raum hing, gläserne Bruchstücke die unsichtbar schwebten, an die sie im Gehen stieß, als wäre sie in einem Irrgarten. Vielleicht war alles um sie herum doch ein gläserner Irrgarten, in dem sie nach immer neuen Wahrheiten suchte und nur die alten vorfand, die aber waren überraschend einfach und klar und glänzten wie neu!

Irgendwie, spürte Marlis in aufkeimend freudiger Erregung, irgendwie wird alles weitergehen! Wir sind sicher nicht so weit gekommen, um jetzt stehen zu bleiben, wir werden wieder abheben und fliegen, durch unbekannte Welten und völlig neue Himmel, das war es, was für sie beide von Bedeutung war.

Und ihre Liebe!

Mein Gott, würde sie jemals begreifen, woher sie gekommen war, diese Liebe, die sich nie zu verbrauchen schien und so unfassbar war wie die klarsten Blautöne, die sie kannte, oder unfassbar und leicht wie Hoi?

Sie lachte zufrieden und fühlte sich versöhnt und beschwingt wie lange nicht mehr. Der Tag heute war unerwartet zu einem Hoitag geworden und viele Hoitage würden folgen, darauf konnte sie ruhig vertrauen.

Sie sah sich um.

Sie war wieder beinahe allein auf der Bank unter dem Bäumchen.

Die junge Frau hatte ihr Haar geschüttelt, den Freund aufgeweckt und war gegangen, wie auch der Mann mit dem Kinnbart, der die Zeitschrift auf dem Sitz zurück gelassen hatte. Nur ein junger Bursche saß noch in ihrer Nähe und horchte in die Kopfhörer, klopfte den Takt mit dem Fuß dazu und kaute an den Fingernägeln.

Marlis stand auf und ging zum Fenster.

Die Abendflieger standen bereit. Sie war es auch. Gregor konnte kommen.

Der Sturm hatte sich gelegt. Das schwere Wolkengebräu hatte sich aufgelöst und lediglich einige kleine graue Gebilde zurück gelassen, das Land konnte aufatmen.

Schleier aus karminroter Gaze hingen breit über den Hügeln und dahinter schimmerte weiche Helligkeit.

Es könnte noch etwas Schnee kommen, hatte Gregor am Telefon gesagt, aber nichts Gewaltiges mehr.

Ja, kein Sturmgeheul mehr, nur noch Schneeflüstern...

Hoitage und Schneeflüstern.

Impressum

© 2025 by Béatrice Thal und
Neptun Verlag
Rathausgasse 30
CH-3011 Bern / Schweiz
E-Mail: info@neptunverlag.ch

Titelbild und Umschlaggestaltung: Béatrice Thal
Lektorat und Korrektorat: Alexander Thal
Satz: Alexander Thal

Druck: AZ Druck und Datentechnik GmbH
D-87437 Kempten / Deutschland
ISBN Nr. 978 3 85820 373 1
Alle Rechte vorbehalten

Produktsicherheit (GPSR):
Verantwortliche Person gemäß EU-Verordnung 2023/988 (GPSR):
Westarp Verlagsservicegesellschaft mbH
Kirchstraße 5
D-39326 Hohenwarsleben / Deutschland
Telefon 039204 850 20
E-Mail: produkthaftung@westarp.de

Dieses Produkt enthält Komponenten, die bei ordnungsgemäßem Gebrauch für
den Benutzer unbedenklich sind und den Anforderungen der
REACH-Verordnung (EG) Nr. 1907/2006 entsprechen.

Alle Bücher des Neptun Verlages finden Sie bei Ihrem Buchhändler
oder im Internet unter www.neptunverlag.ch

Gleich weiterlesen!
Geschichten aus dem Leben im Neptun-Verlag

Als Edward an der alten Bushaltestelle die Augen öffnet, ist für ihn sofort klar; sein irdisches Leben ist vorbei. Doch der kleine Noah, der neben ihm auf der Bank sitzt, hat dieses grosse Abenteuer noch vor sich. Und so machen sich die beiden Gefährten auf eine wunderschöne Reise voller Erinnerungen und Erzählungen. «*Manche Bücher sind wie Ferien. Gelungene Ferien. Sie helfen einem, zur Ruhe zu kommen, einen langen Arbeitstag zu vergessen. Sind wie eine Bilderreise. Laura Haussener hat genau ein solches Buch erschaffen.* » *(Robert Arba)*

Laura Haussener: Alles, was das Leben ist. Die Geschichte einer einzigartigen Reise.

160 Seiten, Hardcover mit Schutzumschlag

ISBN: 978-3-85820-350-2

Auch als E-Book erhältlich

Nigerianische Gastfreundschaft: Zwei Worte in ihrer Sprache, ein Lächeln – und schon bin ich nicht mehr fremd. Sie wollen mir alle die Hände geben, und ich liebkose ihr Kind. Man steckt mir bunte Schüsseln aus Emaille entgegen mit dampfendem Reis und scharfer Pfeffersauce, und alle lachen über meine ungewollten Tränen, klopfen mir auf die Schulter und wollen die Penny-Münzen nicht mehr annehmen – ich bin ihr Gast.

Barbara Traber: Nigeria - ich komme! Eine mutige junge Schweizerin in Lagos 1964/65.
247 Seiten und mit schwarzweissen Abbildungen, Klappenbroschur
ISBN 978-3-85820-364-9
Auch als E-Book erhältlich

Hier erscheinen siebenundsiebzig überlieferte Geschichten aus
dem zentralen Üechtland erstmals in einer umfassenden
Sammlung vereint – in einer stilsicheren Sprache neu erzählt,
stimmungsvoll illustriert und mit vielfältigen Anmerkungen über
ihre mythologischen, historischen und kulturgeschichtlichen
Hintergründe versehen.

Es ist eine wunderbare Einladung, die heimischen Landschaften
mit verzauberten Augen zu betrachten.

**Andreas Sommer: Mythenland. Schweizer Sagen vom
Gantrisch**

416 Seiten, zahlreiche Illustrationen von Martin Aeschlimann

Hardcover mit Schutzumschlag

ISBN: 978-3-85820-359-5

Eine Postkarte mit Motiv aus Venedig liegt im Briefkasten, als sich die Erzählerin aufmacht, einen mußevollen Tag unterwegs in ihrer Stadt zu verbringen. Die Sehnsucht nach Venedig flammt auf und lässt sie ihre vertraute Umgebung neu sehen. In ihrer uferlosen Sehnsucht vermutet sie die Sehnsucht nach dem Meer. Bei einem Kaffee erkennt sie, dass sie dem Fluss folgend immer in Richtung des Meeres gehen kann. Das Wasser spiegelt ihr die Stadt nicht nur als Bild, sondern auch als Sehnsucht der Menschen, die in ihr wohnen.

Martina Issler: Dem Meer zu. Tagträumend unterwegs.
96 Seiten mit durchgehend farbigen Abbildungen
Hardcover mit Schutzumschlag
ISBN 978-3-85820-366-3